Tim Herden

Toter Kerl

Tim Herden, geboren 1965 in Halle (Saale), arbeitete nach dem Studium der Journalistik in Leipzig zunächst als wissenschaftlicher Assistent und Journalist, ehe er 1991 Redakteur beim Mitteldeutschen Rundfunk in Dresden wurde. Heute leitet er das Hauptstadtstudio des Senders in Berlin. 2010 veröffentlichte er seinen ersten Hiddensee-Krimi „Gellengold", es folgten „Toter Kerl" (2012), „Norderende" (2014), „Harter Ort" (2016) und „Schwarzer Peter" (2018). Im Frühjahr 2020 erscheint mit „Süderende" sein sechster Insel-Krimi.

Tim Herden

Toter Kerl

Ein neuer Fall für Rieder und Damp

mitteldeutscher verlag

Die Dämonen kamen im Morgengrauen. Langsam schlichen sie sich in seine Träume. Sie krochen durch die Windungen seines Hirns und erschienen hinter seinen geschlossenen Lidern. Er konnte sie dort stehen sehen. Sie waren durchscheinend wie Geister und trugen Gesichter, die er schon lange zu vergessen wünschte. Wenn er sich dann hin und her wälzte, um sie abzuschütteln, erwiesen sie sich als erstaunlich anhänglich. Sie schienen ihn zu rufen, auch wenn er sie nicht hören konnte. Dann sah er sich selbst zwischen ihnen. Sah sich aus einem Auto stürmen, hinein in die nahe Kirche. Er hatte Mühe, die schwere Tür aufzudrücken. Als der Spalt groß genug war für seinen schmalen Körper, hechtete er hinein. Mit einem Knall fiel die Tür wieder ins Schloss. Atemlos rannte er taumelnd zur Turmtür. Sie war nicht verschlossen. Stufe um Stufe kletterte er nach oben auf den Turm der Kirche. Plötzlich hörte er dumpf durch die dicken Mauern das Geheul eines Martinshorns. Wenig später lautes Knallen. Einmal. Zweimal. Dreimal.

Meist wurde ihm jetzt der Zustand zwischen Halbschlaf und Traum unerträglich. Er schrak aus dem Bett. Die strähnigen Haare hingen ihm feucht über die Stirn. Um den Traumbildern zu entkommen, stand er auf, trat an das kleine Dachfenster. Die Pappeln vor dem Haus wiegten sich sanft im Wind. Der Bodden glitzerte im Schein des tief stehenden Mondes. Vereinzelt blinkten die Lichter der Bojen an der Fahrrinne nach Schaprode oder Wiek.

Er stieg die schmale Treppe hinab und versuchte dabei die knarrenden Holzstufen zu meiden, obwohl außer ihm niemand im Haus war. Aber er fürchtete, ein Geräusch könnte die Traumgestalten wieder zum Leben erwecken. Leise öffnete er die Tür zu seinem Arbeitszimmer. Erschöpft setzte er sich an seinen Schreibtisch, zog die Lade auf und nahm einen weißen Umschlag heraus, auf dem außer seinem Namen und seiner Adresse nichts stand. Keine Briefmarke, kein Poststempel. Sie wussten also, wo sie ihn fanden. Nicht nur im Schlaf. Er nahm das weiße Stück Papier heraus mit den wenigen Worten, die er schon so oft gelesen, gesprochen, gepredigt hatte, ohne sie zu fühlen. „Da ging hin der Zwölfen einer, mit Namen Judas Ischariot, zu den Hohenpriestern und sprach: Was wollt ihr mir geben? Ich will ihn euch verraten. Und sie boten ihm dreißig Silberlinge.‟

Die Buchstaben begannen vor seinen Augen zu tanzen. Sie fügten sich zu einem Mosaik, das ihn wieder zurück in den Kirchturm führte: das Turmfenster. Er sah sich, wie er sich an der Wand neben dem Fenster entlangdrückte, langsam den Kopf drehte und versuchte einen Blick auf den Platz vor der Kirche zu erhaschen. Er sah sich herausschauen und zurückschrecken vor den blitzenden blauen Rundumleuchten der Polizeifahrzeuge und eines Krankenwagens, auf dessen Dach ein breites rotes Kreuz prangte. Daneben sein Auto, immer noch mit der geöffneten Tür. Eine Menschenmenge wogte hin und her, mit Not zurückgehalten von Männern mit grünen Schirmmützen und in Uniform. Zwei Männer brachten eine Trage. Darauf ein Mann. Auch in Uniform. Ein Kind stürmte aus der Masse hervor, auf den Verletzten zu und wurde im letzten Moment von einem Polizisten zurückgerissen. Der Schrei des Jungen drang durch die Mauern in sein Ohr, verfing sich in seinem Gehirn.

Er ließ das weiße Blatt sinken.

I

Montagmorgen. Im Supermarkt von Vitte herrschte Chaos. In den engen Gängen zwischen den Regalen irrten neue Urlauber hin und her. Sie mussten sich erst einmal orientieren, wo sich was befand. Dabei ließen sie ihre Einkaufswagen irgendwo in einem der Gänge stehen. Nachdem sie gefunden hatten, wonach sie suchten, begann wiederum die Suche nach dem Einkaufswagen. Als besonders schwierige Fälle erwiesen sich Ehemänner, die im Urlaub ihren Frauen ein Stück Arbeit abnehmen wollten, aber wahrscheinlich seit Langem erstmals wieder Einkaufen gingen. Einerseits genossen sie die Freiheit, selbst zu entscheiden, was in den vierzehn Tagen Hiddensee-Urlaub in der Ferienwohnung auf den Tisch kommen sollte. Andererseits aber waren sie hilflos im Umgang mit Haltbarkeitsdaten, Fettanteilen und einer passenden Zusammenstellung von Lebensmitteln für Frühstück und Abendbrot. Noch schlimmer wurde es, wenn sie auch beauftragt waren, Waschpulver oder Spülmittel mitzubringen. Auf ihren Einkaufszetteln standen Markennamen, die der durchaus gut sortierte Supermarkt auf Hiddensee nicht im Angebot hatte. Und so überfielen sie in verängstigtem Tonfall die Verkäuferinnen mit ihren Fragen nach Alternativen. Am Fleisch- und Wurststand konnte man beobachten, wie die Männer wahre Berge von Sülze, Rotwurst, Schinken auf die Waage legen ließen. Rieder konnte sich lebhaft vorstellen, welche Ehedramen sich bald in den Ferienwohnungen abspielen würden, wenn das Speiseangebot ausgepackt wurde. Meist war dieser erste selbstständige Einkauf für die Männer auch der letzte. Am nächsten Tag würden sie den Laden nur noch in Begleitung ihrer Frauen betreten und auch nur noch unter ihrer Anleitung einkaufen dürfen.

Rieder liebte den Supermarkt. Er war für ihn ein Stück Erinnerung an sein früheres Leben. Erst vor knapp einem halben Jahr war er auf die Insel gekommen. Zuvor hatte er in Berlin gelebt und dort in einer der Mordkommissionen des Landeskriminalamtes gearbeitet. Doch irgendwann war ihm das zu viel und zu anstrengend gewesen. Er hatte sich als Zivilbeamter nach Hiddensee versetzen lassen, um dort am Pilotprojekt „Verbrechensprävention in Ostseebädern" der Polizeidirektion Stralsund teilzunehmen. Als Testort war Hiddensee vom Polizeidirektor Bökemüller ausgewählt worden. Als Zivilbeamter sollte Rieder den örtlichen Streifenpolizisten vor Ort durch unauffällige Präsenz in der Öffentlichkeit dabei unterstützen, mögliche Straftaten auf der Insel zu verhindern.

Rieder wusste nicht, ob er mit dem Inseldasein klarkommen würde. Immerhin war er aus einer Millionenstadt auf eine Ostseeinsel vor Rügen mit ein paar Hundert Einwohnern umgesiedelt. Gerade mal zwölf Kilometer lang und einen Kilometer breit. Und so war es ihm ganz recht, dass die Versetzung nur „auf Probe" erfolgt und zunächst auf zwei Jahre begrenzt war. Denn Rieder war sich selbst auch noch nicht sicher, ob er auf Hiddensee würde alt werden wollen – als Polizist und als Mensch.

Der Arbeitsalltag eines Polizisten auf der Insel war überschaubar. Mal verschwand ein Fahrrad, mal gab es Streit zwischen Urlaubern in Ferienwohnungen wegen der Lärmbelästigung oder eine Anzeige wegen Mundraubs, wenn die Kirschen im Garten über Nacht verschwunden waren. Aber auch einen richtigen Mordfall hatte Rieder nur wenige Wochen nach seiner Ankunft gemeinsam mit seinem Kollegen auf der Insel schon aufgeklärt. Ein Kunsthistoriker aus Berlin war erstochen am Strand vom Gellen, der Südspitze der Insel, gefunden worden. Er hatte auf Hiddensee nach verborgenen Schätzen gesucht und war nicht ganz sauberen Geschäften nachgegangen. Bei den Ermittlungen hatte Rieder einiges über die Menschen und das Leben auf der Insel gelernt. Seitdem aber herrschte Ebbe, was die kriminalistischen Herausforderungen anging.

Am Montagmorgen war Rieder nicht nur im Supermarkt unterwegs, um sich ein paar frische Brötchen fürs Frühstück zu besorgen. Er wollte auch beobachten, wer übers Wochenende auf die Insel gekommen war. Besonders auf Jugendgruppen richtete er dabei sein Augenmerk. In den letzten Jahren war Hiddensee zu einem Surferparadies geworden. Die Inselverwaltung hatte einen Strandabschnitt zwischen Vitte und Kloster für die Windsegler reserviert, und dieser lockte immer mehr Jugendliche an. Sie brachten die Unsitte vom Festland mit, nach Sonnenuntergang am Strand eine gute Welle mit ausgiebigen lauten Trinkgelagen zu feiern. Das verärgerte Insulaner und Urlauber.

Entdeckte Rieder in der Schlange an der Kasse Jugendliche mit mehreren Bierkästen und Paletten voller Alcopops, sprach er sie gleich direkt an. Er stellte sich kurz vor, fragte nach ihren Namen, versuchte sich ihre Gesichter einzuprägen. Und er bat sie, die Regeln auf der Insel einzuhalten. Mit dieser Methode hatte er erste Erfolge. Jedenfalls landeten leere Flaschen jetzt meist in den Müllkörben auf der Strandpromenade. Auch die Beschwerden über Lärmbelästigung waren zurückgegangen. Außerdem hatte er beim Chef des Supermarktes, Henning Hansen, durchgesetzt, dass mehr als früher die Ausweise beim Verkauf von Alkohol kontrolliert wurden. Hansen war darüber nicht gerade erfreut gewesen. Gerade mit Alkohol machte der Supermarkt fette Umsätze. Rieder hatte noch nie ein so gut sortiertes und umfangreiches Alkoholangebot gesehen wie hier im Laden in Vitte, weil nicht nur die Urlauber gern mal einen hoben.

Heute Morgen war die Lage im Supermarkt ruhig. Rieder konnte keine verdächtigen jugendlichen Neuankömmlinge entdecken. So langsam gingen die Sommerferien zu Ende. Er wartete in einer langen Schlange aufs Bezahlen. Obwohl alle Kassen zu dieser frühen Stunde besetzt waren, ging es nur langsam voran. Die neuen Touristen hatten ihre Einkaufswagen vollgeladen, als drohe eine Hungersnot.

Plötzlich hörte er hinter sich heftiges Schnaufen. Dann spürte er eine schwere Hand auf seiner Schulter. Als er sich rumdrehte, blickte er auf eine lebende beigefarbene Wand. Es war die Uniformbluse seines Kollegen Ole Damp. Damp war ein wahrer Riese, um einiges größer und breiter als Rieder. Wenn der schmale Rieder und der hünenhafte Damp gemeinsam am Strand patrouillierten, wirkte das ungleiche Paar immer etwas skurril, um nicht zu sagen komisch. Aber das kam nicht oft vor. Die beiden verstanden sich nicht gut. Ein Grund war, dass der Stralsunder Polizeichef Bökemüller seit der Einstellung von Rieder immer noch nicht entschieden hatte, wer zukünftig Reviervorsteher der kleinen Polizeistation auf Hiddensee sein sollte.

Damp pochte auf seine älteren Rechte. Immerhin tat er schon seit über einem Jahrzehnt auf der Insel Dienst. Dazu gehörte auch, dass er für sich in Anspruch nahm, allein den Polizeiwagen des Reviers zu nutzen. Zunächst war sein Argument gewesen, dass Rieder keine Betriebsfahrerlaubnis für das Land Mecklenburg-Vorpommern besitze. Seine alte aus Berlin sei hier nicht gültig. Rieder hatte seine Fahrkünste durch den Fahrlehrer auf dem Hof der Polizeidirektion in Stralsund überprüfen lassen müssen. Aber als er endlich den entsprechenden Nachweis in den Händen hielt, hatte Damp Rieder trotzdem den Schlüssel verweigert. Er, Damp, wohne im südlichen Inselort Neuendorf, Rieder dagegen in Vitte, nahe der Polizeistation. Da reiche das Dienstfahrrad, um schnell auf dem Revier zu sein.

Was noch gegen Damp sprach: Er war auf der Insel nicht sehr beliebt. Mit einem wahren Kontrollwahn brachte er die Hiddenseer und auch Rieder gegen sich auf. Mal lauerte er am Abend am Straßenrand zwischen Neuendorf und Vitte und hielt jeden an, der ohne Licht am Rad fuhr, und verpasste ihm ein Ordnungsgeld. Mal maß er an den Gaststätten der Insel mit dem Zollstock den Abstand zwischen den Tischen vor den Lokalen zur Straße aus und ließ dann alles wegräumen, was die Vorgaben der Inselordnung überschritt. Ein Bußgeldbescheid folgte natürlich auch noch.

Soweit die Insel und das kleine Büro im Rathaus es zuließen, gingen sich die beiden Beamten jedenfalls aus dem Weg.

Rieder blickte nach oben. Er sah in das stark gerötete Gesicht seines Kollegen. Schweiß stand ihm auf der Stirn.

„Moin, Damp, was gibt's?"

Damp zog sein Taschentuch aus der Hose, nahm seine Mütze ab und wischte wahre Sturzbäche von seiner Stirn und seinem Gesicht.

„Verdammt, ist das jetzt schon am Morgen heiß."

„Na ja, es ist August."

„Trotzdem."

„Sie sind wahrscheinlich nicht gekommen, um mit mir übers Wetter zu plaudern. Oder ist das nur ein plumper Versuch, die Autorität der Dienstuniform zu nutzen, um sich in der Schlange nach vorn zu drängeln."

„Ach Quatsch!" Damp schüttelte seinen mächtigen Kopf. Dann knöpfte er seine Brusttasche auf und kramte einen Zettel heraus. „Hier, ein Anruf vom Steilufer am Enddorn im Norden. Ich habe den Typen nicht so recht verstanden. Geht bestimmt wieder um die Abbrüche am Steilufer. Wahrscheinlich hat er nasse Füße bekommen, als er um die Nordspitze laufen wollte. Oder was weiß ich. Und da Sie heute in die Richtung wollten, dachte ich, Sie könnten vielleicht mal nachsehen."

Damit drückte er Rieder den Zettel mit der Telefonnummer in die Hand.

Die Spannungen im Revier hatten nach und nach zu einer Arbeitsteilung zwischen Damp und Rieder geführt. Damp machte vor allem Innendienst und kümmerte sich um den ganzen Schreibkram. Rieder streifte über die Insel und sorgte für Ordnung und Sicherheit. Er musste am Strand aufpassen, dass als Tagestouristen getarnte Taschendiebe dort nicht ihr Unwesen trieben, kümmerte sich um die Sicherheit der Wege und Stege auf der Insel und schaute in den Häfen der Insel nach dem Rechten. An den geraden Tagen durchquerte er den Norden der Insel, an den ungeraden den Süden. Heute war der Norden dran. Er wollte sich am Vormittag mit Thomas Förster, dem Chef des Nationalparkhauses, am Bessin treffen. Die Halbinsel war in den letzten Jahrhunderten durch angespülten Sand und Geröll entstanden. Viele Seevogelarten hatten am Südende des Alten Bessin ihre Nistplätze.

Letzte Woche hatte Rieder beobachtet, dass sich am Strand auf der Landzunge ein ölartiger Teppich gebildet hatte. Rieder wollte von Förster wissen, ob es sich dabei um eine Verschmutzung durch die Schifffahrt auf der Ostsee handelte oder um Algen.

„Okay, ich schau nach. Kann ich das Auto bekommen?", fragte er Damp. Er kannte die Antwort bereits, aber einen Versuch musste er wenigstens machen.

Damp nahm noch einmal seine Mütze ab und kratzte sich das dichte wuschelige Haar.

„Gerade heute ist es schlecht." Nichts anderes hatte Rieder erwartet. „Ich muss in Kloster schauen, ob die Fernsehleute alles ordentlich hinterlassen und mit ihrem Übertragungswagen nicht zu viel Schaden angerichtet haben. Falls da etwas aufgenommen werden muss, brauche ich das ganze Zeug aus dem Auto. Sie wissen schon, Zollstock, Kamera, vielleicht auch den Laptop. Tut mir leid."

Rieder konnte sich erinnern, dass sein Kollege am Vortag selbst den Abbau der Fernsehtechnik überwacht hatte, bis der Übertragungswagen auf die Fähre in Vitte gefahren war.

Der regionale Fernsehsender hatte die Verleihung des Deutschen Literaturpreises an den Inselpfarrer Jens-Uwe Schneider übertragen. Schneider hatte viele Jahre unter dem Pseudonym „Jean Jacques Hoffstede" Literaturkritiken in einer bekannten deutschen Wochenzeitung veröffentlicht. Seine Rezensionen waren zum Maßstab für den Erfolg oder Misserfolg eines Buches auf dem deutschen Literaturmarkt geworden. Erst im Frühjahr war durch eine Indiskretion des zuständigen Redakteurs die wahre Identität des Literaturkritikers enthüllt worden. Dem ungläubigen Erstaunen der Kulturwelt darüber, dass der Pfarrer einer Inselkirche über Jahre hinweg bestimmt hatte, was die Deutschen lesen sollten und was nicht, war eine wahre Pilgerfahrt Intellektueller zu dem kleinen Pfarramt und dem alten Gotteshaus in Kloster gefolgt.

Die Hiddenseer hatten die Enthüllung eher gelassen hingenommen. Prominenz war auf der Insel keine Seltenheit. Gerhart

Hauptmann hatte hier gewohnt, Thomas Mann auf der Insel Urlaub gemacht. Dass nun aber ausgerechnet Schneider ein journalistisches und literarisches Talent sein sollte, hatte sie dennoch überrascht. Denn seine Predigten in der Inselkirche galten unter den nicht gerade gottesfürchtigen Insulanern als eher langweilig.

Schneiders Vorliebe für Literatur jedoch war durchaus bekannt. Während der Urlaubssaison veranstaltete er zahlreiche literarische Abende und Lesungen mit bekannten Schriftstellern. Auch hier war das Interesse geteilt. Während die Touristen von diesem kulturellen Angebot begeistert waren, glänzten die Insulaner eher durch Abwesenheit. Viele Autoren verbanden dann auch das Angenehme mit dem Nützlichen und verbrachten gern ein paar Tage oder mehrere Wochen in der Ferienwohnung des Pfarrhauses. Kurpastoren, die im Sommer Schneider bei seiner seelsorgerischen Tätigkeit auf der Insel unterstützten, mussten sich dann mit dem weniger luxuriösen Appartement im Gemeindehaus im südlichen Inselort Neuendorf begnügen. Darüber allerdings rümpften die Hiddenseer schon die Nase.

Jedenfalls war Pfarrer Schneider alias Jean Jacques Hoffstede am vergangenen Wochenende mit dem Preis der Literaturkritik ausgezeichnet worden. Viele Prominente, darunter bekannte Schriftsteller, der Kultusminister von Mecklenburg-Vorpommern und sogar der Bundestagsvizepräsident, hatten an dem Festakt in der kleinen Inselkirche in Kloster teilgenommen und im nahen Gerhart-Hauptmann-Haus hatte es noch einen Empfang gegeben.

Für Rieder und Damp war es wahrscheinlich der Höhepunkt ihrer Arbeit als Inselpolizisten in diesem Jahr gewesen. Die Vorbereitung hatte den Großteil ihrer Arbeitszeit in den letzten beiden Monaten in Anspruch genommen. Besonders Damp war richtig aufgeblüht beim Erstellen von Listen und Sicherheitskonzepten. Wie ein Stabschef hatte er seit Samstag die Vorbereitungen überwacht und die von Stralsund und Rügen zur Verstärkung abkommandierten Polizisten in ihre Aufgaben eingewiesen. Am meisten hatte Rieder überrascht, dass selbst die Personenschützer der Politiker aus Berlin und der Landeshauptstadt Schwerin sich ohne Murren Damps Anweisungen gebeugt hatten.

Nur die Hiddenseer waren vergrätzt gewesen. Damp hatte angeordnet, dass alle Handwagen aus dem Hafen Kloster verschwinden mussten. Sie wären eine Unfallgefahr für die Ehrengäste, die mit Extrabooten aus Stralsund und Schaprode ankommen sollten. Aber es war auch ein Ferienwochenende. Viele Urlauber reisten ab und neue kamen in Kloster an. Da die Handwagen und Karren fehlten, mussten sie ihr Gepäck allein zu den Pensionen und Ferienwohnungen schleppen oder die Vermieter mussten es tun. Eine Alternative gab es nicht. Der Inselbus fuhr nur von Montag bis Freitag. Und sonst konnte man sich auf Hiddensee nur zu Fuß, per Fahrrad oder mit der Pferdekutsche bewegen. Autoverkehr war auf der Insel verboten bis auf die Ausnahmen: Polizei, Feuerwehr, Arzt und Krankenwagen. Selbst das ortsansässige Transportunternehmen für die Belieferung der Supermärkte, Geschäfte und Gaststätten durfte nur Elektroautos benutzen.

Und so sorgten das an diesem Wochenende von Damp verhängte Handwagenparkverbot im Hafen von Kloster und die Plackerei mit dem Gepäck bei sommerlichen Temperaturen unter Touristen und Einheimischen für einigen Unmut.

Abgesehen davon war alles gut gelaufen. Selbst Bürgermeister Durk, der sonst nicht das beste Verhältnis zu Damp pflegte, hatte den Polizisten nach dem Empfang für seine gute Organisation gelobt.

Nun musste Rieder dieses neue Hochgefühl seines Kollegen ausbaden. Damp wähnte sich am Ziel seiner Wünsche: Revierleiter auf der Insel Hiddensee! Und so blieb Rieder statt des Polizeiwagens nur das Dienstfahrrad. Er steckte den Zettel ein. „Ich fahre nach dem Frühstück noch zum Enddorn, bevor ich mich mit Förster am Bessin treffe."

Damp straffte sich ein weiteres Mal. „Der Herr wartet auf Sie. Ich denke, Sie sollten sofort losfahren. Ich habe ihm außerdem versprochen, dass Sie schnell vorbeikommen."

Jetzt war Rieders Laune gänzlich im Eimer. Kein Frühstück, nur weil sich irgendein Möchtegernnaturschützer über die Abbrüche am Nordufer der Insel aufregte. Da war sowieso nichts zu machen. Die würden weiter abbrechen. Vor den heranrollenden Ostseewellen gab es keinen Schutz.

„Ihre Einkäufe können Sie sicher bei Herrn Hansen im Büro unterstellen und dann später bezahlen. Ich kümmere mich drum."

Rieder drehte sich um und marschierte aus dem Supermarkt. Er schwang sich auf sein Rad und machte sich auf den Weg in Richtung Kloster.

II

Rieder fuhr über den Deich am Boddenufer. Da waren wenigstens keine Pferdekutschen unterwegs. Es blies ein leichter Kantenwind von Westen und dagegen gab es leicht erhöht über den Wiesen zwischen Vitte und Kloster keinen Schutz.

Über Rügen ging langsam die Sonne auf. Ihre Strahlen verbreiteten auf dem Bodden einen sanften Dunst. Geräuschlos glitt die erste Fähre von Schaprode auf Hiddensee zu. Auf den Feuchtwiesen zwischen den Inselorten Vitte und Kloster weideten Schafe, Rinder und Pferde. Dazwischen stolzierten Möwen, Reiher und Wildgänse, wenn sie nicht gerade in einem der Tümpel ein ausgiebiges Morgenbad nahmen. Rieder hatte sich angewöhnt, immer nach den schwarzen Schafen in den Herden zu suchen. Doch mehr als ein oder zwei fand er nicht.

Diese Idylle entschädigte Rieder immer wieder für die kleinen Zwistigkeiten mit seinem Kollegen. Hier auf der Insel hatte er als einstiger Stadtmensch ein völlig neues Gefühl für die Natur und den Lauf der Jahreszeiten entwickelt.

Im Hafen Kloster duftete es nach frischem Räucherfisch, der dort auf zwei alten ausrangierten Kuttern angeboten wurde. Rieders Magen rebellierte gegen das ausgefallene Frühstück. Dagegen musste er etwas unternehmen. Wahrscheinlich stand ihm auch noch eine Strandwanderung am Enddorn bevor, wenn es wirklich um die Abbrüche an der Steilküste ging. Sie waren einige Hundert Meter vom Fahrradparkplatz entfernt. Rieder bog also nach links ab, ging an der Steigung zum „Hotel Hitthim" kurz aus dem Sattel und bremste dann vor dem kleinen Lebensmittelladen.

Gestärkt kam er am Enddorn an. Dort erwartete ihn schon ein älterer Herr, der sofort auf ihn zustürmte, nachdem er den Schriftzug „Polizei" an der Querstange seines Rades entdeckt hatte.

„Das wird aber auch Zeit, dass Sie endlich kommen. Ich warte hier schon über eine Stunde", maulte er anstelle einer Begrüßung. Er drängte Rieder vom Rad und machte winkende Handbewegungen, ihm an den Strand zu folgen. „Das ist eine Frechheit, was sich die Leute hier erlauben."

Rieder versuchte, den alten Herrn zu besänftigen. „Die Natur kann man hier nicht aufhalten. Abbrüche gibt es jedes Jahr. Vor den Wellen gibt es keinen Schutz."

Der alte Mann blieb stehen. „Was faseln Sie da von Abbrüchen, junger Mann, und den Steilküsten?"

„Ich dachte, es geht um die Uferabbrüche. Deshalb haben Sie doch angerufen. Der Strand ist verschüttet und man kann nicht mehr trockenen Fußes die Insel umrunden."

Der Alte schüttelte den Kopf. „So ein Unsinn. Es geht um das Boot."

Nun guckte Rieder verdutzt. Der Mann deutete in Richtung See und Rieder sah, was gemeint war.

Ein Boot, eine große Motorjacht, lag am Strand, hatte sich auf einige Findlinge geschoben und leicht zur Seite geneigt. Sie wirkte wie ein toter Walfisch.

„Kommen Sie, kommen Sie, schauen Sie sich die Sauerei an."

Rieder folgte dem Mann zu dem gestrandeten Schiff. In Turnschuhen über den Strand zu laufen kostete viel Kraft, aber barfuß wäre es in diesem Gemisch aus Sand, Kies und Muschelresten eine Tortur geworden. Er staunte, woher der alte Mann seine Kondition nahm. Endlich waren sie an der Stelle angekommen, an der das Boot lag. Als Rieder sich umdrehte, um abzuschätzen, wie weit es bis zum Parkplatz Enddorn war, sah er einen großen hageren Mann in Uniform und mit Mütze den Strand entlangkommen, unverkennbar Thomas Förster, der Chef des Hiddenseer Nationalparkhauses. Rieder winkte ihm zu, dann warf er einen ersten genaueren Blick auf das Schiff. Da hatte der Bootsführer wohl nicht aufgepasst oder die Eintragungen auf der Seekarte nicht beachtet.

„Sehen Sie mal den Ölfilm auf dem Wasser, der sich gebildet hat. Diese Schweine …"

Rieder hob die Hand und versuchte weiteren Tiraden des Mannes Einhalt zu gebieten.

„Halt mal! Haben Sie denn jemanden an Bord gesehen? Es kann sich auch um einen Unglücksfall handeln. Vielleicht ist jemand verletzt?"

„Da hat sich nix bewegt, obwohl ich ein paarmal gerufen und auch Steine geworfen habe. Wahrscheinlich pennen die in der Kajüte ihren Rausch aus."

Rieder zog die Augenbrauen nach oben. „Das mit den Steinen will ich besser nicht gehört haben."

Nun war auch Förster angekommen. „Hallo, Rieder. Was ist los?"

Rieder zeigte in Richtung Boot. „Offenbar gestrandet. Öl ist ausgelaufen!"

„Das ist echt eine Sauerei", schnaubte Förster, „der kann sich auf einen schönen Bußgeldbescheid freuen."

„Moment", rief der Polizist, „erst mal müssen wir klären, ob jemand an Bord und vielleicht verletzt ist. Okay?"

Rieder zog die Schuhe aus, krempelte die Hosenbeine hoch und watete zum Heck des Schiffes. Dort waren die Aufbauten deutlich niedriger und man konnte über die Reling auf das Deck klettern. Die Tür zur Kabine war geöffnet. Rieder stieg über die Sitzbänke und schaute vorsichtig ins Innere des Schiffes. Es war ein lang gestreckter Salon. In der Mitte befand sich ein langer schmaler Holztisch, an den Seiten Sitzbänke. Aber niemand war zu entdecken. „Hallo, ist da jemand?", rief Rieder in den Raum. Keine Antwort.

Rieder zwängte sich am Tisch vorbei. Hinter dem Salon ging es in eine kleine Schiffsküche mit Hängeschränken, Herd, Kühlschrank, alles aus braunem Schichtholz gearbeitet oder in solches eingefasst. Rechts war eine Schiebetür. Rieder schob sie vorsichtig auf: das Bad, mit Waschbecken, Toilette und sogar einer Dusche.

Nicht schlecht, dachte sich der Polizist. Auf einem kleinen Brett unter dem Spiegel über dem Waschbecken standen ein Kulturbeutel und Becher mit Zahnbürsten. Er setzte seine Entdeckungstour durch das Boot fort. Ein paar Stufen führten nach oben in ein richtiges Führerhaus, mit Steuerrad, Radargerät und allen möglichen technischen Armaturen. In der Mitte gab es eine kleine Klappe. Rieder schaute hindurch. Sie stellte sich als Einstieg in eine weitere kleine dreieckige Koje im Bug des Bootes heraus, ausgefüllt mit einem riesigen Bett. Durch die beiden Luken in der Decke konnte man bestimmt wunderbar in den Himmel schauen, dachte sich Rieder. Aber keine Spur von einer Menschenseele.

Rieder kletterte wieder von Bord und ging zu Förster und dem alten Herrn zurück.

„Keiner da."

Da fiel dem Polizisten ein, dass er den Mann noch gar nicht nach seinem Namen gefragt hatte.

„Thilo Preil. Dr. Thilo Preil", antwortete dieser beflissen, „und ich möchte hier auf der Stelle gleich Anzeige gegen den Besitzer dieses Bootes erstatten wegen Umweltverschmutzung …"

„Das ist ein gutes Stichwort", meinte Rieder, „ich werde erst mal feststellen, wer überhaupt der Besitzer des Schiffes ist. Nach dem Schiffskennzeichen könnte es ja einer von der Insel sein."

Am weißen Bug des Bootes stand „RÜG-JJ 1913" und daneben der Name „Antonie".

Rieder nahm sein Handy aus der Jackentasche und wählte die Nummer des Reviers. Sein Kollege meldete sich.

„Was gibt's?"

„Sie sind noch im Büro?"

„Äh … ich wollte gerade los, nach Kloster", stotterte Damp in den Hörer.

„Ach so …" Von wegen in Kloster Schäden durch den Übertragungswagen aufnehmen, dachte sich Rieder. Punkt für mich. „Könnten Sie bitte mal einen Bootseigentümer überprüfen?"

„Okay, höre."

„Der Kahn heißt ‚Antonie', Kennzeichen …"

Da hakte Damp schon ein. „Dafür muss ich nicht den Computer anwerfen. Das ist das Boot von Schneider, Jens-Uwe Schneider, dem Pfarrer."

„Aha."

„Was ist denn damit?", fragte sein Kollege.

„Es ist hier auf Grund gelaufen, oder besser gesagt, gestrandet. Hängt auf ein paar Steinen fest. Aber es ist keiner an Bord. Haben Sie eine Nummer von Schneider?"

„Ich schau mal nach."

Rieder hörte Rascheln in der Leitung, wahrscheinlich schlug Damp in den Akten nach, die er für die Preisverleihung angelegt hatte.

„Die kann ich Ihnen auch geben", mischte sich Förster ein.

„Lassen Sie, Damp. Förster hat die Nummer", rief Rieder ins Telefon.

Förster suchte schon im Nummernverzeichnis seines Telefons und tippte auf die grüne Hörertaste. „Der kann sich auf was gefasst machen!", grummelte der Naturschützer.

Vom Boot her hörten sie das Klingeln eines alten Telefons. Immer wieder. Doch niemand meldete sich.

III

Damp hatte die Beine vom Tisch genommen und das Sudoku aus der „Ostseezeitung" zur Seite gelegt. „Der Neue macht wieder Stress", sprach er zu sich selbst. Für ihn war Stefan Rieder immer noch „der Neue", obwohl sie nun schon seit fast fünf Monaten das Revier in Vitte teilten. Die Hiddenseer würden sagen, „der Zugereiste", und der Tonfall des Wortes würde den Verdacht nahelegen, Zugereiste seien – gelinde gesagt – nicht willkommen. Eins allerdings musste Damp seinem Kollegen zugestehen: Er hatte sich auf der Insel schon gut eingelebt. Schuld daran war aus seiner Sicht Rieders Nachbar Malte Fittkau. Er hatte Rieder bei den Autoritäten der Insel die Türen geöffnet: beim Hafenmeister, beim Wirt der „Fischerklause" in Vitte, in der nur die Insulaner verkehrten, bei den Fischern, wo Rieder jetzt schon wie jeder Eingeborene einen deutlichen Rabatt auf Zander und Dorsch bekam. Das war Damp in den vergangenen zehn Jahren nicht gelungen. Fragte er mal einen Fischer nach frischem Fisch, so war der Fang schon ausverkauft oder anderen versprochen. Der Hafenmeister grüßte ihn nicht. Betrat er die „Fischerklause", machte sich sofort ein ungastliches Schweigen breit.

Damp hatte Fittkau auch in Verdacht, für den einen oder anderen Streich verantwortlich zu sein, der ihm auf der Insel gespielt wurde. Als Rieder vor drei Wochen ein paar Tage nach Berlin gefahren war, meldete eines Morgens der Verkehrsfunk von Radio Mecklenburg-Vorpommern, dass es nach Angaben des Inselpolizisten Ole Damp an diesem Tag möglich sei, die autofreie Insel Hiddensee einmal mit dem Pkw zu besuchen. Kurz darauf bildete sich an der Fähre in Schaprode eine Warteschlange. Dutzende Autofahrer bestanden beim überraschten Fährpersonal darauf, mit dem Auto nach Hiddensee zu fahren. Damp war noch gar nicht im Revier, als ihn der aufgebrachte Kapitän der Fähre „Vitte" anrief und zur Schnecke machte. Gleich darauf meldete sich Polizeichef Bökemüller aus Stralsund und fragte, was das für ein Schwachsinn sei. Damp schwor, nichts mit der Sache zu tun zu haben, fand aber bei seinem Chef keinen Glauben. Auf Rügen hatten seine Kollegen vom Revier Bergen alle Hände voll zu tun, die wartenden Autofahrer davon zu überzeugen, dass es sich um eine Falschmeldung handele und Hiddensee auch weiter autofrei bliebe.

Damp war daraufhin in den Hafen geeilt. Dort hatten sich viele Hiddenseer versammelt, die die Nachricht gehört hatten und nun auf die Fähre warteten, um das einmalige Wunder zu bestaunen. Die Fuhrleute stürmten auf Damp zu und warfen ihm vor, ihr Geschäft kaputt zu machen, andere fragten ihn, wo denn die vielen Autos parken sollten. Damp wusste gar nicht, wie ihm geschah, und beteuerte wiederholt seine Unschuld. Er lief mit durch den Hafen und rief immer wieder, die Nachricht sei falsch, es kämen keine Autos auf die Insel. Die Leute lachten oder schüttelten mit mehr, aber oft auch weniger Mitleid den Kopf über den überforderten Inselpolizisten. Erst als die Fähre wirklich ohne Pkw an Bord kam, beruhigte sich die Lage. Nur einer hatte die ganze Zeit grinsend etwas abseitsgestanden, in seiner blauen Latzhose, mit der Pfeife im Mund und seiner alten Schiffermütze auf dem Kopf, und dem Treiben gelassen zugesehen: Malte Fittkau. Damp hatte Rieder nach seiner Rückkehr gebeten, der Sache auf den Grund zu gehen und Fittkau zu überführen. Aber Rieder hatte natürlich abgewunken. Der steckte doch mit seinem Nachbarn unter einer Decke.

Nun also zerstörte ihm Rieder seine schöne Vormittagsruhe. Allerdings lächelte Damp still in sich hinein bei dem Gedanken, wie sich Rieder bei Westwind von der Seite, praller Sonne von oben und ohne Frühstück mit dem Fahrrad bis zum Enddorn gequält haben musste, während das Polizeiauto schön im kühlen Schatten des Rathauses stand.

Also auf zum Pfarrer. Damp stand auf, stopfte sein zerknittertes Uniformhemd in die Hose und versuchte mit den Fingern seinen strubbeligen Haaren so etwas wie eine Frisur zu geben. Dann stiefelte er aus dem Büro und stieg in seinen Streifenwagen, dessen Federn unter Damps Gewicht ächzten.

Eigentlich kam ihm die Sache mit dem Pfarrer ganz recht. Während der Vorbereitungen für die Preisverleihung und den Empfang hatte Schneider Damp immer von oben herab behandelt und ihn leicht belächelt, weil er viele Ehrengäste nicht kannte. Und gestern nach dem ganzen Aufstand – kein Wort des Dankes.

Zeit fürs Rückspiel. Der Pfarrer würde sich wundern. Wahrscheinlich hatte er besoffen nach der Feier sein Boot auf Grund gesetzt, war dann nach Hause getorkelt und schlief jetzt dort seinen Rausch aus. Damp würde ihn unsanft wecken.

Er parkte den Streifenwagen auf dem Parkplatz für die Pferdekutschen neben der Inselkirche in Kloster. Dann ging er zum Pfarrhaus, das sich auf der gegenüberliegenden Straßenseite befand. Bevor er klingelte, fiel sein Blick auf den Spruch an der Häuserwand. Neben einem gemalten Segelschiff stand dort: „Gottes sind Wogen und Wind, aber Segel und Steuer sind Euer …" Damp musste grinsen. Wie passend! Da hatte wohl der Pfarrer sich etwas zu viel auf die himmlischen Kräfte verlassen und dadurch Schiffbruch erlitten. Nach dem Läuten wurde sofort die Tür aufgerissen. Damp schaute in das entgeisterte Gesicht von Birgit Thurow. Drei Tage die Woche arbeitete sie als Küsterin im Hiddenseer Pfarramt.

Wie in Zeitlupe löste sich ihre Erstarrung. „Was wollen Sie hier?"

„Kann ich Herrn Schneider sprechen?", fragte Damp und verwendete ganz bewusst nicht die Bezeichnung Pfarrer, denn hier ging es nicht um die Amtsperson, sondern um den Bürger.

Birgit Thurow schnäuzte sich. Wahrscheinlich hatte sie wieder Ärger mit ihrem Mann, dachte sich der Polizist. Manfred Thurow war Fischer, einer der letzten auf Hiddensee. Er galt als Eigenbrötler und seinen Frust über geringen Fang und niedrige Preise ließ er nicht selten an seiner Frau aus. Jedenfalls berichtete der Inselfunk regelmäßig über lauten Streit.

Birgit Thurow war auf Hiddensee geboren, aber nach der Schule nach Rügen gezogen. Sie hatte dort als Restauratorin gearbeitet. Als ihre Eltern Pflege brauchten, war sie nach Vitte zurückgekommen. In dieser Zeit waren sie und Thurow ein Paar geworden. Er war ihr Nachbar, alleinstehend und wohnte in einem alten Fischerhaus. Nach dem Tod der Eltern hatten sie geheiratet und sie war zu ihm gezogen. Ihr Elternhaus in Vitte hatten sie zu einem Ferienhaus umbauen lassen, um mit der Vermietung das Familieneinkommen aufzubessern. Doch da die Zinsen für den Baukredit kaum von den Einnahmen gedeckt wurden, musste sie sich auf der Insel eine Arbeit suchen. So hatte sie im Pfarramt als Küsterin angefangen, drei Tage die Woche. Für sie war es ein Glücksfall, denn die alte denkmalgeschützte Kirche gab ihr Gelegenheit, ihr Fachwissen als Restauratorin einzubringen und zu nutzen.

Birgit Thurow war eine der Wenigen auf der Insel, die Damp grüßten. Und so war ihm auch die Veränderung aufgefallen, die scheinbar ohne jeden äußeren Anlass mit Birgit Thurow passiert war. Bis vor einem Jahr galt sie eher als graue Maus. Frisur war ein Fremdwort für ihre Haare. Sie trug weite Pullover, formlose Jeans, Turnschuhe oder Gummistiefel, je nach Wetterlage. Doch in letzter Zeit hatten ihre langen braunen Haare die Bekanntschaft mit Lockenwicklern gemacht und wallten jetzt über ihre Schultern. Neben der transparenten weißen Bluse, durch die Damp jetzt einen Blick auf die Spitze ihres BHs werfen konnte, war für ein Pfarramt in jedem Fall die mangelnde Länge des eng geschnittenen grauen Rockes, der knapp über dem Knie endete, etwas gewagt. Ihre Füße steckten in hochhackigen Pumps, mit denen sie sicher nicht ohne größeres Unfallrisiko über die holprigen Straßen der Insel balancierte.

Mit leicht zitternder Stimme antwortete sie dem Polizisten: „Pfarrer Schneider ist nicht da."

Der Anblick der attraktiven, wenngleich offensichtlich verstörten Frau verwirrte Damp. „Äh ...", stotterte er, „ist er in der Kirche?"

„Nein! Ich sagte doch schon, er ist nicht da. Auch nicht in der Kirche. Auch nicht auf dem Friedhof." Sie putzte sich noch einmal die Nase, bevor sie nachfragte: „Geht es noch um die Feierlichkeiten? Ist da noch etwas zu regeln?"

„Nein. Sein Boot ist auf Grund gelaufen. Am Enddorn."

„Um Gottes willen ...", stieß sie hervor.

„Und außerdem muss das Boot da weg, liegt ja mitten im Nationalpark." Damp hatte nun auch seine Fassung zurückgewonnen und wurde wieder dienstlich. „Jedenfalls ist es verboten, in diesem Gebiet mit Motorschiffen zu ankern oder anzulegen. Herr Schneider muss mit einem empfindlichen Bußgeld rechnen. Es wäre gut, wenn er sich so schnell wie möglich bei mir melden würde. Die Nummer hat er ja. Wenn Sie ihm das ausrichten würden, sobald er nach Hause kommt?"

Birgit Thurow nickte und schloss dann ohne ein weiteres Wort die Tür.

IV

Rieder stapfte um das Boot herum. Die Schleifspuren am Kiel zeigten, dass es mit einiger Geschwindigkeit auf die Steine gefahren sein musste. Er klopfte an die Schiffswand. Es klang nicht wie Holz.

„Harzgetränkte Glasfaser", meinte Thomas Förster vom Nationalpark. „Hoffentlich ist der Schiffsboden durch die Steine nicht aufgerissen worden. Dann säuft uns der Kahn ab, sobald wir ihn irgendwie auf See bekommen, und der ganze Diesel und noch mehr Öl plempern ins Wasser und versauen den Strand."

Etwas abseits stand Dr. Preil mit einigen anderen frühen Strandgängern und stieß heftige Tiraden gegen die Bootsbesitzer aus. Dafür erntete er zustimmendes Nicken von den zumeist älteren Zuhörern. Früher sei doch alles viel besser und ruhiger gewesen. Da hätte auch die Polizei dafür gesorgt, dass hier keiner einfach am Strand anlege.

„Der nervt", knurrte Rieder. Er hatte seine Hosen hochgekrempelt und wanderte im flachen Wasser um das gestrandete Schiff herum. „Ganz schön großes Schiff für einen Pfarrer", bemerkte er.

Förster zuckte mit den Schultern. „Vielleicht hat er mit seinen Zeitungsartikeln nicht schlecht verdient. Warum soll er sich davon nicht ein Schiff kaufen. Der Kahn ist auch nicht mehr ganz taufrisch. Schätze frühe Sechzigerjahre."

Rieder hörte nicht so richtig zu. Etwas an der Schiffswand auf der Steuerbordseite funkelte im Widerschein der Sonne und Wellen. Der Polizist trat näher heran. Es sah aus wie ein Metallplättchen. Aber Rieder kannte aus seiner Berliner Polizeivergangenheit diese Dinge ziemlich genau. Es war ein Projektil, das dort in der

Schiffswand steckte. Vielleicht einen halben Meter daneben entdeckte er ein zweites. Sie mussten aus einiger Entfernung abgefeuert worden sein, wenn sie diese Kunststoffwände nicht durchschlagen hatten.

„Was ist?", fragte Förster, der Rieder beobachtet hatte.

„Zwei Einschüsse."

Rieder war noch einmal auf das Boot geklettert. Er durchstöberte die Kabine, die Kombüse, das Bad. Er schreckte zusammen, als erneut das nostalgische Telefonklingeln zu hören war. Unter einem Buch auf dem Tisch sah er das Leuchten des Displays. Zweiundzwanzig Anrufe. Der letzte war von Damp. Das sah er an der Nummer. Einer war von ihm selbst. Sechzehn Mal hatte sich die Mailbox gemeldet und vier Mal eine gewisse Birgit. Er wählte die Mailbox an. Nur eine Nachricht befand sich darauf. „Hier Birgit. Bist du schon losgegangen? Melde dich mal. Bis später."

Die Stimme kannte Rieder von den Vorbereitungen der Preisverleihung. Sie gehörte Birgit Thurow, der Küsterin. Wahrscheinlich hatte Schneider das Fest verlassen, ohne sich von ihr zu verabschieden. Der Anruf führte also auch nicht wirklich weiter. Allerdings vermerkte er für sich die Zeit des Anrufs. Sonntag, 19.23 Uhr. Rieder stieg ins Führerhaus. Erst jetzt fiel ihm auf, dass neben dem Steuerrad der Zündschlüssel steckte. Er drehte den Schlüssel. Der Motor jaulte, aber sprang nicht an. Er schob die Tür auf und trat auf das Schiffsdeck. Sein Blick fiel auf einen feuchten roten Fleck auf den lackierten Planken. Er hockte sich hin. Rieder war sich sicher: Das war Blut. Da entdeckte er auch auf dem Rahmen des Fensters im Kabinendach dunkelrote Flecken. War auf Schneider geschossen worden und er verletzt oder vielleicht sogar tot ins Meer gestürzt? Wenn ja, wo war er oder vielmehr sein Leichnam abgeblieben?

Als er sich aufrichtete, sah er Damp den Strand entlangkommen. Rieder kletterte vom Boot.

„Also in der Kirche und im Pfarrhaus ist er auch nicht", brachte Damp kurzatmig heraus, als er bei Rieder und Förster ankam. „Das habe ich schon überprüft. Mensch, ist das heiß."

Rieder berichtete leise von den Einschüssen und den Blutspuren, damit die umstehenden Schaulustigen davon nichts mitbekamen. Förster und Damp rissen vor Schreck den Mund auf. Rieder versuchte, sie und sich selbst zu beruhigen. „Man muss nicht gleich das Schlimmste annehmen. Vielleicht ist er nur verletzt und hat bei jemandem auf der Insel Hilfe bekommen."

Doch damit konnte er Förster und Damp offenbar nicht recht überzeugen.

„Er muss doch hier auf der Insel Bekannte oder Freunde haben. Wie lange ist er schon hier? Über zwanzig Jahre."

Da schüttelte der Mann vom Nationalpark den Kopf. „Also ich bin auch schon eine ganze Weile hier. Aber der Schneider ist nicht so wohl gelitten."

„Vielleicht ist er schon weiter draußen auf der Ostsee über Bord gegangen?", warf Damp ein. Das könne man nicht von der Hand weisen, stimmte Rieder ihm zu.

„Dann kann es dauern, bis er wieder auftaucht", bemerkte der Nationalparkmann trocken. „Bei dem ablandigen Wind landet er irgendwann in Dänemark."

„Man könnte ein Suchflugzeug mit Wärmebildkamera einsetzen …", schlug Rieder vor.

„Und wie lange soll das kreisen?", meinte Damp skeptisch. „Die Ostsee ist doch nicht der Müggelsee."

Rieder überhörte den kleinen Seitenhieb seines Kollegen. „Aber wir sollten Bökemüller anrufen." Der Stralsunder Polizeichef war auch extra zur Preisverleihung an Schneider nach Hiddensee gekommen. „Allerdings kann das Stress geben. Gestern wurde Schneider mit Tamtam ausgezeichnet, heute ist er verschwunden …"

„Da wird unser Chef nicht begeistert sein", ergänzte Damp die Gedanken seines Kollegen. „Hoffentlich bleibt nicht was an uns hängen."

V

Rieder, sagen Sie, dass das nicht wahr ist", brüllte Bökemüller ins Telefon.

„Schneider ist verschwunden. Es gibt Blutspuren auf dem Kahn und zwei Kugeln stecken in der Schiffswand."

„Können Sie sich vorstellen, was das für einen Aufstand gibt, wenn dem Schneider was passiert ist? Gestern noch vom Minister geadelt, heute vermisst, vielleicht tot, ermordet." Die Stimme des Polizeipräsidenten war immer dramatischer geworden. „Ich glaube, das ist eine Nummer zu groß für Sie und Damp. Da werde ich das LKA einschalten müssen."

Rieder versuchte zu beschwichtigen. „Vielleicht sollten wir nicht gleich die Pferde scheu machen. Vielleicht hat sich Schneider an Land geschleppt und ist bei jemandem hier auf der Insel untergekommen. Der kennt hier doch Hinz und Kunz."

Rieder konnte förmlich spüren, wie Bökemüller auf der anderen Seite der Leitung abwog, gleich Alarm zu schlagen oder den Fall erst mal auf Sparflamme zu kochen.

„Okay, fahnden Sie nach Schneider. Aber vorsichtig. Wühlen Sie nicht zu viel Staub auf, bevor wir nicht wissen, was wirklich passiert ist. Ich schicke Ihnen Behm. Der soll sich die Sache mal genauer ansehen." Das war Rieder sehr recht. Holm Behm war Chef der Stralsunder Spurensicherung. Bei den Ermittlungen zum Mord an dem Kunsthistoriker vor wenigen Monaten am Gellen hatten sich die beiden Beamten angefreundet.

„Und hören Sie, Rieder, News nur an mich. Wenn Sie mich nicht telefonisch erreichen, eine Message übers Mobile. Klar?"

Diese englischen Begriffe in Bökemüllers Sprachgebrauch waren die Spätfolge seiner Zusammenarbeit mit den amerikanischen Sicherheitsbehörden beim Besuch des US-Präsidenten im Frühsommer in Stralsund. Rieder lächelte darüber, versicherte aber im todernsten Ton, sich an die Anweisungen zu halten. „Sie können sich auf mich verlassen … Aber müssen wir nicht die Küstenwache einschalten. Das ist immerhin so eine Art Schiffsunglück?"

Brummen auf der anderen Seite der Leitung. „Dann haben wir gleich die Bundespolizei am Hacken und …"

„Aber das Schiff muss irgendwie geborgen werden", fiel Rieder seinem Vorgesetzten ins Wort.

„Da werden Sie ja wohl eine Lösung finden. Und zwar just in time. Ich schicke Ihnen Behm mit Gebauers Boot. Vielleicht kann der helfen." Gebauer war der Kommandant des Wasserpolizeibootes, das im Schaproder Bodden patrouillierte.

Aus den Augenwinkeln hatte Rieder beobachtet, wie Thilo Preil versucht hatte, etwas von seinem Telefongespräch aufzuschnappen. „Und was machen Sie nun", fragte er den Polizisten. „Wo ist der Kerl abgeblieben? Ist er abgesoffen? Das geschieht diesen Saufbolden ganz recht. Es gibt noch eine Gerechtigkeit." Beifälliges Gemurmel kam dazu von den Umstehenden. Die Gruppe war mittlerweile ganz schön angewachsen.

Rieder riss der Geduldsfaden. „Können Sie nicht einfach mal den Mund halten?"

„Das hätten Sie wohl gern. Aber die Zeiten sind lange vorbei!"

Rieder verdrehte die Augen. Damp schritt zur Tat. Mit ausladenden Armen ging er auf die versammelten Leute zu und trieb sie so langsam in Richtung Enddorn. Rieder schüttelte zwar den Kopf, als Damp ein Strandverbot verhängte, war aber auch froh, die Meute endlich los zu sein.

„Gibt es eine Chance, das Schiff freizubekommen ohne technische Hilfsmittel?", wandte sich Rieder an Förster. Der schüttelte den Kopf. „Bis heute Abend soll zwar der Wind drehen und dann wird hier der Wasserstand wieder steigen, aber das wird nicht reichen, dass der Bootskörper aufschwimmt. Der Kahn ist zu schwer.

Eigentlich geht nur was von Land aus, denn hier kommt kein Schiffskran heran. Außer …" Sein Gesicht hellte sich auf. Offenbar hatte er eine Idee, denn Förster nahm sein Telefon und wählte eine Nummer.

„Hallo, Gerd. Wie geht's? Brummt der Laden?" Er schilderte kurz die Lage. „Ja, ja, am Enddorn. Genau. Habt ihr noch diese Luftkissen? Damit könnte man das Schiff vielleicht anheben, wenn das Wasser wieder steigt."

„Okay. Ich melde mich wieder."

Rieder hatte mit ungutem Gefühl zugehört. Das verstand Bökemüller sicher nicht unter „keinen Staub aufwirbeln", aber wie er die Insel in den letzten Monaten kennengelernt hatte, pfiffen das Lied vom gestrandeten Schiff des Pfarrers schon die Möwen von den Schilfdächern.

„Das war Gerd Barnhöft von der freiwilligen Feuerwehr. Die könnten das Schiff vielleicht mithilfe von Luftkissen bei ansteigendem Wasser durch anlandigen Wind wieder flottbekommen."

Rieder war unentschieden. „Gute Idee, aber …"

Förster beruhigte ihn. „Rufen sie Barnhöft an. Einen anderen Weg ohne viel Aufhebens gibt es nicht. Und die Jungs sind zuverlässig." Damit verabschiedete sich Förster. Er tippte kurz mit zwei Fingern an die Stirn. „Mich finden Sie im Nationalparkhaus."

Rieder stimmte ihm innerlich zu und Bökemüller mit seinen Bedenken war ihm deshalb auch im Moment ziemlich egal.

VI

Rieder und Damp waren ins Revier zurückgekehrt, nachdem Gebauer und Behm mit dem Polizeiboot am Enddorn eingetroffen waren. Die Besatzungsmitglieder von Gebauers Polizeiboot hatten die Absperrung der Unglücksstelle übernommen. Behm hatte sich ausgebeten, das Schiff, die Einschüsse und die Spuren auf Deck allein zu inspizieren. „Ich kann es nicht leiden, wenn ihr mir da dauernd auf die Finger schaut oder um mich herumscharwenzelt. Habt ihr nix in eurem Revier zu tun?"

Damp hackte auf die Tasten seines Computers ein. Kaum hatte er die Entertaste gedrückt, folgten ein kurzes Klingeln und kurz danach ein heftiger Fluch des Polizisten. Seit gut einer viertel Stunde wiederholte sich dieses Schauspiel im Abstand von einer Minute. Jetzt allerdings war eine neue Eskalationsstufe erreicht. Damp hob nach dem letzten Klingeln seine Tastatur an und warf sie wieder auf den Schreibtisch. Rieder blickte erschrocken auf.

„Ich verstehe es nicht", brüllte Damp. „Warum nimmt diese verdammte Personendatei nicht die Daten des Pfarrers an, sondern meldet mir immer ‚Zugriff verweigert'?"

Rieder ging um den Schreibtisch herum und sah Damp über die Schulter. „Vielleicht ist Ihr Passwort abgelaufen?"

Damp blickte beleidigt zu seinem Kollegen auf. „Für wie blöd halten Sie mich eigentlich? Das habe ich natürlich schon überprüft. Aber bitte, versuchen Sie es doch selbst."

Er schob die Tastatur zu Rieder hinüber. Der begann seine Zugangsdaten für die Personendatei einzugeben und wurde auch sofort auf die Seite mit der Suchmaske weitergeleitet. Rieder konnte sich ein Grinsen nicht verkneifen. „Wo sind die Daten von Schneider?"

Damp reichte ihm einen Zettel. Rieder tippte die Daten ein und drückte „Enter". Es folgte ein kurzes Klingeln und auf dem Bildschirm erschien der Hinweis „Zugriff verweigert".

„Das ist ja komisch", bemerkte Rieder, nun auch ratlos.

Damp triumphierte. „Tja, da sind Sie mit Ihrem Berliner Polizistenlatein wohl auch am Ende?"

„Vielleicht stimmt was mit der Leitung nicht", versuchte Rieder seinen Fehlversuch zu rechtfertigen.

„Das ist unlogisch, lieber Kollege, dann würde die Datei auch nicht unsere Zugangsdaten akzeptieren, oder?"

Rieder nickte. Er stützte sein Kinn auf seine Hand und starrte in den Computer. „Irgendetwas stimmt hier nicht."

In diesem Moment betrat Behm das kleine Revierzimmer im Hiddenseer Rathaus. Er hatte noch die letzten Worte von Rieder gehört.

„Da habt ihr recht, hier stimmt etwas nicht!"

Er holte ein kleines Tütchen aus seiner Jackentasche, in dem sich zwei Projektile befanden, und zeigte sie den beiden Inselpolizisten.

„Ich musste ziemlich lange in meinen schlauen Dateien kramen, bis ich ein Vergleichsstück für diese Munition gefunden hatte. Die ist nämlich steinalt, aber original, stammt aus den Dreißigerjahren und passt nur zu einer Waffe, einer Luger P08."

„Eine Luger P08? Was soll das sein?", fragte Damp.

„Eine Armeepistole, verwendet bis Ende der Dreißigerjahre. Wer heute noch so eine besitzt, verwendet sie eigentlich nicht zum Schießen, sondern verwahrt sie in einer Vitrine. Und soweit es meine ersten Untersuchungen zeigen, wurde auch die hier benutzte Luger wahrscheinlich gehegt und gepflegt."

Rieder und Damp waren einigermaßen beeindruckt von Behms Vortrag.

Rieder nahm das Tütchen und hielt es gegen das Fenster. „Eine alte Waffe und eine breite Streuung der Einschüsse. Vielleicht auch ein alter Schütze?"

Behm winkte ab. „Das ist gut kombiniert, aber kein Beweis. Die Luger P08 galt nicht unbedingt als Präzisionswaffe und ihr schlechtes Treffverhalten auf größere Entfernungen führte zu ihrem Ende als Dienstwaffe im deutschen Militär."

„Was ist mit dem Blut?"

„Da müsst ihr euch gedulden. Ich habe die Blutspur gesichert. Auf dem Holm über der Kabinendecke fanden sich auch noch einige Haare. Ich werde sie mit denen von einer Bürste vergleichen, die ich im Kulturbeutel im Bad auf dem Boot gefunden habe. Ich nehme an, dass die Sachen von Schneider stammen. Aber die Staatsanwaltschaft wird wohl kaum einem DNA-Test zustimmen, wenn nicht auch ein Verbrechen vorliegt. Das könnte also dauern. Noch Fragen?"

„Wie bist du eigentlich hierhergekommen?"

„Dein Nachbar."

„Malte?"

„Genau. Er kam mit seinem Motorboot vorbei. Da ihr den Strand gesperrt habt, kommen die Schaulustigen mit allem, was schwimmen kann, und beobachten unser Treiben rund um den gestrandeten Pott eben von der Ostsee aus. Fittkau traute sich am nächsten heran. Da habe ich ihn gefragt, ob er mich nach Vitte bringen kann. Zwanzig Euro und die Sache war perfekt."

Rieder grinste über die Geschäftstüchtigkeit seines Nachbarn. Eigentlich betrieb er eine kleine Ferienpension, aber den einen oder anderen Euro verdiente er noch nebenbei mit selbst gemachter Marmelade, geräuchertem Aal oder „neuen" Marktlücken, wie dem Transport von Polizisten mit dem eigenen Boot.

„Gebauer ist weiter vor Ort, um das Boot freizuschleppen, wenn das mit den Luftkissen klappen sollte. Sieht aber gut aus. Der Wind hat gedreht und der Wasserstand steigt. Die Feuerwehrleute sind jedenfalls Feuer und Flamme." Behm lachte über seinen Gag, allerdings allein. „Ihr seid ja echt gut drauf. Aber ich mache euch noch eine Freude."

Holm Behm zog eine Plastikfolie aus seiner Jacke. Darin befanden sich ein Briefumschlag und ein Schreiben. „Ich habe das sicherheitshalber gleich mal eingetütet, falls es zum Äußersten kommt und unter mein Mikroskop geschoben wird." Damit reichte er die Hülle Rieder. Damp stand auf, um auch einen Blick auf das mutmaßliche Beweisstück zu erhaschen.

Der Briefumschlag war an Jens-Uwe Schneider adressiert, der Poststempel stammte aus Stralsund. Aber es gab keinen Absender. Rieder las laut vor, was auf dem weißen Briefbogen stand: „Darum bekenne ich dir meine Sünde und verhehle meine Missetat nicht. Ich sprach: Ich will dem Herrn meine Sünden bekennen."

Rieder sah Behm fragend an. „Der Anfang einer Predigt vielleicht?"

„Und den hat sich der Herr Pfarrer selbst mit der Post geschickt." Behm tat so, als müsste er sich schütteln. „Rieder, enttäusch mich nicht! So lange bist du doch noch nicht auf der Insel. Allerdings trennt sich hier die Spreu vom Weizen, oder besser gesagt, der Atheist vom Christen."

„Ist aus der Bibel", mischte sich nun Damp zum Erstaunen Rieders ein. „Weiß jetzt nicht ganz genau wo. Aber ist aus der Bibel. Ganz bestimmt."

„Eins! Setzen!", spottete Behm, hob aber gleichzeitig anerkennend den Daumen.

„Wo hast du's gefunden?", fragte Rieder.

„In dem Buch, das auf dem Tisch lag."

Rieder las den Text noch einmal. „Na ja, Schneider war Pfarrer."

Behm wiegte seinen Kopf hin und her. „Keine Erklärung dazu. Keine Notizen, ob er es in eine Predigt einfügen wollte. Ich will ja mal nicht die Pferde scheu machen, aber das wirkt für mich eher wie ein Drohbrief."

„Wer sollte Schneider drohen?", überlegte Rieder. „Einer der verrissenen Schriftsteller?"

Behm zuckte mit den Schultern. „Das ist ja wohl eher euer Job, das herauszufinden." Damit wollte sich Behm verabschieden. „Ich würde versuchen, die Fähre nach Stralsund zu bekommen."

„Wart mal … Wir wollten Schneiders Daten abgleichen, um nachzuforschen, ob er noch Angehörige hat", erzählte Rieder,

„aber wir bekommen keinen Zugriff auf die Personendatei. Vielleicht ein technisches Problem?"

„Gebt mir die Daten. Ich schaue, ob ich von unserem Computer in Stralsund mehr Glück habe."

Damp kopierte den Zettel und gab ihn Behm. „Melde mich ab. Falls es was Neues gibt, ruft mich an. Irgendwie ist das eine komische Geschichte."

VII

Immer heftiger wurde der Wellengang auf der Ostsee. Der Wind drückte das Wasser an den Strand von Hiddensee. Und so gelang es den Feuerwehrmännern, durch die angebrachten Luftkissen die „Antonie" so weit anzuheben, dass sie auf die offene See gezogen werden konnte. Kommandant Uwe Gebauer stand im Führerhaus der „Antonie", gab über Funk Kommandos an seine Kollegen auf dem Polizeiboot, alle Klippen aus Findlingen und den Resten der alten Metallbuhnen zu umschiffen. Dann nahm der Konvoi Kurs auf Vitte. Dort wurde die „Antonie" am Steg des Anglervereins festgemacht. Diese Anlegestelle war durch ein eisernes Tor mit Schloss vor dem Zutritt von Fremden geschützt. Jedenfalls von Land aus.

Der Pfarrer allerdings blieb verschwunden. Birgit Thurow hatte auf Bitten von Damp alle Mitglieder des Gemeindekirchenrates abtelefoniert. Keiner hatte Schneider nach der Feier im Gerhart-Hauptmann-Museum gesehen oder gesprochen. Ansonsten kannte sie angeblich auch keinen Menschen weiter auf der Insel, zu dem Pfarrer Schneider näher Kontakt gehabt hätte. Seine engeren Bekannten seien die Schriftsteller gewesen, von denen einige zwar gestern zur Preisverleihung gekommen, aber nun auch schon wieder abgereist seien.

Rieder war zu den alten Häusern der Leuchtturmwächter nördlich von Grieben gefahren, dieses Mal mit dem Polizeiauto. Sie lagen in einer Senke unterhalb des Bakenberges, auf dem der weiße Leuchtturm Dornbusch mit seiner roten Kuppe thronte. Die alten Backsteinhäuser waren zu Ferienwohnungen umgebaut worden. Doch die derzeitigen Mieter hatten in der Nacht keine Hilferufe vom nahen Steilufer gehört und es hatte auch niemand an ihre Tür geklopft.

Auch in Grieben, der nördlichsten Siedlung auf Hiddensee, hatte den Pfarrer seit Sonntag niemand mehr gesehen. In den Gaststätten und in den Geschäften, überall nur Kopfschütteln und Schulterzucken, wenn Rieder nach dem Verbleib von Schneider fragte.

Bökemüller war bei Rieders Bericht über die erfolglose Suche nach dem vermissten Pfarrer immer nervöser geworden. Er überlege, den Innenminister zu informieren, die Sache werde ihm langsam zu heiß.

Rieder schwankte in seinen Gefühlen. Einerseits reizte ihn ein neuer Fall, andererseits hatte er keine Lust, sich mit Beamten und Hierarchen des Landeskriminalamtes von Mecklenburg-Vorpommern herumzuschlagen und von denen als Inselpolizist wie ein Laufbursche behandelt zu werden. Er war immerhin Kriminalhauptkommissar.

Bökemüller und Rieder einigten sich, die Nacht noch abzuwarten und dann am nächsten Morgen eine Entscheidung über das weitere Vorgehen zu treffen.

Es war schon früher Abend, als Rieder erschöpft von den Touren wieder ins Revier nach Vitte kam. Damp packte gerade seine Sachen zusammen. „Feierabend für heute", meinte er. Rieder war noch etwas unschlüssig, was er tun sollte. Konnte er jetzt einfach nach Hause gehen, obwohl es immer noch keine Spur vom Pfarrer gab?

Damp setzte seine Mütze auf und straffte die Uniform. „Was machen Sie?"

Rieder zuckte mit den Schultern. „Sie können mich mit nach Neuendorf nehmen."

Das Polizeiauto kam nur langsam voran. Zu dieser Tageszeit waren nicht nur die Urlauber zwischen Neuendorf und Vitte unterwegs. Die meisten Pferdekutschen rollten wie eine Karawane in Richtung Inselsüden, nachdem sie die letzten Tagestouristen in Vitte oder Kloster zu den Ausflugsschiffen und Fähren gebracht hatten. Damp konnte nicht überholen und musste Schritt fahren, denn die Pferde machten kaum noch Tempo. Sie trabten nach dem langen Tag und mehreren Touren von Neuendorf im Süden bis ins Hochland beim Leuchtturm Dornbusch im Norden müde vor sich hin.

„Kannten Sie eigentlich Pfarrer Schneider besser?", fragte Rieder.

„Kaum", antwortete Damp, „wir hatten manchmal miteinander zu tun, wenn was los war oder er eine größere Veranstaltung hatte und nun bei der Vorbereitung der Preisverleihung, aber sonst …", Damp räusperte sich. „Der hat mich doch auch nicht ernst genommen." Das klang bitter.

„Ich habe ihn eigentlich auch nur einmal gesprochen", meinte Rieder nachdenklich, „letzten Samstag. Und da wirkte er nicht wirklich glücklich. Trotz Preisverleihung."

Vor zwei Tagen hatte Rieder einen Streit zwischen dem Fernsehteam und den Fuhrleuten schlichten müssen. Der Übertragungswagen für die Preisverleihung sollte zwar auf dem Park- und Wendeplatz der Fuhrleute neben der Kirche stehen, aber nicht gleich den ganzen Platz einnehmen. Die Fuhrleute bestanden auf ihrem Recht, dort zu parken wie sonst auch, und blockierten dann aus Protest den Kirchweg, die Hauptstraße von Kloster. Der Begriff Hauptstraße war allerdings für den ungepflasterten, mit Schlaglöchern übersäten Weg vom Friedhof bis zum Inselmuseum eigentlich nicht angebracht. Damp hatte im Hafen mit den Vorbereitungen für die Ankunft der vielen Gäste zu tun und stritt sich dort außerdem mit den Vermietern von Ferienwohnungen herum, die ihre Gepäckwagen nicht wegräumen wollten. So eilte Rieder zur Kirche, um dort die Gemüter zu beruhigen. „Scheißorganisation! Wo ist Damp?", riefen ihm die Kutscher schon zu, als er von der neuen Pension „Zur Post" kommend auf den Kirchweg einbog. Dort standen ein Dutzend Planwagen, immer drei nebeneinander. Die Leute kamen weder rechts noch links und schon gar nicht „mittenmang" durch. Klaus Treue, ein Fuhrunternehmer aus Neuendorf und eher ein friedlicher Typ, kam auf den Polizisten zu.

„Hallo, Rieder, verstehen Sie uns nicht falsch, aber wir müssen auch unser Geschäft machen können." Rieder kramte eine Skizze hervor, die Damp ihm gegeben hatte und auf der der Standplatz des Übertragungswagens eingetragen war, sowie ein Protokoll, in dem sich die Fuhrleute, die Fernsehfirma und Damp schriftlich über die Platzverteilung geeinigt hatten. Statt längs zur Kirche, wie auf der Zeichnung vermerkt, parkte der riesige Übertragungswagen quer über den Platz und hatte nach rechts und links noch kleine Container ausgefahren. Jedenfalls war so kein Platz mehr für die Fuhrwerke, um dort zu wenden. Dicke rote Kabel waren von dem Fahrzeug zur Kirche gezogen worden. Mehrere Männer in dunkelblauen Jacken mit dem Symbol ihres Fernsehsenders auf dem Rücken waren damit beschäftigt, Scheinwerfer und Fernsehkameras zum Gotteshaus zu tragen. Andere saßen auf Campingstühlen um einen kleinen Klapptisch. Alle hatten Papier und Stift in der Hand und hörten aufmerksam einer Frau mit roten Haaren zu.

Rieder hatte sich durch die wütenden Fuhrleute nach vorn gearbeitet. „Oh, der Berliner persönlich", war ihm nachgerufen worden. „Scheint ja 'ne Chefsache zu werden."

Rieder wusste, jetzt ging es für ihn ums Ganze. Jetzt würde sich entscheiden, ob er in den Augen der Insulaner Kerl oder Weichei war.

Er marschierte hinüber zu den Fernsehleuten. Die Frau mit den roten Haaren schien ihm hier die Chefin zu sein. Als Rieder sich vorgestellt hatte, nahm sie die halbe Brille ab und musterte den Mann in Jeans, T-Shirt, grüner Windjacke und Baseballkappe von unten bis oben.

„Sie sind also der Inselpolizist?", stellte sie zweifelnd fest. „Ihr Name ist mir neu. Ich habe immer mit einem Herrn Damp verhandelt."

Rieder nickte. „Der hat an anderer Stelle zu tun. Ich kümmere mich heute hier um die Vorbereitungen an der Kirche. Darf ich fragen, mit wem ich es zu tun habe?"

Langsam stand die Frau aus ihrem Campingstuhl auf und streckte dann, geradezu graziös, Rieder die Hand entgegen. „Carmen von Kreuznach. Ich bin die Regisseurin der morgigen Sendung. Und das", sagte sie darauf mit einer ausschweifenden Bewegung über die Männer am Tisch, „sind meine Kameramänner. Wir machen gerade eine Regiebesprechung." Ihr Ton drückte deutlich aus, dass sie sich durch Rieder gestört fühlte.

„Ich will mich nicht lange mit der Vorrede aufhalten, aber so geht es nicht."

„Was meinen Sie?"

Rieder tippte auf das Protokoll und die Zeichnung.

„Wir hatten erstens mit einem kleineren Ü-Wagen gerechnet und zweitens sollte er längs zur Kirche stehen und hier nicht den ganzen Platz blockieren. Und daran müssen Sie sich bitte halten."

Die Regisseurin zog die Mundwinkel nach unten und bedachte den Polizisten mit einem Blick, als ob er nicht ganz bei Trost wäre.

„Guter Mann", rief sie mit Emphase aus, „das ist unmöglich! Schauen Sie, wie weit wir schon mit der Verkabelung sind. Und meinen Sie wirklich, Sie können das einschätzen, was man für eine richtig gute Fernsehübertragung braucht?" Frau von Kreuznach warf die Haare zurück, stemmte eine Hand in die Hüften und wies mit der anderen auf das Papier in Rieders Hand. „Diese Planung mit dem kleinen Ü-Wagen, der nur drei Kameras an Bord hat" – sie machte eine Pause, als wollte sie abwarten, ob Rieder ihre Worte auch verstanden hätte – „diese Planung war völlig inakzeptabel. Ich bitte Sie!" Dann deutete sie in Richtung der Kirche. „Dieses Juwel muss doch richtig in Szene gesetzt werden." Wieder eine Pause. „Also unter sechs Kameras geht da gar nichts. Und dazu braucht man eben auch so ein Fahrzeug." Dann beugte sie sich ganz nah an Rieders Gesicht und flüsterte ihm verschwörerisch zu: „Äh, diese Fuhrleute. Die werden auch mal einen Tag zu Hause bleiben können." Sie drehte sich noch einmal um, um sich zu versichern, dass auch keiner der Umstehenden ihre Worte hörte. „Mal ganz unter uns, können Sie nicht was machen, dass die verschwinden? Sie verderben mir den schönen Außenschuss."

Rieder trat einen Schritt zurück und wollte gerade antworten, da tauchte hinter dem Übertragungswagen der Arm eines Krans auf, der sich immer weiter in die Höhe schob. Er hatte dieses zweite Fahrzeug hinter dem Übertragungswagen gar nicht gesehen. Am Ende des Kranarms hing eine kleine Gondel mit einer Kamera.

„Was ist das?", fragte er empört.

„Unser Steiger ... eh, Kamerakran", erklärte Frau von Kreuznach mit unschuldiger Miene. „Hatten wir das vergessen zu sagen?"

Rieder bekam einen richtigen Wutanfall.

„Den können Sie gleich einklappen. Oder hat der eine Genehmigung zum Befahren von Hiddensee?"

„Äh, die Kollegen von der Fähre waren so nett ..."

„Okay, einklappen, wegfahren zur Fähre und zurück nach Schaprode."

Frau von Kreuznach war die Farbe aus dem Gesicht gewichen. Mit schriller Stimme schrie sie: „Was bilden Sie sich eigentlich ein! Ich werde sofort meinen Direktor informieren und dann läuft das über den Minister und ..."

„Okay, bis der Minister entschieden hat oder wer sonst, entscheide ich. Entsprechend der Absprachen und des Protokolls, das Ihre Unterschrift trägt." Die hatte Rieder noch rechtzeitig auf dem Protokoll entdeckt. „Also, Kran zurück zur Fähre und dann nach Rügen. Und der Ü-Wagen wird umgeparkt. Sofort!"

„Aber die Kabelwege ...", versuchte die Regisseurin einen letzten Widerstand. Doch Rieder fiel ihr ins Wort: „... sind auch nicht länger, wenn Sie umparken, wahrscheinlich sogar kürzer. Bis Morgen ist noch viel Zeit."

Pfarrer Schneider hatte die Debatte zwischen Rieder und der Regisseurin aus einiger Entfernung beobachtet. Doch nun hatte Frau Kreuznach ihn entdeckt und stürzte auf ihn zu. Schneider war schlank und hatte ein etwas pausbäckiges Gesicht. Sein dünnes mittellanges Haar war etwas strähnig und er hatte es zurückgekämmt. Wie immer trug er ein schwarzes Hemd und eine schwarze Jeans. Da er immer den Kopf leicht vorbeugte, wirkte er in seiner schwarzen Kleidung wie ein Rabe. Er schaute über seine kleine runde Brille, als wollte er genauer wissen, was dort passiert war. Doch noch ehe die Regisseurin ihn erreicht hatte, drehte er sich um und ging mit schnellen Schritten auf die Kirche zu und verschwand darin. Frau von Kreuznach blieb daraufhin stehen. Eine junge Frau war gerade aus der Kirche gekommen, ebenfalls in einer Jacke wie alle anderen Mitarbeiter des Fernsehteams und mit einem Klemmbrett unterm Arm. Rieder nahm an, dass es sich dabei um die Aufnahmeleiterin handelte, die hier vor Ort alles für die Fernsehleute organisieren musste und nun in ihr Unglück gelaufen war. Denn die Regisseurin ging mit lautem Geschrei und erhobenen Händen auf die junge Frau los. Er befürchtete schon, dazwischengehen zu müssen. Aber es blieb bei lautem Kreischen und leisen Rechtfertigungen. Als er sich umdrehte, hatten auch die Kameramänner die Köpfe eingezogen, einige allerdings mit verschmitztem Grinsen. Zur Linken hatten die Fuhrleute ein Freudengeheul angestimmt und zeigten mit erhobenen Daumen in Rieders Richtung. Das war für ihn ein Sieg auf ganzer Linie gewesen.

Danach war Rieder in die Kirche gegangen. Pfarrer Schneider hatte sich hinter den kleinen Verkaufstisch gesetzt, an dem kleine Mönche aus Ton, eine blaue Kachel mit einer aufgemalten Rosenblüte und Postkarten von Hiddensee angeboten wurden, alles Eigenproduktionen der Kirchengemeinde, um Geld für dringende Sanierungsarbeiten zu sammeln.

„Herr Schneider", sprach Rieder den Pfarrer an, „es tut mir leid, dass …"

Aber der Pfarrer winkte ab. „Sie machen Ihren Job. Frau von Kreuznach natürlich auch." Dann stand er auf und gab Rieder ein Zeichen, ihm auf die kleine Sitzbank an der linken Seite des Altarraumes zu folgen. Dort setzten sie sich ganz hinten hin.

„Mir ist das alles sowieso zu viel. Verstehen Sie mich nicht falsch. Ich freue mich über die Ehrung, aber alles eine Nummer kleiner wäre mir lieber gewesen. Außerdem kann ich jetzt nicht mehr meinem Hobby nachgehen. Und das schmerzt mich sehr."

Rieder schaute verdutzt.

„Na ja, nachdem jeder weiß, wer sich hinter Jean Jacques Hoffstede verbirgt, traut sich kaum noch einer, mir seine Manuskripte zu schicken. Manche Autoren, mit denen ich sehr freundschaftlich verkehrt habe, fühlen sich hintergangen oder gekränkt. Nicht alle, aber …"

Die Worte des Pfarrers rauschten an Rieders Ohren vorbei, denn plötzlich nahm ihn die Schönheit der kleinen Inselkirche völlig gefangen.

Die Sonne schien gleißend durch die hohen gotischen Kirchenfenster. Die Strahlen ließen die Aufhängung des dicken spärlich gekleideten Taufengels, der im Altarraum von der Decke hing, verschwinden. Und so hatte Rieder den Eindruck, der Engel würde wirklich unter dem Kirchendach schweben wie unter einer Himmelswiese, denn die Holzdecke war in einem sanften Blau gehalten und verziert mit Rosenblüten. Dazu passten die weißen Kirchenbänke mit den abgesetzten blauen Kanten. Das waren die Farben Hiddensees: Weiß, Rosa und Blau.

Wie viele Menschen hatten hier in den letzten Jahrhunderten gesessen und Trost gesucht? Setzte sich jemand auf eine der harten Holzbänke, gab es ein knarrendes Geräusch, als ächzte das Gestühl unter der Last der Gebete und Fürbitten. Der Fußboden bestand aus roten Backsteinen und war so uneben wie die Oberfläche einer rauen See. Eine schmale Treppe führte hinauf zur Orgel in der Empore. In der Mitte ihrer weißen Balustrade hing ein Gemälde. Männer in einem offenen Boot kämpften mit ihren Rudern gegen dunkle Wellen des Meeres. Ob sie wohl das rettende Ufer erreicht hatten?

Dahinter die Orgel in dunklem Holz. Sie war der einzige dunkle Punkt in dieser hellen Kirche. Doch ihre Pfeifen wirkten filigran und schmal, passend zu dem kleinen Gotteshaus.

„Wie haben Sie sich auf der Insel eingelebt?", riss der Pfarrer Rieder aus seinen Gedanken.

„Geht so. Hier läuft das Leben anders als in Berlin. Ruhiger."

„Sie sind auch erst ein paar Monate da."

„Es werden jetzt fünf. Und der Sommer lässt nicht mal den Gedanken auf Langeweile aufkommen. Es ist immer noch schön, abends von meinem kleinen Dachfenster in Vitte den wandernden Lichtstrahl des Leuchtturms zu sehen."

Der Pfarrer lachte auf. „Klingt wie eine Urlaubspostkarte. Die Winter können lang werden, und wenn man dann nicht fliehen kann …" Dabei sah er zu einem Kirchenfenster, vor dem sich die Äste der riesigen Bäume vor der Kirche sanft im leichten Ostseewind wiegten. „Eigentlich bin ich hier nie richtig heimisch geworden."

„Kamen Sie auch aus einer Großstadt?"

„Nein, aus einem kleinen Nest. Aber es ist nicht nur das", antwortete Schneider nachdenklich. Dann wandte er sich wieder Rieder zu. „Die Hiddenseer sind einfach schwer zu knacken. Und wir sind nie richtig miteinander warm geworden. Was schlecht ist für einen Pfarrer. Verstehen Sie."

„Ich weiß, was Sie meinen. Aber es ist auch noch nicht ausgemacht, dass ich mein ganzes Leben hier verbringen werde."

„Das kann ich Ihnen auch kaum raten. Sie sind zu verschieden von dem Menschenschlag hier." Nach einer kurzen Pause fügte der Pfarrer hinzu: „Man kann schnell sehr einsam werden auf der Insel."

Dann aber war Schneider mit Schwung aufgestanden, als hätte er sich dieses Eingeständnis nicht erlauben dürfen. „Aber es gibt kaum einen schöneren Platz auf dieser Erde."

VIII

S oll ich Sie am ‚Strandcafé' absetzen?" Rieder erschrak. Sie hatten den Ortseingang von Neuendorf erreicht. Das Polizeiauto fuhr gerade über den kleinen Deich am Ortseingang von Neuendorf.

„Ja, das wäre nett."

Das „Strandcafé" betrieb Rieders Freundin Charlotte Dobbert. Die junge Frau mit den blonden Haaren stand hinter dem Tresen und kommandierte von dort wie ein Feldmarschall ihre beiden Kellnerinnen durch das voll besetzte Lokal, versorgte sie ohne Unterlass mit Getränken und Speisen aus der Küche, rief ihnen zu, für welchen Tisch gerade die Bestellung bereitstand. Weder auf der Terrasse zum Meer noch im Gastraum war ein Platz frei. Rieder stellte sich an die Bar. Charlotte beugte sich kurz rüber und küsste ihn.

„Und habt ihr ihn gefunden?", fragte sie.

„Wen?"

Sie zog die Augenbrauen nach oben. „Na wen wohl? Den Pfarrer?"

„Hat sich das schon rumgesprochen?"

Sie schüttelte lachend den Kopf. „Wann begreifst du das endlich: Hiddensee ist ein Dorf. Außerdem muss es da oben am Enddorn einen ganz schönen Auflauf gegeben haben, nachdem die Feuerwehr angerückt ist."

„Kann ich ein Bier haben?", versuchte Rieder das Thema zu wechseln.

„Erst wenn ich Informationen bekomme." Und damit wanderte das nächste frisch gezapfte Bier an ihm vorbei auf ein wagenradgroßes Tablett für einen Tisch mit acht Personen.

Frauen konnten anstrengend sein, dachte Rieder, aber was soll's. Er gab nach.

„Wir haben ihn nicht gefunden."

Das nächste Bier landete bei ihm.

„Siehste, geht doch. Und stimmt das mit den Einschüssen?"

Rieder wunderte sich. „Sag mal, Damp war doch noch gar nicht hier. Woher weißt du das alles?"

„Quellen, mein Lieber. Was zu essen?"

Rieder nickte.

„Einmal Dorschfilet in Senfsoße plus extra Bratkartoffeln zum Tresen", rief Charlotte in die Küche.

Wenig später landete vor dem Polizisten ein Teller mit duftendem gebratenen Fisch, der in einer honiggelben Soße schwamm, dazu ein Berg Bratkartoffeln. Allein der Anblick löste Glücksgefühle in ihm aus. Vor weiteren Fragen von Charlotte blieb er verschont, denn kaum leerte sich ein Tisch, nahmen auch schon neue Gäste Platz. So würde es noch bis kurz nach neun gehen. Dann wären auf einen Schlag die Gäste verschwunden. Einige zog es noch zum Strand, um den Sonnenuntergang zu genießen, andere pilgerten nach Vitte zur Spätvorstellung im Zeltkino. Ansonsten war Hiddensee kein Pflaster für Nachtschwärmer. Die überwiegende Zahl der Gäste waren ältere Ehepaare oder Familien mit Kindern. Sie zogen sich am Abend meist in ihre Unterkünfte zurück. Stille senkte sich über die Insel.

Rieder hatte sich mit seinem Bier an einen der Tische auf der Terrasse gesetzt und die Augen geschlossen. Er lauschte dem Anschlagen der Wellen am nahen Strand. Als er sie wieder öffnete, saß Charlotte neben ihm und lächelte ihn an.

„Na, wo drückt der Schuh?"

„Na wo wohl? Der Pfarrer ist nicht irgendjemand. Bökemüller ist ziemlich nervös." Er machte eine kurze Pause, nahm einen Schluck. „Und ich auch. Wenn Schneider etwas passiert ist, gibt es einen Aufstand. Dann schicken die sicher Leute vom LKA."

Charlottes Miene hatte sich verdüstert. „Du meinst, er ist tot?"

Rieder winkte mit der Hand, um ihren Ton zu dämpfen. „Nicht so laut." Dann zuckte er mit den Schultern. Nachdenklich fragte er mehr sich selbst: „Wo könnte er sonst sein?"

Mitten in der Nacht erwachte Rieder. Sofort drehten sich seine Gedanken um den verschwundenen Pfarrer. Charlotte hatte versucht, ihn abzulenken. Nachdem sie in ihre kleine Wohnung über dem Restaurant gegangen waren, hatte sie sich den Geruch von gebratenem Fett und kaltem Rauch in einer langen Dusche vom Körper gespült. Dann war sie nackt aus dem Bad getreten, einige Wassertropfen glänzten noch auf ihrer Haut. Rieder war eigentlich schon kurz vor dem Einschlafen gewesen, doch ihr Anblick hatte ihn erregt, er hatte sich aufgerichtet und seine Freundin an sich herangezogen … Als sie sich später aus ihrer Umarmung gelöst hatten, waren beide erschöpft in den Schlaf gesunken.

Doch nur wenige Stunden hatte dieser Zustand bei Rieder angehalten. Ein Blick auf den Wecker: kurz vor drei. Hatte er etwas am Schiff übersehen? Einen Hinweis? Was bedeutete der Brief? Rieder versuchte, Jens-Uwe Schneider wenigstens noch für ein paar Stunden aus seinem Gehirn zu vertreiben. Er griff nach seinem MP3-Player, stopfte sich die Kopfhörer in die Ohren und ließ sich von Bachs Chorälen umspülen. Er versank in der Musik und döste langsam wieder ein.

IX

Else Bars schnaufte. Der Rucksack mit den Farben, dem kleinen Wasserkanister und der darüber gebundenen Staffelei drückte auf ihren Rücken. Unter dem Arm trug sie eine bespannte Leinwand. Der Weg hinauf zum Swantiberg war beschwerlich. Immer wieder schlugen ihr die Äste der Ginsterbüsche ins Gesicht. Die feinen Netze der Spinnen, sorgsam gewebt in der Nacht, wenn keiner ihre Ruhe störte, verfingen sich in Elses Haaren. Sie schüttelte sich. Hin und wieder war das Summen von Fliegen und Hummeln zu hören. Vögel schreckten durch ihre Schritte aus dem Gestrüpp und flogen ihr ein Stück voraus, bis sie wieder im dichten Blätterwald und Buschwerk verschwanden. Endlich hatte sie die Anhöhe erreicht. Auf der Bank konnte sie ausruhen. Bis zum Gipfel des zweithöchsten Inselberges mit seiner doppelten Kuppe war es noch ein Stück.

Von Juni bis September war das Elses täglicher Lebensrhythmus. Kaum war die Sonne über dem Bodden blutrot aufgetaucht und hatte ihr Licht durch das kleine Dachfenster ihrer Ferienwohnung geworfen, stand sie auf. Früher war das kleine Holzhäuschen auf dem brögeschen Grundstück, rechter Hand, kurz vor Grieben, der Hühnerstall gewesen. Und schon damals, in den Achtzigerjahren, hatte Else Bars in dem kleinen Abstellraum unter dem Dach im Sommer ihren Urlaub auf Hiddensee verbracht. Die Hühner waren längst geschlachtet und Bröges hatten das Häuschen umgebaut. Unten gab es einen Raum mit kleiner Kochnische und ein paar alten Möbeln aus dem Haupthaus. Oben unterm Dach war die kleine Schlafkammer. Aufs Klo musste sie weiter zu Bröges ins Haus. Zum Waschen blieb ihr das kleine Abwaschbecken. Eine

Dusche brauchte Else sowieso nicht. Dafür gab es die Ostsee. Und fünfzehn Euro pro Tag waren ein unschlagbarer Preis für Hiddenseer Verhältnisse. Doch auch die mussten erst mal verdient werden. Und für Essen und Trinken brauchte Else auch noch etwas Geld. Außerdem musste sie für den Winter ein kleines finanzielles Polster anlegen, um die kalte Jahreszeit auf den Kanaren zu verbringen. Sie hasste die Kälte in Deutschland.

So zog sie jeden Morgen los, um die Insel mit Kreide, Pastell- oder Ölfarben ins Bild zu setzen. Nachmittags baute sie einen Campingtisch in Kloster auf, neben dem Supermarkt auf der Straße zum Hafen, und versuchte ihre Bilder zu verkaufen. Der Standort war günstig, denn hier kamen alle Reisegruppen auf dem Weg zum Schiff vorbei und mancher wollte eine besondere Erinnerung an die Insel mitnehmen. Von den Inseleindrücken froh gestimmt, wurde dabei oft auch nicht lange über den Preis diskutiert. Und dann drängte auch die Zeit, das Schiff zu erreichen.

Else hatte festgestellt: Leuchtturm ging immer. Der Signalturm oberhalb des Dornbuschs war bei den Inselgästen als Motiv besonders gefragt. Else hatte sich aber einen kleinen Vorteil verschafft. Die anderen Inselmaler setzten den Leuchtturm immer mit dem Windflüchter daneben in Szene, einer Kiefer, deren Spitze vom dauernden Ostseewind fast rechtwinklig umgebogen war und wie ein Finger zum Turm zeigte. Else dagegen nahm den steilen Pfad zum Swantiberg auf sich. Von dort gesehen fügte sich der weiße Turm mit der roten Spitze harmonisch in die sanften grünen Hügel des Inselhochlandes ein. Und dieser ungewöhnliche Blick zog bei den Touristen. Heute hatte sie sich ein neues Motiv überlegt.

Else atmete noch einmal kräftig durch. Dann stand sie auf und erklomm den kleinen sandigen Pfad hinauf zur Spitze des Swantiberges. Unten in der Tiefe rauschte die Ostsee. Der Wind pfiff hier oben auch stärker. Aber das schreckte Else nicht ab. Ein paar Sandkörner auf einem Bild sah sie weniger als Verschmutzung, vielmehr als authentisches Souvenir. Der Käufer nahm dann wirklich ein Stück von der Insel mit nach Hause. Heute Morgen wollte sie aber etwas bergab in Richtung Enddorn. Dort stieg sie über den Holzzaun, der die Touristen davon abhalten sollte, die Kante des Steilufers zu betreten. Else hielt das nicht auf. Sie wollte den Leuchtturm malen mit der schroffen Steilküste im Vordergrund. Dazu musste sie fast bis an die Abbruchkante, um Leuchtturm und Steilküste auf ein Bild zu bekommen. Dort baute sie ihr kleines Freiluftatelier auf. Beim Blick in die Tiefe wurde ihr etwas schwindelig. Außerdem plagten sie heftige Kopfschmerzen. Else hatte gestern den neuen Elsässer Rotwein im „Wieseneck" entdeckt. Aber irgendetwas stimmte auch bei nüchterner Betrachtung nicht an dem Bild. Es war dieser rote Farbfleck auf dem Felsvorsprung, gut zehn Meter unter der Felskante. Sie holte ihr altes Fernglas aus dem Rucksack und schaute in die Tiefe. Ein Schrecken durchfuhr ihre Glieder. Sie stieß einen Schrei aus. Nur mit Mühe konnte sie das Gleichgewicht halten. Der rote Fleck entpuppte sich als Jacke und gehörte zu einem leblosen Körper, der rücklings über dem Felsvorsprung lag. Aus dem Ärmel der Jacke ragte eine Hand heraus und zeigte in den Himmel.

X

H K Rieder? Hören Sie mich?" Der Polizist schaute verschlafen auf das Display seines Mobiltelefons. „Hier ist die Einsatzzentrale Bergen."

„Ja, hier ist Hauptkommissar Rieder, was gibt's?"

„Abgestürzte Person am Steilufer am Swantiberg auf Hiddensee. Könnten Sie bitte übernehmen?"

Rieder schüttelte sich. „Wo in Gottes Namen ist der Swantiberg?"

„Lieber Kollege, das ist Ihr Revier, nicht unseres. Es wäre eigentlich ganz nett, wenn Sie wüssten, wo was auf Hiddensee ist. Vielleicht kann Ihnen ja der Kollege Damp weiterhelfen."

„Ja, sicher. Super Tipp", gab Rieder sarkastisch zurück. „Sonst noch was?"

„Eine Frau Else Bars hat den Fund gemeldet. Wir haben auch schon die freiwillige Feuerwehr und den Inselarzt informiert. Sie sind zur Fundstelle unterwegs. Ende."

„Ende."

„Was ist los?", meldete sich Charlotte Dobbert von der anderen Seite des Bettes. Ihre langen Haare hatten sich wie ein Schleier über das Kopfkissen gelegt.

„Jemand ist am Steilufer abgestürzt."

Sie richtete sich auf und fragte entsetzt: „Der Pfarrer?"

Rieder zuckte mit den Schultern, arbeitete sich aus dem Bett und schlüpfte in seine Sachen. Für eine Dusche blieb keine Zeit. Gerade darauf hatte er sich gefreut, weil sein kleines Häuschen in Vitte nicht den Luxus eines Badezimmers bot. Er setzte sich noch einmal auf die Bettkante und wählte die Nummer von Damp. Der war schon beim Frühstück, worum ihn Rieder beneidete. Denn das würde wohl wie die Dusche auch ausfallen. Damp versprach, sofort zum „Strandcafé" zu kommen, um ihn abzuholen.

Keine drei Minuten später saß Rieder neben Damp im Wagen und mit Blaulicht und Sirene ging es in den Inselnorden. Auf dem Wiesenweg in Vitte rannten Männer in braunen Uniformen in Richtung Hafen. Dort stand das Fahrzeug der freiwilligen Feuerwehr schon vor seiner Garage und wartete auf die Reste der Rettungsmannschaft. Der rote Lkw aus DDR-Zeiten tuckerte schon. Der Auspuff über dem Fahrerhaus blies blaue Rauchwolken heraus. Hinter Vitte, auf der Straße nach Kloster, gab Damp richtig Gas und holte noch den Jeep vom Inselarzt ein. In Kloster schloss sich ihnen der Krankenwagen an. Der kleine Konvoi durchfuhr in hohem Tempo Grieben.

Touristen und Insulaner, die so früh schon unterwegs waren, sprangen zur Seite und blickten verdutzt den Fahrzeugen hinterher. Rieder konnte im Seitenspiegel erkennen, dass einige mit Fahrrädern oder zu Fuß die Verfolgung aufnahmen. Hinter Grieben bogen die Autos links ab in den Honiggrund. Der Weg führte zu den alten Leuchtturmwärterhäuschen. Die Stoßdämpfer mussten Schwerstarbeit leisten bei der rasanten Fahrt über die alten Betonplatten. Sie kamen zu einer kleinen Lichtung kurz vor dem Steilufer. Dort wartete eine grauhaarige Frau in einer gelben Regenjacke und winkte ihnen hektisch zu. Damp bremste scharf. Die Polizisten, der Arzt und der Sanitäter sprangen aus ihren Fahrzeugen.

Die Frau stürmte den Männern voran den schmalen Pfad zum Swantiberg hinauf, führte sie im Laufschritt um dessen Kuppe herum zum Steilufer. Dort deutete sie in Richtung Abgrund.

Rieder konnte zunächst nichts erkennen. „Wo soll da was sein?", fragte er Else Bars ungeduldig. Die Frau riss sich ihr Fernglas von der Brust und reichte es Rieder. Er schaute hindurch. Da entdeckte auch er den leblosen Körper in der roten Jacke auf dem Felsvorsprung.

Inzwischen kam Feuerwehrkommandant Barnhöft mit seinen Männern am Unglücksort an. Einige hatten Seile über den Schultern.

Rieder fragte Barnhöft: „Kommen Sie da ran?"

Lutz Barnhöft nahm die blaue Schirmmütze vom Kopf, wischte sich mit einem Taschentuch den Schweiß von der Stirn und schüttelte den Kopf. „Zu gefährlich. Wenn wir hier an der Abbruchkante einen Mann abseilen, besteht die Gefahr, dass wir alle in der Tiefe landen. Die Steilküste ist hier so brüchig. Da ist nix zu machen."

„Aber irgendwie müssen wir doch rankommen? Vielleicht lebt er noch?"

„Ein Rettungshubschrauber", warf Inselarzt Doktor Müselbeck ein. „Die könnten jemanden abseilen und die beiden dann mit einer Winde an Bord nehmen."

„Die Rettungshubschrauber von Stralsund sind aber mit so was nicht ausgestattet", gab Barnhöft zu bedenken. Rieder wurde ungeduldig. Er schaute sich nach Damp um. Der saß völlig erschöpft etwas abseits. Sein massiger Körper pumpte noch immer heftig. Das Gesicht war tiefrot gefärbt. Die Uniformbluse klebte ihm klatschnass am Körper. Rieder machte sich Sorgen um seinen Kollegen. „Alles okay?"

Damp winkte nur ab. Dann stieß er hervor: „Küstenwacht anfordern! Die haben so einen Hubschrauber mit Winde."

„Genau", sagte Barnhöft und wählte auch schon die Nummer der Einsatzzentrale.

Müselbeck trat an Rieder heran und zog ihn am Ärmel etwas zur Seite. „Ich denke, wir wissen beide, wer dort liegt", flüsterte er dem Polizisten zu. „Pfarrer Schneider trug vorgestern so eine rote Wetterjacke. Ich habe ihn getroffen, als er auf dem Weg zu seinem Boot im Seglerhafen von Vitte war."

Rieder nickte. „Ich denke auch, dass es Schneider ist." Nach einer kurzen Pause fragte er den Arzt: „Kann er den Sturz überlebt haben?"

Müselbeck schüttelte den Kopf. „Das sind gute fünfzehn bis zwanzig Meter. Und jetzt im Sommer ist die Kreide trocken und damit hart wie Beton. Er müsste schon viel Glück gehabt haben. Und es gibt keine Regung, kein Lebenszeichen."

Barnhöft verkündete, dass die Küstenwacht sofort ihren in Warnemünde stationierten Helikopter nach Hiddensee losschicken würde. Kaum zwanzig Minuten später erfüllte ein Brummen die Luft. Von der Ostsee näherte sich ein Hubschrauber. Am Heck prangte der Schriftzug „Bundespolizei". Barnhöft dirigierte per Funk den Piloten zu der Fundstelle. Ein Notarzt ließ sich an einer Winde langsam herab in die Tiefe, untersuchte dann die leblose Person und teilte mit, es handele sich um eine tote männliche Person. Die Polizisten müssten entscheiden, ob sie den Leichnam gleich nach Rostock fliegen oder ob der Hubschrauber kurz landen sollte, um sich den Toten anzusehen.

„Kurz landen", befahl Rieder.

Die Besatzung hatte den Toten schon in einem Leichensack verstaut.

„Kein schöner Anblick", meinte der Pilot. Der Notarzt und ein Sanitäter öffneten den Reißverschluss des Leichensacks. Schon an den hellbraunen, dünnen Haarsträhnen erkannte Rieder den Pfarrer. Die hohe Stirn war voller Schrammen, die Gläser der Brille waren zersplittert. Der Anblick der Wangen ließ alle erschaudern, sie waren blutig und voller Löcher. Müselbeck schluckte und ging ein Stück zur Seite. „Vogelfraß. Möwen fressen, was sie kriegen können", bemerkte der Sanitäter trocken.

„Können Sie etwas zur Todesursache sagen?" Kopfschütteln. „Schussverletzungen?"

„Nein, habe ich nicht entdeckt. Am Hinterkopf hat er eine Wunde, kann aber eher durch den Aufprall auf den Felsen passiert sein", sagte der Mann im olivgrünen Overall. „Näheres muss der Pathologe herausfinden."

„Wir sollten ihn nach Greifswald bringen", mischte sich der Pilot ein. „Das ist wohl deren Revier hier. Die melden sich dann bei Ihnen. Können Sie uns was über die Identität des Toten sagen?"

„Es ist der hiesige Pfarrer, Jens-Uwe Schneider."

„Und wie heißt der Fundort da oben an der Steilküste?"

Rieder zuckte mit den Schultern.

„Toter Kerl", sagte Damp.

XI

So was habe ich schon geahnt", erwiderte Bökemüller auf Rieders neueste Mitteilung. „Die Einsatzzentrale hat mich auch gleich informiert, nachdem diese Frau den Fund gemeldet hatte. Ich komme zur Insel. Ich muss sowieso mit Ihnen sprechen. Können Sie da irgendwo einen Raum mieten für ein Meeting?"

„Im Rathaus gibt es dafür nichts Passendes. Vielleicht im ,Godewind'?" Das „Godewind" war ein Hotel im Zentrum von Vitte.

Bökemüller war einverstanden. Er wollte gegen Mittag auf der Insel sein. Behm von der Spurensicherung würde mitkommen. Zuerst wollten sie sich den Fundort an der Steilküste ansehen und dann ins „Godewind" fahren, um das weitere Vorgehen zu besprechen.

„Das wird einen ganz schönen Aufruhr geben. Ich muss das Ministerium in Schwerin umgehend informieren und natürlich die hiesige Kirchenleitung", sprach der Polizeichef von Stralsund mehr zu sich als zu Rieder ins Telefon. „Wie wird man es auf der Insel aufnehmen?"

„Keine Ahnung", meinte Rieder. „Ich bin zu kurz auf Hiddensee, um zu wissen, welche Rolle der Pfarrer hier gespielt hat." Gleichzeitig fiel ihm ein, er müsste so schnell wie möglich auch Bürgermeister Durk von den neuen Entwicklungen in Kenntnis setzen. Der war äußerst empfindlich, wenn man ihn überging oder nicht sofort über Vorkommnisse auf der Insel informierte.

„Ich rede mal mit dem Bürgermeister."

Damp stand etwas abseits, hatte die Hände in die Hosentaschen gesteckt. Rieder, der sich noch einmal die Abbruchkante der Steilküste in der Nähe der Fundstelle angesehen hatte, ging zu ihm.

„Könnten Sie einen Raum im ‚Godewind' besorgen. Bökemüller will dort gegen Mittag eine Einsatzbesprechung abhalten."

Damp drehte langsam den Kopf in Rieders Richtung. Er schaute ihn lange an. „Wieso? Sie legen sich doch so mächtig ins Zeug? Dann können Sie das doch auch selbst machen." Damit drehte er sich um und schlenderte davon, als ginge ihn das hier nichts an. Rieder eilte ihm hinterher. „Damp, was soll das?"

Der Inselpolizist blieb stehen. „Was das soll? Überlegen Sie mal? Sie haben sich den Fall auf Ihre Seite des Schreibtischs gezogen. Also bitte … ich muss hier nicht den Kommissar spielen."

Ging das wieder von vorne los, dachte Rieder wütend. Schon beim letzten Fall hatten sich die beiden Hiddenseer Polizisten ständig in die Haare gekriegt.

„Okay, ich bin vielleicht etwas vorgeprescht", räumte Rieder ein, „aber … Sie haben mich immerhin gestern hierher geschickt, wenn Sie sich erinnern."

Damp zeigte wütend mit dem Finger auf Rieder. „Sie spielen hier den Chef. Aber: Sie sind nicht der Chef, jedenfalls nicht mein Chef, und ich bin nicht Ihr Fahrer oder Befehlsempfänger. Also suchen Sie sich die Nummer vom ‚Godewind' raus und bestellen Sie Ihren Tisch zum Kuscheln mit dem Chef gefällig selbst." Damit ließ er Rieder stehen und lief den Pfad zurück zu der Stelle, wo der Polizeiwagen stand. Dabei stieß er fast mit einem gleichgroßen dunkelhaarigen Mann mit Vollbart zusammen. „Damp!", brüllte dieser den Polizisten an. „Warum werde ich nicht informiert?" Das war Michael Durk, Bürgermeister von Hiddensee. Rieder konnte beobachten, wie Damp zur Salzsäule erstarrte und irgendetwas stammelte. Dabei zeigte er mit seinem Arm in Richtung Rieder. Durk schob Damp beiseite, sodass der riesige Körper des Polizisten fast ins Gestrüpp gekippt wäre. Der Bürgermeister stürmte den Weg nach oben und rief nun nach Rieder. Die umstehenden Feuerwehrleute konnten sich ein Grinsen nicht verkneifen, denn alle wussten um das angespannte Verhältnis zwischen den Inselpolizisten und der Inselobrigkeit. Rieder war ihm unheimlich mit seiner Vergangenheit als Ermittler einer Berliner Mordkommission. Damp störte ihn mit seiner penetranten Ordnungsliebe.

„Warum erfahre ich als Letzter, was passiert ist?", fuhr Durk Rieder an. Der wollte sich rechtfertigen, aber der Bürgermeister schnitt ihm das Wort ab. „Alle da unten", damit deutete er auf die Ansammlung an den Leuchtturmwärterhäusern, „wissen, dass der Pfarrer tot aufgefunden wurde. Nur ich weiß es nicht!"

„Tut mir leid", versuchte Rieder sich zu rechtfertigen, „aber wir mussten erst mal die Leiche bergen und …"

„Und was? Wie lange hat der Hubschrauber hierher gebraucht? Da war nicht Zeit, mal anzurufen?" Durk holte noch mal tief Luft. „Das hat ein Nachspiel, Rieder, verlassen Sie sich drauf!"

Mit diesen Worten drehte sich Durk um und marschierte zurück. Damp hatte nicht ohne Genugtuung beobachtet, wie der Bürgermeister seinen Kollegen vor allen Leuten runtergemacht hatte. Nun sprang er zur Seite, um den immer noch wütenden Ortsvorsteher vorbeizulassen. Rieder blieb mit gebeugtem Kopf und zusammengesunkenem Oberkörper einsam zurück. Alle schienen von ihm abzurücken.

Else Bars schnappte sich ihren Rucksack mit den Malsachen. Heute würde hier kein Bild mehr entstehen. Ihr zitterten immer noch die Knie. Der jüngere der beiden Polizisten tat ihr leid. Offensichtlich war er nicht von hier und konnte es auch keinem recht machen. Ihr hatte es gefallen, wie er gleich die Initiative an sich gerissen hatte. Jetzt kam er auf sie zu.

„Ich müsste noch Ihre Aussage notieren und Sie bitten, heute Nachmittag oder morgen aufs Revier nach Vitte zu kommen, um sie zu unterschreiben. Wie war Ihr Name?"

Else Bars nannte ihren Namen, ihr Geburtsdatum. Schwieriger wurde es mit einer Adresse. Sie versuchte, Rieder mit ihrer Urlaubsanschrift auf Hiddensee und ihrer Handynummer zufriedenzustellen, denn Else Bars hatte keinen festen Wohnsitz. Im Sommer war sie auf Hiddensee, im Winter auf den Kanaren. Ihre Habe passte in einen großen Reisekoffer, ihr Arbeitsmaterial in den Rucksack. Was sie an Bildern auf der Insel nicht verkaufte, konnte sie bei Bröges unterstellen, die auch hin und wieder während ihrer Abwesenheit eines ihrer Bilder an Urlaubsgäste verkauften.

„Keinen festen Wohnsitz?", fragte Rieder leise.

„Hat sich so ergeben", antwortete Else Bars. „Im Sommer bin ich hier, im Winter auf La Palma. Eine Wohnung würde sowieso nur leer stehen und Kosten verursachen."

„Okay, dann lassen wir es mal bei der Anschrift in Grieben."

Ein Lächeln ging über ihr Gesicht. „Danke. Das hätte Damp sicher nicht akzeptiert. Der ist mir schon ein paarmal wegen einer Gewerbegenehmigung auf die Pelle gerückt. Aber Sie sind schwer in Ordnung."

Rieder konnte diese kleine Aufmunterung gebrauchen. Er notierte, wie sie zum Swantiberg gekommen war und den Toten entdeckt hatte.

„Und gestern haben Sie hier auch gemalt? Da ist Ihnen nichts aufgefallen?"

„Gestern habe ich dort oben auf dem Gipfel des Swantiberges gemalt. Von da kann man nicht die Steilküste herabblicken. Die Sanddornbüsche mit ihren gelben Beeren wollte ich mit auf dem Bild haben."

„Wie lang waren Sie hier?"

„So von acht Uhr morgens bis mittags. Genau kann ich Ihnen das nicht sagen. Wenn ich fertig bin und das Bild trocken, packe ich meine Sachen. Spätestens 14 Uhr muss ich in Kloster stehen. Dann kommen die Reisegruppen zurück von ihren Inselrundfahrten. Das ist die beste Geschäftszeit, so bis 16.30 Uhr. Dann herrscht Flaute. Nur freitags läuft dann noch was. Die Urlauber, die am nächsten Tag abreisen, kaufen oft Bilder auf der Suche nach einem Souvenir der Insel. Sozusagen Last Minute, wie man neudeutsch sagt."

„Und der Pfarrer ist während dieser Zeit am Vormittag nicht vorbeigekommen …"

„… und dann abgestürzt oder in die Tiefe gesprungen, ohne dass ich es gemerkt hätte? Lieber Mann, ich bin zwar etwas älter, aber noch nicht taub oder blind. Hier war es sehr ruhig. Montags kommen nicht so viele Touristen vorbei. Vielen ist der Weg bis auf den Berg zu beschwerlich. Und die Fuhrwerke fahren nur bis zur Lichtung hinter den Leuchtturmwärterhäuschen und drehen dort."

„Kannten Sie den Pfarrer?"

„Ich war ein paarmal in der Kirche zum Gottesdienst. Wenn es am Sonntag geregnet hat. War kein Gewinn. Predigen konnte der nicht, kaum zu glauben, wenn man jetzt hört, was der so verfasst haben soll und dafür sogar einen Preis kriegt … Komisch, nicht?"

Rieder wusste nicht, was er darauf antworten sollte und überspielte seine Verlegenheit, indem er sein Notizbuch zusammenklappte und eine Visitenkarte aus der Brieftasche zog. „Wenn Ihnen noch etwas einfällt, rufen Sie mich doch bitte an."

Jetzt musste er im „Godewind" anrufen, um den Raum für Bökemüller zu reservieren, und dann dafür sorgen, dass im Pfarrhaus die Zimmer versiegelt wurden. Damp war nirgendwo zu sehen.

Diesen plagte ein wenig das schlechte Gewissen. Vielleicht war er etwas zu hart mit Rieder umgesprungen. Warum musste der Neue auch immer so den Chef raushängen lassen?

Der Polizist saß im Hiddenseer Streifenwagen, der neben dem Inselfriedhof vor der örtlichen Informationstafel, genau gegenüber vom Pfarrhaus stand. Vielleicht war es auch nicht in Ordnung gewesen, so einfach von der Steilküste hierher zu fahren, ohne Rieder Bescheid zu sagen. Aber er wollte ihm einfach mal zeigen, dass er auch sein Handwerk gelernt hatte. Er versuchte, seine Kleidung zu ordnen. Seine Uniform hatte bei der Hetzerei durch das Gestrüpp am Steilufer gelitten. Er roch an seinen Achselhöhlen und verzog das Gesicht. Damp öffnete das Handschuhfach. Nach einigem Wühlen kam ein Deospray zum Vorschein. Großzügig sprühte er sich damit den Oberkörper ein und bekam von den ausströmenden Gasen einen Hustenanfall. Er kurbelte das Seitenfenster herunter, um wieder Luft zu bekommen.

Nachdem er sich etwas beruhigt hatte, stieg er aus, setzte ordentlich die Dienstmütze auf den Kopf und ging zum Pfarrhaus. Er drückte den Klingelknopf neben der Tür.

Birgit Thurow öffnete. Ihre Augen waren gerötet. Sie trug heute einen eng anliegenden kurzärmligen schwarzen Rollkragenpullover und Damps Blick glitt unwillkürlich auf den sich abzeichnenden vollen Busen. Doch er riss sich zusammen.

Ehe er etwas sagen konnte, sagte die Küsterin: „Ich habe es schon gehört." Dann gab sie den Weg frei und Damp trat ein.

Das dunkle Gemeindebüro wurde nur vom Schein einer riesigen brennenden Kerze auf dem Schreibtisch erhellt. Birgit Thurow blieb davor stehen. Damp wusste nicht so recht, wie er es anfangen sollte.

„Frau Thurow …" Er machte eine Pause, bemerkte, dass er noch die Mütze auf dem Kopf hatte, und riss sie augenblicklich herunter. „Eh … es tut mir leid. Mein Beileid. Ich müsste die Räume des Pfarrhauses versiegeln."

Sie schaute ihn mit leerem Blick an, als hätte sie ihn nicht verstanden.

„Verstehen Sie mich nicht falsch. Der Tod von Herrn Schneider geht auch mir nah … aber die Spurensicherung will die Räume untersuchen, auch die Zimmer des Pfarrers in der oberen Etage."

Statt zu antworten, brach Birgit Thurow in einen heftigen Weinkrampf aus. Sie warf sich auf einen Stuhl. Damp war hin und her gerissen. Gern hätte er die Frau jetzt getröstet. Er wollte aber auch nicht seine Rolle als Polizeibeamter verlassen.

„Soll ich Ihren Mann informieren, dass er Sie abholt?"

Birgit Thurow schüttelte den Kopf. Da klingelte Damps Handy. Mit gedämpfter Stimme meldete er sich. „Wo sind Sie?", rief ihm Rieder aus dem Hörer entgegen.

„Im Pfarrhaus."

„Was? Was tun Sie dort?"

Damp straffte sich etwas, als müsste er sich für die Antwort an seinen Kollegen rüsten. Er flüsterte: „Ich wollte die Räumlichkeiten versiegeln, damit keine Spuren verwischt werden."

Im Hörer herrschte plötzlich Stille. Dann gab es ein kurzes Räuspern.

„Sehr gut … Können Sie bitte Bökemüller und Behm vom Hafen in Kloster abholen und hierher bringen, zum Toten Kerl?"

Damp konnte sich, trotz der Situation, ein leichtes Lächeln nicht verkneifen. „Ja, gern. Wenn ich das hier geklärt habe."

„Okay."

Damit beendeten beide das Gespräch.

Birgt Thurow war aufgestanden und hatte einige Unterlagen auf dem Schreibtisch zusammengesammelt. „Ich werde am besten erst mal mit dem Gemeindebüro in die Galerie am Torbogen umziehen." Die Galerie am Torbogen war früher das Küsterhaus der Hiddenseer Kirchengemeinde gewesen, aber vor einigen Jahren umgebaut worden. Der Name bezog sich auf ein kleines Backsteinportal, das gleich neben dem Gebäude am Weißen Weg stand und die letzte Spur des einstigen Klosters auf Hiddensee war. Im Erdgeschoss befanden sich Ausstellungsräume, im Obergeschoss ein Zimmer, das sowohl als Beratungsraum, Büro oder Bleibe für die ausstellenden Künstler diente.

Damp nickte zustimmend. Als Birgit Thurow die Unterlagen in die Tasche schieben wollte, hielt der Polizist seine Hand dazwischen. „Verzeihen Sie, aber ich muss sehen, was Sie mitnehmen." Die Küsterin überließ sie ihm. Damp schaute sie kurz durch, konnte aber nichts entdecken, was mit Schneider zu tun gehabt hätte.

„Sagen Sie, kennen Sie die Angehörigen des Pfarrers?"

Sie schüttelte den Kopf. „Nein. Seine Eltern sind tot. Sie liegen auf dem Inselfriedhof. Geschwister hatte er keine. Und sonst hatte er, soweit ich weiß, keinen Kontakt zu Verwandten. Wenn es überhaupt jemanden geben sollte."

Damp notierte sich die Information, während Birgit Thurow noch ein Hinweisschild schrieb, das sie beim Verlassen des Pfarrhauses an die Tür heftete. Damp holte ein papiernes Dienstsiegel aus seiner Tasche und klebte es quer über Türschloss und Türrahmen. Grußlos ging Birgit Thurow davon. Damp blickte ihr nicht ohne Wehmut hinterher.

XII

Bökemüller, Behm, Rieder und Damp betraten das „Godewind". Das Hotel mit dem gläsernen Vorbau galt in Vitte mit seinem Restaurant als erstes Haus am Platze. Der Gastraum war rustikal eingerichtet, mit dunklen Tischen und Stühlen. Jetzt, zu Mittag, saßen die meisten Gäste draußen, auf dem kleinen Rasenstück zur Straße und genossen ihr Essen in der warmen Mittagssonne. Beim Betreten des Restaurants waren Rieder zwei Herren aufgefallen, die so gar nicht nach Hiddensee passten. Sie trugen dunkle Anzüge mit weißen Hemden und Krawatte. Die beiden waren gerade beim Mittagessen. Rieder hatte beobachtet, dass Bökemüller ihnen kurz zugenickt hatte. Die Kellnerin zeigte den Polizisten den Weg in einen Nebenraum. Der war hell und fast schon festlich zu nennen. Auf den Tischen lagen weiße Tischdecken, die Polsterstühle waren mit feinem Stoff bespannt. Rieder wusste, dass dieser Raum oft an Hochzeitsgesellschaften vermietet wurde. Die Kellnerin zeigte auf einen großen runden Tisch, eingedeckt mit Gläsern, Besteck und Tellern für eine Vorspeise.

„Ich dachte eher an einen schlichten Beratungsraum", meldete sich Bökemüller.

Doch es gab nur diesen Raum. Die vier Polizisten nahmen um den Tisch Platz und wirkten dabei etwas verloren. Da kamen auch die beiden Herren aus dem Gastraum dazu. Bökemüller sprang auf. „Darf ich Ihnen vorstellen, Dr. Riel und Herr Kubicki vom Innenministerium in Schwerin. Dr. Riel leitet dort ein Referat, das sich mit Terrorismusbekämpfung im weitesten Sinne beschäftigt. Herr Kubicki ist sein persönlicher Referent." Die beiden Herren griffen simultan in die Brusttaschen ihrer Anzugjacken, holten

Visitenkarten heraus und reichten sie Rieder und Damp. Rieder blickte erstaunt auf die weißen Pappkärtchen. Dr. Sebastian Riel, Referatsleiter Innenministerium. Markus Kubicki, Referent. Dazu eine ganze Reihe von Telefonnummern. Die Herren schienen wichtig zu sein. Aber hatte Bökemüller den Fall nicht vorerst unter der Decke halten wollen? Damp wirkte verunsichert, nachdem er die Kärtchen studiert und eingesteckt hatte. Er versuchte, seine Uniform, möglichst unbemerkt von den anderen, in Ordnung und mit seinem massigen Körper in Einklang zu bringen. Behm schien dagegen schon mehr zu wissen als die beiden Inselpolizisten, denn er nickte den beiden Landesbeamten freundlich zu und bekam auch keine Visitenkarten.

„Meine Herren", begann Bökemüller, als sich alle wieder gesetzt hatten, „ich begrüße Sie zu diesem kleinen Brainstorming." Er hatte Rieders und Damps verwunderte Blicke registriert. „Keine Bange. Ich werde die Anwesenheit von Dr. Riel und Herrn Kubicki gleich aufklären, aber vielleicht fasst Kollege Rieder kurz den Stand der Dinge zusammen, damit wir alle auf der Höhe sind."

Rieder erntete von Damp noch einen verächtlichen Blick, bevor er begann. Dann berichtete er über die Erkenntnisse, die Damp, Behm und er seit dem Auffinden des gestrandeten Boots des Pfarrers am Enddorn bis zum Fund seiner Leiche am Toten Kerl gesammelt hatten. Riel und Kubicki folgten stumm den Ausführungen und machten sich Notizen.

Nachdem Rieder geendet hatte, herrschte Stille am Tisch. Dann schaute Dr. Riel auf, schlug kurz mit beiden Händen auf die Tischkante und meinte: „Gut so weit, oder auch nicht." Das war das Zeichen für Referent Kubicki. Der stand auf, hob einen schwarzen Pilotenkoffer auf den Tisch. Geräuschvoll ließ er die Schlösser aufschnappen, klappte die beiden Deckel zur Seite, zog eine schwarze Mappe heraus und legte sie mitten auf den Tisch. Dann setzte er sich wieder.

„Gestern Nachmittag gab es einen Zugriffsversuch auf die Daten einer besonders geschützten Person von einem Computer des Polizeireviers der Insel Hiddensee", erklärte Riel. Er zog sich die

Mappe heran, klappte sie auf und nahm ein paar Papiere heraus. Dann setzte er seinen Vortrag in schönem Amtsdeutsch fort. „Wie wir feststellen mussten, versuchten sowohl die Beamten Damp als auch Rieder, in die personenbezogenen Dateien des Bürgers Jens-Uwe Schneider einzudringen. Unser Überwachungssystem im Landeskriminalamt gab daraufhin Alarm. Nach der Identifizierung der beiden Nutzer nahmen wir Kontakt zum Leiter der Polizeidirektion Stralsund, Herrn Bökemüller, auf und baten ihn, uns gegenüber diese Zugriffsversuche zu rechtfertigen ...“ Da platzte Rieder der Kragen. Diese Bürohengste hatte er schon zu seiner Berliner Zeit gefressen. Schon ihr Auftauchen sorgte bei ihm für einen deutlichen Adrenalinschub. „Was soll das heißen, eindringen, rechtfertigen ... wir hatten eine vermisste Person ...“ Bökemüller versuchte mit Handbewegungen, Rieder zu beruhigen. Riel hatte den Polizisten mit starrem Blick fixiert. „Vielleicht könnte Hauptkommissar Rieder etwas mehr Geduld aufbringen“, meinte er mit ruhiger Stimme. Damp hatte die Arme vor der mächtigen Brust verschränkt, Behm spielte mit seinem Bleistift und versuchte wegzuschauen.

„Kann ich fortfahren?“ Als kein Widerspruch erfolgte, berichtete Riel, dass er in diesem Telefongespräch von Bökemüller erfahren habe, dass Pfarrer Jens-Uwe Schneider verschwunden sei. „Es ist Ihnen doch sicher klar, dass uns das nicht ganz kaltlassen kann. Immerhin war unser Minister persönlich am Sonntag hier, bei der Preisverleihung für Herrn Schneider alias Jean Jacques Hoffstede.“ Riel und Kubicki waren deshalb am Morgen nach Stralsund gefahren, um sich bei Bökemüller über die Situation zu informieren. „Tja, doch dann wurden wir von den Ereignissen überrollt, meine Herren.“ Sie waren gerade in der Polizeidirektion angekommen, als Bökemüller und Behm nach Hiddensee aufbrechen wollten, um den Fundort der Leiche Schneiders aufzusuchen, und entschlossen sich, auch gleich nach Hiddensee zu fahren. „Warum stand Jens-Uwe Schneider unter unserem besonderen Schutz?“ Riel schaute wie ein Schullehrer nacheinander jeden am Tisch an, als erwarte er von ihnen eine Antwort, die er dann aber selbst gab. „Jens-Uwe Schneider, geboren 1955 in Hessisch-Oldendorf bei Hameln, Vater Pfarrer, Mutter Hausfrau, ist 1981 von, wie heißt es hier im Osten noch immer so schön, von der BRD in die DDR übergesiedelt. Zuvor hatte er an den Vorbereitungen eines Banküberfalls durch Angehörige der Roten Armee Fraktion und Unterstützer dieser Gruppe teilgenommen. Kurz vor der Tat hat er sich den Behörden offenbart, man könnte auch sagen, er hat kalte Füße bekommen. Jedenfalls hat er mitgeholfen, seine beiden Komplizen, darunter einen lang gesuchten Terroristen, auf frischer Tat zu überführen. Leider kam es bei dem Überfall, trotz aller Vorsichtsmaßnahmen, zu einem Schusswechsel, bei dem ein Polizist so schwer verletzt wurde, dass er später im Krankenhaus starb. Schneider wurde zwar Straffreiheit zugesichert, aber er wurde nicht in ein Zeugenschutzprogramm aufgenommen. Er ist deshalb dann in die DDR gegangen. Das erschien ihm offensichtlich der sicherste Weg, um einer möglichen Racheaktion zu entgehen. Seit 1985, aber das wissen Sie ja alle selbst, war Schneider hier Pfarrer."

Rieder, Damp und nun auch Behm waren sprachlos. Bökemüller dagegen wirkte wenig überrascht. „Sie wussten das?", fragte ihn Rieder.

„Seit gestern Abend."

„Aber da hätten Sie doch mal …"

„Hätte er nicht", mischte sich Riel ein. „Ich habe ihren Chef um Stillschweigen gebeten, und darum muss ich Sie alle nun auch bitten.

„For eyes only", bemerkte vielleicht etwas unpassend Bökemüller.

Da meldete sich Behm. „Das hätte doch ganz schön schiefgehen können, denn einige RAF-Leute waren doch in der DDR?"

„Es war Schneiders Entscheidung und, auch wenn das von vielen in Zweifel gezogen wird, damals wusste man im Westen und also wohl auch Schneider noch nicht, dass sich viele RAF-Aussteiger in der DDR aufhielten."

„Und die DDR hat ohne zu fragen Schneider Tür und Tor geöffnet", warf Rieder ein. „Das glauben Sie doch selbst nicht, oder? Die Staatssicherheit wird ihn doch überprüft haben?"

„Darüber kann ich nichts sagen", erklärte Riel. „Jedenfalls wurden durch das Landesinnenministerium nie Recherchen bei der Stasiunterlagenbehörde über Schneider angestellt."

„Und das soll ich Ihnen glauben?", bohrte Rieder weiter. „Seine Vergangenheit ist Ihnen bekannt, der Minister kommt zu seiner Preisverleihung und Sie wollen nicht nachgefragt haben, ob Schneider nicht ein paar Leichen im Keller hatte, vielleicht sogar Zuträger der Staatssicherheit gewesen war?" Doch er erntete nur ein vielsagendes Schweigen der beiden Beamten.

„Aber wieso stand Schneider unter Ihrem Schutz? Und warum waren seine Daten nicht zugänglich? Ich denke, er fiel nicht unter das Zeugenschutzprogramm?", fragte Behm.

„Schneider wandte sich nach der Enttarnung der RAF-Aussteiger in der damaligen DDR an die Behörden in Niedersachsen. Da sein Wohnsitz nun in Mecklenburg war, wurde die Angelegenheit an uns weitergeleitet. Es gab ein Gespräch Schneiders mit dem damaligen Referatsleiter. Er bat ihn um einen gewissen Schutz, vielleicht auch um Unterstützung, das Land zu verlassen. Versprochen wurde ihm aber nur, seine Daten vor fremdem Zugriff zu schützen."

„… und uns dann zu kümmern, wenn es wirklich mal Probleme geben sollte", ergänzte Kubicki.

„Hat er Sie denn nochmals um Ihre Hilfe gebeten?", fragte Rieder nach. „Vielleicht in der letzten Zeit." Er dachte dabei an den anonymen Brief mit dem Bibelzitat, das auf den Verrat Schneiders hinweisen könnte.

„Hat er nicht", antwortete Riel. „Außerdem hatte er sich äußerlich so verändert, dass kaum noch eine Ähnlichkeit mit Bildern aus seiner Studentenzeit zu erkennen war."

Zum Beweis zog Kubicki diensteifrig Fotos aus der Mappe und reichte sie herum. „Das sind Bilder von Schneider aus den späten Siebziger-, frühen Achtzigerjahren."

„Und auch seine Legende, dass er in Lateinamerika aufwuchs, war gut. Seine Eltern sind tot. Es gibt keine Verwandten. Wenn da einer graben würde, wäre wenig zu finden", fügte Riel hinzu.

Die Polizisten beugten sich über die Bilder. Der Mann darauf schien keine Ähnlichkeit mit Schneider zu haben. Volles langes Haar, das sich in Locken bis auf die Schultern wellte. Vollbart. Der Mann war nicht dick, aber schon etwas übergewichtig. Kein Vergleich mit dem schmalen, hageren Schneider, den Rieder kennengelernt hatte.

„Das wäre alles, was wir Ihnen zu sagen haben", meinte Riel und Kubicki schlug die Mappe zu.

Rieder zweifelte weiter. „Und das haben Sie alles gestern Nachmittag recherchiert? Zufällig lag auch die Akte Schneider obenauf im Archiv des Ministeriums. Sie mussten nur hingehen und zugreifen."

„Herr Rieder, ich kann Ihnen nicht vorschreiben, was Sie denken", erklärte Riel, „ich kann Ihnen nur Informationen geben."

„Tja, meine Herren", mischte sich Bökemüller ein, der einen Streit zwischen Rieder und den Beamten befürchtete, „vielleicht ergeben sich damit für uns ein paar Ermittlungsansätze."

„Für uns?", fragte Behm ungläubig. „Das ist doch wohl eher ein Fall für das LKA oder BKA."

Bökemüller gestikulierte sofort mit den Händen, als wollte er den Chef der Stralsunder Spurensicherung bitten, leiser zu reden. Doch bevor er etwas sagen konnte, erklärte Riel: „Wir wären weiter sehr daran interessiert, die Angelegenheit um Schneiders Vergangenheit nicht an die große Glocke zu hängen. Sie können uns sicher verstehen, da bleibt, wenn es bekannt werden würde, immer etwas hängen."

„Deshalb haben wir", Bökemüller bezog mit einer Handbewegung Riel und Kubicki mit ein, „natürlich nicht ohne Rücksprache mit dem Minister entschieden, dass nur eine kleine Ermittlungsgruppe den Tod von Pfarrer Schneider untersuchen sollte. Denn wenn jetzt hier auf der Insel ein Haufen LKA-Beamte anrücken, Fragen stellen und Staub aufwirbeln, können schnell Dinge an die Oberfläche kommen …"

„… die die beiden Herren lieber weiter vertuschen wollen", ergänzte Rieder.

„Ich wüsste nicht, was es zu vertuschen gäbe", widersprach Kubicki aufgeregt.

„Mensch Rieder", echauffierte sich dessen Chef nun doch lautstark, „seien Sie doch nicht naiv!" Sofort senkte er wieder die Stimme. „Außerdem ist es noch gar nicht geklärt, ob Schneider einem Verbrechen zum Opfer gefallen ist oder nur durch einen tragischen Unfall zu Tode kam."

„Da sprechen aber der anonyme Brief und die beiden frischen Einschüsse in sein Boot eine andere Sprache", unterstützte nun Behm die Einwände seines Kollegen von der Insel. „Das riecht doch alles, wenn ich den Inhalt des Briefes richtig deute, sehr nach Rache seiner alten Kumpane. Die werden doch nicht mehr hinter Schloss und Riegel sitzen, über ein Vierteljahrhundert nach diesem ominösen Banküberfall?"

Riel zuckte mit den Schultern. „Das müssen Sie herausfinden."

„Ich möchte jedenfalls, dass eine kleine Ermittlungsgruppe erst mal die Fakten sammelt", beharrte Bökemüller. „Sie drei, Rieder, Damp und Behm, werden an dem Fall arbeiten. Gebauer mit seinem Boot und seiner Mannschaft überlasse ich Ihnen zur logistischen Unterstützung. Neue Informationen nur an mich, face to face." Bökemüllers Ton ließ eigentlich keinen Widerspruch zu. Überraschend kam er von Damp, der zuletzt mit halb gesenkten Lidern und vor der Brust verschränkten Armen dem Bericht der Herren vom Ministerium und den Anweisungen seines Chefs zugehört hatte. „Ich bin nicht zuständig für die Jagd auf Terroristen, und darum könnte es doch gehen, oder?" Alle drehten sich zu ihm um. Im gleichen Moment stand Damp auf, zwängte sich um den Tisch, verließ den Raum und knallte die Tür hinter sich zu. Bökemüller blickte dem Inselpolizisten mit offenem Mund hinterher.

XIII

Rieder stürmte ins Büro des Hiddenseer Polizeireviers. Er stürzte an seinen Schreibtisch. Behm folgte ihm in einigem Abstand. Der Polizist durchwühlte die Papiere. „Irgendwo sind die mir doch untergekommen", brabbelte er vor sich hin. Damp schaute von der Zeitung auf, die vor ihm lag. „Kann ich helfen?"

Rieder hielt kurz inne. „Ich suche die Bußgeldanzeige für das illegale Anlegen am alten Fähranleger in Kloster vom Wochenende."

Damp schaute etwas verdutzt. „Was ist denn jetzt passiert? Ist die Großwildjagd wieder abgeblasen?"

Dann drehte er sich um und zog aus dem Regal den Ordner mit den Bußgeldbescheiden und reichte ihn Rieder. Da ihn sein Kollege nicht aufklärte, bemerkte er trocken: „Na ja, muss ich auch nicht verstehen. Der Bescheid ist übrigens schon auf dem Weg. Der Besitzer darf sich bald über eine Zahlung an das Ordnungsamt Rügen in Höhe von dreißig Euro freuen. Letzte Seite."

Rieder schlug die Kladde auf. „Wusste ich es doch", rief er aus, „die Namen hatte ich schon gehört!" Er warf den Hefter auf den Tisch und riss einen kleinen weißen Zettel ab, um sich darauf die Namen und Adresse aus dem Bußgeldbescheid zu notieren.

„Welche Namen haben Sie schon gehört?", unternahm Damp einen erneuten Versuch, von Rieder zu erfahren, was eigentlich los sei.

„Ach so, Sie sind ja früher gegangen. Die beiden Staatsdiener haben noch die Namen der Komplizen von Schneider bei dem Banküberfall verraten. Und die kamen mir bekannt vor. Andreas

Neuner und Ralf Kelling. Und …", Rieder machte eine Kunst-pause, „Bingo! Ralf Kelling habe ich als Bootsführer am Samstag diesen Bußgeldbescheid ausgestellt, weil er illegal an dem alten Fähranleger in Kloster mit seinem Zeesenboot festgemacht hat-te. Und seinen Begleiter, Herrn Neuner, habe ich notiert, weil er gleich etwas aufdrehte, als ich die beiden bat, dort wieder abzu-legen und sich einen Platz im Seglerhafen zu suchen. Das kann kein Zufall sein!"

Das konnte wirklich kein Zufall sein, dachte sich Rieder, als er die Adresse der beiden Männer las. Sie wohnten zusammen in Prerow auf dem Darß, also ganz in der Nähe von Hiddensee. Das sollten Riel und Kubicki nicht gewusst haben? Was wurde hier gespielt?

Für Damp war Rieders plötzliches Schweigen ein weiteres An-zeichen dafür, ihn auszugrenzen.

„Na, dann ist der Fall ja so gut wie gelöst", meinte er einge-schnappt, stand auf und setzte seine Dienstmütze auf. „Ich geh' dann mal auf Streife an den Strand. Muss ja auch noch gemacht werden." Damit drängte er sich an Behm und Rieder vorbei zur Tür. Als er schon draußen war, drehte er sich noch einmal um. „Übrigens, die Schlüssel vom Pfarrhaus liegen im Tresor. Frau Thurow, die Küsterin, ist in der Galerie am Torbogen in Kloster zu erreichen." Die Tür fiel hinter ihm ins Schloss.

Behm stieß heftig Luft aus. „Tolle Stimmung hier."

Rieder zuckte mit den Schultern.

„Du musst mit ihm reden!"

„Warum?", fragte Rieder.

„Weil wir ihn brauchen. Oder wie soll das hier funktionieren mit den Ermittlungen?"

Rieder antwortete nicht.

Behm schüttelte den Kopf über Rieders Uneinsichtigkeit. „Er ist Dein Kollege. Du darfst ihn bei Bökemüller nicht gegen die Wand laufen lassen. Das wäre unfair. Kann ich den Schlüssel vom Pfarrhaus haben, damit ich mit der Durchsuchung dort beginnen kann? Vielleicht finden wir da noch was Brauchbares." Rieder holte den Schlüssel aus dem Tresor. Ohne Gruß verließ Behm das Revier.

Rieder lehnte sich in seinem Stuhl zurück. Plötzlich überkam ihn richtige Wut. Er warf seinen Bleistift gegen die Wand.

„Scheiße!"

Damp konnte noch nicht allzu weit weg sein. Wahrscheinlich lief er am Strand in Richtung Süderende, denn Rieder konnte sich nicht vorstellen, dass es Damp in die andere Richtung nach Kloster trieb, wo er auf die Kollegen von der Spurensicherung aus Stralsund treffen könnte. Rieder lief den Plattenweg zum Strand, vorbei an der alten Mühle. Als er an der Strandpromenade angekommen war, entdeckte er Damp. Er saß auf einer Bank neben dem kleinen Badewärterhäuschen. Sein riesiger Körper ragte über das dichte Buschwerk der Heckenrosen mit den vielen rosa Blüten. Rieder ging zu ihm hin.

Damp schaute auf, als sein Kollege vor ihm stand. „Was gibt's? Haben sie den Code vom Tresor vergessen?"

Rieder verdrehte die Augen. „Mensch Damp." Er setzte sich zu ihm. „Was ist los?"

Damp nahm seine Mütze ab, strich sich mit dem Taschentuch über die nasse Stirn. „Was los ist? Ich habe darauf keinen Bock. Rache. Mord. Terroristen. Mir brummt der Schädel. Ihr seid alle Feuer und Flamme. Aber dafür bin ich nicht hier."

„Aber das ist doch mal ein richtiger Fall …"

Damp drehte sich zu Rieder um. Seinen Blick konnte Rieder durch die verspiegelten Gläser der Sonnenbrille nicht sehen. „Richtiger Fall?", fragte Damp süffisant. „Dass ich nicht lache. Haben Sie den beiden Lackaffen aus Schwerin nicht richtig zugehört? Hier soll hübsch die Vergangenheit vom lieben Herrn Pfarrer unter den Teppich gekehrt werden. Sie sind doch sonst nicht so blöd?"

Rieder musste Damp recht geben. Er hatte an der ganzen Geschichte auch seine Zweifel. Man konnte sie hier auch hübsch für die Schublade recherchieren lassen. Eines hatten Riel und Kubicki klargemacht: Sie wollten auf keinen Fall, dass etwas über die Vergangenheit von Schneider publik würde.

„Vielleicht haben Sie recht, aber trotzdem sind wir ein Team und sollten da gemeinsam durch."

„Team? Sie behandeln mich die ganze Zeit wie Ihren Laufburschen. Sobald Bökemüller auftaucht, komme ich mir vor wie ein Idiot."

Rieder nickte. „Da bricht bei mir immer der Kriminalbeamte durch. Verstehen Sie, es ist für mich mal eine Abwechslung …", versuchte sich Rieder zu rechtfertigen.

„Dann hätten Sie in Berlin bleiben sollen", konterte Damp.

„Ich dachte, darüber wären wir hinweg."

Damp schwieg.

„Bitte, machen Sie mit bei dem Fall, Damp. Wir schaffen es doch nicht allein, Behm und ich. Sie kennen doch die Leute hier auf der Insel gut und bekommen sicher viel mehr über den Pfarrer heraus als ich oder Behm."

Damp zog die Augenbrauen zusammen, als hätte er Rieder nicht richtig verstanden. Dann winkte er ab. „Das glauben Sie doch selbst nicht, oder? Sie wissen ganz genau und ich auch, wie mein Stand hier auf der Insel ist."

Beide schwiegen eine Weile, bis sich Damp räusperte. „Das Einzige, was mich bewegt mitzumachen, ist die Angst vor Bökemüller", erklärte er leise. „Er hat mich sowieso auf dem Kieker. Aber ob Sie es glauben oder nicht, ich arbeite gern auf der Insel und möchte hier auch bleiben und nicht irgendwo in einem Revier in Mecklenburg versauern. Allerdings finde ich das ganze Theater um den toten Schneider übertrieben. Wahrscheinlich ist er nur besoffen von der Klippe gefallen."

„Und die Einschüsse? Es liegt doch irgendwie auf der Hand …"

„Schon gut. Schon gut. Ich bin dabei."

Rieder schlug ihm erfreut auf die Schulter. „Toll und … danke." Er schien ein bisschen gerührt.

„Da nicht für", antwortete Damp. „Aber eins möchte ich klarstellen, ich bleibe auf der Insel und fahre hier nicht kreuz und quer über den Bodden zu irgendwelchen Verdächtigen."

„Gut, dann übernehmen Sie die Befragung der Leute auf der Insel. Sie könnten gleich heute Nachmittag damit anfangen?"

Rieder stand auf und ging in Richtung Revier davon. Damp folgte ihm in einigem Abstand. Leise brummte er in sich hinein: „Trotzdem glaube ich nicht an den ganzen Quatsch. Terroristen auf Hiddensee? Dass ich nicht lache."

XIV

Wenn Damp etwas hasste, dann waren es Befragungen. Und meist blieben sie ihm auch erspart, denn oft lagen hier auf der Insel die Fälle und Fakten klar auf der Hand. Wenn ein Fahrrad oder das reife Obst vom Baum aus dem Garten verschwunden war, gab es die W-Fragen. „Wo ist es passiert? Wann haben Sie es bemerkt? Wen haben Sie in Verdacht?" Und die meisten Fälle lösten sich von selbst. Fahrräder tauchten irgendwo auf der Insel wieder auf, angelehnt an einen Laternenpfahl oder zerbeult in einem Graben. Kirschen oder Pflaumen waren längst aufgegessen oder zu Marmelade verkocht, wenn er bei den möglichen Verdächtigen aufkreuzte. Die Anzeigen wurden zu den Akten gelegt oder landeten in der sogenannten Rundablage, dem Papierkorb. Am liebsten waren Damp Ordnungswidrigkeiten. Da konnte er klar dem Übeltäter mitteilen, was er falsch gemacht hatte, und ihn auch gleich über das Strafmaß, die Höhe des Bußgeldes informieren, ergänzt durch die Frage, ob er gleich vor Ort oder per Überweisung an die Landeskasse zahlen wolle.

Doch in diesem Fall lagen die Dinge anders. Jetzt musste er richtig Leute vernehmen. Er sollte herausbekommen, was für ein Mensch der Pfarrer gewesen ist, ob er Feinde gehabt hatte, wer ihn am Sonntag nach der Preisverleihung noch gesehen hatte? Rieder hatte, wie immer übereifrig, gleich eine Liste aufgestellt: die Direktorin des Gerhart-Hauptmann-Museums, wo das Fest nach der Preisverleihung ausgerichtet worden war, den Kirchenvorstand und unvorsichtigerweise hatte er selbst noch den Inselpolizisten aus DDR-Zeiten ins Spiel gebracht, den einstigen Abschnittsbevollmächtigten.

Damp zog eine Schreibtischschublade auf. Er nahm einen der kleinen Notizblöcke heraus, die hier seit Jahren unbenutzt lagen und schon leicht vergilbt waren, und steckte ihn ein. Dann stemmte er sich nach oben und marschierte mit Todesverachtung aus dem Revier.

Im Hauptmann-Museum konnte sich die Direktorin, Dr. Gisela Menza, genau erinnern, dass sie gegen 18 Uhr am Sonntag den Pfarrer vermisst hatte. Sie wollte mit ihm klären, ab wann der Caterer so langsam den Ausschank einschränken sollte, um die Gäste damit sanft zum Gehen aufzufordern. Zuvor hatte sie ihn noch im Gespräch mit einem Bundestagsabgeordneten aus Berlin gesehen. Damp machte hinter dem Namen ein Ausrufezeichen. Vielleicht auch noch ein interessanter Zeuge. „Doch dann war er plötzlich verschwunden und nirgendwo zu finden, weder hier im Haus noch im Garten. Ich habe überall gesucht. Und keiner, den ich gefragt habe, hat ihn weggehen sehen." Frau Menza war immer noch empört über Schneiders stillen Abgang von der eigenen Party. „Nicht mal die Thurow wusste angeblich, wo er steckte. Dabei folgt sie ihm doch sonst wie ein Schatten auf Schritt und Tritt in ihren neuen Trittchen."

„Sie nimmt eben ihre Arbeit ernst", verteidigte Damp die Küsterin.

„Pah", machte die Museumsdirektorin, „man kann es auch übertreiben. Kein Gottesdienst, keine Veranstaltung, bei der sie nicht in der ersten Reihe sitzt."

Gisela Menza riss eine Schublade ihres Schreibtischs auf und kramte eine Liste hervor. „Hier ist die Gästeliste. Das Kreuz hinter dem Namen bedeutet, dass derjenige auch wirklich hier war."

Damp war begeistert. An die Gästeliste hätte er von alleine gar nicht gedacht. Aber nun würde Rieder sicher staunen über seine Weitsicht und das Dokument. Doch dann wurde ihm klar, dass er nun noch mehr Leute abklappern musste. Er stöhnte laut auf. Die Museumsdirektorin fragte besorgt, ob es ihm nicht gut gehe. „Alles in Ordnung."

Der Tod des Pfarrers schien die attraktive Enddreißigerin nicht besonders betroffen zu machen. Jens-Uwe Schneider sei doch ein sehr eigener Mensch gewesen. Sie hätte schon länger gewusst, dass er hinter dem Pseudonym des Literaturkritikers Jean Jacques Hoffstede gesteckt hätte. Eine befreundete Autorin sei bei einem Besuch im Pfarrhaus dahintergekommen, als sie zufällig auf dem Schreibtisch das Manuskript eines Romans entdeckt hätte, der noch gar nicht veröffentlicht worden war. Auf den Seiten fanden sich Dutzende von Anmerkungen, die sich dann wenig später in einer Rezension von diesem Jean Jacques Hoffstede wortwörtlich wiederfanden. „Sie hat eins und eins zusammengezählt." Sie hatte das Pseudonym des Pfarrers mit einer gewissen Abscheu ausgesprochen. „Meine Freundin hat ihn darauf angesprochen, aber er hat alles abgestritten. Wenig später hat der feine Herr Hoffstede alias Dorfpfarrer Schneider dann eine ihrer Novellen verrissen. In dem Artikel fanden sich Informationen über ihre Motive, diese Story zu schreiben, die sie Schneider zuvor während eines Aufenthaltes auf Hiddensee erzählt hatte. Anvertraut! Sie war so enttäuscht! Es war der pure Verrat! Sie hat jeden Kontakt zu Schneider sofort abgebrochen!" Damp notierte sich sicherheitshalber den Namen der Schriftstellerin.

Auskunftsfreudig war auch Rudolf Hempel, der Vorsitzende des Gemeinderates der Kirche in Kloster. Der pensionierte Schuldirektor wohnte etwas oberhalb von Kloster, in einem Häuschen hinter der Lietzenburg. Damp musste seinen Wagen am Haus am Hügel parken und dann den Hohlweg in Richtung Dornbusch hochlaufen. Die Augustsonne lag jetzt am frühen Nachmittag schwer auf der Insel. Kaum ein Lüftchen regte sich. Für Damp war es immer wieder ein Wunder, wie es auf einer Insel so heiß werden konnte.

Völlig durchgeschwitzt kam er am Häuschen des alten Schuldirektors an. Es lag etwas tiefer als der Weg und war von vielfarbigen Stockrosen umgeben. Rudolf Hempel ruhte auf einer Gartenliege, im Schatten einer riesigen Eibe. Damps Rufen weckte ihn nicht. Erst als Damp direkt vor ihm stand, blinzelte er und schlug die Augen auf.

„Herr Damp, eigentlich hatte ich Sie schon früher erwartet oder wenigstens ihren Kollegen aus Berlin. Wie hieß der noch?"

„Rieder."

„Genau." Hempel setzte sich auf und rief: „Carola, wir haben Besuch!"

Die Frau des ehemaligen Lehrers schob die Plastikstreifen des Türvorhangs zur Seite und blickte heraus. „Ah, die Polizei. Soll ich was zu trinken bringen?"

Hempel bat den Polizisten zu einer Sitzgruppe auf die Terrasse. Von dort hatte man einen schönen Blick über die Dächer von Kloster, weiter südlich glitzerte das Wasser des Boddens in der Sonne.

„Und was soll ich Ihnen nun erzählen über Herrn Schneider?" Damp war irritiert, dass ihm Hempel die Initiative entriss.

Und so fiel ihm jetzt auf Anhieb auch keine Frage ein. Aber Hempel war schon in Fahrt. „Tja, über Tote soll man ja nicht schlecht reden, nicht wahr, Carola?"

Frau Hempel stellte gerade ein Tablett mit Gläsern und einer Karaffe mit einer durchsichtigen gelblichen Flüssigkeit auf den Tisch.

„Probieren Sie mal", wandte sie sich an Damp. „Das ist Wasser mit Holundersirup. Es erfrischt ganz vorzüglich mit seiner sanften Säure."

Während sich Damp einschenkte und kostete, verschwand der Lehrer im Häuschen und kam dann mit einem dicken Aktenordner wieder. Auf dem Rücken stand nur ein einziges Wort: Schneider.

„Wie soll ich es ausdrücken", begann er dann von Neuem. „Sicher hätten wir uns einen anderen Abschied gewünscht, aber es ist kein Geheimnis, einen Abschied von Pfarrer Schneider haben wir uns schon länger gewünscht. Seine Amtsführung", Hempel wog seinen kugelrunden, kahlen Kopf hin und her, „war nicht nur zu unserer Freude. Manchmal wussten wir einfach nicht, was ihm wichtiger war, seine Tätigkeit als Seelsorger oder sein Hobby als Literaturliebhaber." Damp notierte die Worte des Kirchenvorstands in seinem Notizbuch wie ein eifriger Schüler. Und das schien Hempel zu gefallen. „Ich muss Ihnen sicher nicht erzählen, dass man es als Christ hier im atheistischen Osten nicht leicht hat und gerade zu DDR-Zeiten nicht leicht hatte, aber der Pfarrer war da auch nicht unbedingt eine Stütze. Ihm lag mehr an Publicity als an den Nöten, Wünschen und Sorgen der Gemeinde und ihrer Mitglieder."

Dann folgte Punkt für Punkt eine ganze Liste von Auseinandersetzungen, die der Gemeinderat mit Schneider in den zwei Jahrzehnten ausgetragen hatte. Da ging es um die Sanierung der Kirche, mangelnde Jugendarbeit, Beerdigungen auf dem Inselfriedhof für Nichtinsulaner, inklusive der Eltern des Pfarrers.

„Und dann sein Lebenswandel", setzte Carola Hempel die Klage über den toten Pfarrer fort. „Ein lediger Pfarrer, über zwei Jahrzehnte in der Gemeinde, und dann immer die Besuche der Schriftstellerinnen und ihre Unterbringung in der Ferienwohnung im Pfarrhaus. Das gab schon Gerede …"

„Wussten Sie eigentlich, dass der Pfarrer aus dem Westen kam und zu DDR-Zeiten übergesiedelt war?"

Hempel räusperte sich. „Die entsprechenden Stellen haben meinen Vorgänger darüber informiert, dass er mit seinen Eltern lange Zeit in Mittelamerika gewesen wäre und er dann lieber in die DDR umsiedeln und dort Pfarrer werden wollte. Komisch nur, dass dann in den Unterlagen, die wir zur Beerdigung seiner Eltern von deren Kirchengemeinde erhielten, nichts davon zu finden war. Das hat schon dem einen oder anderen zu denken gegeben." Hempel machte eine Pause, klappte seinen Hefter zu. „Aber über dem Pfarrer schien auch weniger die Hand Gottes als vielmehr eine schützende Hand der Obrigkeit zu liegen, wenn Sie verstehen, was ich meine." Damp schüttelte den Kopf. Doch da ermahnte Carola Hempel ihren Mann: „Rudolf, ich finde, du hast genug gesagt."

Aber der ließ sich nicht aufhalten. „Erstens: Da kommt einer aus dem Westen und bekommt die Pfarrei auf Hiddensee? Gleich nach dem Studium? Zweitens: Seine Gemeindearbeit war vor und nach der Wende nicht die beste, trotzdem bleibt er Pfarrer auf

Hiddensee, auch nachdem es die eine oder andere Beschwerde gegeben hatte." Hempel tippte mit einem Finger unter sein Auge: „Da kann ich nur sagen, Holzauge sei wachsam. Wer weiß, wer da alles drinhängt …"

Damp wurde das zu kompliziert. Er fragte: „Haben Sie denn in den letzten Monaten oder Wochen vor der Preisverleihung Veränderungen am Pfarrer bemerkt?"

„Sie meinen nach seiner Ent-tar-nung?" Hempel betonte jede Silbe des Wortes. „Für mich eine lächerliche Maskerade. Jean Jacques Hoffstede! Thomas Mann und die Buddenbrooks würden sich im Grabe rumdrehen!" Hempel redete sich richtig in Rage. „Ich bin selbst Deutschlehrer gewesen. Über dreißig Jahre! Ich liebe dieses Buch! Ich weiß nicht, ob Schneider je die Tiefe dieses Werkes erfasst hat. Aber er musste sogar noch sein Boot nach Antonie Buddenbrooks benennen. Alles Show!"

„Gott, Rudolf, beruhige dich."

„Ja, ja Carola." Hempel tätschelte mit seiner Hand beruhigend den Arm seiner Frau. „Nein, es lief so unbefriedigend wie vorher. Mit Schneider. Aber wie gesagt, man soll nicht schlecht reden von den Toten."

Damp kehrte mit einem Gefühl der Glückseligkeit zu seinem Auto zurück. In seiner Brusttasche trug er das gefüllte Notizbuch. Rieder würde überrascht sein! Er lachte in sich hinein, sodass ihn vorbeikommende Leute etwas merkwürdig ansahen. Die beiden Gespräche waren sehr gut gelaufen. Dann stoppte er seinen beschwingten Schritt und blieb plötzlich stehen wie vor einer unsichtbaren Schranke. Sein nächster Termin fiel ihm ein.

Damp fuhr so langsam in Richtung Grieben, dass ihn selbst die Fahrradfahrer an dem kleinen Anstieg hinter Kloster überholten. In Grieben standen entlang der Dorfstraße alte Fischerkaten mit Reetdächern. Der nördlichste Ort auf der Insel wirkte unberührt vom Tourismus auf der Insel, auch wenn Tag für Tag Tausende Urlauber auf der Straße vorbeizogen.

Damp parkte an der Bushaltestelle, gleich neben der Telefonzelle. Kurz überlegte er, ob diese überhaupt noch jemand benutzte, wo doch mittlerweile jeder ein Handy besaß. Er ging ein paar Schritte die Dorfstraße hinunter. An einer der Katen klopfte er. Klingeln gab es hier nicht. Niemand öffnete. Von drinnen kam auch keine Antwort. Ein kleiner Pfad führte um das Haus herum. Dahinter lag ein riesiger Garten, der sich bis zum Ufer des Vitter Bodden erstreckte. Auf zahlreichen Beeten wuchsen in Reih und Glied Kartoffeln, Tomaten, Salatköpfe. Ein Mann mit einem riesigen Strohhut und in einer alten Strickjacke rückte mit einer Hacke trotz Hitze dem Unkraut zu Leibe. Alfred Mohnke, der ehemalige Abschnittsbevollmächtigte der Volkspolizei auf Hiddensee, schaute kurz auf.

„Das geht ja heute hier zu wie im Taubenschlag. Da hört man Jahre nichts von seinem alten Verein und dann kommt gleich einer nach dem anderen. Gerade war schon dein vornehmer Kollege vom Bundeskriminalamt da. Wegen des Pfarrers. Aber dem Wessi habe ich nix gesagt.“

Alfred Mohnke und Ole Damp hatten sich in den Schatten der kleinen Kate zurückgezogen. Auf dem Tisch standen zwei Bier.

Der ehemalige Volkspolizist hob seine Flasche. „Na, dann erst mal Prost auf den Schreck.“ Die beiden stießen an und genossen das kühle Getränk.

„Und was wollte der vom BKA genau?“, fragte Damp noch mal nach.

„Das Gleiche wie du. Hatte eine Menge Fragen wegen des Pfarrers. Kam mir mit der Kollegenmasche. Man käme doch vom gleichen Fach. Der dachte wohl, ich bin blöd. Von mir erfahren diese Schnösel nichts.“ Mohnke nahm noch einen Schluck. „Du hast dich auch lange nicht sehen lassen. Der Berliner fährt hier immer mal mit seinem Rad vorbei. Wie kommste denn mit dem zurecht?“

„Ist momentan auf Terroristenjagd“, bemerkte Damp verächtlich.

„Was soll ’n das sein?“

Damp erzählte seinem ehemaligen Kollegen, was die Leute vom Innenministerium aus Schwerin über die Vergangenheit des Pfarrers berichtet hatten und dass er vielleicht das Opfer eines Racheaktes seiner alten Terroristenkumpel geworden sein könnte. „Rieder glaubt nun, die beiden hätten den Pfarrer auf dem Kieker gehabt und umgebracht."

„Na ja, wenn der mich so verladen hätte und ich wäre für den Typen ein paar Jahre in den Knast gegangen ... aber jetzt, nach der langen Zeit. Ich weiß nicht." Mohnke nahm seinen Hut ab und wischte sich den Schweiß von der kahlen Stirn.

„Wusstest du denn, dass er aus dem Westen kam und, sagen wir mal, nicht ganz sauber war?"

„Na, die Genossen von Horch und Guck hatten mich schon in die Aufgabe eingewiesen, wie es damals so schön hieß. Es sollte alles geheim bleiben. Sie meinten, er bräuchte eine Art Exil, hätte im Westen was angestellt, sagten aber nicht was. Hier auf die Insel kämen kaum Besucher von drüben. Hiddensee sei so das perfekte Versteck ... Ich sollte immer mal ein Auge auf ihn haben. Sie wollten nicht, dass er Unruhe stiftet." Die Stasi befürchtete, berichtete Mohnke weiter, Schneider könne sich den zahlreichen Aussteigern anschließen, die sich damals, meist als Saisonkräfte für die FDGB-Heime und Gaststätten, auf der Insel niedergelassen hatten. „Aber der war immer hübsch vorsichtig. Hat mal irgendwelche Schriftsteller auf die Insel geholt, wo die Jungs von der Stasi gleich nervös wurden und schon den Inselaufstand kommen sahen. Und ein paarmal gab's auch Konzerte in der Kirche, wo es ein bisschen lauter wurde, aber im Endeffekt alles harmlos." Ärger hätte es nur einmal gegeben, als Schneider in einer Predigt kritisiert hatte, dass in den Buchhandlungen auf der Insel die meisten guten Bücher unter dem Ladentisch weggingen. „Als Bückware, verstehste. So hieß das doch damals. Das fand dieser Stasimann nicht lustig, der für Schneider zuständig war. Jochen Kamradt hieß der. Jetzt ist er Geschäftsführer in einem Hotel auf Rügen, in der Nähe der Wittower Fähre." Mohnke machte plötzlich eine Pause. Dann meinte er versonnen: „Wo die alle so untergekommen sind? Und ich hacke hier meine Kartoffeln."

Damp nickte. „Da hast du recht. Das wundert einen schon."

Sie schwiegen eine Weile. „Hempel hat auch kein gutes Haar an Schneider gelassen", meinte dann Damp.

„Das kann ich mir vorstellen."

„Wieso?"

„Seine Tochter war mal mit dem Pfarrer zusammen, muss so kurz vor der Wende gewesen sein. War 'n echter Feger damals. Nur meinte es Herr Pfarrer nicht ganz so ernst wie des Lehrers Töchterlein. Sie hat versucht, sich mit Tabletten umzubringen. Müselbeck hat sie zurückgeholt. Dann sind sie in der Nacht noch mit dem Boot rüber nach Rügen und dort in Bergen ins Krankenhaus. Angeblich hat sie seitdem die Insel nicht mehr betreten. Hempel ist nur Kirchenvorstand geworden, um Schneider abzuschießen. Dabei hätte es die Tochter besser wissen können."

Mohnke nahm einen Schluck.

„Nun lass dir nicht alles aus der Nase ziehen."

„Wie soll ich sagen, der Pfarrer hatte seine Masche. Auf der Insel spielte er immer den einsamen Wolf. Aber wenn es abends am Strand ein Lagerfeuer gab, ist er immer hin. Hat Gedichte abgespult, Lieder gesungen und Gitarre gespielt. Egal ob FDJlerin oder Kirchenmaus, die fielen alle um – direkt in die Arme des Pfarrers. Und das Pfarrhaus lag nicht ungünstig für ein stilles Rendezvous. Da störte keiner …"

XV

Rieder war zum Seglerhafen in Vitte geradelt. Auf einer Bank neben einer alten Leuchtboje saß Hafenmeister Paul Gau. Zeichen seiner Autorität war eine weiße Schiffermütze mit schwarzem Schirm, dazu eine weiße gestärkte Uniformbluse, eine blaue Stoffhose und glänzende schwarze Straßenschuhe. Neben ihm lag ein brauner Dackel, der sofort die Ohren spitzte, als Rieder näher kam.

„Gauden Tach", grüßte der Hafenmeister in Hiddenseer Mundart und paffte weiter an seiner Pfeife.

„Moin, Moin", erwiderte der Polizist.

Gau verzog das Gesicht. „Ob ihr es noch mal lernt. Ihr seid hier nicht an der Nordsee. Landratte! Was los?"

„Es geht um Samstag."

„Also um Sonnabend", verbesserte Gau den Polizisten erneut.

„Gut, um Sonnabend. Da habe ich ein Zeesenboot zu Ihnen geschickt."

Gau nickte. „Kann mich erinnern. Zwei Mann Besatzung. Name des Kahns: ‚Alte Liebe'. Schön restauriert. Sieht man heute nur noch selten. Der hatte sogar noch rote Segel. So wie es sich gehört."

„Wie lange waren die hier?"

Gau nahm die Pfeife aus dem Mund, wiegte den Kopf hin und her. „Bis Sonntag. So am frühen Abend sind sie weg."

In diesem Moment kam ein Mann vorbei und grüßte kurz. Offenbar ein Fischer, denn er trug eine Latzhose aus Ölzeug, ein kariertes Hemd und darüber eine orangefarbene Jacke aus Kunststoff.

„Das trifft sich ja gut!", rief Gau. „Thurow, wart' mal." Der Hafenmeister sprang von der Bank auf und lief dem Mann nach, der offenbar nur ungern stehen bleiben wollte. „Kannste dich noch an Sonntag erinnern?"

Der Mann zuckte mit den Schultern.

„Na, als du ausgelaufen bist, da ist doch auch der Zeeskahn los."

„Was weiß ich", brummelte Thurow. „Kann mich nicht erinnern?"

„Mensch Thurow, der ist dir doch noch fast quer gekommen." Gau wandte sich an Rieder. „Also segeln konnten die beiden nicht. Waren eher Anfänger. Und bei einem Zeesenboot möchtest du schon was auf dem Kasten haben, um das sicher vor Anker zu bringen."

Thurow hatte die Gelegenheit genutzt, um weiter in Richtung seines Fischerbootes zu gehen. Gau holte ihn wieder ein. „Nun wart doch mal. Das kannste doch nicht vergessen haben?"

Doch der Mann zuckte wieder nur die Schultern. Gau ließ ihn ziehen. Er kehrte zu Rieder zurück. „Komischer Kauz, der Thurow. Muss man ihm nicht übel nehmen."

„Thurow?", fragte Rieder dazwischen. „Hat er was mit Birgit Thurow zu tun, der Küsterin?"

Gau nickte. „Ist seine Frau. Der einzige Lichtblick in Thurows Leben. Und für uns ein schöner Anblick, seitdem der Schmetterling sich entpuppt hat." Gau zwinkerte mit seinem linken Auge und grinste.

„Entpuppt? Schmetterling?"

„Na früher war die Biggi eher 'ne graue Maus, aber seit sie bei der Kirche ist und da immer die Gastgeberin spielt, hat sie sich echt rausgemacht."

„Aha!", antwortete Rieder, der mit dieser Information, nicht so recht etwas anfangen konnte.

„Aber wie gesagt, Thurow hat es nicht leicht, oder besser gesagt, er macht es sich nicht leicht", setzte Gau fort. „Hat sich mit den anderen Fischern überworfen. Nun liegt er hier mit seinem Kahn, weil er mit denen in Vitte nichts mehr zu tun haben will. Ich habe ihm den alten Platz da drüben am Korden Urt überlassen." Der Hafenmeister zeigte zu einer Anlegestelle an der Landspitze hinter dem Seglerhafen. Dort lag ein Fischkutter, auf dem Thurow jetzt mit seinen Netzen hantierte. „Für Segler ist es da sowieso zu flach. Seinen Fang, wenn er denn was gefangen hat, liefert er drüben auf Rügen ab. Hier bei den Gastwirten wird er nichts los." Gau setzte sich wieder auf die Bank, zündete sich seine Pfeife neu an und stieß ein paar Rauchwölkchen aus. „Und der andere, der zur gleichen Zeit raus ist, kann dir nix mehr sagen."

Rieder schaute etwas verwirrt.

„Na der Pfarrer", klärte ihn Gau auf. „Der ist auch raus mit seiner ‚Antonie', als die mit dem Zeeskahn und Thurow los sind. Alle drei zur gleichen Zeit. Und unter uns gesagt, alle drei keine Könner an der Pinne. Thurow hat seinen Kahn hier auch schon ein paarmal auf Grund gesetzt. Und der müsste eigentlich wissen, wo es tief und wo es flach ist."

Der Polizist war plötzlich wie elektrisiert. „Das Zeesenboot und der Pfarrer sind gleichzeitig aus dem Seglerhafen gefahren?"

„Genau."

„Und in welche Richtung?"

„Bin ich das Reisebüro?"

„Es wäre wichtig, wenn Sie sich erinnern könnten, ob die beiden Boote den gleichen Kurs eingeschlagen haben."

Gau zuckte mit den Schultern. „Ich war froh, als die drei die Fahrrinne von Vitte erreicht hatten, ohne sich gegenseitig zu torpedieren. Und dann hatte ich hier im Hafen genug zu tun. Ging zu wie im Taubenschlag. Jung! Es ist Saison. Da kann ich nicht jedem Kahn mit dem Taschentuch nachwinken."

„Haben die beiden von dem Zeesenboot vorher mit dem Pfarrer gesprochen oder irgendwie Kontakt gehabt?", fragte Rieder.

Gau machte zwei Züge an seiner Pfeife. „Also der Pfarrer ist hier das ganze Wochenende rumgesprungen. Immer mal wieder. Aber der hat mit keinem geschnackt. Wäre mir aufgefallen, denn geredet hat der ja eher selten, wenn er nicht gerade auf der Kanzel stand. Mehr als ‚Tach' und ‚Guten Weg' war da nicht." Gau machte eine Pause und dann hörte der Polizist ein leichtes Grunzen, das sich als Lachen entpuppte. „Wahrscheinlich haben all die Bücher genug mit ihm geredet. Stille Zwiesprache." Jetzt lachte Gau richtig laut. Der Dackel sprang auf und legte seine Pfoten auf die Knie seines Herrchens und wedelte heftig mit dem Schwanz. Offenbar hatte ihn die Heiterkeit angesteckt.

„Okay. Ist wenigstens was", meinte Rieder und wollte sich eigentlich schon verabschieden.

Doch da nahm Gau noch einmal die Pfeife aus dem Mund: „Aber die genaue Abfahrtszeit der Boote könnte ich dir noch verraten." Er stand auf und ging zu dem kleinen Holzhäuschen hinter der Pension „Leuchtfeuer". Rieder folgte ihm. An der Tür waren die Hafenordnung und die Sprechzeiten des Hafenmeisters angeschlagen. Der kleine Raum war aufgeräumt. An der Wand hingen Seekarten, wo die Fahrrinnen zu den Häfen der Inselorte Vitte, Kloster und Neuendorf genau eingezeichnet waren, ebenso die Gefahrenstellen wie die Sandbänke vor dem alten Bessin.

„Hier habe ich es. Antonie, Heimathafen Vitte, Sonntag 18.52 Uhr. Alte Liebe, Heimathafen Prerow 18.54 Uhr. Vit-07, Schiffsname ‚Birgit', Heimathafen Vitte, 18.55 Uhr."

„Können Sie sich noch erinnern, was die beiden Männer von der ‚Alten Liebe' am Sonnabend und am Sonntag gemacht haben?"

„Du kannst Fragen stellen." Gau schaute aus dem kleinen Fenster in die Ferne und dachte nach. „Sonnabend sind die nach dem Anlegen von Bord, kamen so gegen Sonnenuntergang wieder und haben dann geklönt auf Deck." Er machte eine Pause. „Aber die sind noch mal runter vom Kahn. Ich hab die gesehen, als ich nach Haus gegangen bin nach Norderende. Da liefen sie auf dem Deich in Richtung Kloster."

„Und am Sonntag?"

„Lange gepennt. Dann gestritten. Gegen Mittag sind sie noch mal von Bord, aber wer weiß, wohin. Irgendwann waren sie wieder da. Reicht das?"

„Worüber haben sie gestritten?"

„Keine Ahnung, bin kein Lauscher."

Rieder bedankte sich. Als er sich verabschieden wollte, hielt ihn Gau noch kurz zurück. „Das nächste Mal heben wir einen, damit du mal endlich mit dem Sie aufhörst. Verstanden?"

Rieder versprach es. Einen Mann mit solch guter Beobachtungsgabe durfte man nicht verärgern. An dem hätte auch jeder Geheimdienst seine Freude gehabt, dachte er im Stillen.

XVI

Durch die Räume im Pfarrhaus arbeiteten sich die Männer von der Stralsunder Spurensicherung in ihren weißen Overalls. Behm residierte am Schreibtisch des Pfarrers. Er hatte die Schubladen aufgezogen. Jedes Stück Papier, das er herausholte, studierte er intensiv und befand, ob es mit nach Stralsund gehen sollte, um dort einer genaueren Untersuchung unterzogen zu werden, oder ob es hierbleiben würde.

In einer Ecke des Dienstzimmers standen Birgit Thurow und ein Mann in schwarzem Anzug. Sie beobachteten die Beamten bei der Arbeit. Birgit Thurow hatte die Schultern hochgezogen und die Arme fest vorm Oberkörper verschränkt. Es schien, als würde sie frösteln, obwohl es hier im Raum eher stickig war. Als Rieder den Raum betrat, rief Behm ihm entgegen: „Gut, dass du kommst. Wir haben da wieder was!" Er fischte eine Klarsichthülle aus den Papieren auf dem Schreibtisch hervor. Darin befand sich ein Schriftstück. Behm hielt es dem Polizisten hin. „Ein weiterer anonymer Brief. Wieder ein Bibelzitat. Wieder keine Unterschrift."

Rieder nahm die Plastikhülle. „Wahrlich, ich sage dir: In dieser Nacht, ehe der Hahn kräht, wirst du mich dreimal verleugnen", las er laut vor.

„Matthäus 26", meldete sich eine Stimme aus dem Hintergrund.

Behm schaute auf. „Ach, darf ich vorstellen, Herr Laube vom Kirchenamt in Stralsund."

Rieder drehte sich um. Der Mann im schwarzen Anzug deutete eine kurze Verbeugung an.

„Er beaufsichtigt unsere Arbeit, damit wir keine Kirchenakten wegschleppen", bemerkte Behm mit deutlichem Missfallen in der Stimme.

„Doktor Karl Laube", stellte sich der Kirchenmann vor. „Frau Thurow kennen Sie ja sicher bereits." Zögernd sprach er weiter. „Beaufsichtigen ist vielleicht das falsche Wort, aber hier im Pfarrhaus werden natürlich auch persönliche Akten der Gemeindemitglieder aufbewahrt. Deren Integrität möchten wir schützen. Ansonsten sind wir, also Frau Thurow und ich, zu jeder Kooperation bereit."

„Ich kann Ihnen versichern, dass es uns nur um Unterlagen geht, die allein Pfarrer Schneider betreffen", erklärte Rieder beschwichtigend. „Wenn ich mal fragen darf ... Waren Sie mit ihm zufrieden, so als Seelsorger?"

„Ich bin nicht befugt, Ihnen über die Arbeit von Pfarrer Schneider Auskunft zu geben. Ich habe hier lediglich die Aufsicht zu führen." Laube machte eine Pause und räusperte sich, bevor er dann doch bekümmert weitersprach. „Das ist alles natürlich nicht sehr schön. Wir mögen nicht unbedingt negative Schlagzeilen."

„Warum negativ?", entgegnete Rieder.

„Na ja ..." Laube war diese Unterhaltung offensichtlich unangenehm. Er schaute betreten auf seine Füße. „Ich will mal so sagen: Solange er unter einem Pseudonym seiner Liebe zur Literatur nachgegangen ist, war das ja ganz in Ordnung. Aber als er entdeckt wurde, waren wir wenig erfreut."

„War Ihnen denn sein Nebenjob bekannt. Ich dachte, er hätte das alles, wie soll ich sagen, undercover gemacht mit den Büchern und Kritiken für die Zeitung?"

Laube lächelte. „Herr Kommissar, bei aller Spiritualität. Die Kirche ist eine Behörde wie jede andere. Ein Angestellter, also auch ein Pfarrer, braucht natürlich eine Genehmigung für eine Nebentätigkeit oder mögliche Nebenverdienste. Pfarrer Schneider hat sie Mitte der Neunzigerjahre beantragt und sie jedes Jahr erneuert. Und wir wussten so ungefähr, was sich dahinter verbarg. Außerdem gab es die vielen Besuche von Schriftstellern hier bei ihm. Gern gesehen haben wir das nicht unbedingt."

„Was soll das!", schrie Birgit Thurow plötzlich schluchzend auf. Alle Blicke im Zimmer richteten sich erschrocken durch diesen Ausbruch auf sie. „Warum treten Sie jetzt sein Ansehen in den Schmutz?"

„Liebe Frau Thurow, es liegt mir fern …" Die Frau stürzte aus dem Zimmer. Laube kämpfte mit sich, ob er der Frau hinterherlaufen sollte, entschied sich dann aber doch zu bleiben. „Sie ist natürlich emotional sehr angegriffen", versuchte der Kirchenmann die Situation zu retten.

Rieder hatte die Szene interessiert beobachtet. Er machte aber auch keine Anstalten, Frau Thurow nachzueilen. Er wollte erst mal das Gespräch mit Laube fortsetzen. „Vielleicht können wir jetzt offener reden." Laube nickte, atmete dann heftig aus, als müsste er sich von einer Last befreien. „Der große Seelsorger war Schneider nicht. Er tat sich schwer mit der Gemeinde auf der Insel. Es gab immer wieder Klagen, dass er sich zu wenig engagiere."

„Gab es Streit? Wer beschwerte sich?"

„Aus der Kirchengemeinde wurde mehrfach die Forderung an uns herangetragen, ihm vielleicht eine andere Pfarrei anzubieten, die weniger exponiert sei. Hiddensee hat sich ja in den letzten Jahren zu einem wahren Pilgerort für Prominente entwickelt. Da müssen wir als Kirche auch was bieten."

„Aber zu einer Abberufung ist es nicht gekommen?"

Laube zögerte etwas mit der Antwort. „Nein. Es gab ja auch die andere Seite der Medaille. Die Lesungen mit prominenten Schriftstellern brachten uns viel Aufmerksamkeit. Und Schneider verstand es, über diese Veranstaltungen auch viele Spenden für den Erhalt der Kirche einzuwerben. Ohne dieses Geld hätten wir das Dach und den Rosenhimmel in der Inselkirche nicht sanieren können."

„Wussten Sie, dass er aus dem Westen stammte?"

„Ich wurde heute von meinem Vorgesetzten darüber in Kenntnis gesetzt. Aber ich darf darüber keine Auskunft geben. Da müssen sie sich schon an das Amt in Stralsund, wahrscheinlich sogar an die Landeskirche wenden."

Rieder dankte Laube trotzdem für seine Offenheit und notierte sich die Informationen.

Behm thronte noch immer hinter dem Schreibtisch des Pfarrers. „Wie weit seid ihr?", fragte Rieder.

„Gleich fertig. Wir haben alles eingesammelt, was hier und auf der ‚Antonie' zu finden war, Laptop, persönliche Aufzeichnungen, Briefe … Was passiert eigentlich mit dem Nachlass, ist nicht ganz wertlos. Wir haben auch auf dem Boot noch eine Menge Manuskripte und Rezensionen über Bücher gefunden, die noch gar nicht erschienen sind. Wäre schade drum, wenn es im Container landet."

Rieder sah zu Laube, der mit den Schultern zuckte. „Vielleicht kann man es seinem Verlag anbieten. Seine persönliche Habe wird in unserem Archiv gelagert. Mindestens zwanzig Jahre."

„Gibt es ein Testament?", fragte Rieder.

„Ist mir bisher nicht untergekommen", antwortete Behm. Übrigens hatte er ganz schön was auf der hohen Kante. Da hätte er nicht mehr unbedingt predigen müssen." Behm zeigte Rieder einen Kontoauszug, auf dem eine hohe sechsstellige Summe ausgewiesen war. „Da scheint sich das Geschäft mit den Kritiken wohl richtig gelohnt zu haben." Laube schaute den beiden Beamten neugierig von hinten über die Schulter. „Das ist ja kaum zu glauben …", warf er erstaunt ein.

Einer von Behms Mitarbeitern, der die Wohnräume des Pfarrers in der oberen Etage durchsucht hatte, kam herein und meldete, dass sie mit der Durchsuchung und Spurenaufnahme fertig seien. „Kleidung hatte er nicht viel", meinte der Polizist. „Der Schrank war fast leer, ausgeräumt, möchte man sagen."

„Auf der Insel braucht man nicht viel", entgegnete Rieder. „Das ist hier nicht gerade der Catwalk der Ostsee."

Behm grinste. „Aber wenn ich mir die Frau Küsterin so ansehe, das ist auch nicht gerade aus dem Versandhauskatalog." Plötzlich hielt er inne. „Was mir da auffällt, die Schränke auf dem Boot waren voll mit Klamotten. Da hingen sogar Anzüge …"

„Vielleicht hat er viel auf dem Boot gewohnt?", warf Behms Kollege ein.

„Er hat immer mal Freizeiten für Mitglieder der jungen Gemeinde auf dem Boot veranstaltet. Aber große Touren sind mir jetzt nicht bekannt", erklärte Herr Laube. „Seinen Urlaub verbrachte er auch immer hier. Das war ein Problem, weil es Kurpastoren nicht gern haben, wenn der Platzhirsch auch da ist. Das empfinden sie immer so ein bisschen wie Kontrolle."

„Hm", machte Rieder. „Da müssen wir noch mal nachfassen."

Behm kündigte an, jetzt mit seinen Kollegen nach Stralsund zu fahren. Er würde sich am nächsten Morgen melden, um mit Rieder das weitere Vorgehen abzusprechen. Laube fragte, ob er mit dem Polizeiboot mitfahren könne. Behm war einverstanden.

„Ich werde mich dann nur noch von Frau Thurow verabschieden", erklärte Laube. Rieder folgte dem Kirchenmann nach draußen.

Dort wollte er seinen Augen nicht trauen. Damp stand mit Birgit Thurow auf dem Inselfriedhof. Sie lehnte an seiner Schulter. Sie war ihm praktisch in die Arme gelaufen, als sie aus dem Pfarrhaus gestürzt war. Am Zucken ihres Körpers konnte Rieder erkennen, dass die Frau immer noch heftig weinte. Von dieser Seite hatte er seinen Kollegen noch nicht kennengelernt.

Rieder und Laube traten zu den beiden, die sich fast erschrocken umwandten.

„Wo ist eigentlich das Grab der Eltern von Pfarrer Schneider?"

Birgit Thurow zeigte auf zwei Holzkreuze, die einige Gräberreihen weiter standen. „Es gab damals viel Ärger", erzählte die Frau mit schluchzender Stimme. „Der Kirchenvorstand wollte die Beerdigung nicht gestatten, weil die Eltern von Pfarrer Schneider nicht auf der Insel gewohnt hatten."

Sie gingen in die Richtung der Gräber. Birgit Thurow etwas vornweg, als würde sie die Gruppe führen. Vor dem Grab blieb sie wie erstarrt stehen, stieß einen Schrei aus, der den anderen durch Mark und Bein fuhr. Dann fiel sie vor den Gräbern auf die Knie. Die geschnitzten Holztafeln mit den Namen der Toten waren zerstört.

Rieder und Damp brachten Birgit Thurow noch nach Hause. Sie wohnte in Vitte am Ende der Sprenge, gleich hinterm Deich am Bodden.

Als sie wieder im Auto saßen, meinte Rieder. „Ich mache mir etwas Sorgen um die Frau."

Damp nickte zustimmend. „Wollen Sie mit nach Neuendorf?", fragte er Rieder. Dabei wendete er den Wagen, denn von der Sprenge konnte er nicht über den Deich fahren, um auf den Weg nach Neuendorf zu kommen. Sie mussten zurück zum Wiesenweg, um auf die Straße nach Neuendorf zu gelangen.

„Keine schlechte Idee." Rieder freute sich darauf, Charlotte zu sehen. Das würde ihn von dem Fall ablenken. Aber erst mal klingelte sein Telefon. Bökemüller war dran. Rieder berichtete kurz von den Entwicklungen in den letzten Stunden. Allerdings hatten Rieder und Damp bisher noch nicht über die Ergebnisse von Damps Befragungen auf der Insel geredet.

„Sieht nach einer Art Vernichtungsfeldzug aus", meinte Bökemüller. „Diese ominösen Briefe, die Einschüsse, die zerstörten Grabkreuze. Haben Sie schon was vom Pathologen aus Greifswald gehört? Ob es Mord war oder er einfach abgestürzt ist?"

„Die Ergebnisse sind nicht vor morgen zu erwarten", erwiderte Rieder.

„Sie sollten so schnell wie möglich der Spur zu Schneiders früheren Kumpanen nachgehen. Da sollten wir keine Zeit mehr verlieren?"

„Na ja, hier war Schneider auch nicht so wohl gelitten. Der Kirchenmann aus Stralsund deutete an …"

„Lieber Rieder", fiel ihm der Polizeichef ins Wort, „nur weil einer nicht gut predigt, wird er nicht gleich umgebracht. Ich glaube, das bringt nichts. Die Spuren führen doch alle zu Kelling und Neuner. Und wenn die beiden sogar am Wochenende auf der Insel waren, dann mit Schneider rausgefahren sind, da scheint sich doch Teil für Teil aneinanderzufügen." Da musste Rieder seinem Chef zustimmen. Bökemüller meinte dann aber trotzdem: „Was mich nur wundert, ist, dass keiner auf der Insel von Schneiders Vergangenheit gewusst haben soll. Angeblich war doch die Stasi überall."

„Dass er aus dem Westen kam, war schon bekannt", wandte Rieder ein.

„Vielleicht wollten es die Hiddenseer auch nicht wissen. Würde zu ihnen passen. Mit Zugereisten haben sie es ja nicht so, hört man doch immer wieder."

„Vielleicht müsste man mal bei der Stasiunterlagenbehörde in Schwerin nachfragen?"

Damp machte seinem Kollegen ein Zeichen, dass Rieder aber nicht deuten konnte.

„Na, dann gut' Nacht. Eh Sie da eine Antwort bekommen, ist der Schneider vermodert. Außerdem muss ich die nicht noch mit der Nase drauf stoßen, dass mit Schneider was nicht stimmte …"

„Aber glauben Sie wirklich, dass Riel und Kubicki da nicht schon nachgefragt haben?" Rieder war weiterhin davon überzeugt, dass die beiden Beamten aus Schwerin nicht mit offenen Karten spielten.

Bökemüller schwieg kurz, als müsste er über Rieders Vorschlag noch einmal nachdenken. Dann aber lehnte er ab. „Selbst wenn, wir lassen erst mal die Finger davon. Ich trau denen nicht. Schneiders Tod wird nicht lange zu verheimlichen sein und dann kommen wir mit unserer Anfrage … Die Ergebnisse der Aktenrecherche kann ich dann sicher erst in der ‚Schweriner Volkszeitung' und nicht in einem Bericht in meinem Büro lesen. Nein, nein, keine schlafenden Hunde wecken. Nehmen Sie sich Kelling und Neuner vor. Diese Spur ist heiß. Und dann noch eins", Bökemüllers Ton wurde streng: „Ich fand Damps Performance vor den Leuten vom Innenministerium total indiskutabel …"

Rieder versuchte seinen Chef zu unterbrechen, immerhin saß Damp mit im Wagen, was Bökemüller allerdings nicht wusste.

„Na ja, ich fand deren Auftritt auch nicht so überzeugend", versuchte Rieder einzuwenden.

Bökemüller wischte seinen Widerspruch hinweg. „Ich dulde keine Insubordination. Damp wird dafür die Konsequenzen tragen müssen, wenn er nicht mehr Teamspirit zeigt."

Wäre es nicht so ernst gewesen, hätte Rieder still über den Fremdworteinsatz seines Chefs gegrinst. Aber er merkte, für Damp konnte es richtig eng werden, und da meldete sich sein soziales Gewissen.

„Vielleicht hat er nicht klug gehandelt, aber wir haben darüber geredet. Er wird sich bei den Ermittlungen einbringen. Heute Nachmittag hat er schon eine Menge über Schneider und sein Leben auf der Insel herausbekommen. Und mittlerweile kommen wir im Revier wirklich gut zurecht. Da kann ich nur sagen: Never change a winning team."

Bökemüller reagierte nicht sofort. Dann räusperte er sich kurz. „Irgendwie war die Leitung schlecht. Ich habe das Letzte nicht verstanden. Könnten Sie es wiederholen?"

„Ich wollte nur sagen, Damp und ich sind ein gutes Team."

„Trotzdem. Ich habe ihn im Auge." Damit legte er auf.

Damp hatte während des Gesprächs den Kopf eingezogen, als könnte er sich so vor den verbalen Attacken seines Stralsunder Vorgesetzten schützen. Rieder wusste auch nicht so recht, was er sagen sollte. „Lassen Sie uns im ‚Strandcafé' noch ein Bier trinken." Damp nickte.

Wie üblich waren alle Tische im „Strandcafé" voll besetzt. Die beiden Polizisten nahmen am Tresen Platz. Charlotte kam kurz vorbei, küsste Rieder flüchtig auf die Wange und zwinkerte Damp zu. „Die gesamte Inselpolizei in meinem Laden. Jetzt fühle ich mich total sicher. Vielleicht kann ich dafür einen Aufschlag nehmen, wenn ich damit werben könnte. ‚Sie essen hier im sichersten Restaurant der Insel!' Das wäre doch ein schöner Slogan."

„Wir würden als Schutzgeld erst mal zwei Bier nehmen", entgegnete Rieder.

„Kommt sofort für meine Schutzengel. Essen auch? Stamm ist heute Hering Hausfrauenart mit Bratkartoffeln."

„Klingt gut."

Dann flüsterte Charlotte Rieder noch ins Ohr: „Das scheint ja ein ganz neues Wirgefühl hier bei der Hiddenseer Polizei zu sein."

Als sie allein waren, fragte Rieder Damp: „Warum haben Sie vorhin im Auto eigentlich so gewinkt, als ich mit Bökemüller über den Fall sprach?"

Damp berichtete von seinen neuen Erkenntnissen. Rieder war von deren Nährwert für die Lösung des Falls nicht so überzeugt, wie Damp es sich erhofft hatte. Allerdings hatte Rieder sehr aufmerksam zugehört, als Damp über das Gespräch mit Kirchenvorstand Hempel berichtete. Auch die Informationen Mohnkes über das Interesse der Staatssicherheit an Pfarrer Schneider fand er spannend. Die Autorin, die sich über Schneiders Kritik und Vertrauensbruch erregt hatte, war für Rieder dagegen ziemlich unverdächtig.

„Ob eine Schriftstellerin wegen einer schlechten Kritik gleich den Kritiker umbringt?", fragte er zweifelnd. „Die Konflikte im Gemeinderat der Kirche … ich weiß nicht, so richtig ergibt sich daraus kein Mordmotiv. Hempel und seine Tochter … Hm, da kommt sicher einiges zusammen. Hempel muss Schneider ganz schön gehasst haben." Er informierte Damp im Gegenzug über Laubes Auskünfte. „Haben Sie Hempel mal gefragt, wo er am Sonntagabend war?"

Damp schlug sich mit der Hand an die Stirn. „Mensch, das habe ich glatt vergessen. Aber das mache ich gleich morgen."

„Da können Sie sich auch gleich noch mal um diesen Thurow kümmern, den Mann der Küsterin." Rieder erzählte seinem Kollegen, dass der Fischer zur gleichen Zeit wie Schneider mit seiner „Antonie" sowie Kelling und Neuner mit ihrer „Alten Liebe" am Sonntag ausgelaufen war. „Vielleicht hat er was beobachtet und wollte heute in Anwesenheit des Hafenmeisters nicht reden. Ich werde morgen mit Behm nach Prerow fahren und mich um Kelling und Neuner kümmern. Ich denke, da können wir mehr Honig saugen."

„Trotzdem sollten wir auch weiter den Spuren auf der Insel nachgehen", beharrte Damp. Er wollte seine Arbeit nicht umsonst getan haben.

Rieder wiegte den Kopf hin und her. „Wie gesagt, ich denke, die beiden Exfreunde von Schneider sind lohnender. Die haben ein geradezu klassisches Motiv: Rache. Und das ist nicht das schlechteste. Und wir sollten deshalb auch mal mit diesem Stasimann Kamradt reden, der jetzt das Hotel auf Rügen führt. Vielleicht kannte er die beiden auch."

„Und wozu mache ich mir dann die ganze Mühe hier?", brummte Damp enttäuscht.

Schweigend tranken die beiden ihr Bier und aßen ihren Fisch. Damp zahlte und verschwand grußlos.

Rieder wartete auf der Terrasse vor dem Restaurant auf Charlotte.

„Was guckst du so grantig? Wird wohl doch nicht die große Freundschaft zwischen euch beiden?

Rieder schüttelte den Kopf. „Damp sieht nicht die großen Zusammenhänge …"

„Aber du … was hast du denn mehr in der Hand als Damp?"

„Neuner und Kelling haben ein Motiv. Das spricht doch wohl eher für meine Theorie, oder?"

„Ich denke, es steht eins zu eins. Wenn man Damps Recherchen glauben darf, war unser Pfarrer hier auch nicht grade beliebt."

„Kanntest du eigentlich den Pfarrer näher?"

Charlotte antwortete nicht gleich. Sie schob die Hände unter ihre Beine und schaute in den Schein des brennenden Teelichts auf dem Tisch. „Wenn ich es recht überlege, nein." Dann wechselte sie das Thema. „Wie wäre es denn mit einer kleinen Abkühlung? Mit einem Bad im Mondschein?"

„Ich habe aber meine Badehose vergessen."

„Und wo ist jetzt das Problem? Die hätte doch sowieso nur gestört."

XVII

Rieder saß noch am Frühstückstisch im Garten seines Häuschens. Charlotte Dobbert war mit der ersten Fähre nach Stralsund gefahren. Sie wollte dort einige Erledigungen machen. Nachdem er sie in Neuendorf zum Schiff gebracht hatte, war er mit dem Inselbus zurück nach Vitte gefahren. Er hatte keine Lust, allein in Charlottes Wohnung zu frühstücken. Dazu war ihm dort vieles noch zu fremd. Er hätte natürlich auch bei Damp klopfen können, um mit ihm im Polizeiauto nach Vitte zu kommen. Aber er wollte die Debatte vom Vorabend mit seinem Kollegen nicht fortsetzen.

So genoss er jetzt das langsame Aufwachen der Insel. Vom Wiesenweg hörte der Polizist das knirschende Rollen von Fahrradreifen über den porösen Straßenbelag aus Beton, begleitet vom Klappern der Schutzbleche. Insulaner und Urlauber waren auf dem Weg zum Bäcker und in den Supermarkt. Dazwischen gab es das bienenhafte Surren des gelben Elektroautos der Post. Es brachte die Pakete und Briefe in die Räume der ehemaligen Post nebenan, wo sie für die Auslieferung in die drei Inselorte sortiert wurden.

Doch ein Blick auf die Uhr sagte Rieder, dass es mit der Ruhe gleich vorbei sein würde. Und wirklich. Punkt neun Uhr begann die tägliche Sinfonie der Rasenmäher auf den umliegenden Grundstücken. Rieder konnte inzwischen unterscheiden zwischen dem brummenden, fast sanften Bass der Elektromäher und dem kratzigen Sound der Benzinmäher. Manchmal mischten sich in diese Inselmusik noch die sirenenartig kreischenden Tonfolgen der Kantenschneider von der Pension „Zum Hiddenseer" und des Hausmeisters vom „Hotel zur Post". So pünktlich das Konzert begann, so pünktlich endete es auch. Genau zwölf Uhr. So sah es die Inselordnung vor. Ansonsten drohte Damp auf seiner mittäglichen Runde im Polizeiauto durch den Ort, den Stecker zu ziehen oder den Benzinhahn abzudrehen, eine Belehrung auszusprechen und ein Bußgeld anzudrohen.

Sein Nachbar Malte Fittkau beteiligte sich heute nicht an dieser Ruhestörung. Er kam die Wiese von seinem Grundstück herab. Fittkau war der erste Hiddenseer gewesen, den er auf der Insel kennengelernt hatte. Von ihm hatte Rieder die Schlüssel zu dem kleinen Häuschen bekommen, das er als Bleibe auf der Insel gemietet hatte. Kein Zaun oder Hecke trennte die Grundstücke voneinander. Erst hatte Rieder gedacht, Fittkau wäre Fischer, wie es sich wohl für einen Mann auf Hiddensee gehörte. Fittkaus Kleidung aus Latzhose, Gummistiefeln und Schiffermütze verstärkten diesen Eindruck. Aber der hatte ihn kurz und schmerzlos aufgeklärt: „Alles Folklore. Dient dem Geschäft. Das wollen die Urlauber so."

Fittkau hatte goldene Hände. In diesem Sommer hatte er, zu Rieders Erstaunen, vom Fundament bis zum Dach einen neuen Ferienbungalow hochgezogen. Nur für die Fußbodenheizung und die sanitären Anlagen hatte er einen Klempner angeheuert. Selbst den Dachstuhl hatte er selbst gezimmert. Zum Aufsetzen des Giebels hatte er einfach ein paar seiner männlichen Urlauber engagiert. Die waren ihm für diese Abwechslung dankbar gewesen.

Rieder war froh, Fittkau zum Nachbarn zu haben. Er hatte dem Polizisten auf seine Art geholfen, sich auf der Insel einzuleben. Zunächst war man Rieder mit einer gewissen Skepsis begegnet. Zugereisten trauten die Hiddenseer nicht recht über den Weg. Erschwerend kam hinzu, dass die Insulaner von der Obrigkeit, und dazu zählten sie auch die Polizei, nicht allzu viel hielten. Doch dann war Fittkau plötzlich wie zufällig bei Rieders Antrittsbesuchen, ob nun beim Hafenmeister, bei den Fischern oder Gastwirten, aufgetaucht. Und wenn Malte Fittkau ihnen gegenüber, wenn auch etwas brummig, ungefragt bemerkte: „Der wohnt jetzt bei mir nebenan, im Haus vom alten Drews", dann war es, als würde sich eine unsichtbare Tür öffnen. Die Verschlossenheit der Insulaner wich einer respektablen Freundlichkeit.

Rieder winkte Fittkau. Der zögerte kurz, kam dann näher.
„Tach."

„Willste 'en Kaffee?"

„Jo." Reden war nicht Fittkaus Sache.

Rieder ging ins Haus, holte noch ein Gedeck. Fittkau hatte sich an den Tisch gesetzt und begann ganz ungeniert die vorhandenen Lebensmittel zu inspizieren. Besonders hatte es ihm die Marmelade angetan. Er drehte das Glas hin und her, öffnete es und fächelte sich das Aroma der Konfitüre entgegen.

„Brötchen?"

„Hm."

Fittkau begann, sich ein Brötchen fingerdick mit der tiefroten, fast violetten Marmelade zu bestreichen.

„Sag mal, kanntest du den Pfarrer näher?"

Fittkau schüttelte mit dem Kopf.

„Und was sagen die Leute so über ihn?"

Statt zu antworten, biss Fittkau genussvoll in sein Brötchen. Trotzdem versuchte Rieder weiter sein Glück.

„Gab es jemanden auf der Insel, zu dem er näher Kontakt hatte?"

„Was soll das werden? Ein Verhör?" Dann fügte Fittkau noch in seltener Redseligkeit hinzu. „Religion ist nicht mein Ding. Meine Mutter, die Greta, die hätte dir was erzählen können, aber nu ... Mich treibt's nur zur Kirche, wenn ich aufm Friedhof Blumen gießen muss."

Dann schwieg er wieder, kaute und schnupperte immer wieder an seinem Brötchenaufstrich. „Von wem?", fragte er und deutete mit dem Brötchen in der Hand auf das Marmeladenglas.

„Von Charlotte. Hat sie für ihre Feriengäste im ‚Strandcafé' gemacht. Übrigens aus den Kirschen hier vom Grundstück."

Es folgte ein anerkennendes Brummen von der anderen Seite des Tisches. „Was is 'n da drin?"

„Zimt."

„Hm, wie Weihnachten."

Fittkau kaute weiter an seinem Brötchen. Doch dann überraschte er Rieder noch einmal mit ungewöhnlicher Mitteilsamkeit.

„Koscher war der nicht. Gab immer mal Zoff. Mehr mit den Leuten von der Insel. Nicht mit den Touris. Wegen Geld und so. Und wegen anderer Sachen."

„Was für andere Sachen?", hakte Rieder nach.

„Weiß nicht genau." Damit verstummte das Orakel von Hiddensee und aß genüsslich weiter.

Rieder hörte ein Auto bremsen. Das konnte eigentlich nur Damp sein. Aber warum klappten zwei Autotüren? Wenig später öffnete sein Kollege das Gartentor. Ihm folgte ein großer schlanker Mann in dunklem Anzug, weißem Hemd und mit gescheiteltem Haar. Er schien gerade einer Modeboutique entstiegen zu sein.

Rieder entglitten die Gesichtszüge.

„Morgen", grüßte Damp, „dieser Herr hier ... Das habe ich gestern vergessen ..."

Weiter kam er nicht.

„Hallo, Herr Kurkommissar", grüßte laut dröhnend der Fremde, sodass Fittkau im Kauen innehielt und ihn skeptisch musterte. Rieder stand zögernd auf, da flog schon eine riesige Hand auf seine Schulter, dass er gleich wieder in seinem Gartenstuhl versank.

„Schön hast du es hier. So lässt sich's leben!"

„Tag, Konrad", antwortete Rieder wenig begeistert. „Was will denn das Bundeskriminalamt hier?"

Stefan Rieder kannte Konrad Veit aus Berlin. Als Ende der Neunzigerjahre der Regierungsumzug aus Bonn anstand, wurden Beamte des Personenschutzes vom Bundeskriminalamt nach Berlin geschickt, um sich dort auf die neue Umgebung einzustellen. Die neue Hauptstadt an der Spree war ein etwas anderes Pflaster als das beschauliche und übersichtliche Bonn am Rhein. Nach Erkundungsfahrten durch das neue Regierungsviertel rund um den Reichstag und Einweisungen in die Sicherheitslage begleiteten sie Berliner Polizeibeamte bei ihrem täglichen Dienst. Konrad Veit wurde Stefan Rieder und seinem Partner Tom Schade zugeteilt.

In dunklem Anzug, weißem Hemd und mit Krawatte erschien er eines Morgens in ihrem Büro im Charlottenburger Polizeirevier. Schade fragte ihn gleich, ob er auch was Passendes zum Anziehen für die Arbeit mithabe. Veit verneinte. Das sei seine Dienstkleidung und er hätte auch nicht vor, etwas anderes im Dienst zu tragen. Immerhin käme er vom Bundeskriminalamt. Und so ging er auch im Anzug mit den beiden Berliner Polizisten auf Streife. Observationen von Verdächtigen wurden fast unmöglich. Während Rieder und Schade sich in ihrer Kleidung dem Berliner Modeschlendrian angepasst hatten, um in den sogenannten Problemkiezen nicht aufzufallen, wirkte Veit in seinem Aufzug wie eine Leuchtboje. Außerdem mussten sich die beiden Beamten ständig anhören, was Berlin für eine laute, dreckige und nervige Stadt sei. Die Situation eskalierte, als Veit sich während eines Einsatzes am Klausenerplatz in der Nähe vom Schloss Charlottenburg mit einer Gruppe ausländischer Jugendlicher anlegte. Nur mit Mühe konnten Rieder und Schade ihn unverletzt vor der tobenden Meute retten und mit ihrem Zivilfahrzeug flüchten. Aber nun waren sie für den Einsatz in diesem Gebiet erst mal verbrannt und mussten für einige Zeit Innendienst schieben. Bei einer Aussprache mit dem Revierleiter warf Veit seinen Berliner Kollegen vor, sich nicht konsequent genug gegen diesen Mob, wie er sagte, zu wehren. Denen müsse man als deutscher Polizist mal zeigen, wo es langginge in diesem Land. Rieder und Schade konnten über Veits Arroganz nur den Kopf schütteln. Sie lehnten eine weitere Zusammenarbeit ab. Veit wurde zu seiner neuen Dienststelle in Berlin zurückgeschickt. Rieder konnte sich trübe erinnern, dass unter Kollegen damals gemunkelt wurde, Konrad Veit habe vor seiner Versetzung zum Personenschutz in der Antiterror-Abteilung des Bundeskriminalamtes gearbeitet und sei dort an der Fahndung nach Mitgliedern der RAF beteiligt gewesen.

Schon am Sonntag, im Umfeld der Preisverleihung, hatte er Veit in Kloster gesehen, aber jeden Kontakt vermieden. Rieder hatte angenommen, er hätte zum Begleitkommando für den Vizepräsidenten des Bundestages gehört.

Veit war in der Nähe der Kirche postiert gewesen. Er stand an der alten Wasserpumpe auf dem Friedhof. Von dort hatte man einen guten Überblick, wer auf dem Kirchweg vom Hafen zur Kirche ging. So konnte er verdächtige Personen rechtzeitig seinen Kollegen in und an der Kirche melden. Veit trug auch wieder einen dunklen Anzug, was ihn auf der Insel nicht gerade unauffällig aussehen ließ. Vielleicht gehörte das zur Abschreckung.

Nun stand Veit in seinem Garten und verschreckte mit seiner lauten Fröhlichkeit Fittkau, Damp und auch Rieder.

„Nettes Objekt", rief Veit. „Gibt's hier noch so was zu kaufen? Ich hätte Interesse."

Malte Fittkau stand wortlos auf, tippte sich kurz mit zwei Fingern an die Stirn und verschwand. Damp hatte wie üblich, wenn er jemanden nicht mochte, die Arme vor dem Oberkörper verschränkt und schaute düster.

Rieder fasste sich. „Konrad, was gibt's? Du bist sicher nicht als Immobilienmakler hergekommen? Und wir sind auch nicht informiert, dass irgendein Politpromi hier gerade Urlaub macht, der deinen Schutz benötigen würde."

„Früher warst du heller, aber vielleicht macht das der ruhige Lauf der Dinge hier oben. Denk mal nach? Wer ist da vom Ufer der Steilküste gepurzelt?"

„Und was hast du damit zu tun?"

Konrad Veit schob lässig die Hände in die Hosentaschen seines Anzugs. Dabei öffnete sich das Jackett und Rieder konnte das Halfter mit Waffe unter seiner linken Schulter sehen. Das hatte er früher schon gern gemacht, selbst bei den Einsätzen in Berlin. Eine peinliche Masche. Rieder fand es einfach nur affig.

„Der Tod des Pfarrers war, wie soll ich es sagen, kein gewöhnlicher Badeunfall, oder? Und wenn wir hier anmarschieren, damit mein Chef zuschaut, wie dem Pfarrer ein Orden an die Brust geheftet wird, dann interessiert es uns natürlich, warum er einen Tag später tot auf einem Felsen liegt. Capito?"

„Kann sein, ist aber nicht euer Fall? Capito?", erwiderte Rieder.

Veit lachte auf. „Komisch nur, dass ich hier gestern zwei Typen beobachtet habe, die nicht nach der Mecklenburger Dorfpolizei aussahen. Beim BKA kenne ich jede Menge Leute, aber bei den beiden saßen sie Bügelfalten besser. Der tote Pfarrer ist wohl ein bisschen höher angebunden als allein beim Inselrevier Hiddensee."

„Und wenn?"

„Komm, Rieder, lass mich mal ein bisschen in den Akten blättern und das Boot vom Pfarrer anschauen. Ganz inoffiziell."

Rieder schüttelte den Kopf. „Vergiss es. Ich muss dazu erst Rücksprache mit meinem Vorgesetzten nehmen."

„Okay. Immer korrekt unser Rieder. Dann mach das. Ich warte."

„Das kannst du gern, aber ich entscheide, wann ich Bökemüller anrufe. Und nicht du. Danach melde ich mich bei dir." Die letzten beiden Worte betonte Rieder deutlich. „Wo finde ich dich auf der Insel."

Konrad Veit grinste breit. „Ich schicke dir 'ne SMS mit meiner Nummer. Wir finden uns dann schon." Er drehte sich um und schlenderte vom Grundstück.

„Idiot", brummte Rieder. „Der hat mir gerade noch gefehlt." Dann raunzte er Damp an: „Warum haben Sie mir nicht erzählt, dass einer vom BKA auf der Insel ist."

Damp zuckte kurz mit den Schultern. „Ich habe es vergessen. Mohnke hat es mir erzählt. Bei dem war er auch schon gewesen." Dann hielt er kurz inne. „Vielleicht gar nicht so schlecht, dass der BKA-Typ hier ist. Da können wir ihm den Fall überhelfen und wir sind fein raus."

Rieder ließ sich wieder auf seinen Gartenstuhl fallen. „Tut mir leid, Damp, so leicht gebe ich nicht auf."

„Hatte ich schon befürchtet, dass Sie das sagen würden."

XVIII

Der Fahrtwind tat gut. Das Boot glitt über den spiegelglatten Bodden hinweg. Rieder atmete auf. Er war froh, die Insel verlassen und jetzt endlich mit der richtigen Ermittlungsarbeit beginnen zu können.

Gebauer hatte ihn in Vitte abgeholt und brachte ihn nun nach Stralsund. Von dort wollte er mit Behm nach Prerow fahren, um Schneiders ehemalige Freunde aus RAF-Zeiten zu vernehmen. Behm hatte etwas über die beiden recherchiert, aber bisher nur herausbekommen, dass Ralf Kelling als freischaffender Werbegrafiker arbeitete. Andreas Neuner sei bei ihm angestellt.

Bökemüller hatte er bisher nicht erreicht, um ihm das Interesse des BKA an den Ermittlungen im Fall Schneider mitzuteilen. Bökemüller saß bis zum Nachmittag in Sitzungen und sei dort, nach den Worten seiner Sekretärin, unabkömmlich. Rieder hoffte, dass die Spur zu Neuner und Kelling schon den Durchbruch bringen würde und beide in den Mord am Pfarrer verwickelt wären. Dann müsste er sich nicht weiter mit diesem Lackaffen Konrad Veit beschäftigen.

Bevor er von der Insel abgefahren war, hatte er mit Damp noch einen kurzen Besuch bei Bürgermeister Durk absolviert, als Zeichen des guten Willens. Durk hatte beide sehr reserviert empfangen. Er saß in seinem Büro hinter seinem Schreibtisch und hielt es nicht für notwendig, beim Eintreten der Polizisten aufzustehen oder sie mit Handschlag zu begrüßen. Er bot ihnen auch keinen Platz an. Während der gesamten Audienz mussten sie vor seinem Schreibtisch stehen. Rieder informierte Durk darüber, dass die Todesursache des Pfarrers noch nicht eindeutig geklärt sei und damit auch nicht klar wäre, ob es sich um einen Unfall oder Mord handele.

„Unfall wäre mir lieber", brummte Durk. „Da gibt es weniger Gequatsche auf der Insel."

„Das müssen die Ermittlungen ergeben", wandte Rieder ein.

„Ermittlungen ist ein gutes Stichwort. Vielleicht könnten Sie ihre Ermittlungen ein wenig unauffälliger organisieren. Mit Blaulicht über die Insel! Ich bitte Sie, wir sind hier nicht Berlin!"

„Es war ein Notfall …"

„Notfall hin oder her", wies der Bürgermeister Rieders Widerspruch in gereiztem Ton zurück. „Wir haben Saison. Verstanden? Und ich möchte, dass die Menschen nächstes Jahr wiederkommen und nicht durch übereifrige Polizisten verschreckt werden. Deshalb würde ich Sie auch um etwas mehr Kooperation bitten. Wie stehe ich denn da, wenn ich als Letzter erfahre, was hier auf der Insel passiert."

„Wir hatten alle Hände voll zu tun. Außerdem wollten wir aus ermittlungstaktischen Erwägungen …", versuchte Rieder eine Ausrede zu finden. Doch das ließ Durk nur noch ungehaltener werden.

„Ermittlungstaktische Gründe. Zu viel zu tun", äffte er Rieder nach. „Da wird geschossen auf der Insel. Ich erfahre es nicht! Da liegt der Pfarrer tot auf den Klippen der Steilküste. Ich erfahre es nicht! Nun tanzt das Bundeskriminalamt über die Insel. Ich erfahre es nicht! Wofür halten Sie beide mich eigentlich?" Der Bürgermeister war mit jedem Satz lauter geworden. „Ich habe hier die Verantwortung für die Menschen auf der Insel. Ich werde mich bei Ihrem Vorgesetzten Bökemüller beschweren …"

„Aber der hat uns angewiesen, die Klappe zu halten", antwortete Rieder geistesgegenwärtig und nahm Durk damit den Wind aus den Segeln. Dem Bürgermeister fiel die Kinnlade nach unten und er flüsterte entgeistert: „Was? Bökemüller hat verlangt …?"

„Ja, wie gesagt, aus ermittlungstaktischen Gründen."

Die Polizisten spürten, wie es in Durk brodelte und dass er das Gespräch nun so schnell wie möglich beenden wollte. „Noch was?", fragte der Bürgermeister, und Rieder musste sich eingestehen, dass er einen taktischen Fehler gemacht hatte. Statt den geordneten Rückzug anzutreten, hatte er versucht, Durk noch zu seinem Verhältnis zum toten Pfarrer, Jens-Uwe Schneider zu befragen.

Durk nahm ein Holzlineal vom Schreibtisch, lehnte sich zurück und fing an, das Lineal immer wieder in seine linke Hand zu schlagen, sodass es ein klatschendes Geräusch gab. Dann fragte der Bürgermeister Rieder leise und missmutig: „Wie soll ich diese Frage verstehen, Herr Rieder?"

Der Polizist spürte, dass Durk die Frage wahrscheinlich in den falschen Hals bekommen hatte, aber er war noch nicht zum Rückzug bereit.

„Wir brauchen einfach ein paar Informationen, um uns ein besseres Bild vom Pfarrer zu machen und um vielleicht ein paar Ermittlungsansätze zu finden?"

„Ermittlungsansätze? Hier, bei mir?" Durks Stimme schwoll immer mehr an. Dann brüllte er: „Das ist ja wohl die größte Frechheit! Was unterstellen Sie mir!"

Rieder hob hilflos die Hände, um dem Bürgermeister zu signalisieren, sich wieder zu beruhigen. Damp, der die ganze Zeit neben Rieder gestanden hatte und dem Wortwechsel mit dem Kopf wie ein Zuschauer bei einem Tennisspiel gefolgt war, machte aus Angst oder Überraschung ein paar Schritte zurück, als Durk nun das Lineal auf den Schreibtisch warf, dann aus seinem Stuhl aufsprang. „Wollen Sie mir vielleicht unterstellen, ich hätte was mit dem Tod des Pfarrers zu tun?"

„Das war gar nicht meine Absicht", antwortete Rieder.

„Fragen Sie sich mal lieber selbst? Am Steilufer abgestürzt! Ist das nicht ihr Revier, Herr Rieder? Dass die Leute da erstens nicht hinkommen und zweitens nicht abstürzen." Durk war nun um den Tisch herumgestürmt, hatte sich vor Rieder aufgebaut, sodass Rieder zu ihm aufsehen musste.

Mit dem Finger stieß Durk auf Rieders Brust. „Wenn herauskommt, dass Pfarrer Schneider dort abgestürzt ist, weil Sie die Absperrungen nicht ordnungsgemäß kontrolliert haben, dann gnade

Ihnen Gott. Ich werde Ihnen ein Disziplinarverfahren aufbrummen ..."

Rieder hatte nichts mehr gesagt, sich nur noch resigniert abgewandt, um das Zimmer zu verlassen. Sein Kollege war schon bis zur Tür zurückgewichen und hatte sie für ihren gemeinsamen Rückzug geöffnet.

Das blaue Polizeiboot flog gerade an der Hafeneinfahrt von Neuendorf vorbei. Sehnsüchtig blickte Rieder zu den schilfgedeckten Häuschen der südlichen Inselsiedlung. Er dachte an seine Freundin Charlotte, auch wenn er nach dem Gespräch mit Durk von Hiddensee ziemlich bedient war.

Das Klingeln seines Handys riss Rieder aus seinen Gedanken. Eine Nummer aus Greifswald. Das konnte nur die Rechtsmedizin sein. „Mensch, endlich mal eine Leiche als Filmtipp", rief der Pathologe Dr. Krüger gut gelaunt ins Telefon. „Nachdem ich Ihren Kunden auf dem Tisch hatte, habe ich mir gleich ‚Die Vögel' von Hitchcock angesehen. Vögel können schon echte Biester sein. Und Möwen ganz besonders. Unser toter Freund hat noch Glück gehabt. Obwohl die Brillengläser geplatzt waren, haben sie ihn davor geschützt, auch noch die Augen ausgehackt zu bekommen." Lachen in der Leitung.

Rieder schüttelte den Kopf. Pathologen waren offenbar zwanghaft komisch. „Aber an den Vogelbissen wird er nicht gestorben sein?", fragte er nach.

„Sie klangen auch schon mal besser. Aber gut kombiniert. Da haben Sie recht. Es ist ein richtig sauberer Genickbruch. Aufgeschlagen, knick, knack. Ende. Aus. Applaus. Lehmspuren am Körper zeigen deutlich, dass es durch den Aufprall auf den Felsen zu einer klassischen Fraktur des Dens axis kam. Und ...?"

„Können Sie das auch auf Deutsch sagen, sodass es auch ein Provinzpolizist versteht?"

„Dens axis? Genickbruch! Und der ist hier so perfekt, dass ich überlege, unseren Kunden noch mal in den Hörsaal zu schieben, um ihn den Studenten am Objekt zu demonstrieren. So wäre sein Tod nicht ganz umsonst gewesen. Na ja, ist er ja auch so nicht", Krüger machte eine kurze Pause, um dann lachend hinzuzufügen: „Bei den Beerdigungskosten heute. Aber auf der Fähre nach Schaprode muss er diesmal nur die Hinfahrt lösen." Wieder wiehendes Gelächter, das so laut war, dass Gebauer, der neben Rieder stand, ihn verwundert anschaute. Dieser hielt die Sprechmuschel zu und flüsterte: „Der Pathologe."

„Aha."

„Noch Fragen?", meldete sich Krüger wieder, nachdem er sich beruhigt hatte.

„Wir haben Blutflecken auf dem Deck der ‚Antonie' gefunden? Können Sie dazu etwas sagen?"

„Ach ja, fast hätte ich es vergessen. Also, der Herr Pfarrer muss einige Zeit vor seinem Tod gestürzt sein. Dabei ist der Kopf auf eine glatte, wahrscheinlich runde Kante geschlagen. Er hatte aber auch Prellungen im Hüftbereich."

„Könnten die Verletzungen von einer Haltestange aus Holz auf dem Boot stammen?"

„Könnten sie. Und wenn da drunter noch ein Vorbau war, auf den der Körper des Pfarrers aufgeschlagen ist, passt das alles gut zusammen. Übrigens war er dadurch wahrscheinlich etwas benebelt. Allerdings war er das auch schon vorher, denn der Geistliche hatte einiges an geistigen Getränken genossen. Eins Komma vier Promille. Die Wärme dazu, vorgestern. Also er stand nicht mehr ganz mit beiden Beinen auf dem Boden."

Vielleicht war die Trunkenheit die Ursache für den Beinahezusammenstoß mit Thurow bei der Ausfahrt aus dem Seglerhafen, dachte sich Rieder.

„Dann muss er einen Spießrutenlauf durch die Heckenrosenlandschaft der Insel gemacht haben", setzte Krüger seinen Bericht fort. „Denn wir haben an Händen und Gesicht Kratzer von Pflanzen lokalisieren können und Dornen von Büschen der Heckenrose auch in seiner Kleidung gefunden. Apropos Kleidung. Da war noch was … in der Innentasche seiner Jacke steckte ein Zettel in einem Umschlag. Ich schicke ihn Behm zu. Wahrscheinlich irgendeine Idee für eine Predigt. Es ging um Judas, aber ich kriege es jetzt nicht mehr zusammen."

„Ein Vers aus der Bibel?", fragte Rieder nach.

„Kann sein. Ich habe es gleich verpackt und es geht heute noch zu Behm. Wieso fragen Sie?"

„Es gab bereits mehrere dieser, wie soll ich sagen, Schreiben mit Bibelsprüchen."

„Na, dann warten Sie mal, wenn's der Wahrheitsfindung dient. Ich lege Sie mal kurz weg." Rieder hörte das Reißen von Papier. Krüger meldete sich wieder. „Wie ich es gesagt habe, aus der Bibel. Eigentlich auch ein guter Filmtipp. Kennen Sie ‚Wer den Wind sät …' mit Spencer Tracy? Genialer Film. Da geht's auch um die Bibel."

„Der Text würde mich interessieren", drängte Rieder genervt.

„Ach ja … also: ‚Da ging hin der Zwölfen einer, mit Namen Judas Ischariot, zu den Hohenpriestern und sprach: Was wollt ihr mir geben? Ich will ihn euch verraten. Und sie boten ihm dreißig Silberlinge. Und von Stund an suchte er Gelegenheit, dass er ihn verriete.' Das ist aus Matthäus, würde ich sagen, wenn mich mein Gedächtnis aus dem Konfirmandenunterricht nicht täuscht. Hilft Ihnen das weiter?"

„Weiß ich noch nicht", erwiderte Rieder. „Kann man denn sagen, ob Schneider von der Felskante gestoßen wurde oder gefallen ist?"

„Hm …", machte Krüger und dann folgte eine längere Pause. „Das müsste ich mir mal vor Ort ansehen. Wäre er gestoßen worden, dann könnte sein Körper an einer anderen Stelle gelandet sein, als wenn er einfach nur – plumps – runtergefallen ist. Verstehen Sie? Wann soll ich kommen?"

Rieder überlegte kurz. „Heute bin ich in der Nähe von Stralsund unterwegs und ich weiß noch nicht, was sich daraus ergibt. Vielleicht übermorgen."

„Gute Idee. Freitag. Ich schätze, ich könnte so gegen Mittag auf der Insel sein, wenn ich über Schaprode komme. Ich freue mich richtig drauf ... Haben Sie vielleicht einen Draht zu einem Vermieter, der bis Sonntag ein Zimmer frei hat? Da könnte ich das Praktische mit dem Nützlichen verbinden."

Rieder versprach, sich umzuhören. „Aber worüber wir noch gar nicht gesprochen haben: Wann war der genaue Todeszeitpunkt?

„Ich würde sagen Sonntag zwischen 20 und 21 Uhr."

Die Fahrt mit dem Auto von Stralsund nach Prerow dauerte eine gute Stunde. Nachdem sich Rieder und Behm über die bisherigen Ermittlungsergebnisse ausgetauscht hatten, hing nun jeder seinen Gedanken nach. Rieder überlegte sich eine Strategie für das Gespräch mit Ralf Kelling und Andreas Neuner.

Mit einstigen Mitgliedern der Roten Armee Fraktion hatte er noch nie etwas zu tun gehabt. Er war im Osten aufgewachsen. Rieder erinnerte sich, dass er oft mit seinen Eltern im Westfernsehen die Berichte über die Attentate der Terroristen verfolgt und auch mal ein Buch als Jugendlicher über die RAF gelesen hatte. Obwohl sich die politischen Ziele der DDR-Regierung und der Terroristen durchaus ähnelten, wurde darin vor dem gewalttätigen Linksradikalismus gewarnt. Nach der Wende war er erstaunt gewesen, dass viele Aussteiger aus der westdeutschen Terrorszene gerade in der DDR ihr Exil gesucht hatten. Es war für ihn unvorstellbar, dass es einen Westdeutschen in die ostdeutsche Mangelgesellschaft gezogen haben könnte. Aber offenbar gab es mit Jens-Uwe Schneider und Ralf Kelling einige Gegenbeweise.

Rieder ließ auch noch einmal seine erste Begegnung mit Ralf Kelling und Andreas Neuner am letzten Samstag auf Hiddensee Revue passieren. Im Lichte der bisherigen Ermittlungsergebnisse erschien manches daran merkwürdig und verdächtig.

Damp hatte das Zeesboot von Kelling und Neuner entdeckt, als er im Hafen von Kloster mit den Beamten vom LKA und BKA die Sicherheitsvorkehrungen für die Ankunft der prominenten Gäste der Preisverleihung besprochen hatte. Das Segelschiff „Alte Liebe" hatte am alten Fähranleger zwischen Schwedenufer und Ziegelort in Kloster festgemacht.

Die Kaianlage war in den Neunzigerjahren stillgelegt worden, nachdem mit einer Lastenfähre für Autotransporte eine regelmäßige Verbindung zwischen Schaprode und Vitte eingerichtet worden war. Sie brachte Container und Anhänger mit Lebensmitteln oder Baumaterial auf die Insel. Im Vitter Hafen standen Elektrokarren der Insellogistik bereit, die die Waren zu ihren Empfängern transportierten.

Damp hatte sich schon früher immer wieder darüber aufgeregt, dass viele Segler das Verbotsschild am alten Anleger in Kloster ignorierten und dort festmachten, wenn alle Liegeplätze im Hafen von Kloster belegt waren. Er war dann immer schnell zur Stelle gewesen und hatte den überraschten Bootseignern einen Bußgeldbescheid überreicht. Am Samstag aber hatte er die Besprechung mit den anderen Beamten nicht einfach verlassen können, um seines Amtes zu walten. So hatte er Rieder gebeten, den Verstoß gegen ein Seeverkehrszeichen zu ahnden.

In der Nachmittagssonne des heißen Augusttages war Rieder den Hafenweg in Kloster zurück bis zum Hotel „Hitthim" gegangen und dann rechts abgebogen auf einen kleinen Weg entlang des alten roten Backsteinbaus, der so gar nicht zu Hiddensees Architektur mit Fachwerk und Schilfdächern passte. Von dort führte ein schmaler Pfad auf den Weg oberhalb des Hafens von Kloster. Der Anstieg ließ Rieder ins Schwitzen kommen. Nun musste er auf dem staubigen Fahrweg bis zum Schwedenhagen und dann um diesen Hügel herumlaufen, auf dem sich das Institut für Ökologie der Greifswalder Universität befand, um zum alten Fähranleger am Ziegelort zu kommen.

Die beiden Besatzungsmitglieder der „Alten Liebe" saßen beim Bier auf Deck. Rieder stellte sich kurz vor und fragte, wer der Besitzer des Schiffes sei. Einer der beiden Männer, mittelgroß, leicht untersetzt und mit kurz geschnittenen grauen Haaren, erhob sich. Rieder fiel seine ungewöhnlich spitze lange Nase auf. „Ralf Kelling", stellte er sich kurz vor. „Was kann ich für Sie tun?"

„Sie dürfen hier nicht liegen mit Ihrem Schiff. Der Anleger ist gesperrt."

„Wen stört's denn", kam es aufbrausend von dem zweiten Mann an Bord zurück, der nun auch aufgestanden war. Er war nicht größer als sein Segelpartner, aber drahtiger und muskulöser gebaut, hatte auch graue Haare und einen kleinen Schnauzbart. „Hat die Scheißpolizei nichts anderes zu tun, als ein paar friedliche Segler zu vertreiben", raunzte er Rieder an und gestikulierte dabei mit einer Bierflasche so heftig, dass die Flüssigkeit herumspritzte.

„Andy, bleib doch mal ruhig", versuchte Kelling seinen Segelpartner zu bremsen.

„Ach komm, der Bulle soll sich verpissen!"

Rieder schaltete nach der Attacke auf stur. „Könnte ich mal die Schiffspapiere sehen und auch Ihre Ausweise?"

Während der Ruhigere unter Deck ging, um die verlangten Dokumente zu holen, regte sich Andy weiter auf. „Die Natur ist für alle da! Ihr mit euren ständigen Verboten! Ihr wollt doch nur Kohle machen!" Die Tiraden prallten an Rieder ab. Das hatte er in Berlin täglich erlebt.

Inzwischen war Ralf Kelling zurückgekommen und übergab Rieder die Dokumente. Er notierte sich die Namen und erfuhr dadurch, dass der zweite Mann Andreas Neuner hieß. Beide hatten ihren Wohnsitz in Prerow unter der gleichen Adresse. Um die Situation zu entschärfen, schlug er Kelling und Neuner dann vor, mit Hafenmeister Gau in Vitte Kontakt aufzunehmen. „Vielleicht findet sich für Sie dort noch ein regulärer Liegeplatz, wenn auch nicht umsonst."

„Ja, das wäre nett", antwortete Kelling freundlich, während Neuner dazwischengrölte: „Der will uns doch nur doppelt abzocken! Mit Bußgeld und Hafengebühr!"

Rieder nahm trotzdem sein Handy heraus und rief Hafenmeister Gau an. Der knurrte zwar etwas, meinte dann aber, es werde sich schon noch ein Plätzchen finden. Rieder hatte noch gewartet, bis die „Alte Liebe" abgelegt und Kurs auf Vitte genommen hatte.

Unterdessen hatten Behm und Rieder Prerow erreicht. Der Ort auf dem Darß war früher ein reines Fischerdorf gewesen. Doch die Zeiten hatten sich geändert. Wie auf Hiddensee ernährte auch auf dem Darß die Fischerei nicht mehr ihren Mann. Die meisten verdienten· mit der Vermietung von Ferienzimmern und Ferienwohnungen ihr Geld. Prerow war in den letzten Jahrzehnten ein beliebter Ferienort geworden. Selbst jetzt, gegen Ende des Sommers, war hier kaum ein freies Quartier zu finden. Überall waren die Hinweisschilder mit dem Schriftzug „Belegt" überklebt.

Das Haus von Ralf Kelling lag in einer kleinen Nebenstraße. Es war ein einstöckiger Bungalow mit großen Fenstern.

Kelling öffnete den beiden Polizisten und wirkte überrascht. „Bringen Sie jetzt die Bußgeldbescheide persönlich vorbei?"

„Guten Tag, Herr Kelling, das ist mein Kollege Behm von der Polizeidirektion Stralsund. Können wir hereinkommen?"

Kelling gab den Weg frei und die beiden Beamten traten in den Flur. Er führte sie durch ein großes Wohnzimmer in sein Arbeitszimmer. Entlang der Wände lagen breite Arbeitsplatten auf Holzböcken. Darauf flackerten große Computermonitore. Zu sehen waren offenbar die Entwürfe für eine Hotelbroschüre. Die Mitte des Zimmers wurde von einem großen Tisch dominiert, auf dem säuberlich nebeneinander Mappen und bereits fertiggestellte Prospekte gestapelt waren, Flyer für Hotels, Gaststätten und Vereine.

Kelling registrierte Rieders aufmerksamen Blick. „Ich arbeite als freischaffender Werbegrafiker."

„Ich weiß. Ist Herr Neuner auch da?"

„Nein, er ist unterwegs. Wieso?"

„Die Angelegenheit betrifft möglicherweise sie beide", meldete sich Behm mit seiner tiefen Stimme. Kelling wirkte etwas irritiert und ließ seinen Blick hektisch von einem zum anderen Polizisten wandern. „Wieso? Hat unser Falschparken auf See jetzt noch ein Nachspiel?"

„Nein, darum geht es nicht, Herr Kelling", erklärte Rieder. „Es geht um Jens-Uwe Schneider."

Kelling stutzte etwas, dann wies er auf die Stühle um den großen Tisch. „Setzen wir uns doch."

„Sie kennen Jens-Uwe Schneider, den Pfarrer von Hiddensee?",
fragte Rieder nach.

Kelling schaute kurz auf seine Fingernägel, um sich zu sammeln.
„Wenn Sie schon so fragen, wäre es wahrscheinlich blöd, nein zu
sagen. Allerdings kennen … ich würde sagen, ich kannte ihn …"

„Sie sprechen in der Vergangenheit", meldete sich Behm. „Woher wissen Sie, dass Schneider tot ist?"

Kellings Körper erstarrte. Dann schüttelte er langsam den Kopf.
„Wieso tot?" Seine Stimme stockte. „Er hat doch gerade erst diesen Preis am Sonntag bekommen …"

„Das fragen wir Sie, Herr Kelling?", legte Rieder nach.

Kelling rückte seinen Stuhl etwas zurück, als müsste er Abstand
gewinnen. „Ich weiß überhaupt nicht, was Sie von mir wollen?
Was ist mit Jens-Uwe?"

„Er wurde am Dienstag tot an der Steilküste von Hiddensee
aufgefunden. Er ist aber schon am Sonntagabend gestorben, wahrscheinlich ermordet worden."

„Ermordet? Und was heißt wahrscheinlich?" Kelling stand
auf und begann im Zimmer auf und ab zu gehen. „Ich verstehe
nicht …"

„Herr Kelling", meldete sich nun Behm, „wo waren Sie und
Herr Neuner am Sonntag zwischen 20 und 21 Uhr?"

Kelling schüttelte sich. „Was unterstellen Sie mir?"

„Könnten Sie bitte auf die Frage antworten?"

„Wir sind auf der Ostsee in Richtung Prerow gesegelt. Es ging
nur langsam voran, weil fast Flaute war, nachdem wir um die
Nordspitze Hiddensees herum waren."

In diesem Moment kam Andreas Neuner herein, schaute sich
kurz im Raum um, bevor er mit aufgeregter Stimme fragte: „Was
machen die Bullen hier?"

Kelling ging auf Andreas Neuner zu.

„Beruhige dich, Andreas. Es geht um Jens-Uwe. Er ist tot.".

Neuner lachte kurz auf. „Na und. Der Verräter hat es verdient!"

Rieder wurde hellhörig. „Was hatte der Verräter verdient?"

„Andreas, halt jetzt besser die Klappe. Ich rufe unseren Anwalt an. Es wird sich alles aufklären."

Kelling holte sein Handy aus der Tasche.

„Wozu brauchen Sie einen Anwalt? Bisher haben wir nur ein paar Fragen gestellt?", bemerkte Behm. „Haben Sie etwas zu verbergen?"

Kelling hielt kurz inne. „Jens-Uwe Schneider ist tot und Sie marschieren hier auf? Und das bei unserer Vergangenheit, über die Sie sich doch sicher ausreichend informiert haben! Und der Ton, den Sie anschlagen, lässt doch an ihrem Verdacht keinen Zweifel … aber so muss ich mich, so müssen wir uns nicht behandeln lassen." Er beugte sich über den Tisch, stützte sich auf und sah die beiden Polizisten direkt an. „Wir haben mit Jens-Uwes Tod nichts zu tun!" Kelling betonte jedes einzelne Wort.

Rieder war überrascht, dass Neuner plötzlich keinen Mucks mehr sagte, sondern an einen der Arbeitstische gelehnt die Auseinandersetzung zwischen seinem Freund und den Polizisten ungerührt beobachtete. „Herr Neuner, gilt das auch für Sie?"

Andreas Neuner nickte nur.

„Gut, nehmen wir mal den Fall, Sie haben beide nichts mit dem Tod von Schneider zu tun." Rieder stand jetzt ebenfalls auf und stellte sich so, dass er Kelling und Neuner bei seinen Fragen genau beobachten konnte. „Wann haben Sie Schneider zum letzten Mal gesehen?"

Kelling machte mit seinem rechten Arm eine Bewegung, als würde er einen imaginären Strich durch die Luft ziehen. „Wenn Sie uns verhören wollen, dann laden Sie uns bitte vor. Wir werden dann mit unserem Anwalt kommen."

Da meldete sich Neuner. „Gesehen oder gesprochen?", fragte er ganz ruhig.

Kelling hielt überrascht inne. „Andreas! Was soll das?"

„Gesehen haben wir ihn am Sonntag, wie er dort stolz durch Kloster spazierte. Dieser Gockel!" Neuner bewegte sich durch den Raum, als würde er Schneider nachahmen. Plötzlich blieb er

117

stehen. „Gesprochen haben wir ihn das letzte Mal vor fünfundzwanzig Jahren in einem Auto vor einer Bank in Hameln. Seine letzten Worte waren damals: ‚Ich warte dann hier auf Euch!' Das Arschloch." Neuner schüttelte den Kopf, als könnte er offenbar den Verrat von Jens-Uwe Schneider von damals noch immer nicht glauben. „Sie wissen doch bestimmt, was ich meine, oder?" Plötzlich rang er die Hände in der Luft, als würde er jemanden erwürgen, und brüllte: „In über siebentausend Tagen hinter Gittern habe ich mir oft genug vorgestellt, wie ich Schneider die Luft abdrehe. Wie ich ihn mit diesen Händen, mit meinen eigenen Händen umbringen werde!"

„Und genau deshalb sind wir hier", bemerkte Rieder trocken.

Die Bemerkung machte Neuner wieder wütend. Er stürzte auf Rieder zu, aber Kelling stürmte hinzu und ging dazwischen, bevor Neuner Rieder angreifen konnte. „Musste das sein?", wandte er sich vorwurfsvoll an Rieder. „Warum müssen Sie uns provozieren?"

„Wir haben Herrn Neuner nicht provoziert", mischte sich Behm ein, der auch aufgesprungen war, „aber Sie waren am Sonntag auf Hiddensee, als Schneider ermordet wurde und wie wir gerade gesehen haben, haben Sie durchaus ein Motiv. Und: Sie haben zur gleichen Zeit wie Schneider mit ihrem Boot den Hafen von Vitte verlassen!"

„Ich weiß gar nicht, dass Schneider ein Boot besessen hat", entgegnete Kelling.

Rieder schüttelte den Kopf. „Selbst wenn ich Ihnen das glauben würde, Herr Kelling. Drei Boote verlassen zur gleichen Zeit den Seglerhafen von Vitte und kollidieren dabei sogar fast. Auch da wollen Sie nicht gesehen haben, dass am Ruder der ‚Antonie' Jens-Uwe Schneider stand? Wollen Sie uns hier für dumm verkaufen?" Er machte eine Pause. Aber da weder Kelling noch Neuner etwas dazu sagten, setzte er fort: „Schneider ist den ganzen Samstagnachmittag im Seglerhafen auf seinem Boot gewesen und Sie haben zur gleichen Zeit im Seglerhafen auf Ihrem Boot auf Deck gesessen und Bier getrunken. Da wollen Sie Schneider nicht gesehen haben? Und auch nicht gesprochen? Haben Sie ihm gedroht? Sind Sie ihm am Sonntag gefolgt? Gab es eine Auseinandersetzung?

Kelling stellte sich vor Neuner, als müsste er ihn beschützen. „Was sollen diese Unterstellungen?"

„Wir haben drei anonyme Briefe gefunden! Alle drei mit Bibelzitaten, in denen es um Judas und um Verrat geht. Haben Sie diese Briefe geschrieben?", fragte Rieder in scharfen Ton nach.

Kelling schüttelte den Kopf. Neuner starrte die beiden Beamten an.

„Besitzt einer von Ihnen beiden eine Waffe? Um genau zu sein, eine alte Luger?", hakte Behm nach.

„Es reicht!" Kellings Gesicht lief rot an. „Kein Wort mehr ohne unseren Anwalt. Und nun verlassen Sie bitte unser Haus. Auf der Stelle."

XIX

D amp saß noch im Büro. In ihm kämpften die Gefühle. Einerseits war er ganz froh, dass nun auch sein Kollege beim Bürgermeister noch weiter in Ungnade gefallen war. Ihm schwante aber, dass sich Durks Wut in Zukunft trotzdem gegen sie beide richten würde. Dabei hatte er doch dieses Mal gar keine Schuld an dem Streit mit dem Bürgermeister. Und er hatte auch kein Interesse an diesen Ermittlungen. Und so war er jetzt wütend auf Durk, auf Rieder und auf Bökemüller.

Aber Bökemüller jagte ihm auch Angst ein. Also würde er weiter Dienst nach Vorschrift machen und seine Befragungen auf der Insel fortsetzen, obwohl er dazu keine Lust hatte. Denn das Gespräch mit Rieder gestern Abend im „Strandcafé" hatte ihm gezeigt, dass seine Meinung nicht gefragt war.

Es half nichts. Er wendete den Zettel mit den Informationen des Hafenmeisters über das Auslaufen der drei Schiffe hin und her und dachte über seinen Auftrag nach, Fischer Thurow zu befragen. Dabei schweiften seine Gedanken ab zu Birgit Thurow, wie sie sich an seiner Brust ausgeweint hatte am vergangenen Abend, wie er dabei ihren Körper gespürt hatte, wie sich ihre Brüste an ihn geschmiegt hatten und er sanft seine großen Hände auf ihre schmalen Hüften gelegt hatte. „Was für eine Frau!", dachte er. „Aber leider nicht deine Liga", antwortete eine innere Stimme und riss Damp aus seinen Träumen. Mit einem Seufzen stand er auf und machte sich auf den Weg. Immerhin bestand die Chance, im Haus der Thurows auch Birgit zu treffen. Und das hob ein wenig seine Stimmung.

Damp fuhr mit dem Polizeiwagen den Wiesenweg hinunter und steuerte dann den Wagen links in das kurze Ende des Schulwegs. An der alten Molkerei bog er in die Sprenge ab. Er fuhr am „Strandhotel" mit seinem kleinen Türmchen vorbei, für das schon längere Zeit ein neuer Besitzer gesucht wurde. Kaum zu glauben, dass sich in der Lage niemand fand, das Hotel zu übernehmen. Dahinter kam gleich das verwinkelte Haus von Malte Fittkau. Damp war froh, Rieders Nachbarn nirgendwo zu entdecken. Der hätte ihm jetzt gerade noch gefehlt. Es war ihm schon aufgestoßen, dass er ihn am Morgen an Rieders Frühstückstisch getroffen hatte.

Etwas weiter stand die Ruine vom „Boddenblick". Nur noch der schwarze Namenszug an der Seitenwand aus gelbrotem Backstein erinnerte an die frühere Bestimmung des Hauses. Efeu hatte die Vorderfront mit den leeren Fensterhöhlen völlig überwuchert. Das Gras davor war kniehoch. Der alte Gartenzaun war nur noch ein rostiges braunes Gestell. Vor ein paar Jahren hatte die Gemeinde begonnen, das Haus abzureißen, um so eventuell einen Investor für das Gelände zu finden. Doch dann war das Geld ausgegangen. Die Abrissarbeiten wurden gestoppt. Sollte sich der Bürgermeister besser darum kümmern, anstatt ihn anzuschnauzen, dachte sich Damp. Hinter dem riesigen Apfelbaum auf dem Gelände bewegte sich etwas. Damp hielt an und stieg aus. Malte Fittkau tauchte aus dem Gestrüpp auf, die Hände voll mit Äpfeln. „Mensch Damp, willste auch ein paar? Sind noch nicht ganz reif, aber prima Kuchenäpfel."

„Das Betreten des Geländes ist verboten", giftete der Polizist.

Fittkau ließ seine Ernte vorsichtig in einen großen grauen Zinkeimer gleiten, der schon bis oben hin gefüllt war.

„Wo kein Kläger ist …"

„Trotzdem muss ich dich auffordern, das Grundstück sofort zu verlassen! Sonst …"

„Sonst?", fragte grinsend Malte Fittkau.

Damp konnte seinen Groll nur schwer zügeln. Er stieg wieder ein und knallte die Autotür zu, dass der ganze Wagen schepperte.

Damp traf Thurow nicht in seinem Haus an der Sprenge, sondern auf seinem Fischkutter am Anleger neben dem Seglerhafen. Der Fischer richtete seine Netze für die nächste Ausfahrt.

„Tach, Herr Thurow", grüßte der Polizist förmlich.

Thurow schaute kurz auf, um zu sehen, wer ihn da ansprach. Dann wandte er sich wieder seiner Arbeit zu: „Was gibt's, Damp?"

„Rieder schickt mich. Er hat gestern mit dem Hafenmeister gesprochen. Es geht um Sonntag."

Thurow arbeitete stoisch weiter.

„Der Hafenmeister hat Rieder erzählt, dass Sie zur gleichen Zeit wie der Pfarrer aus dem Seglerhafen ausgelaufen sind."

Thurow zuckte mit den Schultern. „Kann sein. Wenn Gau es sagt ..."

„Da war noch ein zweites Boot. Ein Zeesboot. Ist Ihnen das aufgefallen?"

Über seine Netze gebückt, schüttelte Thurow fast unmerklich den Kopf.

„Es ist Ihnen als Fischer bestimmt aufgefallen. Ist doch auch ein altes Fischerboot? Es soll so große rote Segel haben?"

Thurow hielt mit der Arbeit inne, als müsste er sich besinnen. Er schaute Damp abweisend an. „Von diesen umgebauten alten Kähnen gibt's jetzt so viele. Da kann ich mich nicht an jeden erinnern."

„Aber nach Aussage des Hafenmeisters wäre es beinahe zwischen dem Segler und Ihnen zu einem Zusammenstoß gekommen. Das werden Sie doch wenigstens bemerkt haben?", entrüstete sich der Polizist über den sturen Fischer. Da richtete sich Thurow in voller Größe auf, streckte sich, gab aber keine Antwort. Damp verzweifelte. „Haben Sie wenigstens gesehen, ob dem Boot des Pfarrers das Zeesboot gefolgt ist?"

Thurow warf das Netz auf den Boden, trat mit dem Fuß gegen eine blaue Plastiktonne, in der sonst der gefangene Hering transportiert wurde, sodass es laut polterte.

„Mensch, wenn ich hier auf dem Kutter bin, kümmere ich mich um mein Schiff, meine Netze und meinen Fisch. Da habe ich genug zu tun und kann nicht noch in der Gegend rumglotzen, was der oder der gerade macht. Ich bin immer froh, hier heil rauszukommen und wieder heil reinzukommen. Hier fahren genug Idioten über den Bodden, die Ihr Patent in der Badewanne gemacht haben. Das ist es dann auch."

Der Fischer nahm einen Wassereimer an einer Leine in die Hand, warf ihn über Bord ins Wasser und zog sie wieder heraus. Den Inhalt des vollen Eimers klatschte er aufs Deck, sodass Damp zur Seite springen musste, um nicht nasse Schuhe und Hosen zu bekommen. Dann begann Thurow zu schrubben.

XX

Bökemüllers Dienstzimmer war ein großer trister Raum. Der Polizeichef residierte hinter seinem riesigen Schreibtisch. Davor an einem langen Beratungstisch saßen Rieder und Behm, aber auch die beiden Beamten vom Innenministerium aus Schwerin, Riel und Kubicki. Rieder hatte angenommen, sie wären schon wieder abgereist. Er fragte sich, was die beiden hier noch wollten, und konnte sich wiederholt nicht des Verdachts erwehren, dass sie die Ermittlungsarbeit überwachen wollten.

Der Polizeichef ließ sich von seinen beiden Beamten ausführlich über das Gespräch mit Kelling und Neuner berichten. Ungeduldig drehte er beim Zuhören einen Bleistift zwischen den Händen hin und her.

„Wie sieht es denn mit der Spurenauswertung aus, Behm? Haben Ihre Leute etwas Verwertbares gefunden?"

Behm verneinte. Man habe beim BKA und der Bundesanwaltschaft Vergleichsproben für Fingerabdrücke von Kelling und Neuner angefordert, aber noch keine Antwort erhalten. Da die letzte Straftat der beiden über zwei Jahrzehnte zurückläge, hätte man die Sachen nicht im Computer.

Bökemüller stand auf und stützte sich mit beiden Armen auf die Rückenlehne seines Schreibtischstuhls. „I'm not amused über den Ermittlungsstand, meine Herren. Vorschläge?"

Rieder meinte, man solle Kelling und Neuner durch Zivilfahnder beobachten lassen. Immerhin hätten sie ein Motiv für die Tat. Doch sein Chef unterbrach ihn.

„Wissen wir denn, dass es Mord war?"

Als Antwort erntete Bökemüller ein versammeltes Schweigen. „Sehen Sie! Abgesehen davon, lieber Rieder, ist die Personaldecke bei der Mecklenburger Polizei nicht ganz so üppig wie die Ihrer ehemaligen Berliner Kollegen. Leute für eine dauernde Überwachung habe ich nicht."

Er setzte sich wieder. „Was wissen wir eigentlich über die Lebensumstände von Schneiders beiden Freunden?"

Rieder gestand: „Viel haben wir da noch nicht herausbekommen …"

Wieder räusperte sich Riel. „Da können wir vielleicht etwas aushelfen." Er gab seinem Assistenten Kubicki einen Wink.

Kubicki holte wie am Tag zuvor eine Mappe aus seiner Aktentasche und klappte sie auf. „Ralf Kelling ist nach seiner Haftentlassung 1986 wie Schneider auch in die DDR übergesiedelt. Er hat dann bei der DDR-Werbeagentur DEWAG in deren Bezirksfiliale in Rostock gearbeitet." Kubicki blickte von seinen Papieren auf. „Man muss vielleicht hinzufügen, dass er vorher in Hannover Design studiert hatte." Weiter referierte er, dass Kelling sich nach der Wende selbstständig gemacht hätte. Zeitgleich habe er auch das Haus in Prerow erworben, den ehemaligen Ferienbungalow der DEWAG. „Wir schätzen, dass er das Objekt billig ‚geschossen' hat, wie man so sagt … Ich schätze, Sie wissen, was ich meine." Kubicki grinste Behm und Rieder vielsagend an, doch die beiden zeigten keine Reaktion.

„Jedenfalls ist er ziemlich erfolgreich." Kubicki entnahm seiner Mappe einige Fotos und reichte sie herum. Darauf waren das Haus von Kelling, sein Auto, ein größerer Jeep und das Zeesboot, die „Alte Liebe", zu sehen. „Er gestaltet Broschüren und Flyer für Hotels, Gaststätten und Ferienanlagen. Allerdings fällt auf, dass er viele Aufträge von einem Hotel auf Rügen bekommt, nahe der Wittower Fähre. Der Geschäftsführer dort ist ein ehemaliger Stasimann."

Das ließ Rieder aufhorchen. Er erinnerte sich an Damps Bericht über das Gespräch mit Mohnke, dem ehemaligen ABV von Hiddensee.

„Vielleicht funktionieren da noch die alten Seilschaften", ergänzte Riel den Bericht seines Mitarbeiters, „und dadurch rollt der Rubel, wie man hier im Osten so sagt."

Rieder verdrehte die Augen über Riels Bemerkung.

„Kelling ist ein absoluter Selfmademan", setzte Kubicki mit einem Seitenblick auf Bökemüller seinen Bericht fort. „Andreas Neuner wurde vor drei Jahren aus der Haft entlassen. Er hat über zwanzig Jahre gesessen. Er ist dann gleich zu Kelling gezogen. Der Kontakt ist nie abgerissen. Selbst als Kelling in der DDR war, hat er ihm ins Gefängnis Briefe und Pakete geschickt. Die DDR-Behörden haben die Sendungen immer passieren lassen. Auch das gibt Anlass, dass gewisse Stellen da ein Auge drauf hatten, wenn Sie verstehen, was ich meine." Er zeigte dazu mit zwei gespreizten Fingern auf seine Augen und hielt eine Hand hinter das rechte Ohr. „Horch und Guck."

Als weder Bökemüller noch Rieder oder Behm auf diese Einlage reagierten, berichtete Kubicki weiter, dass Neuner bei Kelling angestellt sei und als sein Handlanger arbeite. Seit seiner Haftentlassung sei Neuner nicht auffällig geworden, weder politisch noch kriminell. „Er ist ziemlich streitsüchtig, aber das haben Sie ja auch schon erlebt."

„Wie kommen Sie zu diesen ganzen Erkenntnissen?", fragte Rieder. „Und warum haben Sie Kelling und Neuner so intensiv beobachtet?" Er beugte sich vor und versuchte in die Akte zu schauen. Doch der Ministerialbeamte bedeckte sie sofort mit seinen Armen.

„Reine Sicherheitsmaßnahme", antwortete Riel mit einem wohlgefälligen Lächeln. „Wir haben hier nächstes Jahr den Weltwirtschaftsgipfel in Heiligendamm. Und zu den Sicherheitsvorbereitungen gehört auch, dass alle möglichen ‚Schläfer' oder ‚Gefährder' überprüft werden. Da fallen auch Kelling und Neuner drunter. Mit ihrer Vergangenheit könnten sie schnell zu Symbolfiguren oder Initiatoren für Proteste werden. Aber ...", er machte eine kurze Pause, „Kelling erscheint uns harmlos, Neuner dagegen hat während seiner Haftzeit nie den Eindruck gemacht, von seinen, wie soll ich es sagen, Idealen abzuschwören. Und wir wollen einfach sichergehen, dass er hier im Osten, wo vielleicht der Boden besonders fruchtbar ist, im Vorfeld des Weltwirtschaftsgipfels …"

„Wieso sollte hier der Boden besonders fruchtbar sein für irgendwelche Altterroristen?", meldete sich Behm.

„Darüber brauchen wir doch wohl nicht zu streiten", meinte Riel, „dass hier die Linksradikalen …"

„Ich denke, jetzt ist nicht die Zeit für politische Debatten", ging Bökemüller dazwischen. „Sonst noch Anmerkungen?"

„Ach ja", meldete sich Rieder. „Fast hätte ich es vergessen. Auf Hiddensee treibt sich ein BKA-Mann rum aus der Abteilung Personenschutz. Angeblich will er sich nur auf dem Laufenden halten, ob durch Schneiders Tod eine Gefährdung für die Politiker entstanden sei, die am Sonntag bei der Preisverleihung waren."

„Ein Personenschützer? Wie heißt er? Vielleicht kann ich über meine internen Kanäle rausbekommen, was er hier will und ob das mit unserem Fall zusammenhängt", fragte sein Chef nach.

„Konrad Veit." Rieder beobachte, wie sich Riel und Kubicki plötzlich in ihren Stühlen aufgerichtet hatten und ihre Gesichtszüge erstarrten.

„Kennen Sie den Mann?", fragte Rieder die beiden Beamten. Riel zögerte, wie Rieder fand, einen Moment zu lang mit der Antwort. „Wir sind natürlich nicht so sehr begeistert, wenn Leute von einer anderen Fakultät hier, wie soll ich es mal lax sagen, ihr Unwesen treiben. Wir waren uns doch einig, dass wir die Sache erst mal unter der Decke halten wollen, bis wir genau wissen, ob der Pfarrer Opfer eines Verbrechens geworden ist."

Rieder war von Riels Antwort nicht überzeugt. Er berichtete dann noch, dass Veit schon versucht hatte, den alten ABV von Hiddensee auszuquetschen, aber wohl auf Granit gebissen hätte. „Der steht nicht so auf Polizeibeamte in Anzug und Krawatte." Behm grinste daraufhin Rieder an, worauf der erst merkte, welchen Bock er geschossen hatte, denn die beiden Landesbeamten waren natürlich auch wieder im Business-Look.

„Komisch", meinte Rieder zu Behm, als sie gemeinsam Bökemüllers Büro verließen. „Hast du bemerkt, wie die beiden Schnüffler auf den Namen Veit reagiert haben?"

Behm zuckte mit den Schultern. „Keine Ahnung. Haben wahrscheinlich Angst, dass ihnen die Jungs aus Berlin oder Wiesbaden in die Quere kommen und doch noch eine Großwildjagd veranstalten, wenn Schneider nicht einfach vom Steilufer gefallen ist, sondern gestoßen wurde."

„Eigentlich hat Riel doch nicht abgestritten, Veit zu kennen", insistierte Rieder weiter. Doch sein Kollege hatte für seine Überlegungen kein Ohr. „Du, ich muss los. Du hast ja gehört, was der Chef erwartet, und meine Mannschaft will auch mal nach Hause." Damit eilte Behm den Gang hinunter.

Rieder blieb allein zurück. Plötzlich kam er sich überflüssig vor. Hier gehörte er nicht dazu. Es gab für ihn in der Polizeidirektion Stralsund keinen Schreibtisch. Nirgendwo konnte er an einem Computer etwas recherchieren. Außer Behm kannte er niemanden. Er schaute auf die Uhr. Wenn er sich beeilte, konnte er gerade noch die letzte Fähre von Stralsund nach Hiddensee bekommen. Kurz vor halb neun wäre sie in Neuendorf. Er könnte so den Rest des Abends und vielleicht auch die Nacht mit Charlotte verbringen. Sein Gesicht hellte sich auf.

Mit einem kleinen Sprint erreichte er das Schiff. Die Mannschaft war schon am Ablegen, aber als sie Rieder erkannten, schoben sie den kleinen Steg noch mal auf den Kai.

Mitten in der Woche war der Dampfer kaum besetzt. Rieder suchte sich einen Platz auf dem oberen Sonnendeck. Ein paar Ausflügler waren an Bord, die sich einen Tag auf dem Festland gegönnt hatten, um die alte Hansestadt oder das Meeresmuseum zu besichtigen. Dann gab es noch ein paar Hiddenseer. Sie kamen entweder von ihrer Arbeit in Stralsund oder hatten dort Erledigungen gemacht. Die Insulaner trafen sich meist im Salon und tauschten Inselnachrichten aus. Die Touristen saßen wie Rieder auf dem Sonnendeck.

Rieder schaute noch einmal die Ermittlungsakten durch. Behm hatte ihm vor der Sitzung mit Bökemüller eine Kopie gemacht.

Die Informationen von Riel und Kubicki hatte er mitgeschrieben. Es wunderte ihn immer noch, wie intensiv Kelling und Neuner observiert worden waren. Andererseits kannte das Rieder auch aus Berlin, dass dort vor besonderen Ereignissen, wie Staatsbesuchen oder Gipfeltreffen von Staatschefs verdächtige Personen unter die Lupe genommen wurden. Außerdem hatte Behm den Unterlagen ein Foto einer Luger P08 beigelegt, dem Waffentyp, mit dem auf Schneiders Schiff geschossen worden war. Die Pistole wirkte etwas unförmig mit ihrem schmalen Lauf und dem breiten und wulstigen Griff.

Das Schiff fuhr langsam die Fahrrinne entlang. Steuerbord lag die Halbinsel Ummanz. Ein paar Windsurfer waren dort noch unterwegs. Backbord zogen sich schon die Ausläufer von Hiddensee entlang. Rot glühend tauchte die Sonne hinter dem Gellen, dem südlichsten Inselteil, langsam ins Meer. Sie waren jetzt ungefähr auf der Höhe des Schwarzen Peter, einer Einbuchtung unterhalb von Neuendorf. Einige Segler hatten dort geankert und wollten wohl übernachten. Das wäre ein Fall für Damp, dachte Rieder gerade bei sich, da klingelte sein Telefon und das Display zeigte den Namen seines Kollegen.

„Wenn man an den Teufel denkt", grüßte Rieder.

„Was soll das heißen?", entgegnete Damp beleidigt. „Wo sind Sie?"

„Auf dem Dampfer, kurz vor Neuendorf."

„Gut. Ich hole Sie ab. In die ‚Antonie' ist eingebrochen worden."

Damp bretterte durch die Dämmerung über die holprige Inselstraße in Richtung Vitte. Rieder musste sich am Haltegriff festhalten. Er fürchtete, ein Schleudertrauma zu bekommen, denn der Weg zwischen Neuendorf und Vitte war mit Schlaglöchern gepflastert.

„Ich habe es erst jetzt gemerkt", wehrte sich Damp vorauseilend gegen den unausgesprochenen Vorwurf, er hätte nicht genug auf das Boot des Pfarrers geachtet, „aber ich kann mich hier nicht allein um alles kümmern. Leute befragen, auf den Kahn aufpassen.

Das normale Geschäft muss auch noch erledigt werden." Doch Rieder schwieg, bis sie den Hafen von Vitte erreicht hatten.

Damp sperrte das Gittertor der Steganlage des Hiddenseer Anglervereins auf und eilte voraus zur „Antonie". Das Boot lag quer am Ende des Anlegers. „Ich denke, außer mir hat den Einbruch noch niemand bemerkt", meinte Damp, als er mit Rieder über die Reling kletterte. Die Tür zum Salon war aufgebrochen worden. Wahrscheinlich hatte der Täter dazu nicht mehr als einen Schraubendreher gebraucht. Rieder holte ein paar Latexhandschuhe aus seiner Hosentasche und zog sie über. Dann schob er vorsichtig die Tür weiter auf. „Waren Sie schon drin?" Damp schüttelte den Kopf. Als der Spalt groß genug war, lugte Rieder in den Raum. Soweit er es im Dunkeln erkennen konnte, bot sich ihm ein Bild der Verwüstung. Die Kleidung aus den Schränken lag über den Boden verstreut.

Rieder tastete die Wand neben der Tür ab und fand, was er gesucht hatte. Doch als er den Lichtschalter betätigte, blieb es dunkel. Die Schiffsbatterie war entladen. Er blickte sich zu seinem Kollegen um. Damp fragte flüsternd: „Meinen Sie, da ist noch einer drin?"

„Ich glaube nicht. Geben Sie mir mal Ihre Lampe."

Die Polizisten schlichen sich weiter ins Innere des Bootes und folgten dabei dem Lichtstrahl der Lampe. Auch in der Kombüse und auf der Brücke waren alle Fächer aufgerissen und durchwühlt worden. Das durchdringende Klingeln von Damps Mobiltelefon ließ beide erschrecken.

„Hallo." Damps Gesicht verdüsterte sich. „Beruhigen Sie sich! Wir kommen gleich! Wir treffen uns im Hotel ‚Dornbusch'!"

Birgit Thurow war völlig verängstigt. Sie stand in dem Bushäuschen am Weißen Weg in Kloster gegenüber vom Appartementhotel „Dornbusch" und zitterte am ganzen Leib. Wieder konnte Rieder sich nur darüber wundern, wie Damp sich um die Frau sorgte. Beruhigend sprach er auf sie ein, während er die Tür des Polizeiautos öffnete und sie behutsam auf den Sitz schob. Dann fuhren sie langsam ohne Licht den Mühlberg hinauf und hielten kurz vor dem Kirchweg.

Damp drehte sich zu Birgit Thurow um. „Sie bleiben besser hier. Legen Sie sich auf die Rückbank, da kann Sie niemand sehen."

Dann stiegen die Polizisten aus. Jetzt, kurz vor zehn Uhr abends, waren die Wege in Kloster schon menschenleer. Die Polizisten schlichen zum Friedhof. Da sahen sie einen Lichtschein in der Kirche. Es musste in der Nähe des Altars sein. Rieder und Damp blickten sich kurz an. Rieder legte den Finger auf den Mund und deutete dann auf die Rasenkante. Durch das Gras gelangten sie lautlos bis zum Gotteshaus. Rieder drückte vorsichtig die Klinke der schweren Holztür. Sie gab nach. Doch bevor er die Tür öffnete, drehte er sich zu Damp um.

„Ich habe keine Waffe. Sie müssen zuerst rein." Damp war wenig begeistert. Aber seine Polizistenehre stand auf dem Spiel. Er zog seine Waffe, drängte sich an Rieder vorbei und schob leise die Tür auf. Trotzdem knarrte es in den Angeln. Die Polizisten hielten inne. Sie durchquerten lautlos den Vorraum. Die Tür zum Inneren der Kirche stand offen. Sie versteckten sich hinter dem Türpfeiler. Damp blickte vorsichtig um das Mauerwerk herum in den Altarraum. Er rief: „Polizei. Kommen Sie heraus."

Erst rührte sich nichts, doch dann splitterte Glas und es folgte ein dumpfes Geräusch.

„Da haut einer ab."

Rieder flüsterte: „Ich versuche zu folgen. Sie bleiben hier."

„Ohne Waffe?"

Doch Rieder hörte schon nichts mehr. Er stürmte aus der Kirche und wandte sich nach links. Der Weg über den Friedhof ging leicht bergauf. Er glaubte, ein Schatten bewege sich gut fünfzig Meter entfernt zwischen den Grabreihen. Rieder rannte hinterher, stieß sich an Grabsteinen, stolperte über Buchsbaumhecken. Dann entdeckte er die dunkle Gestalt. Sie eilte zum Hintereingang des Friedhofs. Mit einem Sprung erklomm sie das Tor, stützte sich auf einer der Querstreben ab, warf ein Bein darüber und ließ sich herabfallen. Als Rieder dort ankam, sah er den Unbekannten davonlaufen. Wahrscheinlich wollte er zum Hafen. Rieder kletterte hinterher, allerdings nicht ganz so leicht und behände wie der Einbrecher. Er rutschte ab und fiel auf den Weg. Schnell rappelte er sich auf und sprintete den Weg hinab. Doch als er an der Kreuzung zum Leuchtturmweg ankam, war weder rechts noch links jemand zu sehen. Alles lag still da. Nur das Scharren und Schnauben der Pferde von der nahen Koppel war zu hören.

Damp hatte in der Kirche Licht gemacht. Als Rieder zurückkam, stand auch schon Birgit Thurow mitten in der Kirche.

„Und?", fragte Damp.

„Weg. Wie vom Erdboden verschluckt."

Rieders Kollege zeigte auf die Sakristei. Die Tür war aufgebrochen, drinnen waren die Gesangbuchstapel umgeworfen. Der Schrank, in denen Schneider seine Talare aufbewahrt hatte, stand offen. Der Kelch für das Abendmahl lag auf dem Boden. Die Packungen mit den Oblaten waren ausgekippt.

„Behm rufen?", fragte Damp.

Rieder ließ sich auf die Holzbank neben dem Altar fallen. „Ergibt das heute Nacht noch Sinn?"

XXI

Das Schloss ist intakt. Muss ein Profi geknackt haben."
Behm packte seine Untersuchungsgeräte zusammen. „Die
Nacht auf der harten Kirchenbank hättest du dir sparen
können. Ihr hättet einfach mit dem Schlüssel die Kirche wieder
zuschließen können." Rieder rollte seinen Schlafsack zusammen.
Er fühlte sich völlig zerschlagen nach einer fast schlaflosen Nacht.
Damit nach den Einbrüchen auf dem Boot und in der Inselkirche
keine Spuren verwischt wurden, hatten die beiden Inselpolizisten
Wache gehalten. Per Münzwurf hatten sie entschieden. Damp hatte das bessere Los gezogen. Er konnte auf einer der weichen Liegen
im Salon der „Antonie" schlafen. Rieder hatte es sich dagegen auf
einer Kirchenbank der Inselkirche bequem machen müssen.

„Habt ihr denn nicht einmal den Schlüssel ausprobiert?" Dabei schüttelte Behm den Kopf und konnte sich ein Grinsen nicht
verkneifen. „Das gibt bestimmt einen feuchten Händedruck von
Bökemüller. So viel Einsatzbereitschaft muss belobigt werden."
Die Männer der Spurensicherung wuselten in und um die Kirche
herum. Aber ihre Zwischenmeldungen waren nicht vielverspre-
chend. Die Klinke der Kirchentür gaben sich jeden Tag Hunderte
Menschen in die Hand. Und auch in der Sakristei wimmelte es von
Spuren verschiedener Personen. Neben dem toten Pfarrer und Birgit Thurow hatten auch alle Mitglieder des Gemeindekirchenrates
Zutritt. Nur an einigen Glassplittern des Kirchenfensters konnten
Stofffasern gesichert werden. Es gab aber keine Blutspuren an den
Scherben. Darauf hatten Behm und Rieder gehofft, um darüber
möglicherweise den Einbrecher zu identifizieren. Gleiches galt für
das Tor am Hintereingang des Friedhofes. Dort gab es zwar auch

einige Stofffaserspuren, aber es fanden sich keine verwertbaren Fingerabdrücke.

Aus der Sakristei war nichts gestohlen worden. Jedenfalls hatte Birgit Thurow nach einer ersten Übersicht festgestellt, dass nichts fehlte.

Auch auf der „Antonie" versuchten zwei Mitarbeiter von Behm Spuren zu sichern – ohne großen Erfolg. Offenbar hatte der Einbrecher Handschuhe getragen. Bökemüller hatte angeordnet, dass das Boot nach der Untersuchung nach Stralsund zum Liegeplatz der Wasserschutzpolizei zu bringen sei, um es besser bewachen zu können. Und so mühte sich die Crew der Wasserschutzpolizei, die „Antonie" wieder seetüchtig zu machen. Die Männer füllten die Tanks auf und luden die Batterien.

Damp stand auf dem Steg und beobachtete die Arbeiten am Boot, als Bürgermeister Durk in schnellem Schritt nahte. Damp zog sicherheitshalber schon den Kopf zwischen die Schultern. Sicher würde Durk wieder seine Wut an ihm auslassen, denn Rieder war wie immer nicht da, wenn das Donnerwetter der Obrigkeit drohte. Aber diesmal hatte er Glück. Rieder und Behm kamen gerade mit dem Polizeiauto an und Durk änderte sofort seinen Kurs. Er stürmte auf Damps Kollegen zu, kaum dass er aus dem Auto gestiegen war.

„Ist das eine neue Imagekampagne für die Insel, von der ich noch nichts weiß? Müssen jetzt jeden Tag diese Menschen in ihrer Marsmännchenuniform über die Insel rennen? Ich habe Sie gestern gebeten, etwas diskreter zu sein, Herr Rieder!", brüllte er.

Rieder versuchte, den Inselchef zu beruhigen. „Herr Durk, ich kann Ihren Ärger verstehen …"

„Ärger? Ärger nennen Sie das. Es ist die blanke Wut."

Behms Mobiltelefon klingelte. Der Polizist ging ein Stück zur Seite, weil er sonst den Anrufer nicht verstehen konnte. Durk und Rieder stritten weiter. Dann plötzlich winkte er mit der Hand. „Könnt ihr mal etwas leiser sein … Ja, verstehe. Und das ist absolut sicher. Ist ja unglaublich. Okay. Schickt ihr mir das Ergebnis per Mail? … Super. Danke für die Mühe."

Behm stand nach dem Ende des Gesprächs mehrere Sekunden wie angewurzelt, als könnte er das Gehörte kaum fassen. Dann sprudelte es aus ihm heraus. „Das war das BKA. Wir haben an einem der Briefe eine DNA-Spur sichern können. Ich wollte noch nicht drüber sprechen … Ich habe sie zum Vergleich nach Wiesbaden geschickt. Und bingo!"

„Ja, was denn?", drängte Rieder.

„Die DNA-Spur kann Andreas Neuner zugeordnet werden!"

Der hochtourig laufende Motor ließ die Planken der „Antonie" erschüttern. Behm stand im Führerstand. Der Gashebel war ganz nach vorn geschoben. Das Boot schoss durch die Wellen. Er war völlig begeistert. „Geil diese alten Torpedobootmotoren."

„Hoffentlich haben wir überhaupt genug Benzin", gab Rieder skeptisch zurück.

„Ach komm, sei kein Spielverderber."

Der Hafenmeister hatte Behm erzählt, dass die „Antonie" einmal der Prototyp für Torpedoboote der DDR-Volksmarine gewesen sei, allerdings nicht in Serie gegangen war, weil der Bootskörper aus laminierten Glasfasermatten bei hohen Geschwindigkeiten dem Wasserdruck nicht standgehalten hätte. Das Boot sei dann von dem Forschungsinstitut, das den Bootskörper entwickelt hatte, als Hausboot umgebaut und als Ferienobjekt genutzt worden, bevor der Inselpfarrer es Anfang der Neunzigerjahre billig aus der Insolvenzmasse des Institutes gekauft hätte.

Nun donnerte die „Antonie" mit Behm am Steuer durch die Fahrrinne des Schaproder Boddens nach Prerow. Nach den Neuigkeiten vom Bundeskriminalamt hatte Bökemüller sofort angeordnet, Neuner und Kelling vorläufig festzunehmen. Behm hatte dann vorgeschlagen, auf der „Antonie" nach Prerow zu fahren. „Warum nicht das Nützliche mit dem Angenehmen verbinden? Außerdem sparen wir uns dadurch den Umweg über Stralsund."

Rieders Gegenvorschlag, doch mit den Kollegen der Wasserschutzpolizei nach Prerow zu fahren, weil er dem Motor der „Antonie" nicht traute, hatte Behm abgelehnt.

Geschickt umkurvte er nun Segler, Motorboote und Dampfer in der Fahrrinne des Schaproder Boddens. Sie mussten ziemlich weit in den Strelasund hineinfahren, bis sie in Richtung der Insel Bock wenden konnten. Vom Heck der „Antonie" schoss eine Fontäne in die Luft, als Behm ohne das Tempo zu drosseln, das Schiff nach Steuerbord lenkte. Nach der Enge zwischen Bock und Gellen steuerte er das Schiff auf der Ostsee in Richtung Prerow.

Der Zufall hatte ihnen in die Hände gespielt. Einem Mitarbeiter von Behm war es gelungen, an einem der gefundenen Schreiben mit den Bibeltexten eine DNA-Spur zu sichern, die nicht dem Pfarrer zuzuordnen war. Es wurde eine DNA-Analyse vorgenommen. Das Ergebnis hatte Behm auf eher inoffiziellen Kanälen nach Wiesbaden zum BKA geschickt. Dort hatte man vor zwei Jahren noch einmal Spuren von der Kleidung untersucht, die Neuner und Kelling bei dem Überfall auf die Bank in Hameln getragen hatten. Dabei war von beiden auch ein genetischer Fingerabdruck erstellt worden. Die Bundesanwaltschaft hatte diese Nachprüfung angeordnet. Durch diese moderne Art der Spurensicherung erhoffte man sich, einige ungelöste Fälle aus der RAF-Zeit in den Siebziger- und Achtzigerjahren aufklären zu können. Doch die genetischen Fingerabdrücke von Neuner und Kelling konnten auf keinem der Asservate aus den Altfällen nachgewiesen werden. Gespeichert hatte man sie trotzdem. Sicherheitshalber. Und nun hatte sich eine Übereinstimmung ergeben. Zwischen der DNA-Spur von dem anonymen Brief und der gespeicherten DNA von Andreas Neuner.

An der Seebrücke von Prerow wartete bereits ein Streifenwagen. Ein Beamter kam auf die Seebrücke gerannt, als Rieder und Behm mit der „Antonie" festmachten.

„Die sind abgehauen!", rief er ihnen zu.

„Das habe ich befürchtet", meinte Rieder frustriert. „Wir hätten sie doch überwachen lassen sollen."

Mit dem Streifenwagen fuhren die Kriminalbeamten zu Kellings Haus. Dort standen sie vor verschlossenen Türen. Die Fensterläden waren heruntergelassen. Nichts rührte sich.

Inzwischen trafen auch Behms Kollegen von der Spurensicherung ein. Außerdem kam Bökemüller persönlich mit dem Staatsanwalt. Im Schlepptau hatte er Kubicki und Riel, die sich aber auffällig abseits hielten. Die Ansammlung von Streifenwagen und Zivilfahrzeugen der Polizei sorgte für einen Menschenauflauf in der näheren Umgebung. Rieder wies die uniformierten Polizisten an, die Bewohner in den Nachbarhäusern zu befragen, wann Kelling und Neuner ihr Haus verlassen hatten. Bökemüller gegenüber unterdrückte er den Vorwurf, dass man ihre Flucht durch eine Überwachung hätte verhindern können. Behm debattierte mit dem Staatsanwalt, ob man mit dem Argument Gefahr in Verzug in das Haus eindringen könne, um nach weiterem Belastungsmaterial zu suchen. Einer der Streifenbeamten kam mit einem älteren Herrn zu Rieder.

Bruno Schlicker war der unmittelbare Nachbar von Ralf Kelling und Andreas Neuner. „Die sind gestern weg. So gegen vier. Vielleicht zwei Stunden, nachdem Sie weggefahren sind", erzählte er Rieder. „Sie haben ein paar Taschen ins Auto geladen und dann sind sie los. Hab mich schon gewundert, denn Kelling, ein netter Kerl übrigens, hatte mir vor ein paar Tagen erzählt, dass er vor Arbeit kaum aus den Augen gucken könne."

„Wissen Sie, wo sie hingefahren sein könnten?", fragte Rieder, obwohl er eigentlich keine Antwort erwartete.

„Na nicht in Richtung Rostock oder Barth. Da wären sie gleich hier lang, die Straße runter, um nicht noch mal durch den Ort zu müssen. Die sind in Richtung Strand gefahren."

„In Richtung Strand?", wunderte sich der Polizist. „Liegt denn da ihr Segelboot?"

„Nö, das nicht. Das liegt im Hafen auf der Boddenseite."

„Was könnten sie dann am Strand gewollt haben?"

„Na vielleicht sind sie zu Kellings anderem Boot?"

„Zu Kellings anderem Boot?", echote Rieder.

„Na Kelling hat doch noch so einen schnellen Flitzer. So eine Art Rennboot. Ist aber auch mit Kajüte."

„Und wo liegt das?"

Bruno Schlicker wiegte den Kopf hin und her. „Na, ich weiß nicht. Will ja den Kelling nicht in die Pfanne hauen. Ist nämlich nicht ganz legal."

„Kommen Sie schon. Wo liegt dieses andere Boot?"

Doch so leicht ließ sich Kellings Nachbar nicht überzeugen. „Was hat er denn angestellt? Oder hat Andreas was angestellt? Der ist ja schnell mal auf der Palme?"

„Darüber können wir Ihnen nichts sagen ..." Rieder wurde ungeduldig.

„Aber wenn Sie hier mit so einem Aufgebot anrücken? Also ich will mich nicht in die Nesseln setzen. Ich kann über Herrn Kelling nur das Beste sagen."

Behm und Bökemüller waren hinzugekommen. Der Polizeichef stellte sich Schlicker kurz vor. Und seine Autorität zeigte Wirkung. „Lieber Herr Schlicker, so heißen Sie doch, wir wissen natürlich Ihre Loyalität zu schätzen. Ich freue mich immer, wenn ich in diesen kleinen Orten so einen Zusammenhalt erlebe. Aber Sie müssen auch uns verstehen. Wir machen nur unseren Job. Zunächst wollen wir Herrn Kelling und Herrn Neuner nur sprechen. Es gibt da einen Sachverhalt, Sie werden verstehen ..."

Schlicker nickte. „Ja, ja. Der Neuner ist mir auch nicht ganz geheuer. Da gibt es so einige Gerüchte über seine Vergangenheit." Er senkte die Stimme. „Der soll Terrorist gewesen sein." Bökemüller legte den Arm um Schlickers Schulter. „Ich sehe, wir verstehen uns. Also. Wo finden wir dieses Boot? Und wie heißt es?"

„Es liegt normalerweise im Nothafen. Am Darßer Ort. Ich glaube, es heißt ‚Barracuda‘."

Der Nothafen Darßer Ort lag außerhalb von Prerow. Er sollte Schiffern bei schwerem Orkan und hohen Wellen Zufluchtsort für wenige Stunden oder eine Nacht sein. Doch längst war der Nothafen ein beliebter Anlaufpunkt für viele Hobbykapitäne bei ihren Touren über die Ostsee geworden. Mancher Bootsbesitzer aus Prerow, der mit den örtlichen Behörden auf gutem Fuß stand, hatte hier auch einen ständigen Liegeplatz gefunden. Offensichtlich auch Ralf Kelling.

Streifenwagen und Zivilfahrzeuge der Polizei jagten die Straße zum Darßer Ort entlang durch die dichten Wälder hinter dem Ostseestrand. Immer wieder bat der Beamte im ersten Fahrzeug über den Lautsprecher die Fußgänger und Fahrradfahrer, Platz zu machen, damit die Fahrzeuge schneller vorankommen könnten.

Auf dem Kai des Nothafens stand Kellings Wagen. Der Hafenmeister bestätigte den Polizisten, dass die beiden Männer am Vortag, gegen Abend, mit ihrer Jacht ausgelaufen waren. Rieder notierte sich den Schiffstyp. Es handelte sich um eine Bavaria, Modell 27. Er gab die Daten der Küstenwache durch. Doch die Bundespolizei auf See machte ihm wenig Hoffnung, das Boot schnell aufzuspüren. Vollgetankt und mit maximaler Geschwindigkeit könnten Kelling und Neuner längst in Dänemark oder Schweden sein. Man würde zwar auch die dortige Polizei um Amtshilfe bitten, aber das könne dauern.

XXII

Malte Fittkau hatte eiserne Prinzipien. Dazu gehörte der Vorsatz, keinen Cent für Brennmaterial auszugeben. In seinem Haus, einem alten Fachwerkhaus mit Reetdach, gab es keine moderne Heizung. Öfen in allen Zimmern und auch in Bad und Küche spendeten im Winter eine angenehme Wärme.

Das ganze Jahr über stromerte er über die Insel, um Brennholz aufzuspüren. So wanderte er jeden Tag am frühen Morgen am Strand von Vitte entlang, um das Treibholz einzusammeln. Legte der Sturm einen Baum um, dann war Malte zur Stelle. Außerdem klapperte er die zahlreichen Baustellen auf der Insel ab, um Reste an Bauholz abzustauben. Auch heute Abend war er in seiner Mission unterwegs, die ihm allerdings etwas heikel erschien.

Seit Wochen stand auf dem Friedhof in Kloster ein Baucontainer mit Resten von der Sanierung des Dachstuhls und der Holzdecke der Kirche. Bei einer ersten Inspektion hatte Malte Fittkau ein paar alte dicke Holzbalken entdeckt, die gut und lange brennen würden. Dass sie möglicherweise mit Holzschutzmittel behandelt waren, störte Malte nicht. Heizwert ging vor Umweltschutz. Viel mehr hinderte ihn der Standort des Containers, die Balken in seinen Besitz zu bringen und ihrer letzten Bestimmung als Heizmaterial zuzuführen.

Auch wenn Malte mit der Kirche nichts am Hut hatte, so war ihm der Friedhof, in dessen Erde seine Mutter Greta ruhte, doch heilig und er sparte ihn bei seinen Sammelaktionen auf der Insel aus. Das galt ganz nebenbei auch für die Brombeeren, die der Selbstversorger Fittkau nicht erntete, obwohl sie in dichten Trauben am hinteren Zaun des Gottesackers prangten. Das war wirkliche Entsagung. Denn die Früchte dieser Büsche waren jedes Jahr so prall und saftig, dass es in Maltes Augen eigentlich eine Sünde war, sie nicht zu Marmelade zu verarbeiten und dann Gläschen für Gläschen an seine Gäste zu verkaufen.

Doch nun hatten zwei Dinge seinen Vorsatz ins Wanken gebracht, den Friedhof bei der Holzsuche auszusparen. Zum einen tickte die Uhr. Friedhofsgärtner Theusing hatte Malte mitgeteilt, dass in den nächsten Tagen die Insellogistik den Container abholen und nach Rügen bringen werde. Zum anderen hatte es Birgit Thurow versäumt, nach den Untersuchungen der Spurensicherung das hintere Tor des Friedhofs zu verschließen. Das hatte Malte beobachtet, als er, rein zufällig natürlich, das Grab seiner Mutter Greta gegossen hatte. Nun war er schon zweimal am Nachmittag zum Friedhof gefahren und hatte ganz vorsichtig am hinteren Tor geklinkt. Es war noch immer nicht verschlossen und so könnte er unbeobachtet über den Hintereingang die Balken vom Friedhofsgelände holen, sobald die Dunkelheit hereingebrochen wäre.

Malte Fittkau bog mit seinem Rad samt Hänger, aber ohne Licht vom Leuchtturmweg links ab und steuerte auf den Hintereingang des Friedhofs zu. Er stieg ab, öffnete lautlos das Tor und schob sein Gefährt auf den Friedhof. Am Container angekommen, leuchtete er mit einer Taschenlampe hinein, um sich zu orientieren. Dann begann er, leise die Balken herauszuziehen und auf seinen Wagen zu laden. Manche waren zwar schon von Holzwürmern angebohrt, aber sie genügten noch immer Maltes Ansprüchen, zersägt und zerspalten in seinem Ofen zu verbrennen. Um besser an das Holz zu kommen, das weiter unten lag, musste er in den Container klettern.

Er leuchtete den Inhalt ab, räumte ein paar Farbeimer beiseite. Da entdeckte er einen roten Karton. Maltes Neugier war geweckt. Er hob die Schachtel hoch und öffnete sie. Im Licht seiner Taschenlampe erblickte er Dutzende von Briefen. Malte überlegte kurz und machte dann den Deckel wieder zu. Er stieg aus dem Container und versteckte den Karton vorsichtig unter den Balken in seinem Hänger. Dann fuhr er nach Hause.

XXIII

Rieder hatte schlechte Laune. Trotz intensiver Fahndungsmaßnahmen blieben Kelling und Neuner verschwunden. Riel und Kubicki vermuteten, dass sich die beiden ins Ausland abgesetzt und dort bei früheren Gesinnungsgenossen Unterschlupf gefunden hatten. Die Durchsuchung des Hauses in Prerow hatte den Verdacht gegen Kelling und Neuner noch verstärkt. Behms Leute konnten eindeutig nachweisen, dass die anonymen Briefe auf dem Drucker in Kellings Büro ausgedruckt worden waren. Und auch die Briefumschläge stammten daher. Außerdem fand sich im Zimmer von Andreas Neuner ein Hefter mit Zeitungsausschnitten über Jens-Uwe Schneider, nachdem dessen Identität als Literaturkritiker Jean Jacques Hoffstede aufgeflogen war.

Die erhoffte Luger P08 hatte man allerdings nicht gefunden, auch keine Munition, aber Behm und Rieder gingen davon aus, dass die beiden Männer die Pistole mitgenommen hatten. Deshalb waren Kelling und Neuner in der Fahndungsmeldung als bewaffnet und damit als besonders gefährlich beschrieben worden.

Die wenigen verwertbaren Spuren aus der Kirche und vom Boot hatten zwar zu keinen neuen Erkenntnissen geführt, aber Rieder ging fest davon aus, dass für die Einbrüche dort ebenfalls Kelling und Neuner verantwortlich waren. Die gesicherten Fasern stammten von hochwertiger Sportkleidung. Aber eine DNA-Spur konnte daran nicht gesichert werden. Fingerabdrücke fehlten ebenfalls. Der oder die Täter waren äußerst professionell zu Werke gegangen. Rieder hatte ausgerechnet, dass Kelling und Neuner genug Zeit gehabt hätten, um mit ihrer Motorjacht nach Hiddensee zu fahren, um dort weitere Beweise für ihre Erpressung oder ihren Mord an Schneider zu vernichten.

Es ärgerte ihn, nun wieder untätig auf Hiddensee sitzen und warten zu müssen, ob die Fahndung Erfolg haben würde. Bökemüller hatte ihm mitgeteilt, dass bis auf Weiteres Behm die Ermittlungen von Stralsund aus allein weiterführen würde. Wenn es eine Spur von Kelling und Neuner gäbe, würde man ihn gegebenenfalls hinzuziehen. Aber im Moment sei sein Platz auf der Insel. Dort werde er auch gebraucht, denn immerhin sei noch Hochsaison und da gäbe es doch für die beiden Inselpolizisten einiges zu tun. Dass Rieder von den Ermittlungen abgezogen worden war, hatte er offenbar Bürgermeister Durk zu verdanken, der seine Drohung wahr gemacht und sich bei Bökemüller über ihn beschwert hatte.

Allerdings vermutete Rieder auch, Bökemüller habe kein besonders großes Interesse daran, dass die Ermittlungen weiter mit voller Kraft vorangingen, denn er hatte die Verkleinerung des Teams auch damit begründet, dass immer noch nicht klar sei, ob Schneider nun wirklich Opfer eines Verbrechens oder doch nur eines Unfalls geworden war.

Rieder hatte gehofft, dass Dr. Krügers heutiger Besuch auf der Insel Klarheit bringen würde, doch der Pathologe konnte erst einmal nicht nach Hiddensee kommen, um sich den Ort anzusehen, wo Schneiders Leiche an der Steilküste gefunden worden war. Rieder hatte sogar bei Fittkau ein Zimmer für Krüger besorgt, für das gesamte Wochenende. Aber nun musste der Rechtsmediziner in Greifswald bleiben, weil auf seinem Tisch ein Toter gelandet war, der sich möglicherweise auf einer Reise nach Vietnam mit der Vogelgrippe infiziert hatte. Die Behörden warteten auf Krügers Diagnose, denn sollte der Verstorbene diese Krankheit wirklich eingeschleppt haben, drohte mitten in der Hochsaison an der Küste eine Ausnahmesituation. Krüger hatte auf seine Art auf Rieders Ungeduld über die Verschiebung der Reise reagiert. „Wer tot ist, beißt nicht, Herr Hauptkommissar. Den Pfarrer wird's nicht mehr stören, wenn ich erst morgen oder übermorgen bei Ihnen vorbeischaue, auch wenn ich es bedauere, gerade bei diesem tollen Wetter meinen Trip erst später antreten zu können."

Damp hatte Rieders Rückkehr ins Revier in Vitte zwar schweigend, aber durchaus mit einer gewissen Genugtuung zur Kenntnis genommen. Sie hatten nur wenige Worte gewechselt. Rieder hatte sich bei seinem Kollegen erkundigt, ob sich Konrad Veit, der BKA-Beamte, noch einmal habe blicken lassen. Damp hatte den Kopf geschüttelt. Rieder wunderte das zwar etwas, aber vielleicht war Veit zu seiner Dienststelle nach Berlin zurückgerufen worden. Wohl oder übel musste er wieder seinen Inseldienst aufnehmen. Heute war Freitag und so führte ihn seine Patrouillenfahrt mit dem Dienstfahrrad in den Süden der Insel, nach Neuendorf und weiter bis zum Gellen. Der einzige Lichtblick war ein Abstecher ins „Strandcafé" zu Charlotte. Er wollte sich am Supermarkt in Vitte noch eine Flasche Wasser besorgen, denn es sollte heiß werden an diesem Spätsommertag im August. Davor traf er Malte Fittkau, der mit Kopfschütteln ein Schild am Eingang des Geschäfts betrachtete.

„Hallo, Malte."

Malte schaute auf, als wäre er von Rieder aus einem Traum gerissen worden.

„Verstehst du das? Kaffee togo. Warum heißt der Kaffee togo?" Dabei dehnte sein Nachbar durch seinen plattdeutschen Dialekt die beiden „o" ziemlich lang. „Kommt der aus Afrika, der Kaffee? Da gibt's doch irgendwo Togo."

Rieder grinste. Dann klopfte er Malte sanft auf die Schulter. „To go bedeutet so viel wie ‚zum Mitnehmen'." Er deutete auf eine junge Frau, die mit einem Pappbecher vom Bäckereistand kam. „Siehst du. Du kannst dir da einen Kaffee holen, er wird in einen Pappbecher gefüllt und dann kannst du ihn mit an den Strand nehmen."

Fittkau schüttelte wieder den Kopf. „Und warum schreiben sie dann nicht ‚Kaffee zum Mitnehmen'?"

Darauf wusste Rieder keine Antwort.

„Und das mit den Pappbechern. Wir haben hier schon genug Müll auf der Insel."

„Tja, Malte, so ändern sich die Zeiten auch auf Hiddensee."

„Das nervt", mäkelte sein Nachbar weiter. „Vor ein paar Jahren, da gab es am Ende der Sprenge, kurz vor dem Deich einen Laden mit Pizza." Dabei zog er das „i" besonders in die Länge. „Piizza auf Hiddensee. Sind wir hier in Italien? Und die Pappkartons lagen dann überall rum, nur nicht in den Papierkörben. Piizza und Kaffee toogoo." Wieder schüttelte Malte den Kopf und trottete grußlos davon. Dann drehte er sich noch mal kurz um. „Hast du heute Abend kurz Zeit? Ich muss dir was zeigen."

Der Polizist nickte.

Rieders Streifenfahrt verlief ohne besondere Vorkommnisse. Die Strände waren voll von Sonnenhungrigen. Das warme Ostseewasser lockte viele in die Fluten. Aber der Polizist konnte keine Verstöße gegen die Strandordnung entdecken, allerdings interessierte es ihn heute auch nicht besonders, ob von den Urlaubern die „Demarkationslinie" zwischen FKK- und Textilstrand eingehalten wurde. Es gab auch keine Anzeichen für illegale Camper. Aber dazu war es auch noch zu früh am Tag. Manchmal war es allerdings auch gar nicht so einfach, zwischen Zelten und dem modernen Strandmobiliar zu unterscheiden. Sandburgen wie in Rieders Kindheit gerieten immer mehr aus der Mode. Das galt auch zunehmend für den klassischen Strandkorb. Vielen Touristen waren die Mietpreise zu hoch. Dafür gab es jetzt die sogenannten Strandmuscheln, halb offene Zelte, deren Ausmaße aber zum Teil von richtigen Zelten nicht zu unterscheiden waren.

Rieder hatte sein Rad in Neuendorf bei Charlottes Restaurant angeschlossen und war dann am Strand hinunter bis zur Absperrung des Nationalparks gelaufen. Da hinter der Barriere keine Fußspuren im Sand zu sehen waren, hatte er darauf verzichtet, seine Patrouille noch weiter nach Süden auszudehnen. Auf dem Rückweg war er landeinwärts durch die Wiesen gelaufen, am kleinen Leuchtfeuer Gellen entlang. Dort hatte sein erster Fall auf der Insel um den Mord an dem Berliner Kunsthistoriker seinen Anfang genommen. Er lief durch das kleine Wäldchen hinter Neuendorf und das „Strandcafé" seiner Freundin kam schon in Sicht.

Zur Mittagszeit hatte Charlotte einen neuen Service eingerichtet. Sie verkaufte an einem kleinen Imbisstand auf der Terrasse vor dem „Strandcafé" belegte Brote, Bockwurst und Getränke an die Strandgäste. Damit wollte sie den Umsatz noch etwas steigern, um ein finanzielles Polster für die Saure-Gurken-Zeit im Herbst und Winter zu haben, denn die Saison ging nur von Ende April bis Ende Oktober.

An dem kleinen Stand drängten sich Frauen in Bikinis, Männer in Schlabber-Shirts und Badehose sowie einige Kinder, deren Beine mit einer dünnen Sandschicht überzogen waren. Statt des üblichen würzigen und appetitanregenden Geruchs nach Bratkartoffeln und Fisch lag der Geruch von Sonnencreme in der Luft. In den Augen der Wartenden zeigten sich Hunger und Appetit durchaus vermischt mit einer gewissen Gier und Übellaunigkeit. Schlangestehen war aus der Mode – auch an der Ostsee. Rückte einer mal etwas zu weit nach vorn, um vielleicht nur zu sehen, was auf der schwarzen Tafel über der Bar angeschrieben war, wurde er brüsk ans Ende der Schlange gewiesen. Charlotte arbeitete schnell die Bestellungen ab. Doch die sonst übliche Freundlichkeit war aus ihren Gesichtszügen und vor allem aus ihren Augen verschwunden. Rieder betrachtete mitleidig, wie sie versuchte, dem Ansturm Herr zu werden. Immer wieder warf sie einen Blick durch das offene Fenster in das Innere des Restaurants, ob dort alles gut lief, denn die normalen Mittagsgäste mussten ebenfalls versorgt werden, auch wenn sich darum die beiden Kellnerinnen kümmerten.

Rieder winkte seiner Freundin zu. „Kann ich dir helfen?"

Sie schüttelte wortlos den Kopf.

„Ich könnte Getränke abfüllen."

Sie sah ihn skeptisch an. „Vom Zusehen lernt man das aber nicht."

„Aber man wird vom Zusehen auch nicht dümmer."

„Okay. Das darf zwar die Hygiene nicht erfahren, aber du bist ja so gut wie vom Amt." Er kam hinter die Theke. Sie warf ihm ein Handtuch zu, das er sich in seine Hose steckte.

Einige Zeit brauchte er, bis er den richtigen Winkel gefunden hatte, damit im Plastikbecher nicht nur Schaum, sondern auch Bier war. Dabei musste er an Fittkaus Klage über die wachsenden Müllberge auf Hiddensee denken. Bei den alkoholfreien Getränken hatte er keine Probleme. Nur ab und zu raunte ihm Charlotte ins Ohr: „Schön den Eichstrich beachten. Es ist alles mein Geld, was du da an Bergen drüberkippst."

Am frühen Nachmittag ließ der Ansturm nach. Rieder hatte sich, nachdem er nicht mehr gebraucht wurde, an einen Tisch auf der kleinen Terrasse vor dem Restaurant zurückgezogen. Er las in der Ermittlungsakte Schneider, die er sich mitgenommen hatte, um vielleicht doch noch neue Ansatzpunkte zu finden.

Charlotte ließ sich völlig geschafft auf einen Stuhl fallen.

„Musst du nicht mal zurück ins Revier? Damp vereinsamt doch bestimmt."

Rieder sah von seiner Akte auf und erfreute sich daran, dass sie wieder etwas entspannter wirkte und sogar ein kleines Lächeln ihren Mund umspielte. Einige ihrer blonden Strähnen hatten sich aus dem Haargummi gelöst und ließen sich vom Wind sanft über ihre Stirn treiben. Der Blick in den Ausschnitt ihres knapp sitzenden schwarzen Tops erregte ihn und machte erst recht keine Lust ins Revier zurückzufahren. Charlotte war seinen Augen gefolgt.

„Vergiss es. Auch für heute Abend. Ich bin tot."

Rieder grinste.

„Diesen süffisanten Blick kannst du dir auch sparen. Gestern hast du dich nicht mal gemeldet. Dein Fall scheint ja ungemein wichtig zu sein", maulte sie vorwurfsvoll.

Rieder atmete schwer durch. Er versuchte, seine Hand auf ihren Arm zu legen. Doch sie zog ihn weg, verschränkte die Arme und lehnte sich zurück. Ihre Laune war umgeschlagen.

„Und hast du deine Terroristen schon überführt? Oder ist der Pfarrer doch nur einfach von der Klippe gefallen, weil er im Dunkeln besoffen den Weg nicht gefunden hat?"

Ihr Ton war gereizt und verächtlich. Auch Rieder war jetzt genervt. „Da hat Damp wieder schön Stimmung gemacht."

Statt ihm zu antworten, stand Charlotte auf und ging wieder in ihr Restaurant.

„Scheiße!" Rieder schmiss die Akte wütend auf den Tisch. Dabei fiel ein Hotelflyer heraus.

Rieder erreichte gerade noch die Fähre von Neuendorf nach Schaprode. Er schob sein Rad über die Gangway, stellte es zu den übrigen Rädern der Tagesausflügler, die nun wieder nach Rügen zurückwollten, und ging dann in den unteren Salon. Hier war nicht viel los, denn die meisten Passagiere wollten auf dem Sonnendeck die kurze Fahrt über den Bodden genießen. Rieder hatte Glück. Er fand seinen Lieblingsplatz leer, die Bank gleich ganz vorn im Bug des Schiffes. Von dort hatte man nicht nur einen schönen Blick in Fahrtrichtung, man war auch ungestört.

Rieder hatte ein ungutes Gefühl, gegen Bökemüllers Anweisung zu handeln und sich aus den Ermittlungen im Fall Schneider, jedenfalls außerhalb von Hiddensee, herauszuhalten. Bei Damp hatte er sich deshalb auch nicht abgemeldet. Er fürchtete weniger, dass ihn sein Kollege beim Polizeichef anschwärzen würde, sondern eher, dass er sich verquatschen könnte, falls Behm oder Bökemüller im Inselrevier anriefen.

Und dann war da noch Charlotte. Er holte sein Handy heraus und wählte ihre Nummer. Sie ging nicht ran. Er schickte ihr eine SMS, entschuldigte sich für sein plötzliches Verschwinden und versprach, am Abend noch einmal vorbeizukommen, bevor er sich mit Malte Fittkau traf. Dann wählte er die Nummer von Tom Schade, seinem Berliner Expartner.

Anstelle einer Begrüßung fragte Schade gleich: „Und, liegst du am Strand und willst deine armen alten Kollegen am schweren Schicksal eines einsamen Inselpolizisten teilhaben lassen?"

„Was willst du hören?"

„Die Wahrheit, Rieder, die Wahrheit. Ich will leiden, denn ich sitze in einem alten Ford Mondeo irgendwo im Grunewald und genieße nicht nur den Ausblick auf eine teure Villa, in der wahrscheinlich gerade ein paar Kilo Kokain ihren Besitzer wechseln, sondern auch die Sparsamkeit des Berliner Senats. Denn dieses Auto konnte ohne Klimaanlage erworben werden."

„Das tut mir leid."

„Erspar mir dein Mitleid. Du bist durchschaut. Du rufst doch nur an, weil du was willst?"

Rieder berichtete seinem ehemaligen Kollegen kurz den bisherigen Ermittlungsstand zum Tod des Pfarrers.

Schade hakte dazwischen. „Aber ist denn bewiesen, dass dieser Pfarrer umgebracht wurde?"

„Nicht direkt. Es kann sich auch um einen Mordversuch handeln in Verbindung mit einem Unfall an der Steilküste."

„Vielleicht hat er auch selbst in sein Boot geschossen und die Waffe in die Ostsee geworfen", entgegnete Schade. „Ich wäre mir nicht sicher, ob wir hier so viel Enthusiasmus an den Tag legen würden, wenn einer vom Teufelsberg fällt."

„Und das Blut auf dem Boot?"

„Na und? Auch dafür kann es durchaus eine andere Erklärung geben als einen Mordversuch."

Rieder merkte, dass sein Kollege heute auf Krawall gebürstet war. Das hatte er zu ihrer gemeinsamen Berliner Zeit öfters erlebt. Wenn Schade ein Fall nicht passte, spielte er gern den Zweifler. Dann war ihm kaum beizukommen. Trotzdem brauchte Rieder seine Hilfe.

„Du hast doch ganz gute Kontakte zur Stasiunterlagenbehörde. Da gab es doch diese Frau …"

„Du meinst Heidrun … Heidrun … Heidrun Gottschalk … tolle Kurven", geriet Schade ins Schwärmen. „Und für ihr Alter noch gut in Schuss, Bauch, Brüste, Hintern, alles noch straff."

Schade hatte eine Schwäche für etwas reifere Damen. Seine Freundinnen waren oft älter als er.

„Das hört sich so an, als müsste diese Freundschaft erneuert werden", meinte Rieder. „Ich bräuchte ein paar Auskünfte über Jens-Uwe Schneider, Ralf Kelling und Andreas Neuner. Und über einen Stasimann mit Namen Jochen Kamradt."

„Du schreckst auch vor gar nichts zurück", antwortete Schade mit gespielter Empörung, „aber dieses Opfer könnte ich durchaus bringen. Wenn es der Wahrheitsfindung dient. Kannst du mir noch ein paar genauere Informationen mailen? Mit Geburtsdaten, Anschriften vor 1989 und so weiter. Dann geht die Recherche schneller."

Rieder bejahte, dann beendete er das Gespräch. Die Fähre legte gerade in Schaprode an.

Auch jetzt am Nachmittag brannte die Sonne vom Himmel. Rieder fuhr mit seinem Rad auf dem Weg am Bodden in Richtung Wittower Fähre. Vielleicht hatte er sich etwas viel vorgenommen. Vom Wasser her wehte zwar eine leichte Brise, aber sie brachte kaum Kühlung. Rieder spürte, wie ihm der Schweiß über die Stirn und den Rücken lief. Dann hatte er sich auch noch verfahren. Er hatte die Abfahrt vor dem Campingplatz Seehof verpasst, hatte also die gesamte Landzunge umfahren müssen. Kurz vor der Wittower Fähre tauchte sein Ziel auf, die Hotelanlage „Jasmunder Bodden". Die weißen Häuser mit roten Dächern ähnelten in ihrer Architektur den typischen Bauern- und Fischerhäusern auf Rügen, waren aber in ihrem Ausmaß vergleichsweise gigantisch. Sie gruppierten sich um zwei künstliche kleine Seen. Rieder schloss sein Rad vor der „Rezeption" an. Als er eintrat, war er überwältigt von einer riesigen Hotelhalle. Der Raum glich einem Gewölbe. Links und rechts gab es Nischen mit schweren Sesseln, in die sich die Gäste zurückziehen konnten. In der Mitte der Halle standen große Ledersofas. Die Rezeption war fast etwas versteckt. Wahrscheinlich sollte der normale An- und Abreisebetrieb die Ruhe der Hotelgäste nicht stören.

Die Dame am Empfangstresen schaute zunächst etwas streng auf die verschwitzte Gestalt in Polohemd, ausgewaschener Jeans und mit durchnässter Baseballkappe. Erst als Rieder seinen Dienstausweis zeigte, zwang sie sich, die Mundwinkel nach oben zu ziehen.

„Ich würde gern den Geschäftsführer sprechen, Herrn Kamradt!"

„In welcher Angelegenheit?", säuselte die Hotelangestellte.

„Das würde ich gern mit ihm selbst klären."

Nach einem Telefonat wurde Rieder mitgeteilt, dass er Herrn Kamradt in der Bar treffen könne.

Auf dem Weg dorthin begegnete der Polizist keinem Menschen. Entweder waren die Gäste alle unterwegs oder das Hotel war trotz Hochsaison kaum belegt.

Rieder verzog sich noch einmal kurz in die Toilette, um sich etwas frisch zu machen. Er wusch sich das Gesicht ab und klopfte den Staub aus seinen Klamotten.

Im Restaurant war kein Tisch besetzt. Nur an der Bar saßen zwei Personen, aber ihr Lachen erfüllte den ganzen Raum. Die Frau war Mitte fünfzig. Der fast dunkelbraune Teint stand im Kontrast zu gelbblond gefärbten Haaren und war sicher nicht das Ergebnis ausführlicher Sonnenbäder, sondern regelmäßiger Solariumbesuche. Ein weißer Bademantel umspannte ihre üppige Figur, ließ aber trotzdem freizügige Blicke auf einen hervorquellenden Busen in einem BH aus roter Spitze zu. Sie beugte sich ein wenig zu weit zu dem Mann im weißen Sommeranzug hinüber. Er hatte lässig eine Hand in der Tasche, die andere hielt ein Zigarillo und ein Whiskyglas. Er hatte volles silbergraues Haar, das sorgfältig frisiert war. Als er auf die beiden zuging, hörte Rieder, wie die Frau dem Mann anbot, sie doch einmal in ihrer Suite zu besuchen, worauf er einwandte, dass dies sehr verlockend sei, ihrem Gatten aber sicher nicht gefallen würde. Sie lachte kurz auf und bemerkte dann mit inbrünstiger Stimme, dass sie doch keine Kinder mehr seien. Außerdem sei ihr Mann die ganze Zeit auf dem Golfplatz. Daraufhin stießen sie an und tauschten vielsagende Blicke.

Rieder trat an die beiden heran. „Herr Kamradt?"

Der Angesprochene hielt kurz mit dem Schwenken des Glases inne und wandte Rieder dann einen abschätzigen Blick zu.

„Hauptkommissar Rieder, Polizeiinspektion Stralsund." Zum Beweis holte er seinen Dienstausweis hervor.

Kamradt stellte sein Glas ab, nahm den Ausweis und musterte nun den Polizisten von oben bis unten.

„Die Rezeption hat Sie bereits avisiert."

„Können wir irgendwo ungestört reden?"

Kamradt stand von seinem Barhocker auf, hauchte der Dame einen Kuss auf die Wange, beugte sich zu ihrem Ohr und flüsterte, dass er sich später bei ihr melden werde. Dann führte er Rieder zu einem entfernten Tisch im Restaurantbereich.

„Es geht um Ihren Geschäftspartner Ralf Kelling."

Kamradt zog die Stirn zusammen, als müsste er sich besonders konzentrieren.

„Kelling, Kelling ... helfen Sie mir weiter?"

Rieder zog den Hotelflyer aus der Ermittlungsakte. Klein gedruckt stand am Rand: „Gestaltung: Ralf Kelling, Prerow."

„Ach, der Kelling!", rief er scheinbar überrascht aus.

„Ja, der Kelling", antwortete Rieder in ebenso überrascht en Ton, um dann trocken hinzuzufügen: „Können wir uns das Versteckspiel ersparen?"

Kamradt lächelte. „Herr ...?"

„Rieder. Stefan Rieder."

„Genau, Rieder. Also, Herr Rieder, ja, ich kenne Herrn Kelling. Und was wollen Sie von mir?"

„Wissen Sie, wo sich Herr Kelling aufhält? Und vielleicht auch Herr Neuner?"

Kamradt schüttelte den Kopf. „Wieso sollte ich das wissen? Ich denke, Sie sind in Prerow. Wo sonst? Warum wollen Sie das wissen?"

„Wir suchen die beiden im Zusammenhang mit dem Tod des Hiddenseer Inselpfarrers, Jens-Uwe Schneider. Den kennen Sie ja vielleicht auch."

Kamradt kratzte sich am Kinn. „Habe schon davon gehört. Er soll an der Steilküste abgestürzt sein."

„Aber davor wurde noch auf ihn geschossen. Und es ist auch noch nicht klar, ob er abgestürzt ist oder abgestürzt wurde."

„Verstehe ..."

Kamradt versuchte offensichtlich, etwas Zeit zu gewinnen. Er drehte sich um und winkte nach dem Barkeeper, der daraufhin fast im Laufschritt an den Tisch eilte. „Einen Kaffee!" Es klang mehr wie ein Befehl und weniger wie ein Wunsch.

„Was wollen Sie, Herr Rieder?"

„Das Gleiche."

Der Kellner verschwand mit schnellen Schritten.

„Wo sind Kelling und Neuner?", wiederholte Rieder seine Frage.

Schulterzucken. „Keine Ahnung."

Rieder überlegte, wie er Kamradt aus der Reserve locken könnte.

„Sie sind einer der Hauptauftraggeber von Kelling."

„Na und? Ist das schon strafbar?", fragte Kamradt lauernd. „Kelling leistet gute Arbeit. Wir sind damit sehr zufrieden und geben ihm deshalb viele Aufträge. Ich habe keinen Überblick über seine sonstigen Geschäfte und Auftragslage. Das ist mir auch egal."

Der Kellner servierte den Kaffee. Seine Bewegungen wirkten unter dem strengen Blick des Hotelgeschäftsführers fast steif. Seine Anspannung löste sich erst, als ihm Kamradt durch ein kurzes Nicken zu verstehen gab, dass er mit seinen Diensten zufrieden sei.

„Es ist nicht zu übersehen, dass Sie hier auf Qualität setzen", meinte Rieder, nachdem der Kellner wieder an der Bar verschwunden war.

„Gutes Personal ist schwer zu bekommen. Und es braucht eine straffe Führung. Trotzdem weiß ich immer noch nicht, warum Sie zu mir kommen, um zu erfahren, wo sich Herr Kelling und Herr Neuner aufhalten."

„Führung ist ein gutes Stichwort. Waren Sie nicht der Führungsoffizier von Ralf Kelling und von Jens-Uwe Schneider?"

Kamradts Blick erstarrte. Seine Augen fixierten sein Gegenüber. Aber nur für einen Moment. Dann beugte er sich vor, griff nach dem Kännchen mit der Kaffeesahne, goss sich davon reichlich in den Kaffee, rührte gemächlich mit dem Löffel um und nahm einen langen Schluck. Er stellte die Tasse übertrieben sanft wieder auf den Unterteller, sodass kein Klingen des Porzellans zu hören war, und lehnte sich anschließend wieder zurück.

„Da hat aber einer seine Hausaufgaben gemacht", sagte er trocken. „Und ich dachte schon, Sie wären als einstiger Hauptkommissar der Berliner Mordkommission wegen Unfähigkeit nach Hiddensee versetzt worden. Da habe ich mich wohl getäuscht."

Rieder bekam ein mulmiges Gefühl im Magen. Er vertrug sowieso keinen Kaffee, aber kombiniert mit Kamradts Attacke gab es in seinem Innern eine schmerzhafte Rebellion. Auch Kamradt hatte seine Hausaufgaben gemacht und kostete die Wirkung seiner Worte aus. Dabei lächelte er den Polizisten an.

„Auch ich habe meine Kanäle, Herr Rieder. Immerhin sind wir fast Nachbarn, auch wenn zwischen diesem Hotel und Hiddensee ein paar Kilometer Bodden liegen."

Rieder fand seine Fassung nicht so schnell wieder. Dafür plauderte Kamradt weiter. „Sie haben natürlich recht. Sowohl Jens-Uwe Schneider als auch Ralf Kelling wurden von mir nach ihrer Ankunft in der DDR betreut, auch beschützt. Und um Ihnen, Herr Hauptkommissar, die Suche in den Aktenbergen und Papiersäcken der Gauck-Behörde zu erleichtern, rate ich Ihnen, in den Unterlagen der Hauptabteilung römisch XXII, Terrorabwehr des Ministeriums für Staatssicherheit nachzuschlagen oder vielmehr nachschlagen zu lassen, sowohl in der Zentrale in der Berliner Normannenstraße als auch in der Außenstelle der ehemaligen Bezirksdirektion Rostock. In Berlin finden Sie die Originale, in Rostock die Kopien."

Kamradt trank einen Schluck Kaffee, bevor er fortfuhr: „Ich war als Hauptmann der Staatssicherheit für Schneider und Kelling verantwortlich. Sie kamen ja, wie Sie sicher wissen, aus dem Umfeld der RAF damals, waren aber kleine Fische nach unserer Einschätzung. Trotzdem hat es mich immer gewundert, dass in den letzten zwanzig Jahren keiner die beiden enttarnt und ihre Vergangenheit an die große Glocke gehängt hat. Offenbar sind unsere westdeutschen Nachfolger in den ehemaligen Stasiarchiven nicht besonders gründlich beim Aktenstudium."

Rieder versuchte, sich unbeeindruckt zu geben. „Was heißt beschützt?", fragte er.

„Beschützt vor neugierigen Fragen und Fragern. Oder glauben Sie wirklich, dass es nicht einigen auf Hiddensee komisch vorgekommen ist, dass da einer angeblich aus Mittelamerika kommt, wo seine westdeutschen Eltern als christliche Missionare arbeiten, er zwar kaum ein Wort Spanisch kann, sich dann auch noch für eine Tätigkeit als Pfarrer in der DDR entscheidet und schließlich ausgerechnet auf Hiddensee landet? Hiddensee war das perfekte

Exil. Dahin verschlug es nur wenige Westdeutsche. Die Gefahr der Enttarnung war gleich null. Bei Kelling war es leichter mit der Legende. Er war ganz offiziell vom Westen in den Osten übergesiedelt. Aber trotzdem wollten wir vermeiden, dass man zu viel über ihn und seine Taten für die RAF erfuhr. Damit hätten wir leicht die anderen hier untergetauchten Terroristen gefährdet. Und das hätte Erich und Co. wahrscheinlich nicht in ihr schönes Bild von der friedlichen Koexistenz mit der BRD gepasst. Wenn Franz Josef Strauß erfahren hätte, dass wir hier Exterroristen zu guten sozialistischen DDR-Staatsbürgern erziehen, inklusive Parteiabzeichen, Trabbi und Schrebergarten, dann wären die Milliarden harter D-Mark wahrscheinlich nicht mehr so bereitwillig geflossen." Kamradt stockte kurz. „Aber vielleicht hat er es ja auch gewusst und es war ihm recht, dass wir die Jungs und Mädels hier stillgelegt haben."

„Und nun beschützen Sie Kelling und Neuner vor der bösen Polizei?"

Kamradt schüttelte den Kopf. „Lieber Herr Kommissar, ich habe meinen Dienst vor achtzehn Jahren quittiert, die Akten geschlossen und widme mich seitdem der sozialen Marktwirtschaft. Kelling und ich sind Geschäftspartner. Er ist ein wirklich guter Werbegrafiker und Fotograf, preiswert, zuverlässig, einfallsreich, originell. Und daran habe ich mich erinnert, als ich hier als Geschäftsführer angefangen habe."

„Und warum haben Sie vorhin so getan, als ob Sie Kelling nicht kennen?"

Kamradt lächelte. „Reine Vorsicht."

Rieder war von dieser Antwort zwar nicht überzeugt, spürte aber, dass er seinem Gegenüber nichts weiter entlocken würde.

„Hatten Sie auch zu Jens-Uwe Schneider noch Kontakt?"

„Kaum. Wenn ich mal auf Hiddensee war, habe ich ihn manchmal zufällig getroffen. Aber mehr als ‚Guten Tag' und ‚Guten Weg' war nicht. Schneider wollte auch nur ungern an seine Vergangenheit erinnert werden. Das konnte ich verstehen. Aber ..."

„Was aber?"

„Ich glaube, er wäre irgendwann aufgeflogen, nicht nur seine Kritikernummer, sondern auch seine Vergangenheit in der BRD. Das habe ich ihm prophezeit. Und dann gnade ihm Gott. Die ihm gestern noch zugejubelt haben, hätten sich abgewendet und ihn in den Staub getreten. Sind Sie bibelfest? Kennen Sie die Geschichte von Petrus, der Jesus noch bevor der Hahn krähte, dreimal verleugnet hat. Keiner hätte von Schneider noch ein Stück Brot genommen. Untergetauchter Terrorist in der Ostseeidylle plus getöteter Polizist bei einem Banküberfall."

Rieder hatte bei dem Zitat aus der Bibel aufgehorcht. Hatte Kamradt Kelling und Neuner auf die Idee mit den anonymen Briefen gebracht? „Haben Sie Kelling und Neuner über die wirkliche Identität Schneiders aufgeklärt?"

„Gott bewahre ... oh, schon wieder was Heiliges." Kamradt lachte kurz auf, verstummte aber dann. Er kniff die Augen zusammen, als müsste er sich besonders konzentrieren, und rührte intensiv in seiner halb leeren Kaffeetasse.

Rieder triumphierte. Kamradt hatte sich verquatscht. Er versuchte weiterzubohren.

„Was heißt ‚Gott bewahre'? Fürchteten Sie, dass Kelling und Neuner an Schneider für den Verrat Rache nehmen würden?"

Kamradt hatte sich schon wieder gefangen. Er winkte ab. „Alles alte Geschichten."

„Ich glaube, Sie wissen ganz genau, wo sich Kelling und Neuner jetzt aufhalten ..."

Kamradt schüttelte den Kopf. „Tut mir leid, Herr Kommissar. Fehlanzeige. Ich halte auch für niemanden mehr meinen Kopf hin. Mein Programm heißt Jochen Kamradt und noch mal Jochen Kamradt."

„Wo waren Sie eigentlich am Sonntagabend?"

„Brauche ich ein Alibi? Wozu?"

„Das gehört zu einer ordentlichen Ermittlungsarbeit. Das werden Sie doch aus der Vergangenheit noch wissen. Ans Ziel kommt man nur durch die Ausschlussmethode?"

Es entstand eine kleine Pause. Beide Männer schauten sich abschätzend in die Augen.

Kamradt räusperte sich. „Ich war mit meinem Boot auf dem Bodden unterwegs."

„Allein?"

„Der Gentleman genießt und schweigt."

Kamradt stürzte den letzten Tropfen seines Kaffees hinunter und stand auf. Die Audienz war beendet. Er wies mit dem Arm in Richtung Hotelausgang, um den Polizisten zum Aufbruch zu zwingen. Beim Hinausgehen versuchte Rieder noch einmal, Kamradt zu erschüttern.

„Wissen eigentlich Ihre heutigen Chefs von Ihrer früheren Tätigkeit?"

„Finden Sie das nicht etwas plump, mir zu drohen? Aber ich muss Sie enttäuschen. Ich bin genau deshalb hier. Weil die Besitzer jemanden gesucht haben, auf den sie sich absolut verlassen können, der auf Ordnung, Sauberkeit und Sicherheit achtet."

Kamradt öffnete einen der Flügel der Hoteleingangstür. Beim Hinausgehen flüsterte er Rieder noch leise zu, sodass es die Damen an der Rezeption nicht hören konnten: „Und vergessen Sie nicht, Ihre hübsche Freundin vom ‚Strandcafé' in Neuendorf zu grüßen. Hoffentlich bekommt sie keine Schwierigkeiten mit dem Gewerbeamt. Der neue Imbissstand ist doch sicher genehmigt?"

XXIV

Malte Fittkau war sauer. Er hatte den ganzen Abend auf Rieder gewartet. Mehrfach war Fittkau zu dem kleinen reetgedeckten Kapitänshaus seines Nachbarn gegangen, um nachzusehen, ob der Polizist endlich nach Hause gekommen wäre. Aber auf sein Klopfen an der Haustür hatte sich nichts gerührt.

Auch heute Morgen, als Malte Fittkau sieben Uhr zu seinem täglichen morgendlichen Strandspaziergang aufgebrochen war, um nach Treibholz zu suchen, gab es in Rieders Bleibe keine Anzeichen für Leben. Weder in der Küche noch in der großen Stube brannte Licht, auch nicht unterm Dach. Fittkau wusste, dass Rieder wie er ein Frühaufsteher war. Sie hatten sich schon oft in aller Frühe getroffen, wenn Fittkau zum Strand aufgebrochen war. Rieder ging nämlich jeden Morgen, gleich nach dem Aufstehen vor die Tür, um zu beobachten, wie die Sonne blutrot aus den Tiefen der nahen Insel Rügen im Osten aufstieg und dann den Horizont in ein Flammenmeer verwandelte. In die morgendliche Stille Hiddensees mischte sich dann nur das sanfte Zwitschern der Vögel im Schilf und in den Bäumen hinter Rieders Häuschen.

Wahrscheinlich war Rieder bei Charlotte Dobbert in Neuendorf geblieben. Dann hätte er sich wenigstens kurz bei Malte melden können. Sonst war Rieder immer zuverlässig gewesen, hatte Verabredungen und Treffen immer eingehalten. Er war ein Muster an Pünktlichkeit. Aber offensichtlich hatte er die Verabredung mit ihm vergessen und genau das kränkte ihn. Er hatte Rieder etwas Wichtiges mitzuteilen.

Auf seinem Tisch in dem niedrigen Wohnzimmer vor der bequemen Couch lagen ein leerer Karton, mehrere Stapel Briefe und ein Umschlag mit einer silbernen Scheibe. Er nahm den Umschlag in die Hand und drehte ihn hin und her. Das war bestimmt eine CD, aber er konnte sie nicht abspielen, denn in Fittkaus Haushalt gab es keinen CD-Player. Technische Geräte waren in Fittkaus Haushalt Mangelware bis auf Staubsauger und Waschmaschine. Einen Fernseher hatte er sich erst nach der Wende angeschafft. Jetzt ärgerte er sich immer, wenn er so lange vor der Kiste hockte. Gut, im Winter war es eine Abwechslung, aber im Sommer gab es doch eigentlich Besseres zu tun, als sich von den bunten Bildern berieseln zu lassen.

Die letzten beiden Tage war der Fernseher dunkel geblieben. Malte Fittkau hatte sich in die Briefe vertieft, die er in dem Pappkarton aus dem Abfallcontainer auf dem Friedhofsgelände gefischt hatte. Er hatte die Briefe sortiert. Auf der einen Hälfte des Tisches lagen die Briefe von auswärts, sortiert nach den Absendern. Auf der anderen Hälfte lagen die Briefe, deren Schreiber von der Insel kamen, angeordnet nach den Namen in der Grußformel am Ende. Jedes der Bündel hatte er mit einem Einweckgummi zusammengebunden. Nur ein Brief hatte keinen Umschlag und auch keine Unterschrift, doch das Papier verströmte einen wunderbaren Duft.

Alle Briefe waren von Frauen verfasst worden. Alle erzählten von Liebe, Leidenschaft und Sehnsucht, entfacht von Pfarrer Jens-Uwe Schneider. Er hatte offenbar Urlauberinnen, Schriftstellerinnen und nicht zuletzt manche Insulanerin missioniert. Wenn auch nicht zum christlichen Glauben – so hatte er sie doch zunächst zu tiefen Gefühlen bekehrt. Soweit es sich Fittkau aus den gelesenen Zeilen erschließen konnte, musste er ein zärtlicher, liebevoller, geistreicher Liebhaber gewesen sein, wenn auch immer nur auf Zeit. Denn auch wenn es keine Antworten gab, so hatte er aus den Briefen herausgelesen, dass sich der Pfarrer nicht binden wollte, schon gar nicht, bis dass der Tod ihn scheide. Anders die Verfasserinnen. Einige hatten durchaus eine dauerhafte Verbindung mit dem Pfarrer gesucht, hatten mit ihm ihr Leben auf der

Insel verbringen wollen, wenn sie nicht von Hiddensee kamen. Ob sie wirklich wussten, worauf sie sich da einließen, hatte Fittkau überlegt. Weniger wegen des Pfarrers als vielmehr wegen des spröden Insellebens. Wenn die Urlaubssaison vorbei war und die Fähren nach Schaprode und Stralsund nur noch selten verkehrten, wurde es öde auf der Insel. Fittkau kannte nicht wenige Insulaner, die genau deshalb schon lange versuchten, die Insel zu verlassen. Ganz zu schweigen von der Inseljugend. Von denen blieb kaum einer auf Hiddensee.

Ein Bündel verursachte Fittkau besonderes Kopfzerbrechen. Diese vier roten Umschläge mit der schönen sauberen Handschrift ohne Absender, aber mit eindeutigem Namenszug am Briefende hatte er in der kleinen Schublade seines Wohnzimmertisches verschwinden lassen. Er wusste nicht recht, ob er sie auch Rieder übergeben oder der Autorin zurückgeben sollte. Fittkau fürchtete, damit einige Verwirrungen und Verwerfungen zu entfachen.

Das galt allerdings auch für mehrere Bündel von der Hiddensee-Tischhälfte. In der Mehrzahl hatte der Pfarrer seine Inselliebchen zwar unter den ledigen Frauen ausgesucht, wie Fittkau aus den Namen und Inhalten der Briefe herausgelesen hatte. Aber es waren auch einige Damen dabei, die seit Jahren verheiratet oder gebunden waren. Pfarrer Schneider hatte offenbar die Tatsache ausgenutzt, dass ihre Männer und Lebensgefährten als Fischer oder Angestellte des Fährunternehmens viel unterwegs waren und es so genügend Zeit für Schäferstündchen mit den Auserwählten gab. Das könnte gewaltigen Ärger geben, wenn diese Briefe ihr süßes Geheimnis verlieren und die Polizei den Absenderinnen und vor allem den Männern unangenehme Fragen stellen würde. Sollten sie bereits von den Fehltritten ihrer Frauen vor Schneiders Tod erfahren haben, könnten sie schnell auf Rieders und Damps Liste von Verdächtigen landen.

Fittkau war sich deshalb nicht sicher, ob er wirklich die Briefbündel wieder in den Pappkarton tun und der Polizei übergeben sollte. Und so wollte er auch erst mit Rieder reden. Aber der hatte die Verabredung ja einfach vergessen.

Fittkau stand auf und öffnete einen Flügel des kleinen Fensters. Er schaute noch einmal, ob sich nicht doch noch etwas in Rieders Haus regte.

Stattdessen stromerte Fittkaus Kater nach einem ausgiebigen Nachtspaziergang und einigen Rendezvous mit den Katzen von Vitte die Wiese entlang, sprang dann auf das Fensterbrett und mauzte sein Herrchen hungrig an. Fittkau streichelte das glatte graue Fell des Kartäusers und traf dabei eine Entscheidung.

XXV

Rieder war mit der ersten Fähre zurück nach Vitte gekommen. Die Nacht hatte er auf einer der Bänke am Fähranleger in Schaprode verbracht, weil er das letzte Schiff verpasst hatte. Die Alternative wäre ein billiges Hotel- oder Pensionszimmer gewesen, doch in Schaprode war alles ausgebucht. Und das Wassertaxi kam nicht infrage. Es kostete mehr als hundert Euro und das war ihm die Sache nicht wert. Bökemüller hätte das bestimmt nicht als Reisekosten akzeptiert, ganz abgesehen davon, dass er Rieders Eigenmächtigkeit nicht gebilligt hätte. Rieder musste also allein für seinen Fehler büßen. Er hätte wahrscheinlich, wenn auch knapp, die letzte Fähre noch erreicht, wenn er sich nicht am Hotel noch auf die Lauer gelegt hätte, um zu sehen, was Kamradt nach ihrem Gespräch tun würde.

Es hatte nicht lange gedauert, da war Kamradt aus dem Hotel gekommen, in seinen Jeep gestiegen und in hohem Tempo abgefahren, bevor sich Rieder auch nur auf sein Rad schwingen konnte. Trotzdem radelte er so schnell wie möglich bis zur Wittower Fähre, nur um von der Fährbesatzung zu erfahren, dass Kamradt dort nicht vorbeigekommen war und übergesetzt hatte. Wahrscheinlich war er an der Kreuzung vor dem Hotel in Richtung Trent abgebogen.

Rieder gab dann zwar alles, legte immer wieder Sprints auf dem Radweg entlang des Boddenufers ein, doch als er am Campingplatz Seehof vorbeikam, sah er die letzte Fähre in die Fahrrinne nach Neuendorf einbiegen. Pech gehabt.

Dann war Rieder von Parkplatz zu Parkplatz in dem Fährort gepilgert auf der Suche nach Kamradts Jeep. Vielleicht war er ja nach Hiddensee gefahren, weil sich dort möglicherweise Kelling und Neuner in einer stillen Bucht versteckt hielten. Doch er konnte das Fahrzeug nirgendwo entdecken. Danach hielt er bis Ausschankschluss in der Kneipe am Hafen aus. Da sich die Urlauber zeitig in ihre Unterkünfte zurückgezogen hatten, wenn sie überhaupt zum Abendessen ausgegangen waren, schloss der Wirt schon kurz nach zehn.

Die letzte Bemerkung von Kamradt hatte ihn nicht losgelassen. Er rief zweimal Charlotte an und erkundigte sich, ob bei ihr alles in Ordnung sei. Sie wunderte sich über Rieders Besorgnis und machte sich auch ein bisschen lustig. „Was soll hier geklaut werden. Und mich bringen sie doch im Hellen wieder. Oder was ist los?" Er brummte zur Antwort nur leicht in den Hörer. Ihren Streit vom Nachmittag schien sie vergessen zu haben.

Leider konnte sie ihm auch nicht helfen, noch nach Hiddensee zu kommen. Sie selbst besaß kein Boot und sie kannte auch keinen Fischer oder Bootsbesitzer, der für eine Überfahrt weniger genommen hätte als das Wassertaxi. Das war wie bei einem Kartell und es wurde auch auf der Insel genau darauf geachtet, dass sich jeder an die Preise hielt.

Ein ausgiebiger Spaziergang durch Schaprode verkürzte Rieder die Zeit bis zur ersten Fähre nur wenig. Siedend heiß fiel ihm dabei ein, dass er sich eigentlich für den Abend mit Fittkau verabredet hatte. Er hatte ein ziemlich schlechtes Gewissen. Zu so später Stunde wollte er auch nicht mehr anrufen, denn wer so früh wie Malte aufstand, der ging auch nicht spät ins Bett.

Kurz nach eins bettete Rieder sich mit seiner Jacke als Kopfkissen dann auf eine der Bänke an dem kleinen Schaltergebäude des Fährunternehmens und stellte fest, dass die Spätsommernächte schon ganz schön kalt wurden.Über den Bodden und den kleinen Hafenort hatte sich absolute Ruhe gelegt. Nur der Glockenschlag der Kirchturmuhr von Schaprode zerriss alle Viertelstunde die Stille und weckte Rieder immer wieder.

Der Kapitän der „Vitte" staunte nicht schlecht, als er Rieder verfroren entdeckte. „Schiff verpasst?"

Rieder nickte.

„Dann kommen Sie mal an Bord. Da gibt's heißen Kaffee. Wenn Sie möchten, können Sie sich auch unten in der Mannschaftsdusche frisch machen."

Unter dem heißen Wasserstrahl kehrten Rieders Lebensgeister langsam zurück. Danach stand er während der Fahrt nach Vitte neben dem Kapitän auf der Brücke, trank Kaffee und genoss, wie das Schiff fast lautlos über die spiegelglatte Wasseroberfläche dahinglitt. Beide schwiegen die meiste Zeit. Nur kurz vor dem Anlegen in Vitte bemerkte der Kapitän: „Wenn Sie länger auf Hiddensee bleiben wollen, sollten Sie sich ein Boot zulegen. Mit dem Fährverkehr wird's nicht besser."

Rieder dachte dann auch wirklich das erste Mal darüber nach, sich ein Boot zu kaufen.

„Was kostet so ein Boot, sagen wir mit einer kleinen Kajüte?"

„Schwer zu sagen", hatte der Kapitän geantwortet, „aber ich kann mich mal umhören." Dann war er wieder in tiefes Schweigen verfallen.

Auf dem Weg ins Revier kaufte Rieder sich beim Bäcker noch ein paar belegte Brötchen. Auf den letzten Metern vor dem Rathaus kehrte sein Ärger zurück, dass er in dem Fall nicht weiterkam. Er überlegte kurz, einmal mit dem Rad bis Kloster und zurückzufahren, um sich den Frust von der Seele zu strampeln, doch da kam auch Damp gerade mit dem Streifenwagen angefahren. Er hatte heute, am Sonnabend, Bereitschaft. Während der Hochsaison zwischen Juni und September war auch immer einer der Inselpolizisten am Wochenende im Revier oder lief Streife über die Insel.

„Wo sind Sie denn gestern abgeblieben?", fragte er Rieder, der aber nur abwinkte.

„Ihr Busenfreund Fittkau hat zweimal bei mir angerufen, ob ich wüsste, wo Sie sind."

Schweigend schalteten sie ihre Computer ein. Rieder wusste nicht recht, ob er Damp von seinem Ausflug nach Wittow erzählen sollte. Er unterließ es fürs Erste. Sein Kollege holte aus der Brusttasche seiner Uniformjacke den Block mit den Formularen für Ordnungswidrigkeiten und Bußgeldbescheide. Dann rieb er sich die Hände. „Das hat sich wieder gelohnt", rief er erfreut und begann heftig seine Tastatur zu bearbeiten. Rieder blickte nur kurz auf. Er sah den Abstand zwischen den Kopien der ausgestellten Bescheide und der Klammer, die Damp immer auf das nächste leere Formular steckte. Wahrscheinlich war er gestern Abend wieder in Sachen Fahrradsicherheit auf Tour gewesen und wahrscheinlich würde sich heute Morgen sehr oft die Reviertür öffnen, wenn einige der nachlässigen Radfahrer Damp die wiederhergestellte Verkehrssicherheit ihrer Räder vorführen mussten. In diesem Moment klopfte es schon das erste Mal.

„Herein", rief Damp fast überschwänglich und erfüllt von Vorfreude auf den ersten Delinquenten. Doch sein Gesicht verfinsterte sich sofort, als er sah, wer da mit seinen Gummistiefeln ins Zimmer schlurfte. Malte Fittkau warf ein kurzes „Gauden Tach" in den Raum und ließ dann einen Karton auf die Tischplatte fallen.

„Hab ich gefunden?", antwortete er auf die fragenden Blicke der beiden Polizisten. „In Kloster, auf dem Friedhof", setzte er nach einer kurzen Pause hinzu.

Rieder und Damp waren aufgestanden und starrten nun auf den Karton. Fittkau nahm den Deckel ab und fing dann an, die verschiedenen Briefbündel auf den Tisch zu stapeln. „Die hier sind alle von der Insel, die von auswärts."

„Wie? Was?", fragte Rieder verstört.

„Alles Briefe an den Pfarrer. Von irgendwelchen Kirschen."

„Und wo hast du die gefunden?"

„Na, in dem Müllcontainer auf dem Friedhof … Ich habe da Holz geholt. Die alten Bretter vom Kirchendach. Und da lag es drin."

Die Polizisten nahmen einzelne Bündel und sahen sie sich an.

„Hast du die alle gelesen?"

„Klar. Sind auch alle sortiert." Fittkau nahm einen Briefstapel von Rieders Schreibtisch und zeigte auf eine Bleistiftnotiz auf dem obersten Umschlag. „Auf den ersten steht, wer geschrieben hat. Besonders die Damen von der Insel sind interessant." Fittkau machte eine kurze Pause, zog die Augenbrauen nach oben und senkte dann verschwörerisch die Stimme. „Ist Sprengstoff!"

Rieder ließ sich in seinen Stuhl fallen. Ihm schwante, was jetzt auf das kleine Inselrevier zurollte. Jede der Absenderinnen und falls sie gebunden war, ihre Männer oder Lebensgefährten kamen als mögliche Täter infrage. Das war Sprengstoff!

Er nahm den einzigen einzelnen Brief und wedelte damit in der Luft herum. Damp nahm einen Duft war, der ihm in den letzten Tagen schon öfters um die Nase geweht hatte. Er spürte einen Stich in der Herzgegend. Sollten die Tränen von Birgit Thurow nicht nur aus Trauer um den Pfarrer, sondern auch aus Liebe geflossen sein?

„Hier steht aber kein Name drauf", erklärte Rieder, wedelte weiter mit dem Brief und warf ihn dann Damp zu. Fittkau zuckte mit den Schultern. „Ist aber der Einzige!", erklärte er beleidigt.

Bei Damp kämpften unterdessen Polizistenloyalität und Verliebtheit miteinander. Er fragte sich, wie er diesen Brief verschwinden lassen könnte, ohne dass Rieder und Fittkau es merken würden.

Fittkau war noch nicht am Ende seiner Vorstellung. Vom Boden des Kartons hatte er die durchsichtige Plastikhülle mit der silbernen Scheibe hervorgeholt und hielt sie nun triumphierend hoch.

„Das war da auch noch drin. Ist wahrscheinlich so 'ne CD, aber ich habe nicht so ein Ding zum Abspielen."

Rieder nahm die CD, drehte sie hin und her. Das war vielleicht gar keine Musik-CD? Ohne Rücksicht auf mögliche Spuren auf dem Umschlag oder der CD zog er sie heraus und schob sie dann in das Laufwerk seines Computers. Während nun Rieder und sein Nachbar gespannt auf den Bildschirm starrten, um zu sehen, was sich tun würde, ließ Damp den duftenden Brief in seine Hosentasche verschwinden.

Die CD wurde auf Rieders Bildschirm angezeigt. Rieder klickte das Symbol an und ein weiteres Unterfenster öffnete sich. Es zeigte, dass sich eine Textdatei auf dem Datenträger befand.

Rieder klickte sie an. Nun wurde das Deckblatt eines Manuskripts von mehreren Hundert Seiten sichtbar, Titel: „Exil auf Hiddensee", Autor: Jens-Uwe Schneider. Rieder zog die Augenbrauen nach oben.

Offenbar hatte Schneider seine Autobiografie geschrieben. Der Polizist fuhr mit der Maus nach unten. Die einzelnen Seiten glitten vorbei. Der Text wurde immer mal von Überschriften unterbrochen: „Verrat in Hameln", „Flucht in die DDR", „Ankunft im Exil", „Der Himmel ist weit, der Horizont fern, die Insel klein", „Große Namen, kleine Geister – deutsche Literatur am Abgrund", „Spuren der Vergangenheit".

Plötzlich klopfte es. Alle drei Männer erschraken. Rieder versuchte hektisch, die Datei zu schließen. „Herein", rief Damp. Dann blickten alle drei gespannt zur Tür. Vorsichtig wurde die Klinke heruntergedrückt und ein runder Kopf mit Halbglatze spähte durch den Spalt.

„Krüger mein Name, Dr. Krüger. Ich wollte zu Herrn Rieder."

Die Männer entspannten sich. „Ah, der Pathologe aus Greifswald. Kommen Sie nur herein", rief Rieder.

Hinter dem Kopf schob sich nun eine kleine, etwas dickliche Gestalt in den Raum. Rieder wunderte sich, dass der Mann, der am Telefon keine Zote ausließ, offenbar unter einer großen Schüchternheit litt. Krüger schüttelte allen dreien heftig die Hand, murmelte dabei immer: „Dr. Krüger, angenehm, Rechtsmedizin Uni Greifswald."

„Ich hoffe, ich habe Sie nicht gestört", stammelte Krüger leise, „aber ich glaube, wir waren verabredet. Nicht wahr?"

„Ja, genau, wir wollten uns den Ort ansehen, wo wir den Toten gefunden haben", bestätigte Rieder.

Nun huschte ein Lächeln über das Gesicht des Rechtsmediziners.

„Wir können auch gleich los, wir müssen nur noch schnell etwas klären."

„Vielleicht kann ich in dieser Zeit meine Tasche schon in mein Quartier bringen?"

„Das können Sie sich sparen", meldete sich Fittkau. „Lassen Sie die Tasche stehen. Ich nehm' sie gleich mit. Sie wohnen bei mir unterm Dach."

Rieder konnte mit Mühe und Not Damp den Schlüssel für den Polizeiwagen aus dem Kreuz leiern und fuhr mit Krüger zum Enddorn. Dort parkte er das Auto und ging mit dem Pathologen zum Strand, um ihm zu zeigen, wo das Schiff des Pfarrers aufgelaufen war. Dann machten sie sich über den schmalen Pfad am Rand der Steilküste auf den Weg ins Hochland.

„Das passt haargenau", hörte Rieder hinter sich die Stimme des Rechtsmediziners. Er drehte sich um. Krüger strich mit der Hand über die Blätter eines Busches. „Hier ist er lang gekommen. Spuren dieser Pflanzen habe ich an der Kleidung des Toten entdeckt."

„Kennen Sie sich denn so gut mit Pflanzen aus? Mir würde es schon schwerfallen, die Namen der Pflanzen zu nennen. Ginster, Sanddorn erkenne ich noch, aber …"

„Habe ich alles mal in der Schule gelernt und heute hilft es mir oft, wenn ich jemanden auf den Tisch bekomme, um den Todesort genauer zu bestimmen." Er kramte ein Taschentuch hervor, wischte sich über die schweißnasse Stirn. „Ich wusste gar nicht, dass es hier auf Hiddensee solche hohen Berge gibt", stöhnte er. „Damit ist auch klar, die hohen Adrenalinwerte im Blut des Herrn Pfarrer sind hier beim Aufstieg entstanden. Ist es noch weit?"

Rieder zeigte auf eine kleine Bergspitze, die etwas ins Meer hineinragte. „Dort oben ist es."

„Dann mal weiter."

Oben angekommen kletterten sie über die Absperrung an der Steilküste und traten an die Abbruchkante.

„Mensch, ist das hoch", staunte Krüger, als er in die Tiefe schaute. Unten schlug das Meer an das Steilufer. Heute war anlandiger Wind. „Das Meer nagt hier ganz schön an der Insel, wenn ich die ganzen Abbrüche sehe."

Rieder nickte. Er holte einige Fotos aus seiner Jacke. Sie zeigten den toten Pfarrer, wie er auf der kleinen Klippe unterhalb vom Toten Kerl lag. Krüger nahm die Fotos, hielt sie in die Luft, um sie mit der Realität zu überprüfen. Dann lief er am Steilufer auf und ab. Rieder hielt den Atem an, als er den Pathologen an der Abbruchkante balancieren sah. Ihm war es unheimlich, so nah an den Abgrund zu gehen. Er hatte Angst, dass der brüchige Fels nachgeben und ihn in die Tiefe reißen könnte. Krüger aber schien sich der Gefahr gar nicht bewusst zu sein.

Als sich der Pathologe hinkniete und über den Abgrund beugte, eilte Rieder hin und hielt ihn fest.

„Keine Panik, Herr Rieder. Ich weiß, was ich tue."

Dann stand er auf und ging zu der Stelle am Steilufer zurück, wo sie über die Absperrung gestiegen waren.

„Hier ist es passiert", erklärte Krüger entschlossen. „Hier wurde der Pfarrer in die Tiefe gestürzt. Passen Sie auf!"

Krüger stellte sich an die Kante des Felsens und zeigte nach unten. „Wenn er einfach abgestürzt wäre, hätte er wahrscheinlich eine Überlebenschance gehabt. Er wäre hier an der Steilküste in die Tiefe geschlittert, hätte sich die Knochen an den harten Felsen gebrochen. Egal, ob er rückwärts oder vorwärts in die Tiefe gefallen wäre. Aber bis zu der kleinen Klippe schafft man es nur mit einem Sprung vorwärts oder …", Krüger drehte sich mit dem Rücken zur Küste, „das Opfer steht so und sieht seinen Verfolger kommen. Der stößt den Pfarrer mit Wucht vor die Brust, sodass er …", Krüger riss die Arme nach oben und beugte seinen Körper so weit nach hinten, dass Rieder erneut aufschreckte, „bis zu der Klippe fliegt und dort rücklings aufschlägt und sich dabei das Genick bricht. Fazit: Es war Mord."

XXVI

Vorsichtig holte Damp den Brief aus seiner Hosentasche. Er hielt das zusammengefaltete Blatt an die Nase und sog tief den Duft ein, der ihm entströmte. Dann legte er es auf den Schreibtisch. Damp traute sich nicht, den Brief zu lesen. Er fürchtete eine Enttäuschung, denn Malte Fittkau hatte berichtet, dass es sich bei seinem Fund ausnahmslos um Liebesbriefe handelte. Unverschämt! Was hatte sich dieser Kerl herausgenommen, einfach in diesen Briefen herumzulesen, statt sie sofort als Beweismaterial bei der Polizei abzuliefern. Damp konnte sich das genüssliche Grinsen von Fittkau bildlich vorstellen, wie er Zeile für Zeile verschlungen hatte. Und auch diesen Brief hatte er sicher mit seinen Augen entweiht.

Damp hatte das Blatt so vor sich hingelegt, dass er nur das Ende lesen konnte. Und dieses Ende machte ihm auch wieder Hoffnung. „Mein Platz ist auf dieser Insel, bei meinem Mann. Auch wenn ich durch Sie und unsere langen Gespräche etwas wiedergefunden habe, was ich in den letzten Jahren hier auf Hiddensee vergessen glaubte. Trotzdem. Es muss alles so bleiben, wie es ist." Kein Gruß. Kein Name. Sie hatte dem Pfarrer widerstanden, war Damp überzeugt. Dafür sprach auch, dass es nur diesen einen Brief gab und er schon vor über einem Jahr geschrieben worden war, während andere Damen von der Insel mit ganzen Briefserien vertreten waren. Da konnte kein Verrat im Spiel sein.

Damp nahm den Brief, faltete ihn noch einmal vorsichtig zusammen, sodass er nun in seine Brusttasche passte. Zu dumm, dass er Rieder den Wagen gelassen hatte. Das Dienstfahrrad kam für den Weg nach Kloster nicht infrage, denn er wollte eine gute

Figur machen. So würde er gleich eine Strandpatrouille machen und am Meer nach Kloster spazieren.

So langsam füllte sich der Strand mit Badelustigen. Heute war es zwar sehr windig, aber die Sonne schien und lud zum Strandtag ein. Lautes, übermütiges Kindergeschrei war aus den Wellen zu hören.

Damp ging oberhalb des Strandes auf dem Deichweg. Von da hatte er eine bessere Übersicht. Missmutig schaute er auf die Fahrräder, die nicht ordnungsgemäß an den vorhandenen Fahrradständern angeschlossen waren, sondern am Rande der Gassen zum Strand und an den Heckenrosenbüschen lehnten. Es war müßig, nach den Übeltätern zu suchen, aber er notierte sich die Namen der Fahrradverleiher. Mit denen würde er ein Wörtchen reden müssen, damit sie zukünftig ihre Kunden besser mit den Regeln auf der Insel vertraut machten. Am Harten Ort bog der Deichweg auf den Hauptweg nach Kloster ab. Damp blieb kurz stehen und beobachtete das Treiben auf der Inselstraße. Pferdekutschen, Fahrradfahrer und Fußgänger drängelten sich auf dem Fahrweg. Damps Blick blieb an einer ganzen Reihe von zertretenen Pferdeäpfeln hängen. Offensichtlich war der Pferdewart, obwohl es nun schon bald Mittag war, hier noch nicht mit seiner Karre, Besen und Schaufel vorbeigekommen, um die Exkremente der Tiere zu beseitigen. Das sollte eigentlich spätestens bis zehn Uhr geschehen. Gut hundert Meter in Richtung Vitte, am Nationalparkhaus, entdeckte er ihn schließlich. Damp straffte sich und marschierte im gemächlichen Schritt, aber ganz in der Haltung der staatlichen Autorität auf den Mann zu, der mit langsamen Bewegungen mit einem Besen ein paar Pferdeäpfel auf die Schaufel schob.

„Na, da sind wir wohl mal wieder zu spät aus den Federn gekommen."

Der Angesprochene knallte die Schaufel auf den Rand des kleinen Handwagens, dass es schepperte.

„Du kannst mich mal", brummte er.

„Tiedt, du weißt genau, dass die Straße zwischen Vitte und Kloster bis zehn Uhr sauber sein muss. Dazu haben sich die Kutscher verpflichtet. Und jetzt ist es …", Damp schaute auf seine Armbanduhr, „10.52 Uhr."

„Na und. Pferde scheißen auch nach zehn. Und außerdem – Herr Tiedt." Detlef Tiedt trug eine alte fleckige Jeans, deren Hosenbeine in schmutzigen Gummistiefeln steckten, dazu ein ausgewaschenes Fischerhemd mit einer schwarzen Lederweste. Er ließ Damp einfach stehen und ging weiter zum nächsten Haufen. Ihn schienen Damps Vorhaltungen nicht zu beeindrucken.

„Ich werde das dem Bürgermeister melden müssen."

„Dann mach mal. Dann muss ich den Schiet wenigstens nicht mehr machen."

Damp schnaufte. Wieder knallte die Schaufel in den Wagen.

„Und? Da bleibt die Scheiße liegen, weil sich kein anderer findet, der für einen Euro die Stunde den Dreck wegmacht."

Da hatte der Mann allerdings recht, musste Damp im Stillen einräumen. Es hatte ewig gedauert, bis die Arbeitsagentur jemanden auf der Insel für den Job des Pferdewarts gefunden hatte. Mehr oder weniger hatte man Detlef Tiedt zu diesem Ein-Euro-Job gezwungen, weil man ihm gedroht hatte, sonst seine Hartz-IV-Bezüge zu kürzen. Wenn Damp ihn jetzt anschwärzte und Tiedt dann gefeuert werden würde, blieben die Pferdeäpfel weiter auf der Straße liegen, auch wenn die Kutscher sich eigentlich verpflichtet hatten, die Pferderückstände zu beseitigen. Das würde neuen Ärger bedeuten, auch für Damp. Aber aus Erfahrung wusste Damp, dass es nicht das Klügste war, sich mit den Kutschunternehmen auf der Insel anzulegen. So machte Damp kehrt und ging weiter in Richtung Kloster. Er hatte Wichtigeres zu tun.

Damp klopfte vorsichtig an die Tür des Küsterhauses am Torbogen in Kloster. Als er keine Antwort bekam, trat er ein. Links führte die Tür in die Ausstellungsräume. Hämmern schallte ihm entgegen. Zwei Männer waren damit beschäftigt, Fotografien an den Wänden aufzuhängen. Pfarrer Schneider hatte in den letzten Jahren das Erdgeschoss des Küsterhauses zu einem Ausstellungsraum umbauen lassen. Vor allem Künstler von der Insel konnten sich dort mit ihren Arbeiten präsentieren, aber auch Fotografen,

Maler und Bildhauer von auswärts, die Hiddensee zu ihrem Thema gemacht hatten. Der Polizist grüßte kurz. Neugierige Blicke folgten ihm, als er vorsichtig die Tür öffnete, die zu dem kleinen Abstellraum im hinteren Teil des Hauses führte. Dort befand sich nun das provisorische Gemeindebüro, solange die Räume im Pfarrhaus noch von der Polizei gesperrt und versiegelt waren.

Birgit Thurow schaute überrascht auf.

„Hallo, Herr Damp", grüßte sie ihn freundlich. Damp nickte nur. Er nahm seine Mütze ab und lächelte die Frau an, aber sagen konnte er nichts. Damp wusste nicht, wie er die Angelegenheit mit dem Brief ansprechen sollte.

„Was kann ich für Sie tun? Gibt es was Neues?"

„Nein, das nicht."

Damp drehte sich um und schaute vorsichtig durch die Tür nach den beiden Männern. Das Hämmern hatte aufgehört. Sie waren zwar nicht zu sehen, aber er fürchtete ungebetene Ohrenzeugen.

„Aber es ist etwas aufgetaucht, dass ich Ihnen, äh ..." Damp legte die Mütze auf den Schreibtisch und nestelte an der Brusttasche seiner Uniformbluse.

Birgit Thurow stand auf. Ihr Anblick ließ Damp kurz einhalten. Sie trug heute ein schmales, eng anliegendes schwarzes Kleid mit einem schlitzartig geschnittenen Ausschnitt, der einen, aus Damps Sicht, aufregenden Blick auf ihren Busen zuließ. Am Kragen blitzte eine goldene Brosche.

Endlich bekam er den Knopf an seiner Brusttasche auf und zog den Brief heraus. Damp war so konzentriert, dass er nicht bemerkte, wie sich die Augen der Küsterin geweitet hatten, als sie den Brief erblickte.

„Was haben Sie da?", fragte sie mit leiser, erschreckter Stimme.

Damp drehte sich noch einmal um.

„Vielleicht sollten wir das nicht hier besprechen." Dabei machte er eine Kopfbewegung in Richtung Tür.

„Da haben Sie vielleicht recht. Wie wäre es, wenn wir einen Kaffee trinken im ‚Hitthim'?"

Der Polizist begleitete Birgit Thurow nicht ohne Stolz in Körperhaltung und Gesichtsausdruck auf dem kurzen Weg vom Küsterhaus über den Deich zum Hotel „Hitthim". Mancher Hiddenseer, der gerade am Hafen in Kloster zu tun hatte oder unterwegs war, nahm dieses ungewöhnliche und für sie überraschende Paar – sie in ihrem kurzen eleganten Kleid, Damp in seiner ungebügelten Uniform – mit einem gewissen Staunen im Blick wahr. „Der Damp", dachten sie, „sieh mal an …", aber auch: „Hat die Thurow was mit dem Tod vom Pfarrer zu tun?"

Das Hotel „Hitthim" war in Kloster das erste Haus am Platze. Es lag direkt am Hafen. Im Sommer gab es vor dem Haus einen Biergarten, von dem man sehr gut das Ankommen und Ablegen der Schiffe sowie das Treiben an der kleinen Kaianlage beobachten konnte.

Jetzt, gegen Mittag, saßen vor allem ältere Herrschaften auf den Korbstühlen und unter den breiten Sonnenschirmen. Tagestouristen, die nicht mehr so gut zu Fuß waren, um nach einer ausgiebigen Inselrundfahrt mit einer Pferdekutsche noch den Aufstieg zum Leuchtturm zu wagen. Über den Tischen hing der Duft von gebratenem Fisch. Die Kellnerinnen trugen große Portionen Dorsch, Hering und Seelachs vorbei. Ringsum wurde in allen Dialekten geplaudert, von Platt bis Bairisch, von Sächsisch bis Schwäbisch.

Damp und die Küsterin fanden einen Zweiertisch auf dem kleinen Rasenstück vor der großen Terrasse. Weltmännisch winkte er eine der Kellnerinnen heran und erlebte sofort eine Enttäuschung.

„Kaffee? Jetzt ist Mittagszeit", blaffte die junge Frau. „Sie können nur essen. Kaffeegedeck gibt es erst wieder ab 14 Uhr."

Damp war schon nah dran, die Frau zurechtzuweisen, aber er fing sich noch rechtzeitig.

„Dann bringen Sie uns doch bitte die Karte." Und an Birgit Thurow gewandt: „Sie möchten doch vielleicht auch einen Happen essen?"

„Ja, warum eigentlich nicht."

Nachdem sie bestellt hatten, sie einen Salat mit Sanddorndressing, er eine gebratene Schweinshaxe, hingen sie eine Zeit lang ihren Gedanken nach und schauten in Richtung Hafen. Damp versuchte einen klugen Einstieg ins Gespräch zu finden, doch Birgit Thurow kam ihm zuvor.

„Was war das vorhin mit dem Brief?"

„Ach ja." Erneut holte er den Brief aus seiner Uniformtasche. Er zeigte jetzt schon deutliche Spuren von seinen schweißnassen Fingern, und wieder fixierte sie das Papier mit starrem Blick. Unbemerkt von Damp verkrampften sich ihre Finger um die Lehnen des Gartenstuhls.

„Das haben wir gefunden." Damp senkte seine Stimme, sodass sie sich etwas vorbeugen musste, um ihn zu verstehen. „Also besser gesagt, ein Hiddenseer hat einen Karton mit ziemlich vielen Briefen gefunden. Darunter auch diesen."

„Wer?", unterbrach sie ihn mit unsicherer Stimme.

„Das tut nichts zur Sache." Dabei schaute sich Damp um, ob nicht irgendwo Rieder oder Fittkau zu sehen waren. „Und ich dachte", setzte er fort, „es wäre vielleicht besser, wenn dieser Brief hier", er hielt ihn ihr genau vors Gesicht, „nicht in die falschen Hände käme."

Birgit Thurow wollte schon nach dem Brief greifen, aber Damp hielt ihn weiter fest und machte auch noch keine Anstalten, ihn zu übergeben. Denn kurzzeitig überkamen ihn erneut Zweifel. Er schwankte plötzlich wieder zwischen seinem Pflichtbewusstsein als Polizist und seiner Sympathie für die Küsterin. Dann atmete er schwer aus und schob seine Skrupel beiseite.

„Wissen Sie, der Rieder ist kein schlechter Polizist, aber er könnte diesen Brief vielleicht falsch verstehen und", Damp zwinkerte der Frau mit einem Auge zu, „wir haben doch alle mal eine schwache Stunde."

Nach dieser Vorrede übergab er den Brief Birgit Thurow. Sie schaute gar nicht weiter auf das gefaltete Papier, sondern verstaute es hektisch in ihrer kleinen Handtasche. Dann verharrte sie kurz, bevor sie den Polizisten anschaute: „Herr Damp, ich weiß das wirklich sehr zu schätzen. Ich bin Ihnen sehr dankbar. Sie müssen wissen, mein Mann …" Da legte Damp ihr seine schweißnasse Hand auf den Arm und nickte verständnisvoll. Sie ertrug es schweigend. Die Kellnerin mit dem bestellten Essen erlöste sie aus der Situation. Still aßen sie. Während der Polizist heftig überlegte, welches Gesprächsthema er anschneiden sollte, fragte ihn die Frau plötzlich: „Hat denn der Mann, der diese Briefe gefunden hat, auch diesen Brief gelesen?"

Damp zuckte mit den Schultern. „Ich nehme es an. Aber er kennt die Absenderin nicht."

„Und Sie?"

„Ich bitte Sie. Dazu bin ich viel zu diskret. Also nur die Schlusszeilen. Und die sind ja nun gerade unverfänglich."

Da fiel Damp etwas ein und er war erstaunt über seine plötzlich aufkeimende kriminalistische Ader. „Können Sie sich erklären, wie der Karton in den Container geraten sein könnte?"

Birgit Thurow überlegte. „Pfarrer Schneider hat in den Tagen vor der Preisverleihung sein Büro aufgeräumt und auch viele Sachen weggeworfen. Vielleicht war da der Karton dabei."

XXVII

Rieder versuchte, seinen alten Computer wieder flottzumachen. Das schwarze Laptop hatte nicht nur gut zehn Jahre auf dem Buckel, sondern war vor geraumer Zeit bei einem Wasserrohrbruch in der Wohnung über seiner Berliner Bleibe auch schon mal kräftig durchgespült worden. Das Gerät funktionierte zwar wieder, nachdem er es lange getrocknet hatte, allerdings mit ein paar Macken. Besonders das CD-Laufwerk gehorchte den Tasten- und Mausbefehlen eher nach Lust und Laune.

Zu spät war ihm eingefallen, dass im Streifenwagen ein moderner Laptop vorhanden war mit eingebautem DVD-Laufwerk und einem mobilen Internetzugang. Doch Damp war da schon mit dem Dienstfahrzeug auf dem Heimweg gewesen und Rieder hatte keine Lust gehabt, ihn zurückzurufen. Er wollte ihm aber auch nicht nach Neuendorf hinterherfahren. Irgendwie hatte er das Gefühl, Damp wollte nicht, dass Rieder in seine Privatsphäre eindrang. Jedenfalls hatte Damp Rieder noch nie angeboten, ihn mal zu besuchen. Wenn sie nach Feierabend zusammen nach Neuendorf gefahren waren, weil Rieder seine Freundin Charlotte Dobbert besuchen wollte, setzte er ihn immer an der Bushaltestelle kurz nach dem Schabernack in Neuendorf ab und verschwand dann zwischen den Häusern des südlichen Inseldorfes. Ab und an hatte Rieder auf seinen Touren durch Neuendorf den Polizeiwagen zwar nahe dem neuen Fischereimuseum zwischen den schilfgedeckten Katen stehen sehen, ohne jedoch zu erkennen, in welchem Haus Damp wohnte. Aber er wollte bei dem schönen Wetter auch nicht im Büro bleiben, um das gefundene Manuskript des Pfarrers an seinem Computer zu lesen. Und es auszudrucken klappte irgendwie nicht.

Nun saß Rieder in seinem Garten an dem runden Holztisch. Eine Verlängerungsschnur hing aus dem Fenster und war mit dem Netzteil seines Laptops verbunden, denn seit der Wässerung des Gerätes war der Akku tot und selbiges nur noch durch direkte Stromzufuhr zum Leben zu erwecken. Er legte die CD ein, hörte, wie das Laufwerk anfing zu rotieren, und blickte erwartungsvoll auf den Bildschirm. Schon einige Dutzend Male war das Geräusch in dem CD-Laufwerk wieder mit einem kurzen Pfeifen verstummt. Rieder hatte bereits verschiedene Tricks ausprobiert: Computer runterfahren und neu starten. CD auswerfen und wieder einschieben, statt automatisch das Laufwerk manuell zu starten. Doch es tat sich nichts. Erneut schaltete er den Computer aus. Vielleicht half eine kleine Pause. Er nahm sich vor, wenigstens zehn Minuten das Gerät nicht einzuschalten.

Rieder ging ins Haus und holte sich ein Schwarzbier. Als er sich wieder in den Gartenstuhl gesetzt hatte, blickte er gereizt auf den Laptop. Grund dafür war aber nicht nur das widerspenstige Gerät, sondern auch die Reaktion Bökemüllers auf Rieders Nachricht, dass der Pfarrer ermordet worden war. Er hatte nicht besonders überrascht reagiert, war vielmehr ungehalten gewesen, dass Rieder extra den Pathologen aus Greifswald hatte kommen lassen, obwohl er das mit seinem Chef abgesprochen hatte.

„Musste das sein?"

Bei Rieder erhärtete sich der Verdacht, dass Bökemüller eine ungeklärte Todesursache lieber gewesen wäre, um den Fall dann endgültig zu den Akten zu legen.

„Behm haben Sie sicher auch schon mit der guten Nachricht beglückt." Bökemüller seufzte. „Das wird uns viel Ärger einhandeln. Und ich muss dann hier wieder Troubleshooter spielen. Wir haben nicht genügend Kräfte für eine eigene Taskforce. Wir sollten so bald als möglich hier noch mal ein Brainstorming veranstalten über die weitere Vorgehensweise."

Rieder beichtete ihm dann auch noch seinen Besuch bei dem ehemaligen Stasimann Kamradt und berichtete von der entdeckten Kiste mit den Briefen und der CD. Bökemüller reagierte gnädiger als erwartet. Vielleicht hatte er vergessen, dass er Rieder verboten hatte, außerhalb von Hiddensee zu ermitteln. Bökemüller meinte nur: „Das könnte vielleicht ein paar neue Ansatzpunkte bringen. Hat sich denn dieser Veit noch mal bei Ihnen gemeldet?"

Rieder verneinte, wunderte sich aber im selben Moment auch, warum er von dem BKA-Mann nichts mehr gehört hatte. Veit war wie vom Erdboden verschwunden, eigentlich ganz gegen seine Art.

„Na, ist vielleicht auch besser so", riss Bökemüller ihn aus seinen Gedanken. „Dann droht wenigstens von dieser Seite nicht noch weiteres Ungemach." Am Montag sollte Rieder nach Stralsund kommen, um mit Bökemüller und Behm abzusprechen, welche nächsten Schritte unternommen werden sollten. Dann fügte sein Chef noch hinzu: „Klären Sie mit Damp, ob er mitkommen will. Mir ist es egal. Hauptsache er macht nicht wieder Sperenzchen." Damit hatte Bökemüller aufgelegt.

Freiwillig würde Damp sicher nicht mit aufs Festland kommen. Aber Rieder wollte ihn wenigstens fragen.

Er startete einen neuen Versuch, seinen Laptop samt CD-Laufwerk in Gang zu bringen. Da erschreckte ihn ein Fahrradklingeln. Er drehte sich um. Charlotte stand hinter ihm und lächelte.

„Was machst du denn hier?"

„Ich wollte dich mal besuchen?" Sie lehnte das Fahrrad an die Häuserwand und setzte sich. „Wenn der Berg nicht zur Prophetin kommt ..." Charlotte musterte die technische Konstruktion auf dem Gartentisch. „Spielst du gerade ‚Zurück in die Zukunft'?"

Er war immer noch überrascht. „Du um diese Zeit hier? Hast du Ruhetag? Ist das Café abgebrannt? Gibt es einen Urlauberboykott gegen überzogene Restaurantpreise?"

Sie schüttelte den Kopf. „Nein, ich hab mir einfach mal einen Abend freigenommen. Und wir haben uns ja auch schon", sie schaute kurz auf die Uhr, „fast dreißig Stunden nicht gesehen. Es ist einfach Sehnsucht."

Rieder war noch immer nicht überzeugt.

Sie zog sich einen zweiten Gartenstuhl heran und legte ihre Beine darauf. „Schau, wie die Sonne langsam dahinten am Strand den Himmel blutrot färbt." Sie legte den Kopf in den Nacken und genoss die letzten Sonnenstrahlen, die zwischen dem „Hotel zur Post" und der Pension „Zum Hiddenseer" den Weg in Rieders Garten fanden. „Der Service ist hier aber nicht besonders", bemerkte sie mit geschlossenen Augen. „Willst du mir nicht mal was zu trinken anbieten?"

Nachdem er ihr auch ein Bier gegeben hatte, erzählte er von seinen Erlebnissen in den letzten anderthalb Tagen, vom Besuch im Hotel auf Rügen, dem Gespräch mit Jochen Kamradt und der Kiste, die Malte Fittkau angeschleppt hatte.

„Und nun versuche ich, diese CD zum Laufen zu bringen."

„Hättest du was gesagt, ich habe einen ganz neuen Laptop mit allen Schikanen, sogar mit USB-Stick für mobiles Internet. Aber dann hättest du ja nach Neuendorf kommen müssen. Hat das eigentlich einen Grund, dass du dich so rarmachst?" Sie öffnete die Augen und schaute Rieder direkt an.

„Nein, wieso? Ich habe einfach wenig Zeit. Der Fall ...", rechtfertigte er sich.

Charlotte drehte die Bierflasche zwischen ihren Händen. Da sie kalt aus dem Kühlschrank gekommen war, hatte sich ein Wasserfilm auf dem Glas gebildet. Plötzlich hielt sie sich die Flasche an die Stirn, als müsste sie ihr Gehirn abkühlen. Sie stieß einen heftigen Seufzer aus. „Das mit der Kiste weiß ich schon."

Rieder blickte verdutzt.

„Malte war heute Nachmittag bei mir."

„Das hätte ich mir ja denken können, dass er nicht dichthält", maulte Rieder vergrätzt.

Sie schürzte die Lippen. „So ist es nicht ganz ... Es war mehr eine Art Freundschaftsdienst."

Charlotte nahm die Beine vom Stuhl, stellte das Bier auf den Tisch und stand auf. Sie ging zu ihrem Fahrrad, holte ihre Handtasche. Nachdem sie sich wieder gesetzt hatte, zog sie ein Bündel roter Briefumschläge aus den Tiefen ihres Lederbeutels und reichte es Rieder.

„Deshalb war Malte bei mir. Er wollte mich schützen." Sie stockte. „Er wollte nicht, dass du durch die Briefe erfährst, dass ich ...", sie stockte kurz, „dass ich vor zwei Jahren eine Affäre mit dem Pfarrer hatte."

Rieder erstarrte. Er hielt die Briefe noch immer in der Hand, ohne sich zu rühren.

„Ich dachte schon, Kamradt hätte es dir erzählt, als du bei ihm warst ... Deine Fragen nach dem Besuch in seinem Hotel ... Ich glaubte, du wolltest eine Art Geständnis von mir ... Nun ist es raus."

„Wieso Kamradt? Ich verstehe nicht ..."

Sie atmete schwer aus. „Ich war mit Jens-Uwe mal dort auf Rügen, in Kamradts Hotel. Er wollte irgendetwas mit ihm besprechen. Und wir haben dann dort übernachtet, weil wir mit den Rädern unterwegs waren und die Fähre nicht mehr geschafft hätten." Charlotte lachte kurz auf. Dabei schwang ihr Pferdeschwanz hin und her. „Wenn ich gewusst hätte, dass du mit dem Fahrrad zu Kamradt fährst, hätte ich dich warnen können."

Dann schwiegen sie eine Weile. Rieder hatte die Briefe auf den Tisch gelegt, konnte aber nicht den Blick von dem kleinen Packen wenden. Charlotte schaute zu Boden und spielte mit dem breiten Riemen ihrer Handtasche. Rieder versuchte seine Gedanken zu sortieren, die wie Pfeile durch seinen Kopf schossen. Was sollte er jetzt fragen oder sagen? Sollte er überhaupt etwas sagen oder fragen? Wollte er erfahren, was in diesen Briefen stand? Und was würde passieren, wenn er sie lesen würde? Welche Rolle spielte Kamradt? Was wollte Schneider von Kamradt?

Rieder verschränkte die Arme vor der Brust. Charlotte wusste, diese Haltung bedeutete nichts Gutes. Rieder räusperte sich. „Ich werde das nicht unter den Tisch fallen lassen können."

Sie nickte, schaute aber weiter nach unten.

Dann stand er plötzlich auf und blieb hinter ihr stehen. „Ich hasse es, wenn sich Privates und Dienstliches vermischen", zischte er. Sie spürte, unter welcher Spannung er stand. „Stefan, es war vor deiner Zeit hier … Ich war allein, hatte mich dem kleinen Kirchenchor angeschlossen … Und irgendwann ist es dann passiert, nach einer Probe …"

Er steckte die Hände in die Taschen und wippte von einem Fuß auf den anderen. „Du musst dich nicht rechtfertigen. Es geht mich nichts an … Vielleicht hätte ich mir gewünscht, du hättest es mir früher gesagt, spätestens als ich dir von seinem Tod erzählt habe."

„Ja, vielleicht", antwortete sie leise. Charlotte spürte, dass zwischen ihnen, obwohl sie weniger als einen Meter entfernt saßen, durch ihr spätes Geständnis nun eine fast unüberwindliche Distanz entstanden war. Sie drehte sich um und versuchte ihn am Arm zu streicheln, doch er zog ihn zurück. Nachdem sie sich noch einmal kurz gesammelt hatte, stand sie auf und ging zu ihrem Rad.

„Wo willst du hin?"

„Nach Hause."

„Du kannst doch auch hier bleiben …"

„Ich denke nicht, dass das so eine gute Idee ist." Sie nahm das Rad von der Wand, wendete es auf dem Rasen und ging in Richtung Gartentor. „Vielleicht brauchen wir ein bisschen Abstand. Du weißt ja, wo du mich findest."

Rieder nickte. Als sie ein paar Schritte weiter war, hörte sie seine Frage: „Wo warst du eigentlich am Sonntagabend?" Noch in dem Moment, da er die Worte aussprach, hätte er sie gern wieder eingefangen. Doch es war zu spät.

Charlotte drehte sich um. Ihr Blick war traurig und kalt. „Es gibt rund hundert Zeugen plus meine Köchin und meine neue Bedienung." Sie ging mit raschen Schritten zum Gartentor. Rieder eilte ihr nach. Er versuchte sie zu stoppen, doch sie drängte sich vorbei. Bevor sie sich auf ihr Rad schwang, giftete sie ihn an: „Du bist doch krank, du Bulle."

XXVIII

Spät in der Nacht trat Rieder vor die Tür seines Häuschens. Er streckte die Glieder. Dann ging er aus seinem Gartentor. Er blickte den Wiesenweg hinunter in Richtung Ortskern. Am Henni-Lehmann-Haus blinkte das rote Licht der Leuchtbake in monotoner Gleichförmigkeit. Nirgendwo brannte Licht. Aus Sparsamkeitsgründen wurde auch die Straßenbeleuchtung in der Nacht ausgeschaltet. Warum nicht jetzt einen kleinen Spaziergang machen, um den Kopf freizukriegen?

Der Polizist schlenderte den Wiesenweg hinab. Außer ihm schienen nur die Pferde auf der Koppel hinter der Seebühne wach zu sein. Als er dort stehen blieb, kamen sie gleich angetrabt, in der trügerischen Hoffnung, Rieder würde ihnen ein paar Leckerbissen anbieten. Doch er hatte viel zu große Angst, beim Füttern gebissen zu werden. Er bog in den Wallweg ein. Als er auf der Deichkrone stand, zeigte sich der Bodden spiegelglatt im hellen Mondlicht. Hier und da funkelten die roten und grünen Lichter der Leuchtbojen an den Fahrrinnen. Über Rügen blinkten, wie auf einer unsichtbaren Kette aufgereiht, die Signalleuchten der Windräder.

Sonst versetzten ihn diese Nachtspaziergänge durch Vitte immer in eine wohlige Hochstimmung. Doch jetzt nagten noch der Streit mit Charlotte und der Ärger über Malte Fittkau an ihm.

Rieder wanderte zum Hafen hinab. Die Anlegestellen der Fischerboote waren verwaist. Sie würden erst am frühen Morgen nach Vitte zurückkehren. Er setzte sich auf eine der Bänke am Fähranleger und blickte auf den Bodden hinaus. Er grübelte. Die Informationen und Erkenntnisse, die er beim Lesen der Autobiografie des Pfarrers in den letzten Stunden gewonnen hatte, ließen ihm keine Ruhe.

Nachdem Charlotte weggefahren war, hatte er einen letzten Versuch unternommen, die CD auf seinem Computer zum Laufen zu bringen. Das Laufwerk war angesprungen und Rieder hatte begonnen, Schneiders „Exil auf Hiddensee" zu lesen, und war von den Aufzeichnungen des Pfarrers so gefesselt gewesen, dass er die Zeit völlig vergessen hatte.

Beim Lesen erfuhr Rieder, wie Schneider in das Umfeld der Terroristen geraten war. Christlich erzogen von seinen Eltern, sein Vater war Pfarrer in einer Gemeinde in Süddeutschland gewesen, hatte er sich schon als Jugendlicher der Friedensbewegung angeschlossen, gegen den Vietnamkrieg demonstriert und später, Ende der Siebzigerjahre, gegen die sogenannte Nachrüstung. Das hatte zum Bruch mit seinen Eltern geführt. Um möglichst weit wegzukommen, war er zum Theologiestudium nach Göttingen gegangen. Dort hatte er Gleichgesinnte getroffen, die nicht nur mit friedlichen Mitteln die Welt verändern wollten, sondern in den Terroristen der RAF ihre Vorbilder sahen. Dazu gehörte auch Ralf Kelling, der schon länger einer „Knastgruppe" angehörte, die inhaftierte Terroristen unterstützte. Sie hatten sich schnell angefreundet und waren zusammen in eine WG gezogen. Schneider hatte geschrieben:

„Pausenlos debattierten und diskutierten wir beide. Ralf Kelling erklärte mir alles, was ich wissen wollte. Aber mit jeder Diskussion entfernte ich mich mehr und mehr von meinem alten Leben, entfernte ich mich noch mehr von meinen Eltern. Dafür wurden Ralf Kelling und die Gruppe mein Familienersatz."

Zuerst war es nur um eine eher symbolische Unterstützung für inhaftierte Terroristen gegangen. Doch dann war irgendwann Andreas Neuner aufgetaucht, unter einem anderen Namen. Er ermunterte die Gruppe, die Terroristen durch Aktionen zu unterstützen. Für Neuner war das Rumstehen mit einer Sammelbüchse an irgendeiner Straßenecke Zeitverschwendung. Er verlangte Coups, mit denen man an viel Geld oder an Waffen kam. Kelling war begeistert von Neuner, Schneider eher abgestoßen. Ihn nervte die ständige Kämpferattitüde. Außerdem wurde er von Neuner oft dafür attackiert, dass er neben seiner Arbeit für die Knastgruppe auch weiter intensiv seinem Theologiestudium nachging und sogar im Nebenfach noch begonnen hatte, Germanistik zu studieren.

„Neuner warf mir immer wieder vor, ich hätte die Trennung vom Bürgerlichen nicht vollzogen, würde die Entscheidung für den politischen Kampf nicht aktiv mittragen und mich vor Aktionen drücken. Mich ärgerte, wie Ralf Andreas Neuner mit fliegenden Fahnen folgte, an seinen Lippen hing, wenn er von den Taten der Terroristen berichtete, und sich dabei immer in ein glänzendes Licht stellte. Doch ich wollte Ralf nicht als Freund verlieren. Er war, nachdem ich mich immer mehr von meiner Familie und Studienfreunden zurückgezogen hatte, mein Halt in Göttingen."

Neuner hatte dafür gesorgt, dass Schneider in der Gruppe als Angsthase galt, weil er sich gegen den Einsatz von Gewalt gegen unschuldige Menschen ausgesprochen hatte. So wurde er nur mit kleinen Aufgaben betraut. Einmal kam Neuner mit einem Koffer voll Geld an, das offensichtlich aus einem Bankraub in Hannover stammte. Schneider wurde dazu bestimmt, das Geld in kleinen Rationen nach Holland zu schaffen und dort umzutauschen. Da er diesen Auftrag reibungslos erledigt hatte, sollte er nun an einer größeren Aktion teilnehmen. Neuner hatte eine Bank in Hameln ausspioniert. Sie sollte überfallen werden, um weiteres Geld für die Terroristen zu besorgen. Kelling hatte sich freiwillig für den geplanten Banküberfall gemeldet und Schneider gedrängt, es ihm gleichzutun. Schweren Herzens war Schneider darauf eingegangen. Doch mit jedem Tag waren seine Zweifel gewachsen. Mehrmals waren Schneider, Kelling und Neuner zusammen oder einzeln nach Hameln gefahren und hatten das Umfeld der Bank am Markt sondiert.

Schneider war vom Gelingen der Aktion nicht überzeugt, denn alle Fluchtwege würden durch die engen Straßen und Gassen der Innenstadt führen. Doch Neuner hatte Schneiders Bedenken vom Tisch gewischt, ihn vor den Mitgliedern der Knastgruppe der Feigheit bezichtigt. „Dann müssen wir uns den Weg freischießen", hatte er Schneider angebrüllt und dann getönt: „Freiheit ist das Leben im Kampf!" Kelling hatte applaudiert.

„Meine Versuche, Ralf von dem Vorhaben abzubringen, prallten an ihm ab. Ralf war Feuer und Flamme. Er war das ewige Diskutieren leid, wollte etwas tun. Manchmal spürte ich so etwas wie Mitleid in seinem Blick, Verständnis für meine Lage. Aber er war nicht stark genug, Andreas Neuner zu widerstehen."

Schneider hatte nach seiner letzten Recherchefahrt nach Hameln den Entschluss gefasst, sich an die Polizei zu wenden. Statt in Hannover in den Zug nach Göttingen umzusteigen, hatte er den Bahnhof verlassen. Er hatte einen Polizisten nach dem nächsten Revier gefragt. Als er das Revier dann betreten hatte, war ihm sofort das übliche Terroristen-Fahndungsplakat in die Augen gesprungen. Mit dabei das Gesicht von Andreas Neuner. Plötzlich hatte er Angst? Würden Sie ihn nicht sofort verhaften? Immerhin hatte er Wochen, ja Monate immer wieder einen gesuchten Terroristen getroffen, ihm geholfen. Wie konnte er seinen Kopf aus der Schlinge ziehen?

„Ich ging in eine Telefonzelle und schlug nach unter Verfassungsschutz. Es gab nur eine Nummer, aber keine Adresse. Ich nahm den Hörer ab, warf Geld in den Schlitz. Noch einmal hielt ich inne. Dann wählte ich die Nummer. Nach jeder Zahl überlegte ich, ob es richtig war, was ich tat. Ich presste den Hörer ans Ohr und hörte das Klingeln. Einmal. Zweimal. Dreimal. Eine Stimme meldete sich. ‚Was kann ich für Sie tun?' Ich fragte: ‚Ist dort der Verfassungsschutz?' Keine Antwort. Schweigen. ‚Hallo.' – ‚Ja, ich bin noch da.' Ich fragte nach jemandem, der sich mit Terrorismus auskennt. ‚Ich verbinde', kam die Antwort aus dem Hörer. Dann wieder nur ‚Hallo'. Ich erzählte einfach, worum es ging, dass ich einen Bankraub verhindern wollte. Als ich den Namen Neuner erwähnte, gab es postwendend die Frage: ‚Wo sind Sie?' Ich nannte meinen Standort. ‚Bleiben Sie da. Wir sind gleich bei Ihnen.' Ich hörte die Erregung in der Stimme. Was hatte ich getan?"

Schneiders Beschreibung des weiteren Ablaufs der Ereignisse glich der Darstellung von Kubicki und Riel in der Besprechung bei Bökemüller. Etwas ging Rieder dabei richtig unter die Haut:

„Als der verletzte Polizist aus der Bank getragen wurde, stürmte ein Kind durch die Menschenmenge nach vorn. Als es in der ersten Reihe stand, schrie es auf. Ein Schrei, der mir durch die Glieder fuhr und mich heute noch in meinen Träumen verfolgt. Obwohl ihn Passanten zurückhalten wollten, drängelte sich der Junge durch die Absperrung. Er stürmte auf den Mann auf der Bahre zu. Im letzten Moment hielt ihn ein Polizist auf. Während er versuchte, sich loszureißen, hob der verletzte Polizist auf der Bahre etwas die Hand. Es war wie ein kurzes Winken. Da stand der Junge still, und als die Trage in den Krankenwagen geschoben wurde, brach er auf dem Pflaster des Hamelner Marktes zusammen. Erst bei meiner Vernehmung sollte ich erfahren, dass dieser Junge der Sohn des Polizisten gewesen war, der wenige Stunden später seinen Schussverletzungen erlegen war. Sein Mörder war Andreas Neuner gewesen. Ich werde den Schrei dieses kleinen Jungen nie vergessen."

An dieser Stelle hatte Rieder die Lektüre unterbrechen müssen. Kalte Schauer waren ihm über den Rücken gelaufen. Was hatte dieser Mensch für Schuldgefühle mit sich herumgetragen. Erst für den Verrat an seinem Freund Ralf Kelling und dann auch noch für den Tod des Polizisten, obwohl er dafür gar nicht die Verantwortung trug.

Rieder hatte sich einen Tee gekocht. Er glaubte, in Schneiders Lebensbeichte den Schlüssel für seinen Tod zu finden. Und nach dem, was er hier über Andreas Neuner gelesen und wie er ihn selbst erlebt hatte, war er sich sicher, dass Neuner aus Hass und Rache erneut zum Mörder geworden war.

Rieder hatte sich zum Weiterlesen zwingen müssen. Er war todmüde. Was Schneider dann weiter berichtete, war Rieder aus seiner fast zwanzigjährigen Polizeierfahrung nicht fremd. Versprechen wurden nicht gehalten, für Schutz wurde nicht gesorgt, der Kronzeuge wurde zum Opfer seiner eigenen Angst vor Rache. Schneider hatte man mitgeteilt, dass er als Mitglied einer terroristischen Vereinigung gelte und die Bundesanwaltschaft seine Aufnahme in ein Zeugenschutzprogramm verweigert hatte. Erst wurde er in einem Hotel versteckt, doch nun wollte man ihn fallen lassen. Schneider wusste nicht, wohin er gehen sollte. Nach Göttingen war der Weg versperrt. Man hatte ihm gesagt, Mitglieder seiner Gruppe hätten in einem Aufruf blutige Rache geschworen. Auch war es ihm unmöglich, wieder zu seinen Eltern zu ziehen. Denn dort hatten sich auch schon, wie es im Polizeijargon hieß, verdächtige Elemente im Umfeld seines Elternhauses rumgetrieben. Allerdings waren seine Eltern und er sich durch die Ereignisse wieder nähergekommen. Man hatte sie nach Hannover gebracht, damit sie ihren Sohn treffen konnten. Sie hatten ihm dabei versichert, was er auch getan hätte, sie würden ihn unterstützen. Schneider war seine Lage aussichtslos erschienen, als sich ein Beamter des Verfassungsschutzes seiner erbarmte.

„Der Agent W. sollte mich aus dem Hotel abholen und an einen Ort bringen, wo ich glauben würde, ich wäre sicher. Nur gab es diesen Ort nicht. Wir fuhren in Richtung Autobahn. Ich überlegte krampfhaft, wohin ich ohne Gefahr gehen könnte. Mir fiel nichts ein. W. bog an der nächsten Raststätte ein und schlug vor, erst einmal einen Kaffee zu trinken. Jeden meiner eigenen Ideen, wo ich bleiben könnte und sicher wäre, verwarf ich gleich selbst wieder. W. hörte geduldig eine Weile zu. Dann machte er einen überraschenden Vorschlag. Warum ginge ich nicht in die DDR? Dort würde mich keiner kennen. Vielleicht könne ich auch mein Theologiestudium fortsetzen, denn Pfarrer gebe es drüben ja auch. In meiner ausweglosen Situation erschien mir seine Idee erst unglaublich, dann aber durchaus überlegenswert. Wir schwiegen eine Weile. Dann meinte er, er könne einmal mit den entsprechenden Stellen reden. Bis alles geklärt sei, würde er mich in seiner Wohnung unterbringen. Allerdings dürfe ich das Haus nicht verlassen. Mit welchen Stellen er reden müsse oder wolle, ließ er offen. Ich fragte aber auch nicht nach. Damals wäre ich nie auf die Idee gekommen, dass ein Mann vom Verfassungsschutz möglicherweise Diener zweier Herren sein könnte, oder besser gesagt, ein Doppelagent."

Warum Schneider den Namen des Agenten verschwiegen hatte, war für Rieder aus dem Text nicht zu ersehen. Wahrscheinlich hatte er ihn schützen wollen, weil ihm vielleicht immer noch eine Strafverfolgung wegen Landesverrats hätte drohen können. Dieser anonyme Agent brachte Schneider dann zwei Wochen später in seinem Privatauto nach Prag und setzte ihn dort vor der DDR-Botschaft ab. Als Schneider sich dort meldete, war er verwundert, wie freundlich er aufgenommen wurde. Nach zwei Tagen, in denen er sich in der Stadt auch frei bewegen konnte, wurde er in die DDR gebracht. Dort musste er ein Aufnahmelager in der Nähe von Fürstenwalde durchlaufen, wo er neue Personaldokumente erhielt und fortan Staatsbürger der DDR war. Ein Weg ohne Wiederkehr, wie Schneider nun langsam klar wurde. In dem Aufnahmelager traf er Jochen Kamradt, der sich allerdings nicht sofort als Mann der Staatssicherheit zu erkennen gab, sondern als eine Art „Bewährungshelfer", um sich in der DDR besser zurechtzufinden. Schneider zog dann nach Rostock und wurde dort an der Theologischen Fakultät immatrikuliert. Kamradt hatte ihm vorher seine neue Biografie eingeschärft und über Tage hinweg mit ihm trainiert. Schneider war jetzt Sohn eines Pfarrerehepaars, das seit Jahrzehnten in Mittelamerika seelsorgerisch tätig war und sich für die Befreiungsbewegungen engagiert hatte. Gut für diese Legende war, dass Schneider schon am Gymnasium und später auch an der Universität in Göttingen Spanischkurse besucht hatte, wenn auch ohne nachhaltigen Erfolg. Weiter hatte man sich ausgedacht, dass er nun erkannt hätte, seine Ideale in der Bundesrepublik nicht verwirklichen zu können. Er habe sich deshalb dafür entschieden, in der DDR weiter Theologie zu studieren. Manche der Kommilitonen, denen er später diese Geschichte auftischte, schüttelten trotzdem mit dem Kopf. Sie konnten nicht verstehen, wie man in die DDR gehen konnte, wo Christen oft kein leichtes Leben hatten und in Opposition zum SED-Regime standen. Manchmal wurde sein Dasein in dem neuen Land auch ein Balanceakt, denn die Kirche und die theologischen Fakultäten pflegten intensive Kontakte in den Westen, und so bestand die Gefahr, dass Schneider enttarnt werden könnte. Er veränderte zwar sein Äußeres mehr und mehr, dennoch entschied Kamradt, mögliche Treffen mit Westdeutschen zu meiden. Zwischen Kamradt und ihm entwickelte sich eine Art Freundschaft. Sie waren fast gleichaltrig. Kamradt verstand es, Schneider gegenüber nicht wie ein Vormund aufzutreten. Das Vertrauensverhältnis litt auch nicht darunter, dass Kamradt Schneider irgendwann offenbarte, ein Stasimann zu sein und dort für die Terrorabwehr zu arbeiten. Natürlich gab es unter seinen Kommilitonen einige Missgunst, als er bald nach dem Studium die Pfarrstelle auf Hiddensee erhielt. Und dort schlug ihm auch viel Skepsis entgegen. Das hatte auch Rieder erlebt, als er auf die Insel kam.

Der Polizist saß noch immer auf der Bank im Hafen von Vitte. Er hatte die Zeit völlig vergessen. Er fröstelte.

Der erste heimkehrende Kutter rauschte fast lautlos durch die Fahrrinne von Vitte dem Hafen entgegen. Die Möwen hatten ihn trotzdem schon entdeckt. Eine stieß eine Art Alarmschrei aus und der Schwarm erhob sich von den Pollern und umschwärmte nun den Mast des Fischerbootes. Einer der Männer stand an Deck und sortierte den Fang. Ab und zu warf er einen Fisch über Bord und sofort stießen die Vögel in die Tiefe. Rieder schüttelte sich und ging zurück zu seinem Haus.

Der Computerbildschirm leuchtete in der Dunkelheit. Er hatte sich nicht getraut, ihn auszuschalten. Schlaf wäre jetzt auch keine schlechte Idee. Andererseits war es kurz vor fünf. Es lohnte sich eigentlich nicht mehr, sich noch hinzulegen. Er kochte sich noch einen schwarzen Tee und las dann weiter. Doch die Geschichten über Hiddensee in den Achtzigerjahren und Schneiders Tätigkeit als Literaturkritiker interessierten Rieder nicht besonders. Er glaubte nicht daran, dass er unter den Schriftstellern, die Schneider beherbergt, aber deren Werke er kritisiert hatte, den Mörder finden würde. Schneider hatte auch mit keinem Wort seine Beziehungen zu Frauen erwähnt, sondern sich als einsamer Wolf dargestellt, der immer allein gelebt, seine Pflicht als Pfarrer ausgeübt und seiner Liebe zur Literatur gefrönt hatte.

Rieder fiel es vor Müdigkeit immer schwerer, dem Text auf dem Bildschirm zu folgen, als plötzlich die Namen Neuner und Kamradt wieder auftauchten.

„Aus den Zeitungen erfuhr ich, dass Andreas Neuner freigelassen worden war. Angstschweiß trat mir auf die Stirn. Ich wusste, dass er immer noch seinen alten Ideen anhing. Das hatte ich in einem Interview mit ihm gelesen, welches er kurz vor seiner Freilassung gegeben hatte. Deshalb war er auch nicht früher begnadigt worden. Ich fürchtete seine Rache. Wie sicher war ich noch hier auf Hiddensee? Wer wusste außer Kamradt noch von meinem Exil an der Ostsee? Mittlerweile war ich mir sicher, dass dieser Agent W. wahrscheinlich auch für die Stasi gearbeitet hatte. Jedes Mal, wenn es um diese geheimen Dateien mit den Namen der Westagenten ging, fürchtete ich, seinen Namen zu lesen. Was, wenn W. enttarnt worden war und es einen Prozess gegen ihn wegen Spionage und Landesverrat geben würde oder gegeben hatte? Was, wenn er auch über mein Schicksal berichtet hatte? Meine Ängste waren zum Teil irreal. Ich entwickelte in meinem Kopf Verschwörungstheorien. In meiner Not wandte ich mich an Kamradt, der nun als Hotelmanager auf Rügen arbeitete. Doch er war keine Hilfe mehr. Er riet mir, mich vielleicht etwas zurückzuziehen und weniger zu veröffentlichen. Denn auch wenn ich mein Pseudonym Jean Jacques Hoffstede verwenden würde, wüssten mittlerweile genügend Leute, dass sich dahinter Pfarrer Jens-Uwe Schneider aus Hiddensee verbarg. Der mit dieser merkwürdigen Vergangenheit. Ich würde damit auch sein Dasein gefährden, hatte Kamradt gedroht. Da verstehe er bei aller Freundschaft keinen Spaß. Zum ersten Mal in den Jahrzehnten erschien er mir nicht als Freund, sondern als das was er war, als Geheimdienstagent."

Damit endeten die Aufzeichnungen des Pfarrers. Rieder wunderte sich, dass er nach den Ereignissen in Hameln nie wieder etwas über Kelling gelesen hatte. Wusste Schneider nicht, dass auch Kelling nach seiner Haftentlassung in die DDR gegangen war? Musste er nicht auch dessen Rache fürchten?

Er schloss die Datei, um herauszufinden, dass Schneider sie im Juli auf die CD gebrannt hatte. Rieder nahm sich vor, Behm zu fragen, ob er auf dem Laptop des Pfarrers auch diesen Text entdeckt habe oder ob es dort vielleicht noch eine neuere und längere Version geben würde. Zum Beispiel hatte Schneider sehr offen über seine Ängste geschrieben, aber mit keinem Wort die anonymen Briefe erwähnt, die sie bei ihm im Pfarrhaus und auf dem Boot gefunden hatten. Und auch seine Enttarnung als der Mann hinter dem Pseudonym Jean Jacques Hoffstede hatte keine Rolle gespielt.

Doch das musste warten. Rieder hatte erst einmal etwas anderes zu erledigen. Er ließ sich in seinem kleinen Bad kaltes Wasser über den Kopf laufen, danach verließ er seine Hütte und schwang sich auf sein Rad.

„Weißt du, wie spät es ist?" Charlotte Dobbert schaute aus dem Dachfenster über ihrem Restaurant. „Gerade sieben Uhr!"

„Die Uhr kann ich schon selbst lesen", entgegnete Rieder, der seine Freundin gerade rausgeklingelt hatte. „Ich muss mit dir reden." Statt einer Antwort flog das Fenster mit einem Knall zu. Als sich in den nächsten zwei Minuten nichts tat, drückte Rieder wieder den Klingelknopf. Dieses Mal wurde die Haustür von Charlotte so ruckartig aufgerissen, dass Rieder ein paar Schritte zurückwich.

„Du kannst mich mal! Gestern Abend hättest du kommen müssen. Nicht heute früh. Zu spät, Herr Kommissar", zischte sie ihn an. „Und außerdem: Denkst du auch mal an mein Geschäft. Bist du verrückt, so zeitig hier Krach zu schlagen, dass meine Feriengäste aus den Betten fliegen."

Rieder wand sich und versuchte, sich Charlotte wieder etwas zu nähern. Sie hatte die Arme vor der Brust verschränkt und stand nun wie ein Wachposten in der Tür. „Du hast ja recht, aber ich musste das auch erst mal verdauen mit dir und dem Pfarrer ..."

„Darum geht es überhaupt nicht. Dass du mich verhörst wie eine Verbrecherin und von mir ein Alibi verlangst, wo ich Sonntagabend war – das ist die Höhe! Damit hast du den Bogen endgültig überspannt!"

„Aber das habe ich doch gar nicht gesagt ..."

„Hast du wohl. Männer neigen ja zum Verdrängen, aber zehn Stunden zurück wirst du dich ja wohl noch erinnern können."

Damit griff sie nach der Tür. Rieder versuchte, sie aufzuhalten. Da kam es zu einer kleinen Kabbelei.

„Mensch Charlotte, sei doch mal vernünftig", flehte er. „Ich muss mit dir reden." Sie gab nach. Er folgte ihr ins Haus.

Charlotte setzte sich in ihrer Küche an den Tisch.

„Ich weiß, dass ich gestern nicht besonders toll reagiert habe."

„Phh!"

Rieder lehnte am Abwaschtisch. Mehr Nähe ließ Charlotte nicht zu. „Ich entschuldige mich auch dafür."

Keine Reaktion.

„Ich muss trotzdem noch mal mit dir über deine Zeit mit dem Pfarrer reden."

Sie verdrehte die Augen.

„Wie lange wart ihr zusammen?" Er hob die Hände, als wollte er seine Frage abschwächen. „Es geht nicht um etwas Persönliches oder Eifersucht."

„Wozu musst du das dann wissen? Außerdem hast du ja die Briefe. Und lesen kannst du ja wohl noch alleine?"

Rieder griff in die Innentasche seiner Jacke und holte das Briefbündel heraus. Er warf es auf den Tisch. „Ich will diese Briefe nicht lesen. Ich möchte nur einige Sachen von dir wissen, um mir ein besseres Bild von Schneider zu machen." Er machte eine Pause. „Charlotte, ich ermittle in einem Mordfall. Da muss ich jeder Spur nachgehen, jeden fragen, der mir vielleicht bei der Suche nach dem Mörder helfen kann."

Charlotte schwieg weiter und blickte an Rieder vorbei aus dem Fenster.

„Darf ich noch mal fragen, wie lange warst du damals mit Schneider zusammen und wann?"

„So ungefähr sechs Wochen. Länger nicht."

„Wie ist es dazu gekommen?"

Sie stöhnte auf. „Ich habe in seinem Kirchenchor gesungen. Mir gefiel seine Art. Dieses Schüchterne, Verletzliche. Und dann ist es nach einer Probe passiert. Strand. Sonnenuntergang. Ein Klassiker."

„Warum habt ihr euch Briefe geschrieben? Ihr konntet euch doch jederzeit treffen hier auf der Insel."

Charlotte stand auf und machte sich an ihrer Kaffeemaschine zu schaffen. „Das konnten wir eben nicht. Er wollte das nicht. Und er fand es romantisch, sich Briefe zu schreiben." Sie lächelte jetzt fast etwas verträumt. „Wir haben sie immer unter einem Stein am Gemeindehaus hier in Neuendorf versteckt."

Rieder zog die Augenbrauen nach oben.

„Klar, das kannst du nicht verstehen! Aber Frauen mögen so etwas eben. Es ist romantisch. Das geht dir natürlich ab."

„Okay. Warum ist es auseinandergegangen? Spielte eine andere Frau eine Rolle?"

Charlotte schüttelte den Kopf. „Ich wusste nichts von seinen weiteren Affären ... Malte hat mir unter dem Siegel der Verschwiegenheit erzählt, dass es noch eine Menge anderer Liebesbriefe gäbe." Sie nahm das Briefbündel und blätterte es durch. „Ich habe Schluss gemacht. Irgendwann ging mir die Heimlichtuerei auf den Wecker ... Man durfte nie darüber reden, was mal werden konnte. Und ständig war er so angespannt ..."

„Angespannt?"

„Ja, angespannt. Genervt eben. Es kam von einem Tag auf den anderen. Schon bei der kleinsten Kleinigkeit ist er plötzlich ausflippt."

„Und wie war das mit Kamradt?"

„Was soll da gewesen sein? Es war das einzige Mal, dass wir was gemeinsam unternommen haben. Hier auf der Insel durften wir uns natürlich in der Öffentlichkeit nicht treffen, geschweige denn einen Kaffee trinken gehen oder vielleicht Händchen halten. Völlig ausgeschlossen!"

Rieder fragte dazwischen. „Nur das Treffen mit Kamradt interessiert mich ..."

Sie besann sich kurz. „Jens-Uwe stieg in Kloster mit seinem Fahrrad auf den Dampfer, ich in Neuendorf und wir spielten ‚reiner Zufall', als wir uns dann auf dem Schiff trafen. Von Schaprode sind wir dann in dieses Hotel an der Wittower Fähre gefahren. Irgendwoher kannte er diesen Kamradt."

„Und über was haben sie gesprochen?", unterbrach Rieder ihren Bericht.

„Da war ich nicht dabei. Sie wollten ungestört sein. Kamradt drückte mir eine Freikarte für den SPA-Bereich in die Hand. Ich ging planschen und die Männer reden. So wünscht ihr es euch doch, oder?" Ihre letzten Worte hatte sie mit einem verächtlichen Unterton ausgesprochen.

„Und hat Schneider danach vielleicht erzählt, was sie besprochen haben?"

Charlotte schüttelte den Kopf. „Jens-Uwe war sehr nervös und hat sich dann tierisch darüber aufgeregt, dass wir die Fähre verpasst haben. Und die einzige Nacht in einem gemeinsamen Hotelbett war dann auch ein Flop. Ich habe noch nie in so einem tollen Hotel übernachtet, aber er hat mir den ganzen Spaß mit seiner schlechten Laune versaut. Dabei ließ sich dieser Kamradt nicht lumpen." Charlotte begann zu schwärmen. „Wellness, inklusive Massage, ein Essen bei Kerzenschein mit Blick auf den Bodden ..."

„Im Sommer vor zwei Jahren war das ...", hakte Rieder nach.

„Ist das wichtig?"

Rieder dachte nach. „Vielleicht. Einer, der durch Schneider in den Knast gekommen war, ist ungefähr zu diesem Zeitpunkt freigelassen worden. Möglicherweise hatte Schneider Angst vor seiner Rache. Jedenfalls gehört dieser Mann zu unseren Tatverdächtigen."

„Die Männer aus Prerow? Mit dem Segelboot?", fragte Charlotte nach.

Rieder lächelte. „Damp sollte echt lieber die Inselzeitung herausgeben und nicht als Polizist arbeiten ..."

Er näherte sich ihr und streichelte ihre Wange. Sie ließ es sich gefallen. Er strich ihr die langen blonden Haare aus dem Gesicht, doch als er sie küssen wollte, drehte sie sich weg.

XXIX

Der Anruf kam auf Höhe der „Heiderose".

„HK Rieder? Hier ist die Funkzentrale von Rügen. Uns wurde vom Wachdienst auf der Halbinsel Bug eine leblose Person im Bereich des alten Posthaushafens gemeldet. Möglicherweise handelt es sich um ein Tötungsdelikt."

„Was geht mich das an? Dafür sind die Kollegen Ihrer Insel zuständig?"

„Tut mir leid. Sie haben im Prinzip recht. Aber in Rücksprache mit Polizeidirektor Bökemüller wurde entschieden, dass Sie sich dorthin begeben sollen."

„Und wie soll ich dahin kommen? Erst nach Schaprode und dann mit dem Auto, das dauert gut zwei, drei Stunden. Können Sie mir ein Schiff schicken?"

„Negativ. Alle sind außerhalb des Einzugsbereiches unterwegs. Sie werden schon irgendein Boot auftreiben."

„Sind denn die Spurensicherung und die Rechtsmedizin bereits informiert?"

„Polizeidirektor Bökemüller möchte erst mal Ihren Lagebericht. Aber ein Arzt ist wohl dorthin unterwegs." Damit legte der Beamte auf.

Rieder fluchte und warf vor Wut sein Rad auf den Weg.

Eine Stunde später saßen Rieder und der Rechtsmediziner Krüger im Heck eines Wassertaxis. Kaum hatte es den Hafenbereich von Vitte verlassen, gab der Schiffsführer Gas. Das Boot hob seinen Bug aus dem Wasser und raste der Halbinsel im Norden von Rügen entgegen. Allerdings auf Umwegen. Zunächst mussten sie in Richtung Schaprode fahren, weil die Gewässer außerhalb der

Fahrrinne im Vitter Bodden für den Schiffsverkehr zu flach waren. Auf der Höhe der Fährinsel bog das Boot nach Backbord ab, ließ Seehof rechts liegen und fuhr in den Tonnenweg des Buger Boddens in Richtung Wiek.

Damp hatte vorgeschlagen, das Wassertaxi zu nehmen, nachdem Rieder ihn über den Toten auf dem Bug informiert hatte.

Krüger wirkte noch etwas verschlafen. Rieder war zu Malte Fittkau gegangen und hatte Krüger eher unsanft geweckt. Er hatte den Einwand des Pathologen nicht gelten lassen, er sei hier eigentlich im Urlaub. Während Krüger sich fertigmachte, warteten Rieder und Fittkau in dem kleinen begrünten Hof vor Maltes Haus. Rieder grummelte: „Das mit Charlotte und dem Pfarrer hättest du mir sagen können."

Malte schaute Rieder an und schwieg.

„Dass du dann auch noch zu ihr gehst und ihr die Briefe gibst … Das war Beweismaterial!"

Malte zuckte mit den Schultern. Rieder winkte ab.

„Na egal. Wahrscheinlich helfen uns die Briefe sowieso nicht weiter."

Malte nickte bedächtig, sagte aber weiter kein Wort.

Als Krüger endlich heruntergekommen war, war Rieder mit ihm ohne einen Abschiedsgruß weggegangen. Jetzt überkam ihn das schlechte Gewissen, dass er seine Wut über Charlotte, diese Fahrt nach dem Bug, den Stillstand in dem Fall mehr oder weniger an seinem Nachbarn ausgelassen hatte. Malte hatte ihm bisher auf der Insel alle Türen geöffnet und dafür war er ihm sehr dankbar. Vielleicht hatte er ihn mit der Rückgabe der Briefe auch gar nicht schaden, sondern ihm einfach eine Verletzung ersparen wollen. Rieder begann sich über sich selbst zu ärgern und schaute verdrießlich vom Heck ins Kielwasser. Er war ziemlich froh, dass der sonst so redefreudige Pathologe offenbar auch noch nicht so richtig in Form war und ihm jetzt kein Gespräch aufzwang.

Schon bald bremste der Schiffsführer die Fahrt ab. Ein altes Hafengelände kam in Sicht. Auf der Kaianlage standen typische Peitschenlampen aus DDR-Zeiten. Der eiserne Poller, an dem das

Wassertaxi festmachte, war von braunem Rost überzogen. Als sie sich dem Anleger genähert hatten, waren zwei Männer aus dem Dickicht am Ufer gekommen. Sie winkten ihnen zu.

„Sollen wir warten?", fragte der Schiffsführer, als Rieder und Krüger aus dem Boot kletterten.

„Wäre nett", antwortete Rieder.

Die beiden Männer gehörten zum Wachdienst, der das ehemalige Militärgelände auf dem Bug kontrollierte. Rieder wusste, dass sich auf der Landzunge früher ein Militärstützpunkt der DDR-Marine befunden hatte. Irgendwo hatte er gelesen, dass es für das Gebiet zwar einen privaten Investor gab, der auf dem Gelände ein Feriendorf bauen wollte, dem aber offenbar das Geld ausgegangen war. Und der Naturschutz stand den Planungen entgegen.

Auf den ersten Blick wirkte das Gelände hinter dem Hafen wie eine große Wildnis. Davor türmten sich Schutthaufen aus Steinbrocken, Metallstreben, Glasscherben und Holzbalken.

Die beiden Männer führten Rieder und Krüger etwas tiefer in das Dickicht hinein. Der Weg war kaum zu erkennen. Rechts und links wuchsen mannshohe Sträucher, der Betonbelag war an vielen Stellen gebrochen. Eine Ruine kam in Sicht.

„Das war das alte Posthaus", erklärte einer der Wachposten. „Dort haben wir ihn gefunden."

Von dem Haus gab es nur noch ein paar Mauerreste. Ein weiterer Wachmann stand im Inneren der Ruine. Zu seinen Füßen lag ein menschlicher Körper. Der Tote trug eine Art dunklen Sportanzug und, wie am Profil zu erkennen war, ziemlich neue Turnschuhe. „Der Arzt ist schon wieder weg", erklärte einer der Wachleute. „Er ist erschossen worden. Wahrscheinlich mit dieser Waffe." Er deutete auf eine Pistole, die ein paar Meter entfernt auf dem Boden lag. Rieder erkannte den Typ: eine Walther P99, beliebt vor allem bei Personenschützern.

Rieder kauerte sich vor die Leiche. Das Gesicht des Toten war dem Erdboden zugewandt, doch auch am Seitenprofil konnte Rieder ihn identifizieren.

„Schöne Scheiße! Das ist Konrad Veit vom BKA."

Der Polizeihubschrauber musste einige Runden drehen, bis er einen passenden Landeplatz zwischen den Schutthaufen gefunden hatte. Als die Motoren stillstanden, kletterten Bökemüller und Behm aus dem Helikopter. Ihnen folgten weitere Beamte der Spurensicherung. Als Rieder seinen Chef über die Identität des Toten informiert hatte, war es am anderen Ende der Leitung ein paar Sekunden völlig still geblieben, bevor Bökemüller ihn mit eindringlicher Stimme gefragt hatte „Sind Sie sich absolut sicher?"

„Klar. Kein Zweifel. Ich bin eine Weile in Berlin mit ihm Streife gefahren. Soll ich gleich seine Kollegen in Berlin informieren? Die werden sicher selbst kommen und den Fall übernehmen wollen."

„Auf keinen Fall! Sie verhalten sich erstmal still", hatte sein Chef daraufhin barsch befohlen. Rieder war richtig zusammengezuckt.

„Ich komme selbst rüber und schaue mir dass an. Zu niemandem ein Wort. Haben Sie mich verstanden!"

„Ja ... klar", hatte Rieder gestottert.

„Was haben Sie bisher den Wachleuten gesagt?"

„Nur den Namen und ..."

„Was und?", hatte Bökemüller ungeduldig nachgefragt.

„... und dass er vom BKA kommt."

„Scheiße! Ab jetzt kein Wort mehr. Absolute Nachrichtensperre. Die Sache ist erstmal top secret! Verstanden!"

„Ja, ja", hatte Rieder verstört geantwortet und nach dem Ende des Gesprächs ungläubig den Kopf geschüttelt. Was wurde hier gespielt?

Nun war Bökemüller da. Er raunzte gleich. „Was macht das Wassertaxi hier?"

„Ich dachte, es könnte mich wieder nach Hiddensee zurückbringen."

„Schicken Sie es weg!", ordnete der Polizeichef an.

„Und wie kommen wir hier weg? Gebauer ..."

„Machen Sie, was ich Ihnen sage. Wo liegt der Tote?"

Rieder wies ins Dickicht, in Richtung der Ruine.

Zu den beiden Wachleuten war nun noch ein Mann in Zivil gekommen. Er stellte sich als Chef des Wachunternehmens vor. Offenbar hatte ihn Bökemüller herbestellt.

„Ich möchte, dass nichts von dem nach außen dringt, was hier passiert ist", herrschte Bökemüller die Wachmänner an. „Absolut nichts! Reden Sie mit niemandem darüber. Auch nicht mit Ihren Familien." Dann schickte er sie weg.

„Und wer sind Sie", herrschte er Dr. Krüger an.

Der war ganz verstört von Bökemüllers Ton. „Äh, ich ... äh, ich bin Pathologe. Dr. Krüger aus Greifswald. Herr Rieder hatte mich gebeten, mir das mal anzusehen ..." Dabei blickte er Hilfe suchend zu dem Polizisten, der aber selbst nicht wusste, was hier eigentlich vorging.

„Und?", fuhr ihn Bökemüller an.

„Wie bitte?"

„Ihre Erkenntnisse!", forderte Bökemüller ungeduldig.

Krüger sammelte sich kurz. „Herzschuss aus Nahdistanz. Von vorn." Krüger beugte sich neben die Leiche. „Der Tod ist sofort eingetreten. Ich denke, so vor acht bis zehn Stunden, zwischen null und zwei Uhr. Die Totenstarre ist schon eingetreten." Krüger stand wieder auf. „Näher wollte ich mich noch nicht mit ihm beschäftigen, um nicht der Spurensicherung ins Handwerk zu pfuschen. Ich bekomme ihn noch früh genug auf den Tisch. Klar ist, es war kein Selbstmord und er ist auch nicht mit seiner Dienstwaffe erschossen worden. Die Munition würde ein anderes Wundbild erzeugen und das Magazin der Waffe ist noch voll."

„Dienstwaffe?", fragte Bökemüller erstaunt nach.

Krüger zeigte auf die Waffe im Schutt und Rieder holte eine Plastiktüte hervor. Darin befanden sich Konrad Veits Brieftasche und dessen Handy. „Mit dabei war seine Waffenkarte. Die Nummern auf der Karte und der Waffe stimmen überein."

„So, so", gab Bökemüller von sich. Dann drehte er sich zu Behm um und knurrte: „Dann machen Sie mal Ihren Job."

Auch der hatte schlechte Laune. „Viel gibt's hier nicht mehr zu tun. Wenn es Spuren gegeben hat, sind die jetzt alle zertrampelt."

„Äh, sollten wir nicht Leute vom BKA hinzuziehen?", versuchte Rieder noch einmal einzuwenden. „Also in Berlin hatten wir die Anweisung, dass bei so einem Fall ..."

„Wir sind hier aber nicht in Berlin, HK Rieder", schnitt ihm Bökemüller das Wort ab. „Kommen Sie mit!"

Rieder lief hinter Bökemüller her zurück zum Hafen. Er schaute auf den Bodden hinaus. Da entdeckte er ein Motorboot, das in einigem Abstand vor dem alten Hafen auf den sanften Wellen des Boddens schaukelte. Von Bord schaute jemand mit einem Fernglas in Rieders Richtung. Er beobachtete anscheinend das Treiben auf dem alten Militärstützpunkt. Von der Statur her könnte es Kamradt sein, dachte Rieder, aber er war zu weit weg, um ihn genau zu erkennen. Auch der Schiffsname war ohne Fernglas nicht zu entziffern. Als Bökemüller und er den alten Hafen erreicht hatten, tourte der Motor des Bootes auf. Dann schoss es davon in Richtung Wittower Fähre. Das verstärkte Rieders Verdacht.

„Also." Bökemüller zog das Wort in die Länge. „Wie bereits gesagt, wir brauchen die Kollegen vom BKA nicht, denn", der Polizeichef machte eine Pause, hob seinen Körper auf die Fußballen und senkte sich wieder ab, „Veit war nicht mehr Beamter des BKA."

Rieder starrte ihn verwundert an.

„Aber ich habe ihn doch bei der Preisverleihung und danach ...", bemerkte er mit einer gewissen Fassungslosigkeit.

„Er hat Sie getäuscht!" Bökemüller räusperte sich, bevor er fortfuhr. „Ich habe es auch erst heute Morgen erfahren. Ich hatte am Freitag einen Bekannten beim BKA kontaktiert, weil mir die Sache mit diesem Konrad Veit und seinen Recherchen auf der Insel etwas spanisch vorkam. Erst heute fand ich seine Antwort in den Mails vor, als ich im Büro auf Ihren Anruf wartete. Konrad Veit hat vor zwei Monaten, ohne Angabe von Gründen, seinen Dienst beim BKA quittiert."

„Warum?"

„Haben Sie mir nicht zugehört? Ohne Angabe von Gründen." Bökemüller machte eine kurze Pause. „Es gibt aber noch etwas anderes ... Veit ist, äh, war der Sohn des Polizisten, der in Hameln bei dem Überfall von Neuner angeschossen worden und wenig später seinen Verletzungen erlegen ist. Ich weiß es von Kubicki. Er hat es mir vorhin gesagt, als ich ihn über die neuen Entwicklungen informiert habe."

„Was?", schrie Rieder. „Und warum hat diese Pappnase das nicht schon früher gesagt?"

„Es sei eine taktische Maßnahme gewesen ..."

„Eine taktische Maßnahme?", fragte Rieder aufbrausend. „Was soll das für eine Taktik sein? Jetzt haben wir zwei Tote, Schneider und Veit! Wollen die zuschauen, wie die sich alle gegenseitig umbringen. Denn eins ist doch wohl klar, die beiden Morde hängen zusammen!" Rieder hielt kurz inne. „Ach, und deshalb auch jetzt die große Geheimnisnummer gegenüber den Wachleuten. Es soll unter den Teppich gekehrt werden, dass die Herren Beamten mit uns Katz und Maus gespielt haben und hier ein blutiger Rachefeldzug von ein paar durchgeknallten Exterroristen stattfindet! Das passt natürlich nicht ins schöne Urlaubsland Mecklenburg-Vorpommern", höhnte Rieder. Er war so wütend, dass er gegen den erstbesten Stein trat, der in hohem Bogen ins Boddenwasser flog.

„Mensch Rieder, reißen Sie sich zusammen!", herrschte sein Chef ihn an.

„Weiß es Behm?"

„Ich habe es ihm im Hubschrauber gesagt. Und er hat ähnlich reagiert wie Sie."

„Hat Kubicki sein Schweigen begründet?"

Bökemüller zögerte mit der Antwort. Er schob mit seinen Schuhen kleine Kieshäufchen zusammen. „Sie haben Konrad Veit nicht als Gefahr angesehen, glaubten, er sei rein zufällig als Begleitkommando einer der Politiker auf die Insel gekommen und wäre dann beauftragt worden, sich mal nach dem Tod von Schneider umzuhören, was da liefe. Ob es vielleicht, ich sage mal, unerwünschte Nebenwirkungen geben könnte, wenn einiges aus Schneiders Vergangenheit ans Tageslicht geriete."

„Aber keiner hat mal in Berlin nachgefragt? Weder Sie noch die beiden Sesselfurzer aus Schwerin?"

Bökemüller schüttelte den Kopf.

„Wir hätten stutzig werden müssen", meinte Rieder.

„Wie?"

„Konrad Veit ist doch gezielt gleich zu diesem ehemaligen ABV gerannt, diesem Mohnke, und wollte ihn über Schneiders Vergangenheit ausquetschen. Das hätte uns stutzig machen müssen. Ich habe das doch im Beisein von Riel und Kubicki erzählt. Da hätten bei denen doch die Alarmglocken läuten müssen. Woher sollte sich ein einfacher BKA-Mann plötzlich für Schneiders Vergangenheit interessieren? Logischer wäre es doch gewesen, ihn hätte das Verschwinden von Schneider interessiert oder der Tathergang."

Bökemüller zuckte mit den Schultern. „Riel und Kubicki haben ja reagiert. Sie kannten den Namen und den Hintergrund von Konrad Veit aus der Akte und haben am Freitag von Schwerin aus eine Anfrage ans BKA gerichtet, aber der Dienstweg war wohl länger …" Der Polizeichef deutete hilflos in Richtung des alten Posthauses, um das jetzt Behms Leute in ihren weißen Overalls wuselten und das Gelände nach Spuren absuchten.

„Er hatte noch seine Dienstwaffe", bemerkte Rieder geistesabwesend.

„Was?", fragte Bökemüller, der dem Gedankensprung seines Untergebenen nicht folgen konnte.

„Wenn man seinen Dienst quittiert", klärte Rieder ihn auf, „muss man doch die Dienstwaffe abgeben. Auch sonst hatte er noch alle Ausweise, Zugangsberechtigungen. Steckte alles in seiner Brieftasche. Ist doch merkwürdig? Wozu brauchte er das noch? Warum hat er es nicht abgegeben? Er muss versucht haben, sich irgendwo Zugang zu verschaffen oder etwas zu recherchieren … aber was?"

Rieder ging einige Schritte, als könnte er so seinen Gedanken besser folgen. Dann drehte er sich wieder zu seinem Chef um. „Irgendwie hat es mit Schneider zu tun, denn was wollte Konrad Veit sonst bei der Preisverleihung auf Hiddensee? Dafür spricht auch, dass Konrad Veit seinen Dienst vor zwei Monaten quittiert hat, genau zu dem Zeitpunkt, als die Zeitungen voll von Geschichten über den großen Literaturkritiker Jean Jacques Hoffstede alias Inselpfarrer Jens-Uwe Schneider waren. Vielleicht liegt da der Hund begraben?"

„Sie meinen, Konrad Veit hat Schneider erkannt?" Bökemüller schüttelte den Kopf. „Konrad Veit war ein kleiner Junge, als sein Vater starb, und Schneider ist nirgendwo als Zeuge aufgetreten, es gab kein Bild von ihm, seine Akten waren unter Verschluss."

„Aber Zufall kann es doch wohl auch nicht sein? Vielleicht könnten uns Freunde oder Angehörige von ihm weiterhelfen? Möglicherweise hat er mit ihnen darüber gesprochen, wie er erfahren hat, welche Rolle Schneider damals spielte. Lebt die Mutter von Konrad Veit noch?"

„Keine Ahnung. Die Kollegen vom BKA wollten sich um die Angehörigen kümmern. Aber ich klemme mich mal dahinter." Zum ersten Mal erlebte Rieder seinen Chef nicht nur als Verwalter von Polizeiarbeit, sondern als Ermittler, der sich in einen Fall einbrachte.

„Ein Verbindungsglied zwischen Schneider und Veit könnten auch Kelling und Neuner sein. Die waren Konrad Veit wahrscheinlich durch den Prozess bekannt, ihre Adresse steht im Polizeicomputer", meinte Bökemüller. „Von ihnen könnte er erfahren haben, dass Schneider damals beim Überfall in Hameln der dritte Mann war. Oder er ist ihnen in die Quere gekommen …"

„Wie in die Quere gekommen?", warf Rieder ein.

„Es könnte doch sein, dass Veit dahintergekommen ist, auf welchem Weg auch immer, dass Schneider der dritte Mann ist und er diesen Preis bekommen soll. Er fährt nach Kloster, schaut sich die Sache an. Kelling und Neuner aber wollen endlich Rache an Schneider üben, und was passt da symbolisch besser als eine Hinrichtung am Tag von Schneiders größtem Triumph. Veit wurde Zeuge dieses Mordes, weil er Schneider auf Schritt und Tritt gefolgt ist, und hat Kelling und Neuner damit erpresst. Doch die ließen sich nicht erpressen …"

„Könnte sein!", Rieder gefiel die Theorie seines Chefs, weil er genau den gleichen Verdacht hatte.

„Also müssen wir weiter an den beiden dranbleiben. Ich werde für die Fahndung nach Kelling und Neuner um Verstärkung bitten."

Aus dem Dickicht kamen Dr. Krüger und Behm angetrabt, um Bökemüller und Rieder über ihre ersten Erkenntnisse zu informieren.

Der Pathologe machte ein unglückliches Gesicht. Sein Kurzurlaub auf Hiddensee war mit dem Toten auf dem Bug beendet. „Ich fahre gleich mit dem Bestattungsunternehmen mit und bringe die Leiche nach Greifswald. Ich werde die Obduktion noch heute vornehmen. Aber die Todesursache ist sicher: tödlicher Schuss in die Herzgegend. Dafür sprechen auch die Schmauchspuren auf der Kleidung des Toten am Einschussloch." Behm nickte bestätigend mit dem Kopf. Der Spurensicherer fügte noch hinzu: „Irgendwie riecht seine Kleidung nach Fisch, Salzwasser und Schiffsdiesel. Ich weiß nicht, ob das was bringt, aber ich werde mir das im Labor noch mal genauer ansehen."

„Vielleicht hat ihn ein Fischer mitgenommen", spekulierte Rieder.

„Möglich", stimmte ihm Behm zu, „aber wo sind seine anderen Sachen? Und was wollte er hier? Hier ist doch weit und breit nichts. Wahrscheinlich hat er hier jemanden getroffen."

„Ganz sicher sogar", sagte Bökemüller.

XXX

Damp ärgerte sich. Er musste im Büro sitzen und die Alibis der Briefschreiberinnen überprüfen, während Rieder mit dem Rechtsmediziner auf den Bug zur neuen Leiche gefahren war. Wen es da getroffen hatte, interessierte ihn schon. Aber Rieder rief einfach nicht an! Typisch! Immer wieder fühlte sich Damp zurückgesetzt! Das ganze Gequatsche über Teamwork und gemeinsames Arbeiten konnte der sich sparen!

Damp hatte sich erst einmal die Briefe von den Frauen vorgenommen, die nicht von der Insel kamen. Er nahm den nächsten zur Hand, tippte in den Polizeicomputer Namen und Adresse der Absenderin ein, um so die Telefonnummer herauszubekommen. Hatte er Erfolg, rief er die Frauen an, informierte sie über den Tod des Pfarrers und ehemaligen Liebhabers. Die Reaktionen auf der anderen Seite der Leitung waren sehr unterschiedlich. Sie reichten von nicht enden wollenden Weinkrämpfen bis zu bösen Verwünschungen. Manche Frauen nahmen es einfach nur ohne jede hörbare Gefühlsregung zur Kenntnis. Alle Frauen hatten ein Alibi für die Tatzeit am Sonntag. Auch auf Damps Drohung, ihre Angaben würden durch die lokalen Polizeibehörden natürlich noch überprüft werden, änderte keine der Damen ihre Aussage.

Damp wartete auf die nächste Telefonnummer. Ein kleiner Kreis am unteren Rand des Bildschirms drehte sich langsam. Er starrte auf den Monitor und grübelte. Das Telefon klingelte und holte ihn aus seinen Tagträumen. Auf dem Display erkannte Damp die Nummer seines Kollegen.

Rieder informierte ihn über den Tod von Konrad Veit.

„Ach du Scheiße", entfuhr es ihm, um dann sofort zu frohlocken: „Dann sind wir den Fall wohl los?"

Rieder enttäuschte seine Hoffnungen und berichtete stattdessen über die Verbindung des Toten zu Pfarrer Schneider und darüber, dass beide Morde zusammenhängen könnten.

Damp verdrehte die Augen, als sein Kollege ihm auftrug, er solle herausbekommen, wo sich der ehemalige BKA-Beamte auf Hiddensee aufgehalten hätte, und dass er die Fischer befragen solle, ob sie Konrad Veit zum Bug gebracht hätten.

„Ohne Bild?" Damit stoppte er Rieders Redefluss. Sein Kollege musste ihm recht geben. Ohne Bild war das Ganze ein aussichtsloses Unterfangen. Er werde sich kümmern, versprach Rieder. Damp nickte siegessicher und legte auf.

„Geblockt", dachte er sich. Beim nächsten Anruf würde er als Ausrede seine Recherchen zu den Briefeschreiberinnen vorschieben. Dienst nach Vorschrift hieß Damps Devise.

Auf dem Computerbildschirm wurde die nächste Telefonnummer längst angezeigt, aber ein Klopfen an der Tür hinderte ihn erneut daran, die betreffende Dame anzurufen.

Die Tür ging auf, ohne dass Damp „Herein" gerufen hatte. „Tach", grüßte Malte Fittkau. Er schlurfte mit seinen Gummistiefeln in den Raum. „Wie steht's?"

„Was willst du? Dein Kumpel ist noch auf Rügen." Damp machte eine Bewegung mit dem Daumen in Richtung Tür, doch Fittkau machte keine Anstalten zu gehen. Er ließ sich auf den Stuhl fallen, auf dem sonst Rieder saß, und drehte sich ein bisschen hin und her.

Damp warf den Brief, den er in der Hand hatte, auf den Tisch und lehnte sich zurück. Er verschränkte die Arme vor der Brust und starrte Fittkau an, sagte aber kein Wort. Der hörte auf, den Drehstuhl auszuprobieren. „Schon was rausgefunden?"

Damp rührte sich nicht.

Fittkau zog aus der kleinen Brusttasche seiner Latzhose eine dicke Zigarre, zog sie genüsslich unter seiner Nase entlang, biss die

Spitze ab, spuckte sie in den Papierkorb neben dem Schreibtisch. Dann holte er seine Streichhölzer aus der Hosentasche.

„Hier ist Rauchen verboten!", sagte der Polizist in scharfem Ton.

Fittkau stockte kurz, zündete sich dann aber doch die Zigarre an und paffte kräftig Qualm in die Luft.

„Bei Dir ist alles verboten, Damp", bemerkte Fittkau ruhig. Dann stand er auf, öffnete das Fenster und setzte sich wieder hin.

Fittkau lehnte sich zurück und zog genüsslich an seiner Zigarre.

Nun verlor Damp doch die Geduld. Er gab seine buddhaartige Haltung auf, sammelte einige Unterlagen auf seinem Schreibtisch zusammen, stand auf und machte Anstalten zu gehen. Er hielt die Tür auf und rief Fittkau zu: „Du kannst abhauen. Ich habe von deinem Kumpel gerade eine Menge Arbeit aufgebrummt bekommen", log er.

Doch Fittkau blieb sitzen und paffte weiter runde Kringel in die Luft.

„Das wird mir zu blöd", raunzte Damp und wedelte mit der Tür hin und her, als könnte er so Fittkau aus dem Büro herauswehen. Der nahm seine Zigarre aus dem Mund, schnappte einen der Hiddenseer Briefstapel vom Schreibtisch und schwenkte ihn in der Luft. „Und jetzt willst du also der Damenwelt der Insel auf den Zahn fühlen?"

Damp ließ die Tür los, trat auf Fittkau zu und versuchte ihm die Briefe zu entreißen.

„Was geht dich das an?"

„Ich hab sie gefunden?"

„Na und?"

„Ich finde, ich habe ein Recht zu erfahren, was du damit anstellst?"

Damp schüttelte genervt den Kopf. „Was soll ich damit anstellen? Ich gehe zu den Frauen hin, frage sie, wo sie am Sonntag gewesen sind, und …"

„… und kriegst nichts raus."

„Woher willst du das wissen?"

Statt zu antworten, grinste Fittkau Damp wieder nur an. Das ärgerte den Polizisten noch mehr.

„Ich habe zum Beispiel herausgefunden, dass dieser Kirchenfritze, der Hempel, den Schneider auf dem Kieker hatte und ..."

„Du hast Birgit Thurow ihren Brief zurückgegeben."

„Woher weißt du ..." Damp biss sich auf die Zunge und verfluchte sich für sein Eingeständnis.

„Birgit fährt immer an meiner Bude vorbei. Da liegt dann immer dieser Duft in der Luft, nach dem auch der Brief roch", ließ sich Rieders Nachbar zu einer Erklärung herab. „Ich habe gesehen, wie du den Brief eingesteckt hast und kaum, dass Rieder weg war, nach Kloster los bist. Eins und eins, verstehst du?"

So viel hatten Fittkau und Damp noch nie miteinander geredet. Und ehrlich gesagt hatte Damp auch Fittkau noch nie so viel am Stück reden hören. Der Polizist fing sich langsam wieder.

„Und was hat das alles jetzt mit mir und diesen Scheißbriefen zu tun?"

„Du wirst nix rausbekommen?"

„Warum nicht?"

Fittkau zündete sich wieder seine Zigarre an. „Mensch Damp, bist du so blöd oder tust du nur so?" Bevor Damp zu einer empörenden Entgegnung ansetzen konnte, setzte Fittkau fort. „Keine Sau würde dir auch nur das Geringste verraten." Er machte zwei tiefe Züge und blies den Rauch in den Raum. „Weil du nicht von hier bist. Und weil kein Hiddenseer dich leiden kann. Weil du ein Rügener bist. "

„Wenn du dich da mal nicht täuschst."

„Tu ich nicht. Aber bitte."

XXXI

Uwe Gebauer genoss den Blick auf die Silhouette von Stralsund. Wie Trutzburgen hoben sich die Türme der drei Stadtkirchen aus dem Häusermeer. Der rote Backstein leuchtete in der Sonne und würde im klaren Mittagshimmel noch lange backbords zu sehen sein, während das Wasserschutzpolizeiboot 23 langsam durch das Stralsunder Fahrwasser in Richtung Schaproder Bodden glitt. Backbord stand der Mais mannshoch auf den Feldern hinter Altefähr und um Rambin im Süden Rügens. Windräder drehten sich träge im sanften Küstenwind. Immer wieder hatte sich Gebauer vorgenommen, Rambin einen Besuch abzustatten. Seit seiner Kindheit hatte dieser kleine Ort für ihn etwas Magisches. In einem alten Kinderbuch, das seine Oma bei einer Bibliotheksauflösung für ihn erstanden hatte, gab es viele Sagen, die von den neun Bergen bei Rambin handelten und von kleinen Zwergen, den sogenannten Unterirdischen, erzählten, die dort angeblich gewohnt hatten. Auf der B 96 war er schon oft durch den Ort gefahren, hatte aber nie angehalten. Auch jetzt nahm er sich beim Gedanken an das alte Buch, das seit Jahrzehnten auf seinem Nachtisch lag, wieder vor, Rambin zu erkunden.

Gebauer war mit seinem Boot und seinen zwei Besatzungsmitgliedern auf Patrouillenfahrt. Es versprach, eine ruhige Tour zu werden. Mit dem nahen Ende der Ferien nahm der Sportbootverkehr zwischen Stralsund und Hiddensee in der schmalen Fahrrinne des Schaproder Boddens deutlich ab. Gelegentlich mussten Windsurfer, die vor Ummanz ihr Revier hatten, ermahnt werden, nicht die Fahrrinne zu kreuzen. Schon öfters hatte es brenzlige

Situationen gegeben und Beinahezusammenstöße mit den Fähr-schiffen und Segeljachten, die den Surfern nicht so schnell aus-weichen konnten.

Neueste Mode war das Kitesurfen. Statt eines Segels benutzten die Kitesurfer einen Lenkdrachen. Mit rasantem Tempo schweb-ten sie über der Wasseroberfläche. Als die Kitesurfer heute das blau-weiße Wasserschutzpolizeiboot erblickten, beschränkten sie von selbst ihre Ausflüge auf den Bereich vor der Fahrrinne. Gebauer freute sich über die Abschreckung, die schon seine pure Nähe auslöste.

Mit dem Fernglas schaute er auf der anderen Seite zum Gel-len, der Südspitze Hiddensees. Dort hatten sich schon zahlreiche Wildgänse versammelt. Ihr Geschnatter trieb der Wind herüber. Gebauer empfand ein kurzes Gefühl der Wehmut. Die Zugvögel kündigten den baldigen Herbst an, mit seinen Stürmen, dunklen Wolken, langen Regentagen. Er bat den Beamten am Steuer, die Fahrt zu drosseln und ein wenig näher an den Gellen heranzufah-ren. Immer wieder gab es Touristen, die sich nicht an das Verbot hielten, das Biosphärenreservat nicht zu betreten. Auch manchen Bootsbesitzer lockten die abgeschieden Buchten des Gellen, ob-wohl hier Ankern und Anlegen untersagt waren. Gebauer kannte da wenig Gnade. War er sonst großzügig und stellte Belehren vor Bestrafen, hatte hier seine Toleranz ein Ende. Die Vögel brauchten Schutz und einen Rückzugsort. Er fand, dieses Stück Land stand ihnen einfach zu. Aber heute gab es nichts zu beanstanden.

Gebauer gab das Zeichen, wieder zur Fahrrinne zurückzukeh-ren. Sein Steuermann atmete sichtbar auf. Die Fahrt so nah am Gellen war nicht ganz ungefährlich. Die Wassertiefe betrug zuwei-len nicht einmal einen Meter. Gerade im Sommer war der Wasser-stand oft noch niedriger.

Als das Boot die Fahrrinne erreicht hatte, musste es kurz stop-pen, denn eine ganze Kolonne von Segelschiffen und Motorboo-ten kam aus Richtung Neuendorf, Vitte und Kloster. Sie waren wahrscheinlich auf der Heimreise. Die Ferien gingen zu Ende. Kein Segler hatte die Segel gesetzt, denn hier auf der Boddenseite vor Hiddensee war es bei diesen Windverhältnissen eine Kunst, zu kreuzen und dabei nicht das Boot auf Grund zu setzen.

Gebauer hatte sich vorn auf das Kabinendach gesetzt und schaute der Schiffsparade zu. Da erregte ein Schiffsname seine Aufmerksamkeit. „Barracuda" stand in roten Buchstaben auf der Steuerbordseite einer weißen Motorjacht, darunter ein gemalter Haifisch. Das Boot glitt in langsamer Fahrt am Polizeiboot vorbei. Im offenen Führerstand thronten lässig zwei Männer.

„Barracuda!, Schiffstyp Bavaria, Modell 27! Gebauer war plötzlich wie elektrisiert. Er balancierte so schnell es ging auf dem schmalen Gang neben der Kabine in Richtung Heck, sprang ins Achterdeck und griff nach dem Fahndungsbuch. Da stand es! Schwarz auf weiß! Die „Barracuda" und ihre Besatzung, Ralf Kelling und Andreas Neuner, wurden gesucht.

„Sofort hart steuerbord!", rief Gebauer. „Blaulicht setzen. Volle Kraft voraus! Neben der Fahrrinne dem weißen Kahn da vorn hinterher!"

Aus der Kabine kam der zweite Beamte und fragte, was los sei, während der Steuermann das Boot auftouren ließ. Der Bug des Polizeibootes hob sich aus dem Wasser. Die Gischt der Bugwelle spritzte über das Vordeck. Der Verfolgungsversuch war nicht unbeobachtet geblieben. Die „Barracuda" scherte nach Backbord in die Mitte der Fahrrinne aus und schoss dann auch mit hoher Geschwindigkeit vorwärts. Die Schiffe, die zwischen den beiden rasenden Booten fuhren, kamen durch die von links und rechts heranrollenden Wellen des aufgewühlten Boddenwassers heftig ins Trudeln.

Von vorn näherte sich die Mittagsfähre aus Stralsund. Die Schiffssirene gab laut Signal. Eine Kollision zwischen der „Barracuda" und dem Dampfer schien unausweichlich. Steuerbord war für die „Barracuda" kein Ausweichen möglich. Der Weg war durch einen Segler versperrt, backbords tummelten sich zahlreiche Kitesurfer. Gebauers Puls raste. Da drehte die verfolgte Jacht, wie von einem Katapult abgeschossen, knapp vor Bugspitze des Seglers nach Steuerbord ab.

„Maschine stopp, Motor aus!", brüllte Gebauer. Aber sein Steuermann hatte das Manöver der Verfolgten wohl schon geahnt. Er hatte die Aggregate ausgeschaltet. Mit einem Ruck verlor das Boot an Fahrt. Ein Zusammenstoß war abgewendet. Sofort wurde der Motor wieder angelassen, doch ehe das Polizeiboot in Fahrt kam, hatte sich der Abstand zur „Barracuda" rasant vergrößert.

Beide Boote rasten durch den Schaproder Bodden auf die Südspitze Hiddensees zu, den Geller Haken und die Barhöfter Rinne. Gebauer griff nach dem Funkgerät. Er alarmierte die Zentrale und bat um Unterstützung durch andere Boote und die Küstenwache. Nach dem knapp entgangenen Crash mit der Fähre war ihm nicht sehr wohl bei der Verfolgungsjagd. Nicht auszudenken, wenn eins der beiden Boote bei dieser Geschwindigkeit auf Grund laufen würde oder von einer hohen Welle auf der nahen Ostsee getroffen wurde. Kentern bedeutete bei diesen Geschwindigkeiten für alle den sicheren Tod.

Die offene See war erreicht. Weit und breit waren weder ein Schiff der Küstenwache noch ein anderes Polizeiboot zu sehen. Die Motorjacht änderte ihren Kurs, bog nach Steuerbord in Richtung Norden ab. Wahrscheinlich befürchteten die beiden Männer auf der „Barracuda", dass sie vor der Küste von Zingst und dem Darß von anderen Polizeibooten gestellt werden könnten. Da erschien ihnen die Ostsee als sicherer Fluchtweg.

So ging es nun auf der Ostseeseite an der Küste Hiddensees entlang. Gebauer betätigte ohne Unterlass die Schiffssirene. Er hoffte, dass sich kein Schwimmer außerhalb der Badebegrenzungen befand und damit Gefahr lief, von den beiden Booten geköpft zu werden. Obwohl die Turbinen des blauen Polizeibootes alles gaben, schien sich der Abstand nicht zu verringern. Während Gebauers Steuermann die Jagd offenbar genoss, umklammerte das andere Besatzungsmitglied krampfhaft einen Holm des Decks und blickte mit blassem, angstverzerrtem Gesicht voraus.

„Nehmen Sie sich zusammen!", schrie ihn Gebauer an. „Bereiten Sie sich darauf vor, dass wir die entern, wenn wir auf gleiche Höhe kommen!"

„Was?!"

Gebauer schüttelte den Kopf. „Leute schickt das Arbeitsamt", dachte er bei sich. Neuendorf lag schon hinter ihnen. Die kleine Landzunge Hasenort, südlich von Vitte, flog gerade vorbei. Gebauer sah, wie die Menschen am Strand aufstanden und den beiden Booten nachschauten. Vitte kam in Sicht. Die „Barracuda" steuerte noch etwas weiter nach Steuerbord und näherte sich beängstigend den ins Meer hineinragenden Buhnen.

„Gib Stoff!", brüllte Gebauer seinen Steuermann an. „Vielleicht können wir sie überholen und uns dann querlegen."

„Wir sind schon am Anschlag! Im roten Bereich", rief der Mann zurück.

„Verdammte Scheiße!"

Harter Ort kam in Sicht. Dort begann der Steindamm. Die Hucke war nicht mehr weit und damit auch die Nordspitze der Insel. Wenn es so weitergeht, überlegte Gebauer, würden sie bald durch die Dreimeilenzone jagen. Wie waren da eigentlich seine Zugriffsrechte? Hatte er da überhaupt welche? Und noch immer keine Unterstützung in Sicht, weder voraus noch hinterher. Plötzlich tauchte am Himmel ein Polizeihubschrauber auf. Er musste von Rügen gekommen sein und nahm nun auch die Verfolgung auf. Die Bugwellen der beiden Boote klatschten an die Felsblöcke des Steindammes unterhalb der Steilküste von Kloster und durchnässten die Spaziergänger, die auf der Dammkrone balancierten. Die „Barracuda" nahm Kurs nach Norden. Die Absicht war klar: Internationale Gewässer erreichen. So schnell würden Küstenwache und Marine nicht reagieren und die Verfolgung aufnehmen können. Da tauchte hinter der Nordspitze der Insel plötzlich ein blauer Schiffsrumpf mit der weißen Aufschrift „Küstenwache" auf, näherte sich in schnellem Tempo von Steuerbord den beiden Booten. Die „Barracuda" versuchte durch ein Abdrehen nach Backbord dem Schiff auszuweichen, doch da tauchten zwei schwarze motorisierte Schlauchboote hinter dem Schiff der Küstenwache auf, besetzt mit mehreren Männern in schwarzen Anzügen. Sie umkreisten das verfolgte Boot und setzen sich dann backbord und steuerbord neben die „Barracuda". Sie hatte durch das Ausweichmanöver ihr Tempo deutlich verlangsamen müssen. Auch Gebauer konnte aufholen und sah nun eine Chance, vor die fliehende Jacht zu kommen. Da wurde von einem der beiden Zodiacs eine Leuchtrakete abgefeuert. Die beiden Boote gingen bei der „Barracuda" längs und im selben Augenblick sprangen die ersten der schwarzen Gestalten auf die Motorjacht. Gebauer stockte der Atem bei dieser halsbrecherischen Aktion. An Bord gab es ein kurzes Handgemenge. Wenige Sekunden später stoppte die „Barracuda". Wieder wurde eine Leuchtrakete gezündet. Das Signal für das Ende des Einsatzes.

Die Schiffe der Küstenwache und der Wasserschutzpolizei nahmen Kurs auf die drei Boote. Als sie nah genug waren, sah Gebauer, dass zwei Männer auf dem Boden der Jacht lagen, die Hände auf dem Rücken mit Kabelbindern gefesselt.

Der Kapitän der Küstenwache meldete sich per Funk bei Gebauer. „Da seid ihr wohl ein bisschen vom Kurs abgekommen mit eurer Nussschale? Das ist hier doch wohl unsere Wiese?"

Gebauer kannte den Kommandanten lange und wusste seinen Spott zu nehmen. „Ich wollte eigentlich nur mal die Motoren voll ausfahren."

„Gratulation an deinen Steuermann und deinen Kahn. Der hat echt gut durchgehalten!"

„Danke!"

„Hattest 'ne gute Nase. Es sind die beiden Gesuchten, Kelling und Neuner. Wir bringen sie nach Stralsund und übergeben sie Bökemüller und Co. Nun hübsch zurück ins Körbchen … äh, in den Bodden. Over."

„Over." Gebauer winkte dem Kapitän der Küstenwache kurz zu und ließ dann sein Boot wenden. Der zweite Mann saß, noch immer leichenblass, auf der Bank im Heck.

XXXII

Das Schilf wiegte sich im Wind. Das Rascheln seiner Blätter wirkte wie ein leises Flüstern. Rieder und Behm hatten sich auf die alte Kaimauer gesetzt, ließen die Beine knapp über der Wasseroberfläche baumeln und schauten über den Bodden in Richtung Wittower Fähre. Die anderen beiden Beamten von der Spurensicherung hatten es sich im Schatten der Büsche am Rande des alten Hafengeländes bequem gemacht, nachdem sie ihre Arbeit am Fundort der Leiche beendet hatten.

Jetzt am späten Vormittag kamen immer mehr Boote von Dranske und Wiek und fuhren in Richtung Schaproder Bodden.

„Wie kommen wir hier eigentlich weg?", fragte Rieder.

„Den Hubschrauber wird uns Bökemüller wahrscheinlich nicht schicken", konstatierte Behm. „Ich rufe einen Wagen aus Bergen, der uns abholen soll."

„Und was ist dann mit Geheimhaltung und …"

„Vergiss es! Morgen schreien es die Möwen eh von den Dächern, dass es hier einen Toten gab. Oder glaubst du im Ernst, dass die Jungs vom Wachschutz dichthalten. Und die von Bergen wissen eh schon Bescheid."

„Dann könnten wir auch das Wassertaxi rufen."

„Klingt auch ganz amüsant."

„Kostet aber!"

Schulterzucken von Behm. „Egal. Hubschrauberfliegen kostet mehr Geld, erst warten und dann mit dem Auto über ganz Rügen fahren mehr Zeit. Außerdem habe ich keinen Bock, den Spusikoffer über diese Holperpiste bis zum Eingang des Geländes zu ziehen."

„Also Wassertaxi." Behm hob den Daumen. Rieder wollte gerade die Nummer der Hiddenseer Reederei wählen, da klingelte sein Telefon.

„Hallo, Gebauer, was gibt's? Bist du zufällig in der Nähe vom Bug, um vier Gestrandete an Bord zu nehmen?"

Rieder lauschte plötzlich ganz aufmerksam.

„Was ist los?", fragte Behm.

Rieder hob die Hand, um ihn zum Schweigen zu bringen. „Was?", rief er. Dann: „Wo?" Wieder hörte er zu. „Und bist du sicher?", fragte er noch einmal nach.

Behm wurde ganz ungeduldig. „Nun sag schon, was los ist."

„Sie haben Kelling und Neuner gefasst!", flüsterte Rieder am Handy vorbei.

„Wo?"

Rieder winkte ab.

„Kannst du uns abholen? Wir sind am alten Hafen auf dem Bug. Es hat hier einen Toten gegeben. Wahrscheinlich gibt's einen Zusammenhang." Nachdem Rieder noch einmal kurz zugehört hatte, beendete er das Gespräch: „Okay. Dann bis in einer halben Stunde." Er legte auf.

„Und?", fragte Behm.

„Sie haben die beiden in der Fahrrinne des Schaproder Boddens erwischt. Sie könnten also von hier gekommen sein. Vom Bug. Liegt praktisch am Weg."

Behm zweifelte. „Aber dann wären sie doch längst über alle Berge gewesen, wenn sich Krüger mit dem Todeszeitpunkt nicht total geirrt hat."

„Da hast du recht, aber …"

„Was aber?"

„Als ich vorhin zu dem Gespräch mit Bökemüller hierher zurückgegangen bin, lag dort", Rieder zeigte in Richtung Bodden, „eine Motorjacht, und ein Mann hat uns beobachtet. Ich dachte, es wäre vielleicht Kamradt gewesen, jedenfalls von der Statur. Es könnte aber auch das Boot von Kelling oder Neuner gewesen sein."

„Kamradts Hotel liegt gleich da drüben. Siehst du? Die Türme von der Wittower Fähre!"

Rieder nickte. „Stimmt. Vielleicht sollten wir Kamradt noch einen Besuch abstatten?"

„Mit welcher Begründung?"

„Bauchgefühl."

Wenig später kam Gebauers Boot in Sicht. Er nahm die Polizisten an Bord. Er war immer noch ganz aufgeregt und ließ es sich nicht nehmen, noch einmal in allen Einzelheiten die wilde Verfolgungsjagd über den Bodden und die Ostsee zu schildern. Gebauer ärgerte sich immer noch, dass ihm die Küstenwache die beiden Verdächtigen vor der Nase weggeschnappt hatte. „Wir waren ganz nah dran!" Die beiden anderen Besatzungsmitglieder des Polizeibootes gaben durch ihre Mienen zu verstehen, dass sie von dieser Prognose nicht so ganz überzeugt waren, schwiegen aber. Dafür stichelte Behm: „Na, mit deinem weißblauen Kahn willst du gegen eine Bavaria-Jacht ankommen? Da ist doch wohl der Wunsch der Vater des Gedankens!"

Gebauer winkte ab. „Man muss das Boot nur richtig fahren und die natürlichen Gegebenheiten ausnutzen. Wind. Wellengang."

Da mussten nicht nur Behm und Rieder, sondern auch die beiden Besatzungsmitglieder lachen.

Gebauer wechselte das Thema. „Als ich übrigens der Zentrale gemeldet habe, dass ich euch hier aufsammle, kam die Ansage, dass ihr sofort nach Stralsund kommen sollt."

Rieder ließ sich eine Verbindung mit dem Büro von Bökemüller machen. Er erreichte nur die Sekretärin, die aber bereits im Bilde war. „Herr Bökemüller möchte, dass Sie die beiden Verdächtigen, Herrn Neuner und Herrn Kelling, hier in Stralsund so schnell wie möglich verhören. Dies hätte oberste Priorität, hat der Präsident gesagt."

„Also kein Ausflug zu Kamradt!" Das Boot nahm Kurs auf den Schaproder Bodden und weiter auf Stralsund. Rieder und Behm saßen im Heck des Schiffes und genossen den Fahrtwind.

„Weißt du, was mir gerade in den Sinn kommt?", fragte Behm.

Rieder schüttelte den Kopf.

„Die Kleidung von Konrad Veit."

„Was ist damit."

„Wir haben an der Kirche ganz wenige Faserspuren an dem Kirchenfenster gesichert, durch das der Einbrecher abgehauen ist. Schwarze Fasern."

„Und?"

„Der tote Konrad Veit trug doch so einen schwarzen Sportanzug oder was weiß ich, wie man das nennt. Vielleicht war er der Einbrecher von Hiddensee."

„Schon möglich. Aber was sollte er gesucht haben? Schneider war schon tot."

„Vielleicht eine Spur zu Kelling und Neuner?"

„Kelling steht in den Gelben Seiten und im Telefonbuch ..." Rieder rieb sich die Stirn und knabberte mit den Zähnen auf den Lippen.

„Was ist?"

„Vielleicht hat er eine Spur zu Kamradt gesucht?"

„Dazu hätte er wissen müssen, dass die beiden in Kontakt standen. Woher sollte er das wissen? Und was hätte er von Kamradt wissen wollen? Der war nun am Tod seines Vaters ganz gewiss nicht schuld."

Rieder wiegte den Kopf hin und her. „Aber warum hatte er noch alle Ausweise vom BKA und seine Waffe? Wozu wollte er sie benutzen oder hat sie benutzt?"

Der Grund für die plötzliche Eile mit den Vernehmungen von Neuner und Kelling saß in Bökemüllers Büro. Ein älterer Herr, mit dem sich der Polizeipräsident sehr angeregt unterhielt, allerdings nicht über den Fall.

„In Fleesensee finde ich den Platz nicht besonders anspruchs-voll. Das Publikum ist doch manchmal etwas sehr provinziell", erzählte Bökemüller gerade.

„Ich kann Ihnen nur empfehlen, mal nach Bad Saarow zu fahren. Die Plätze sind tipptopp und das Hotel … die Küche. Und man trifft nicht Hinz und Kunz, sondern wirklich interessante Leute aus der Berliner Politik. Das kann ja manchmal sehr nützlich sein. Also mir hat es schon bei manchem Fall geholfen."

„Ach, da sind die Herren Behm und Rieder. Darf ich vorstellen, Dr. Heinrich Laurenz, der Anwalt von Herrn Kelling und Herrn Neuner."

Der ältere Herr stand auf. Sein graues Haar hatte er zurückgekämmt. Durch seine randlose Brille fiel ein strenger, stechender Blick auf die Beamten, während sich seine Lippen zu einem Lächeln zwangen. Laurenz trug kein normales Sakko, sondern einen längeren schwarzen Gehrock. Eine kleine goldene Uhrkette klemmte an seinem Revers und verschwand in der Brusttasche. Laurenz kam Rieder bekannt vor, sodass er bei dem kurzen Händedruck etwas stutzte.

Bökemüller bemerkte das. „Vielleicht kennen Sie sich. Herr Laurenz hat seine Kanzlei in Berlin, aber er besitzt hier bei Güstrow ein kleines Gut mit einem sehr schönen Landhaus. Er war so freundlich, sich in Laage gleich in sein Flugzeug zu setzen und herüberzukommen."

„Der Flugplatz in Güttin liegt praktisch um die Ecke. Und Präsident Bökemüller war so freundlich, mir einen Wagen dorthin zu schicken."

„So viel zum Thema Kosten", flüsterte Behm Rieder leise zu.

„Setzen wir uns doch", bat Bökemüller. „Ich habe Dr. Laurenz schon über die wichtigsten Fakten in Kenntnis gesetzt …"

„Und ich bin natürlich von der Unschuld meiner Klienten überzeugt", warf leutselig der Anwalt ein. „Aber mal ganz im Ernst. Kelling kenne ich schon seit seiner Übersiedlung in die DDR. Seine kriminelle Energie beschränkt sich auf Falschparken. Die Geschichte von damals … eher ein jugendliches Abenteuer als eine Straftat …"

„Mit immerhin einem Toten", funkte Behm dazwischen. Laurenz ließ sich dadurch nicht aus dem Konzept bringen. „Herr

Neuner ist sicher ein anderes Kaliber. Ich kenne ihn auch erst seit seiner Freilassung und habe seine Betreuung auf Bitten von Herrn Kelling übernommen. Ein Heißsporn, gewiss, und wie Sie richtig bemerken, Herr Behm, nicht ganz ohne. Aber ich bitte Sie, zwanzig Jahre Einzelhaft, da dürstet einem nicht nach einer Fortsetzung."

„Die Indizien sprechen eine andere Sprache", warf Rieder ein. Ihm war mittlerweile eingefallen, warum ihm Laurenz bekannt vorkam. Kurz vor der Wende hatte er sich in einem Buch für Reformen in der DDR eingesetzt. Es war nur im Westen erschienen und hatte ihm einigen Ruhm eingebracht. Außerdem hatte Laurenz einige der Terroristen verteidigt, die in der DDR untergetaucht, dann nach der Wende aufgeflogen und vor Gericht gestellt worden waren. Jetzt trat er oft als Anwalt für alte DDR-Größen auf, nicht nur aus der Politik, sondern auch aus der Prominentenszene, Schlagerstars oder Schauspieler. Er irrlichterte durch Talkshows als Fürsprecher der untergegangenen DDR. Offenbar ein einträgliches Geschäft, denn auch ein Gut inklusive Landhaus mussten bezahlt und unterhalten werden.

„Beweise, meine Herren, Beweise zählen vor Gericht", entgegnete der Anwalt auf Rieders Einwurf. „Jetzt würde ich gern noch kurz mit meinem Mandanten Ralf Kelling sprechen, bevor er von Ihnen in die Mangel genommen wird. Aus alter Verbundenheit werde ich ihn im Verfahren vertreten, obwohl ich sonst beide anwaltlich berate. Andreas Neuner wird von meinem Kollegen Seidenkranz aus Rostock vertreten. Er müsste jetzt auch hier sein. Ich hoffe, Sie werden bald mit den Verhören beginnen. Wir wollen doch nicht zu viel Zeit verlieren."

Damit stand Laurenz auf. Von Bökemüller verabschiedete er sich mit Handschlag. „Vielleicht können wir uns mal auf eine Partie in Bad Saarow verabreden." Den Polizisten winkte der Anwalt nur kurz zu.

„Eine harte Nuss, der Laurenz!", meinte Bökemüller, als dieser das Büro verlassen hatte. „Ich bin gespannt, ob Sie beide die knacken."

Eigentlich war es unüblich, dass die ermittelnden Beamten auch die Verhöre durchführten. Damit sollte verhindert werden, dass die Polizisten voreingenommen an die Vernehmungen herangingen und ihnen dadurch Fehler unterlaufen konnten. Doch durch den chronischen Personalmangel konnte man sich in der Polizeidirektion Stralsund solchen Luxus nicht erlauben. Allerdings würde nur Rieder mit Kelling und Neuner reden, denn Behm musste erst einmal das Konvolut an Spuren vom Tatort auf dem Bug aufarbeiten. Außerdem erwartete er von Dr. Krüger aus der Greifswalder Rechtsmedizin die Kugel, die Konrad Veit getötet hatte.

Rieder überlegte, ob er zuerst Kelling oder Neuner vernehmen solle. Kelling wäre vielleicht etwas zugänglicher, Neuner sicher, nach den Erfahrungen bei ihrem Zusammentreffen auf Hiddensee und in Prerow, eher bockig. Bökemüller wollte auf der Tribüne Platz nehmen, im Nebenraum des Vernehmungszimmers, hinter der verspiegelten Wand. Das alles machte die ganze Sache nicht gerade vergnügungssteuerpflichtig. Und dann war das hier nicht Rieders Spielfeld. Einige Kollegen ließen ihn auch deutlich spüren, dass er mit seiner Berliner Herkunft für sie ein Fremder war. Als er vorhin Damp ein Foto von Konrad Veit mailen wollte, damit er auf der Insel recherchieren konnte, wo er sich aufgehalten hatte, musste er in drei Büros anklopfen, bis ein Beamter bereit war, ihm für ein paar Minuten seinen Computer zu überlassen.

Da öffnete sich die Tür und eine junge Frau trat ein, die Rieder sofort als Zivilfahnder identifizierte. Sie trug bequeme Kakihosen mit diversen Taschen für alle möglichen Polizeiutensilien. Dazu eine Sportjacke, die so weit geschnitten war, dass darunter das Pistolenhalfter nicht auffiel. Ihre mittellangen dunklen Haare hatte sie zu einem Pferdeschwanz zusammengebunden.

„HK Rieder?"

Rieder nickte.

„Herr Bökemüller schickt mich. Polizeikommissarin Anne Böttcher vom LKA Niedersachsen. Ich begleite Frau Grete Veit." Die junge Beamtin druckste etwas herum, als müsste sie erst nach den richtigen Worten suchen. „Es geht um ihren Sohn. Sie wissen schon ..." Damit drehte sich die Polizistin um, schaute durch die Tür und winkte jemandem.

Eine ältere Frau betrat den Raum. Was Rieder sofort ins Auge stach, war die Brille mit großen quadratischen Gläsern, die das Gesicht der Frau dominierten. Sie kam sehr langsam herein und blickte sich im Raum um. Rieder war aufgestanden und reichte der Frau die Hand. „Mein Beileid."

Frau Veit nickte nur kurz und schaute dann weiter die Inneneinrichtung des Büros an, betrachtete die Plakate an den Wänden.

„Eigentlich sollte ich Frau Veit gleich nach Greifswald bringen, damit sie ihren Sohn identifiziert", erklärte die Beamtin, noch immer verunsichert, ob sie das Richtige getan hatte. „Aber Frau Veit wollte zuerst mit einem der ermittelnden Beamten sprechen. Und da dachte ich ... wissen Sie, ich bin noch nicht so lange dabei ..."

„Sie haben alles richtig gemacht", beruhigte sie Rieder. Dann wandte er sich an Frau Veit. „Wollen Sie sich vielleicht setzen?"

Wieder nur ein Kopfnicken. Vorsichtig nahm die alte Frau auf dem Stuhl vor Rieders Schreibtisch Platz.

„So sieht es also aus, wo Konrad gearbeitet hat." Sie sagte diesen Satz völlig tonlos. Rieder wusste nicht so recht, wie er reagieren sollte.

„Ja ... eh, nicht immer ... Ihr Sohn war ja beim Personenschutz. Da war er mehr draußen unterwegs, mit den Politikern."

„Rieder? Den Namen habe ich schon mal gehört. Konrad erzählte mal von einem Rieder. Aber der war in Berlin. Oder gehören Sie zu seinen Berliner Kollegen vom Bundeskriminalamt?"

„Ja und nein. Ich kenne Konrad aus Berlin. Wir sind dort mal eine Weile zusammen Streife gefahren. Ist aber schon ein paar Jahre her. Ich arbeite mittlerweile hier oben, eigentlich auf Hiddensee."

„Auf Hiddensee? Braucht's denn da überhaupt Polizei? Das ist doch so eine kleine Insel?", fragte Frau Veit.

„Wie Sie sehen ... Das Verbrechen macht keinen Urlaub." Was für ein blöder Satz, ärgerte sich Rieder, kaum dass er ihn ausgesprochen hatte. Auch die junge Polizistin schaute ihn verwundert an. Frau Veit schien die Peinlichkeit von Rieders Worten nicht bemerkt zu haben. Sie nestelte an ihrer übergroßen Handtasche den Reißverschluss auf und tauchte dann ihre kleine Hand hinein, um ein Stück Zeitungspapier herauszuholen. Sie reichte es Rieder.

„Deshalb wollte ich Sie sprechen. Wahrscheinlich bin ich schuld am Tod meines Jungen. Ich hätte ihm das hier nicht zeigen dürfen."

Rieder nahm den Artikel, faltete ihn auseinander. Es war ein Ausschnitt aus der „Deister- und Weser-Zeitung" Hameln: ein Bericht über Jens-Uwe Schneider. Überschrift: „Der Literaturpapst von Hiddensee", dazu mehrere Bilder vom Inselpfarrer in der Inselkirche, an seinem Schreibtisch im Pfarrhaus und natürlich vor dem Leuchtturm Dornbusch.

„Frau Veit, ich verstehe nicht …"

„Könnte ich ein Glas Wasser haben, dann erkläre ich es Ihnen."

Rieder nickte der Polizistin zu, die sofort losging.

Frau Veit schnäuzte sich kurz die Nase, atmete tief aus. Dann begann sie zu erzählen.

„Konrad war gerade bei mir in Hameln, als der Artikel Ende Juni in unserer Zeitung erschien. Er hat sich immer sehr um mich gesorgt. Wenn es ging, kam er alle drei Wochen nach Haus. Er hatte ja auch noch sein altes Zimmer bei mir. Da stand seine Modelleisenbahn …" Wieder musste sich die alte Frau die Nase putzen.

„Wenn Sie warten wollen, bis das Wasser …"

„Danke, es geht schon, Herr Rieder", entgegnete sie. „Ich muss es mir endlich von der Seele reden. Vielleicht hilft es Ihnen, Konrads Mörder zu finden, und mir meine Ruhe." Sie stellte ihre Tasche, die sie bisher krampfhaft festgehalten hatte, auf den Fußboden. Dann nahm sie die Brille ab, putzte sie mit ihrem Taschentuch.

„Wissen Sie, ich war mein Leben lang mit Leib und Seele Deutschlehrerin, wollte meinen Schülern immer die Liebe zur Literatur vermitteln. Und jetzt wurde sie mir vielleicht zum Verhängnis." Sie zeigte mit der Brille auf den Artikel. „Ich habe immer gern die Artikel von Jean Jacques Hoffstede gelesen. Sie brachten einem die Literatur so nah, dass es eine Lust war, das in den Büchern zu finden, was er beschrieben hatte. Und dann fand ich diesen Artikel über ihn."

Anne Böttcher kam mit einer Flasche Wasser zurück, füllte ein Glas und reichte es Frau Veit, die einen tiefen Zug daraus nahm. „Soll ich draußen warten?", fragte die Beamtin. Rieder sah Frau Veit fragend an. Sie schüttelte den Kopf.

„Bleiben Sie ruhig. Sie haben schon mit unserem kleinen Ausflug nach Stralsund gegen Ihren Auftrag verstoßen. Nun sollen Sie auch erfahren, warum ich hierher wollte … wo war ich stehen geblieben?"

Frau Veit sammelte sich kurz. „Ach ja, der Samstag im Juni … Ich sah die Bilder, den Namen und plötzlich hatte ich einen Lichtblitz in meinem Hirn. Plötzlich war alles wieder da. Die beiden Polizisten, die in der Tür des Klassenzimmers standen, in dem ich gerade unterrichtete. Wie sie mir mitteilten, dass mein Mann angeschossen worden war, das Warten im Krankenhaus, der Arzt, der langsam den Flur entlangkam, wie ich aufstand und er den Kopf schüttelte. Dann das Gespräch mit dem Dienststellenleiter meines Mannes. Er erzählte mir, dass es noch einen dritten Mann gegeben habe, der aber wahrscheinlich straffrei ausgehen würde, weil er den entscheidenden Tipp gegeben und am Überfall nicht unmittelbar teilgenommen habe. Und …" Frau Veit stockte kurz. „Er nannte mir auch den Namen. Ich höre noch seine Worte: ‚Ein gewisser Jens-Uwe Schneider, Theologiestudent aus Hannover.' Dann klappte er eine Mappe auf und reichte mir ein Foto. Er verstand nicht, warum Schneider straffrei ausgehen sollte. Der junge Mann auf dem Foto hatte eindringliche Augen, sah sonst aus wie alle die Jugendlichen damals, längere Haare, etwas ungepflegt. Während der Vorgesetzte meines Mannes aus seiner Wut keinen Hehl machte, brannten sich bei mir die Augen und dieser Blick ein. Der Polizist schärfte mir ein, mit niemandem darüber zu sprechen. Das sei absolut geheim und es könne ihn seine Stellung kosten, wenn auch nur ein Fünkchen davon an die Öffentlichkeit dringen würde. Ich versprach es ihm."

Sie nahm einen Schluck aus dem Glas. Rieder spürte, wie sich sein Körper durch die Erzählung der Frau angespannt hatte.

„Dann sah ich die Bilder in der Zeitung. Ich wusste es sofort. Dieser Literaturpfarrer war der dritte Mann! Es nahm mir die Luft. Ich stürzte vom Stuhl, riss dabei das Kaffeegeschirr herunter. Konrad kam hereingestürmt, glaubte, ich hätte einen Schlaganfall, weil ich unfähig war, zu sprechen. Er schleppte mich ins Wohnzimmer, bettete mich aufs Sofa und wollte sofort den Notarzt holen. Doch ich erholte mich wieder. Dann erzählte ich ihm, was ich so viele Jahre in mir verschlossen hatte ..." Mit ihrem Taschentuch trocknete sie die Tränen, die ihr beim Erzählen über die Wangen gelaufen waren.

„Brauchen Sie etwas?", fragte die Beamtin aus Hannover.

Frau Veit winkte ab. „Alles gut ... Konrad war nie über den Tod seines Vaters hinweggekommen. Er hatte das Ganze ja mit eigenen Augen gesehen. War auf dem Markt gewesen, als sein Vater in den Krankenwagen geschoben wurde ... In Albträumen verfolgten ihn immer wieder diese Bilder. Er machte sich sogar Vorwürfe. Mein Fehler, dass ich ihm nicht helfen ließ, ihn nicht zu einem Therapeuten brachte, sondern dass wir uns beide total zurückgezogen haben. So hat er wahrscheinlich nie seinen Frieden damit gemacht. Er sog alles auf, was mit den Terroristen zu tun hatte, verfolgte die Prozesse und es war sein sehnlichster Wunsch, wie sein Vater Polizist zu werden."

„Was passierte, als Konrad von Ihnen erfuhr, wer Jens-Uwe Schneider ist?", fragte Rieder vorsichtig nach.

Frau Veit atmete ein, um neue Kraft zu sammeln. „Nachdem ich ihm erzählt hatte, was ich ihm verschwiegen hatte, und ihm meine Vermutung mitteilte, dass es sich bei Jean Jacques Hoffstede alias Jens-Uwe Schneider um den geheimnisvollen dritten Mann handeln könnte, wurde er fuchsteufelswild. Er machte mir Vorwürfe, dass ich so lange geschwiegen hatte. Er wollte sofort alle Hebel in Bewegung setzen, um Schneider noch jetzt zur Verantwortung zu ziehen und die, die ihm die Flucht in die DDR ermöglicht hatten."

„Und dann?"

„Er ist nach Berlin gefahren, kam aber nach einer Woche wieder, sagte mir, er müsste seinen Jahresurlaub nehmen sowie alle

Überstunden abbauen und wäre jetzt erst mal ein paar Wochen zu Hause. Ich freute mich natürlich, aber er war total verändert, sprach kaum, werkelte in seinem Zimmer, fuhr mal für ein oder zwei Tage weg, kam wieder. Merkwürdig war, dass er anfing, sein Zimmer abzuschließen. Das hatte er nicht mal in der Pubertät getan. Schneider erwähnte er allerdings mit keinem Wort mehr."

„Wann ist er weggefahren?"

Frau Veit überlegte ein paar Sekunden und zählte mit den Fingern etwas ab. „Vor anderthalb Wochen. Dienstag."

„Hat er Ihnen gesagt, dass er nach Hiddensee fährt?"

Sie schüttelte den Kopf, während sie mit einem Taschentuch versuchte, einen erneuten Weinkrampf zu unterdrücken.

„Er hat gesagt", brachte sie stockend heraus, „dass er wieder nach Berlin zum Dienst fahren würde. Er hat dann zwei Tage später noch einmal angerufen, dass er gut angekommen sei … Danach habe ich nichts wieder von ihm gehört … bis heute Frau Böttcher und ein Beamter vom Landeskriminalamt vor der Tür standen."

„Frau Veit, Jens-Uwe Schneider ist tot. Er wurde vor einer Woche ermordet, nach der Preisverleihung wurde er von der Steilküste im Norden von Hiddensee gestoßen. Wir können nicht ausschließen, dass Konrad etwas damit zu tun hat."

Die Augen der alten Frau waren bei jedem Wort größer geworden. Dann schlug sie die Hand vor den weit geöffneten Mund. Die beiden Polizisten sprangen auf und stützten Frau Veit.

„Sie hat einen Herzinfarkt erlitten", erklärte der Notarzt im Vorbeigehen, während die Sanitäter mit Frau Veit im Laufschritt schon auf dem Weg zum Rettungswagen vor der Polizeidirektion waren. Rieder und Böttcher standen hilflos auf dem Flur.

„Vielleicht sollten Sie ins Krankenhaus nachfahren. Frau Veit hat hier ja niemanden. Und zu Ihnen hat sie Vertrauen gefasst …"

Die Polizistin nickte.

Rieder ging zurück in sein Büro. Neben dem Schreibtisch stand noch die Handtasche von Konrad Veits Mutter. Er hob sie auf, um sie Anne Böttcher hinterherzubringen. Da fiel sein Blick auf einen

Flyer, der in einem Seitenfach steckte. Er kam Rieder bekannt vor. Er zog ihn heraus. Ein Prospekt der Hotelanlage „Jasmunder Bodden". Veit war also offenbar auch Kamradt auf die Spur gekommen und vielleicht sogar auf die Füße getreten. Ihm fiel wieder der Mann auf dem Boot ein, der sie am Morgen vom Bodden aus auf dem Bug beobachtet hatte.

Da stürmte Behm ins Zimmer, völlig atemlos. „Manchmal geht es schneller, als man denkt. Und manchmal haben wir einfach mehr Glück als Verstand." Er blieb abrupt stehen, als er Rieder sah. „Ist was passiert?"

„Frau Veit, die Mutter von Konrad Veit, hatte hier gerade einen Herzinfarkt."

Behm ließ sich auf den Stuhl vor dem Schreibtisch fallen. „Ach du Scheiße."

„Ich hatte ihr gerade von unserem Verdacht gegen ihren Sohn berichtet."

„Nicht gerade feinfühlig ..."

Rieder zuckte mit den Schultern. Er stellte die Tasche wieder zurück. Anne Böttcher war sicher schon zum Krankenhaus unterwegs.

„Was treibt dich hierher? Du hattest irgendwelche Neuigkeiten?"

„Ach ja." Aus seiner Hemdtasche zog Behm einen Zettel, der mit Stichpunkten vollgeschrieben war. „Also, dieselbe Waffe wie bei den Schüssen auf Schneiders Boot. Modell Luger. Die Spuren auf den Projektilen vom Boot und aus Veits Körper sind identisch. Selber Täter oder selbe Tätergruppe." Mit dem Kopf nickte er in Richtung Flur, wo sich die Zellen befanden, in denen Kelling und Neuner auf ihre Vernehmung warteten.

„Das Telefon von Konrad Veit – eine Fundgrube. Unter abgehenden Gesprächen finden sich Anrufe bei Schneider, Kelling und Kamradt und eine Prepaidnummer, die wir noch nicht zuordnen können. Die Ausweise sind gefälscht, aber total professionell. Meine Recherche hat ergeben, dass Konrad Veit als Personenschützer mehrere Seminare besucht hat, in denen er für Kontrollen von

Ausweisen und Dokumenten mit Fälschungsmethoden vertraut gemacht wurde."

„Das Werkzeug findet sich vielleicht bei seinen Sachen oder in seinem alten Kinderzimmer in der Wohnung seiner Mutter." Rieder berichtete Behm, was ihm Veits Mutter über das Verhalten ihres Sohnes in den letzten beiden Monaten erzählt hatte. Dann fragte er, was mit Veits Waffe sei?

„Gekauft. Er hat sie vor seinem Ausscheiden gekauft. Ist nicht selten. Kommt wohl öfters vor, dass Polizisten ihre Waffe kaufen. Na, mir würde was fehlen, das Ding noch in Pension mit mir rumzuschleppen."

Behm blickte wieder auf seinen Zettel. „Der Einbruch in die Kirche ist auch gelöst, wie erwartet. Die Fasern von Veits Kleidung stimmen mit den Fasern von den Glassplittern am Kirchenfenster überein. Wahrscheinlich ist er auch in die ‚Antonie' eingebrochen, würde ich mal annehmen. Also kein Täter und auch kein Kläger mehr. Apropos Friedhof. Da gibt's noch eine kleine Überraschung für unsere Freunde Kelling und Neuner. Die Spuren von den zerstörten Grabkreuzen können eindeutig den beiden zugeordnet werden."

XXXIII

Rieder entschied sich, zuerst mit Kelling zu sprechen. Würde der gesprächsbereit und auskunftsfreudig sein, könnte er Neuner damit konfrontieren, der sicher schwerer zu knacken wäre. Gemeinsam mit seinem Anwalt und einem uniformierten Beamten betrat Kelling den Raum. Er wirkte sehr blass, schien auch in den letzten Tagen abgenommen zu haben. Seine Wangen waren eingefallen, das Haar strähnig. Auch sonst hatte er die Eleganz verloren, die er noch vor Tagen als Hobbyskipper und als erfolgreicher Werbemanager ausgestrahlt hatte.

Rieder wies den Polizisten an, die Handschellen abzunehmen. Kelling rieb heftig seine Handgelenke, als er sich setzte.

„Wie geht es Ihnen?", fragte Rieder. „Haben Sie bei der Verhaftung Verletzungen davongetragen?"

„Was soll ich sagen?", antworte Kelling resigniert, „ich hatte gehofft, nie wieder diese Dinger angelegt zu bekommen. Nie wieder. Und Ihre Kollegen von der Küstenwache waren auch nicht gerade sanfte Gemüter." Dann verstummte er. Dafür äußerte sich Laurenz. „Ich habe meinem Mandanten empfohlen zu schweigen. Natürlich ist es ihm selbst überlassen, dem zu folgen oder auch nicht." Er nahm die Kopie der Ermittlungsakte, die ihm offenbar Bökemüller überlassen hatte, und hielt sie in die Höhe. „Jedenfalls macht dieses Geschreibsel hier jedes weitere Wort überflüssig."

Rieder zog drei Plastikhüllen hervor. In ihnen lagen die sichergestellten anonymen Schreiben, die bei Schneider und in dessen Hinterlassenschaft gefunden worden waren. Jede Hülle war mit einer Zahl markiert.

„Kennen Sie diese Schreiben?", wandte sich Rieder wieder an Kelling. Der beugte sich vor und schüttelte dann den Kopf.

Rieder schlug die vor ihm liegende Akte auf und nahm mehrere Papiere heraus. „Das ist ein Gutachten unserer Kriminaltechnik. Jedes dieser Schreiben wurde auf einem Ihrer Computer geschrieben. Entsprechende Datenspuren wurden auf der Festplatte sichergestellt. Sie wurden auf einem Ihrer Drucker ausgedruckt. Auch das ist nachgewiesen. Ihr Kommentar?"

Statt Kelling antwortete Laurenz. „Was sollen diese Papiere beweisen? Sie wollen doch nicht ernsthaft damit vor Gericht ziehen?"

„Dazu die DNA-Spur von Andreas Neuner?"

„Das müssen Sie dann doch wohl eher mit Herrn Neuner und nicht mit Herrn Kelling besprechen?"

„Ich hatte den Eindruck", wandte sich Rieder an Laurenz, „dass sich Herr Kelling für Andreas Neuner verantwortlich fühlt?"

Laurenz schaute zu Kelling, der aber nur den Kopf schüttelte.

Dann konfrontierte Rieder den Verdächtigen und dessen Anwalt mit den Spuren an den zerstörten Grabkreuzen. Sie seien doch Ausdruck für eine ungebändigte Wut von Kelling und Neuner auf ihren ehemaligen Kumpanen Schneider. Doch auch das brachte Kelling nicht aus der Ruhe. Laurenz lächelte in sich hinein. Genauso erging es dem Ermittler, als er anführte, dass es doch sehr verdächtig sei, dass die Boote von Schneider sowie von Kelling und Neuner am Sonntag zur gleichen Zeit den Hafen von Vitte verlassen hätten.

„Beweise, lieber Hauptkommissar Rieder, Beweise!", rief Laurenz aus. „Haben Sie vielleicht irgendwo eine Lichtschranke aufgestellt, die uns den Fotobeweis bringt, dass die ‚Antonie' und die ‚Alte Liebe' wirklich den gleichen Kurs eingeschlagen haben?" Als Rieder nicht antwortete, schlug er die Hände zusammen. „Also bitte! Herr Rieder, Sie verlieren hier wertvolle Zeit. Und Sie vergeuden meine …"

„Heute Morgen waren Sie auch in der Nähe des Tatorts, an dem Konrad Veit erschossen wurde. Jedenfalls kamen Sie aus der Richtung, als unsere Wasserschutzstreife Sie entdeckte. Und Sie hatten in den Tagen vor Schneiders Tod Kontakt mit ihm. Das beweist seine Anrufliste." Es war schon fast ein hilfloser Versuch, Kelling zu irgendeiner Äußerung zu verleiten. Entweder hatte Laurenz Kelling gut auf das Verhör vorbereitet oder Kelling war ein Meister der Selbstbeherrschung. Der wachhabende Beamte rutschte mittlerweile ungeduldig auf seinem Stuhl hin und her, weil auch er merkte, dass diese Vernehmung ins Leere lief. Rieder versuchte weiter, Kelling aus der Reserve zu locken. „Als dann unser Polizeiboot auf Ihr Boot aufmerksam wurde, ergriffen Sie die Flucht, sind in halsbrecherischer Weise über den Bodden und die Ostsee gejagt, haben Menschenleben gefährdet, unschuldige Menschenleben. Das passt nicht gerade zur Rolle des Unschuldslamms."

Kelling räusperte sich. Laurenz legte sofort die Hand auf dessen Arm, um ihn weiter zum Schweigen anzuhalten. Doch es brach aus Kelling heraus. „Genau deshalb, Herr Rieder! Genau deshalb! Deshalb haben wir die Flucht ergriffen, weil wir wussten, dass Sie hier etwas konstruieren würden, um uns als Schuldige darzustellen. Die ehemaligen Knastis und Terroristen!" Die letzten Worte sprach er nicht, er spuckte sie aus. „Klar war Andreas wütend, als er erfuhr, dass Jens-Uwe hier die Jahre über wie die Made im Speck gelebt hat, während er im Knast saß. Er hat Jens-Uwes Verrat nie verwunden. Aber wenn es einen Ort gibt, an den Andreas bestimmt nicht wieder will, dann ist es der Knast. Verstanden?" Kellings Stimme war laut geworden. Laurenz versuchte, ihn mit Gesten zu beruhigen. Aber Kelling ignorierte die besänftigenden Handzeichen seines Anwalts. Rieder dagegen war froh, den Bann des Schweigens gebrochen zu haben. Er glaubte, Kelling würde in seiner Wut unvorsichtig werden.

„Ich wusste nichts von den anonymen Briefen, die Andreas an Jens-Uwe geschrieben hat. Ich habe erst durch Sie davon erfahren. Ich habe ihn zur Rede gestellt, aber er hat mir gestanden, dass er Jens-Uwe nur zwingen wollte, zu seiner Vergangenheit zu stehen, in seinen Interviews auch darüber zu reden."

„Und die Zerstörung der Gräber von Schneiders Eltern war auch nur Ausdruck seiner gewaltfreien Wut", versuchte Rieder Kelling weiter zu provozieren.

„Quatsch. Ich habe versucht, das zu verhindern. Andreas hatte Jens-Uwe am Samstagnachmittag gesehen, wie er da diesen ganzen Rummel um die Preisverleihung genoss. Und da ist er ausgerastet."

Rieder schüttelte ungläubig den Kopf. „Und auch Ihre Flucht nach unserem Besuch in Prerow war wahrscheinlich nur eine Schutzmaßnahme für Andreas Neuner vor der bösen, bösen Polizei."

„Was hätten wir denn tun sollen? Andreas ist doch für Sie der perfekte Täter. Es war klar, dass Sie wiederkommen würden, um uns den Mord an Jens-Uwe in die Schuhe zu schieben. Wir hatten doch perfekte Motive."

„Wo waren Sie in den letzten Tagen?"

„Was ich Ihnen klarzumachen versuche: Wir haben nichts mit dem Tod von Jens-Uwe zu tun!"

„Und mit dem Tod von Konrad Veit."

Kelling hieb mit der Faust auf den Tisch. „Wie verbohrt sind Sie eigentlich?"

Nun griff Anwalt Laurenz seinen Mandanten beherzt an die Schulter und zog ihn zurück auf seinen Stuhl. Kelling wehrte ihn ab. „Ich habe … wir haben Konrad Veit ein Mal gesehen. Er hat uns in Prerow besucht. Ihm ging es um Jens-Uwe und die Hintermänner, die damals seine Flucht in den Osten ermöglicht haben. Ich habe versucht, ihm klarzumachen, dass das nichts mehr bringt. Aber er war wie Sie! Blind zu erkennen, dass er auf dem Holzweg ist."

„Er hätte Ihre Vergangenheit enttarnen können. Vielleicht wurde er damit für Sie und Neuner zu gefährlich?"

„Denken Sie wirklich, die alten Geschichten spielen noch eine Rolle, besonders hier oben in der Provinz?"

„Was ich denke, spielt keine Rolle. Aber vielleicht wären Ihre Geschäftspartner und auch Ihre Nachbarn nicht so begeistert davon gewesen, es mit zwei ehemaligen Terroristen zu tun zu haben. Vor allem Andreas Neuner ist nun wirklich kein harmloser kleiner Weltverbesserer gewesen, der mal vom Pfad der Tugend abgewichen ist. Seinen Weg pflastern Leichen, unter anderem die von Konrad Veits Vater ... wenn ich Sie daran erinnern darf. Also bitte, wo waren Sie am letzten Sonntag zwischen 18 und 23 Uhr? Wo waren Sie in den letzten Tagen? Wo waren Sie in der vergangenen Nacht? Haben Sie eine Waffe vom Typ Luger? Na?" Rieder hatte sich in Rage geredet.

Da klingelte das Telefon. Der Beamte ging an den Apparat, meldete sich, dann hielt er Rieder den Hörer hin. „Der Kollege Damp aus Vitte."

„Jetzt nicht", antwortete Rieder genervt.

Der Beamte sprach leise in den Hörer, sagte ihm, dass Rieder mitten in einer Vernehmung sei, aber offensichtlich ließ sich Damp nicht abschütteln. Der Polizist gab Rieder noch einmal ein Zeichen, ans Telefon zu kommen. „Er sagt, es sei wichtig für das Verhör."

Rieder stand auf, riss dem Polizisten den Hörer aus der Hand und schrie hinein: „Was gibt's?" Beim Zuhören entglitten ihm die Gesichtszüge. Ohne Verabschiedung legte er den Hörer auf. Er fasste sich an die Nasenwurzel. Dann schaute er zu Laurenz und Kelling. „Sie können gehen."

XXXIV

Damp legte sanft den Hörer auf die Gabel. „Tja. So ist das Leben!", sagte er laut. Irgendwie tat ihm Rieder leid. Damp hatte zwar nie als Kriminalist gearbeitet, aber er konnte sich vorstellen, dass es ziemlich frustrierend war, über Tage hinweg der falschen Spur hinterhergelaufen zu sein und dies dann auch noch von einem unerfahrenen Dorfpolizisten wie ihm zu erfahren. Und das, wo er sowieso schon von Anfang an große Zweifel an Rieders Verdacht gegen Kelling und Neuner geäußert hatte.

Der Inselpolizist war auch nur durch Zufall darauf gestoßen. Eigentlich hatte sich Damp in den letzten Stunden mit der Überprüfung der Alibis der Briefeschreiberinnen von der Insel beschäftigt. Er hatte zwar nur drei geschafft, war aber völlig erledigt.

Zunächst hatte er sich die Alleinstehenden vorgenommen, die Lehrerin und die Museumsdirektorin. Dass sie Single waren, die meiste Zeit jedenfalls, hatte der „Inselbuschfunk" gemeldet.

Lehrerin Sonja Herrmann hatte Damp am Strand angetroffen. Sie lag oben ohne auf einer Luftmatratze neben dem Strandkorb 276 am Strand in Vitte, ganz in der Nähe der Hütte der Rettungsschwimmer. Den Tipp für den Liegeplatz der Lehrerin hatte Damp vom Hausmeister der Schule bekommen, der auch ungefragt mitgeteilt hatte, dass die gut gebaute Endzwanzigerin ein Auge auf den Chef der Rettungsschwimmer geworfen hatte, aber bisher offenbar noch nicht erhört worden war. Sonst hatte sie ihre Liebschaften immer in ihre Wohnung im Obergeschoss der Schule abgeschleppt, wo der Hausmeister als Nachbar immer Ohrenzeuge der ausgiebigen Liebesspiele geworden war. Aber in den letzten Wochen war alles ruhig geblieben.

„Bist du blöde, geh aus der Sonne", blaffte sie Damp an, als er bei ihr aufkreuzte und über ihren Körper einen riesigen Schatten warf. Als sie den Polizisten erkannte, kam ihr ein kurzes „Oh, Verzeihung" über die Lippen. Damp ließ das Bündel mit ihren Briefen an den Pfarrer einfach auf ihren Bauch fallen, was sie mit „Ach du Scheiße!" kommentierte. „Weiß mein Direktor auch schon davon? Dann bin ich hier geliefert. Ich bin doch noch Referendarin." Damp schüttelte den Kopf und ließ sich dann neben sie in den Sand plumpsen. Der Boden erbebte ein wenig unter seinem Gewicht. „Wo waren Sie letzten Sonntag zwischen 18 und 23 Uhr?"

„Ach, daher weht der Wind." Sie legte sich auf die Seite. Damp fiel es schwer, den Blick von ihrer Oberweite abzuwenden. Ihm wurde noch etwas heißer, als es ihm durch die Sonne ohnehin schon war. „Das mit dem Pfarrer war nur ein Notfall, Herr Kommissar, oder besser gesagt, ein Notstand. Bei mir." Sie nahm den Briefstapel in die Hand und drehte ihn hin und her. „Ein bisschen sehr romantisch, aber nicht so sehr, um dafür einen Mord zu begehen. So gut war unser kleiner Gotteskrieger nun auch wieder nicht im Bett."

„Könnten Sie meine Frage beantworten?", drängte Damp, dem die Situation immer unangenehmer wurde, weil sie beide von immer mehr Augen aus Strandkörben und Strandburgen ringsum beobachtet wurden.

„Dafür habe ich fünfundzwanzig Zeugen im Alter zwischen zehn und vierzehn Jahren. Wir waren in Ralswiek und haben uns ‚Störtebeker' auf der Naturbühne angesehen. Das Schiff war erst gegen Mitternacht wieder in Vitte und dort warteten die lieben Eltern am Hafen. Reicht das?"

Damp erhob sich schwerfällig und streckte die Hand nach den Briefen aus.

„Können wir die nicht verschwinden lassen? Bitte", bettelte die Lehrerin.

„Tut mir leid, aber das ist Beweismaterial." Damp griff sich das Briefbündel und stapfte davon.

Danach hatte er das Hauptmann-Haus in Kloster mit dem Polizeiauto angesteuert. Die Museumsdirektorin war nicht gerade begeistert gewesen, als Damp in ihrem Büro aufgetaucht war.

„Sie schon wieder?"

„Ja, ich schon wieder." Dann legte ihr Damp das Päckchen mit sechs Briefen mit dem Absender G. M. auf den Schreibtisch. Die Identifizierung war Fittkau schon deshalb nicht schwergefallen, weil die Frau neben ihren Initialen auch noch Papier mit dem Briefkopf des Museums benutzt hatte.

Gisela Menza beugte sich leicht vor, schaute auf den Stapel und begann dann mit den Fingern der rechten Hand, ihre Haarspitzen zu drehen.

„Woher haben Sie das?"

„Aus einem Karton? Und der lag in einem Müllcontainer. Auf dem Friedhof in Kloster."

Daraufhin verzog Gisela Menza angewidert das Gesicht. „Im Müllcontainer?"

„Ja. Genau", bestätigte Damp. „Was haben Sie dazu zu sagen? Am Dienstag jedenfalls haben Sie mir Ihre Liebesbeziehung zu Pfarrer Schneider verschwiegen."

Sie lehnte sich in ihrem breiten Lehnstuhl zurück, in dem früher sicher einmal der große Dichter selbst gesessen hatte.

„Nichts. Und Ihnen schon gar nicht."

Damp zog sich einen Stuhl von dem Konferenztisch heran und setzte sich hin. Er wollte nicht weiter wie ein Schuljunge vor der Frau stehen.

„Na, auch egal. Steht ja alles da drin." Damp zeigte auf die Briefe. „Im Frieden haben Sie sich ja nicht gerade vom Pfarrer getrennt ... eh ... stimmt, es war umgekehrt. Er hat sich von Ihnen getrennt."

Gisela Menza klappte der Unterkiefer nach unten.

„Jedenfalls aus den letzten beiden Briefen geht hervor, dass Sie erbost darüber waren, dass Pfarrer Schneider irgendein Buch von Ihnen", er hatte schnell in seinem Notizbuch nachgeschlagen, „eine Hauptmann-Biografie, nicht gut fand, die sie ihm zum

Lesen gegeben haben. Ihre Geschichte von der schriftstellernden Freundin war die blanke Lüge. Oder? Und dann hat er sie auch noch abserviert ... Da sind Sie übrigens nicht die Einzige. Kommen wir zu den Fakten. Wo waren Sie am Sonntagabend?"

Gisela Menza war aus dem Stuhl aufgesprungen. „Was erlauben Sie sich ...", sie schnappte nach Luft. „In welchem Ton reden Sie mit mir?"

Damp brachte das nicht aus der Ruhe. „Ich erlaube mir nichts, ich mache meine Arbeit. Also, wo waren Sie am Sonntagabend zwischen 18 und 23 Uhr?"

Offenbar verblüfft von seiner Beharrlichkeit antwortete sie: „Hier!"

„Zeugen?"

„Äh ..." Dann lief die Museumsfrau zur Tür ihres Büros, riss sie auf und rief nach ihrer Mitarbeiterin. Diese bestätigte, dass sie mit Frau Menza bis gegen Mitternacht das Museum nach den Feierlichkeiten zur Preisverleihung aufgeräumt habe. Es seien auch noch zwei andere Mitarbeiterinnen des Museums anwesend gewesen.

Damp hatte sich alles notiert, er steckte sein Notizbuch ein und griff dann nach dem Briefbündel. Doch die Museumsdirektorin war schneller.

„Die behalte ich!" Die Angestellte, die sich noch im Zimmer aufhielt, war neugierig geworden und versuchte zu erspähen, worum es sich bei dem Päckchen handelte, das Gisela Menza nun an ihre Brust presste.

„Das ist Beweismaterial, Frau Menza."

„Mir egal! Es ist mein Eigentum!", rief sie hysterisch.

„Wollen Sie wirklich in Anwesenheit einer Zeugin Beweismaterial entwenden oder vielleicht sogar vernichten?"

Drohend schaute die Direktorin zu ihrer Mitarbeiterin, um sie als Verbündete zu gewinnen. Die war schon bis zur Tür zurückgewichen, weil ihr die Szene unheimlich geworden war. Damp ging daraufhin um den Schreibtisch und nahm Gisela Menza die Briefe ab. Sie ließ es ohne großen Widerstand geschehen.

Die Museumsdirektorin und die Lehrerin waren nur die Pflicht für Damp gewesen. Nun kam die Kür: eine Briefschreiberin, die verheiratet war mit einem der Fischer der Insel. Und davor hatte er einigen Bammel.

Wie in den Briefen zu lesen war, hatten der Pfarrer und die Frau im Sommer vor zwei Jahren manchen Abend ein „Bett am Strand" in Kloster geteilt. Offenbar hatte das Liebesnest irgendwo hinter dem Steinwall an der Hucke gelegen, denn die Absenderin hatte beschrieben, wie sie sich geliebt hatten im „Takt der Wellen, die an den Steindamm schlugen" und ihr der Pfarrer dabei „himmlische Orgasmen" verschafft habe, die zu erleben sie nach „sexuell lausigen Ehejahren" nicht mehr erhofft hatte. Damp hatte gebetet, die Überprüfung der Frau und ihres Alibis für die Tatzeit am Sonntagabend wären einfach zu absolvieren. Klingeln, fragen, abhaken. Damp war eigentlich davon überzeugt, dass keine der Absenderinnen den Mord begangen haben könnte. Es wollte ihm einfach nicht in den Kopf, dass eine Frau Pfarrer Schneider mit einem Boot erst verfolgt, dann auf ihn geschossen und ihn nach einer Verfolgungsjagd durch das ansteigende Hochland am Toten Kerl von der Steilküste gestürzt haben könnte. Nichts gegen Gleichberechtigung, aber so viel kriminelle Energie traute er keiner Frau von Hiddensee zu, wie sehr sie den Pfarrer wegen einer enttäuschten Liebe auch gehasst haben mochte. Andererseits waren da, wie bei dieser Ex-Geliebten des Pfarrers, aber auch die Ehemänner. Meist Fischer. Und mit denen war nicht gut Kirschen essen. Klingeln, fragen, abhaken. So einfach würde es nicht funktionieren. Aber er musste Fittkau beweisen, dass er ein Mann und keine Memme war. Und Rieder und Bökemüller, dass er ein guter Polizist war.

Damp war bis zum Revier in Vitte gefahren und dann von dort in Richtung Süderende gelaufen. Es herrschte Hochbetrieb auf der Hauptstraße von Vitte. Vor dem kleinen Buchladen wurden die Postkartenständer von den Urlaubern belagert. Kurz dahinter bog der Polizist nach rechts ab, überstieg eine Kette mit einem angehängten Schild „Privatweg". Damit hatten die Hiddenseer versucht, sich ein Stück Privatsphäre zu bewahren. Wenn doch einmal ein neugieriger Inselbesucher diese Grenze überschritten hatte, wurde er schnell durch einen Mahnruf aus einem Fenster oder einer Tür zurückgepfiffen. „Das ist privat!"

Diese unsichtbare Grenze hatte bisher mehr oder weniger auch für Damp gegolten. Er hatte hier eigentlich auch selten was zu tun, weil die Hiddenseer ihre Angelegenheiten meist unter sich klärten. Die Polizei war aus ihrer Sicht nur für die Touristen zuständig, aber nicht für sie. So war es immer gewesen und so sollte es auch bleiben.

„Damp, die Kette gilt auch für dich!", bekam Damp einen kurzen Warnruf zu hören, als er knapp drei Meter hinter der Kette war. Der Rufer war Carl Groth, ein ehemaliger Seemann, der über dreißig Jahre für die DDR-Handelsmarine über die Meere geschippert war. Damp konnte ihn nicht sehen, denn die Stimme war hinter einer mannshohen Hecke erklungen.

„Ich muss mal zu den Krassows", rief Damp laut zurück. Er hoffte, Groth damit in die Schranken zu weisen.

„Oha", antwortete Groth hinter der Hecke. „Der Jürgen schläft aber noch! Der ist erst heut Morgen wieder eingelaufen."

„Mir doch egal", dachte Damp bei sich. Laut rief er, „Ich muss auch nur mal zur Anna."

Damp lief ein paar Schritte weiter in Richtung des Grundstücks der Krassows. Dabei hörte er, dass er auf der anderen Seite der Hecke von Groth verfolgt wurde.

„Dass du aber dann nicht klingelst! Klopp nur leise ans Küchenfenster! Hörst du?", war wieder Groths mächtige Stimme durchs Blätterwerk zu hören.

„Ja, ja!"

„Nix nur ja, ja. Ich pass' auf, Damp."

Endlich hatte der Polizist das Haus der Krassows erreicht, ein dunkles Holzhaus mit roten Fensterrahmen. Neben der Haustür hing ein altes Steuerrad. Im Garten standen einige blaue Plastiktonnen, in denen die Fischer eigentlich den Fang bei ihren Abnehmern ablieferten.

Fast lautlos klopfte Damp an das Küchenfenster. Die Gardine wurde zurückgeschoben. Erstaunt, aber auch angstvoll schaute Anna Krassow heraus und deutete mit der Hand in Richtung Haustür. Als Damp wieder dorthin zurückgelaufen war, stand Anna schon in der Tür.

„Hallo, Jürgen schläft noch", flüsterte sie. Anna Krassow war Ende dreißig. Sie hatte ein fast spitzbübisches Gesicht mit einem kleinen Mund und einer spitzen Nase. Ihre Augen klapperten ein bisschen wie bei einer Puppe. Ihre Haare waren kurz geschnitten und passten so sehr gut zu ihrem kleinen Kopf. Ihr Körper war sehr schlank. Die kurze bunte Kittelschürze endete weit über den Knien und ließ somit viel von ihren braun gebrannten wohlgeformten Beinen sehen. Anna war ziemlich klein und zierlich, kaum größer als eins sechzig und ging damit dem Hünen Damp nicht mal bis zu den Schultern.

„Das ist vielleicht auch gut so, dass Ihr Mann noch schläft. Ich komme nämlich in einer etwas heiklen Angelegenheit."

Anna zog die Haustür hinter sich etwas heran und spähte gleichzeitig zum Grundstück von Carl Groth.

„Um was geht es?" Als Damp dann einen ihrer Briefe an Schneider aus seiner Brusttasche zog, fuhr ihr der Schreck in die Glieder. „Um Gottes willen! Wo haben Sie das her?"

„Das spielt keine Rolle. Aber ich muss wissen, wo Sie am Sonntagabend gewesen sind, so ab 18 Uhr bis Mitternacht."

Anna nickte nur, gab aber keine Antwort. Sie war wie erstarrt.

„Also?" Als er noch einmal nachfragte, war ein Geräusch im Haus zu hören.

„Bitte gehen Sie", flehte die Frau den Polizisten an. Da wurde schon die Tür aufgerissen und Jürgen Krassow tauchte im Türrahmen auf. Er sah Damp, den Brief und dann auf seine Frau und verstand offenbar auch sofort, worum es ging. Sein Gesicht verfärbte sich vor Wut tiefrot. „Verpiss dich, Damp. Das geht dich nichts an!"

Damp versuchte trotzdem, seine Mission zu erfüllen. „Herr Krassow, gut, dass Sie doch wach sind. Da kann ich Sie ja auch gleich fragen …"

„Hast du mich nicht verstanden, Damp?", zischte Krassow den Polizisten an. „Du sollst dich verpissen!" Dann schob der Fischer seine Frau ins Haus und machte die Tür hinter ihr zu. „Hau ab von meinem Grundstück."

„Herr Krassow, das wirft kein gutes Bild auf Sie!", wandte Damp unerschrocken ein. „Es geht hier um eine Mordermittlung und ..."

„Und was?"

„Jürgen, brauchst du Hilfe?", meldete sich jetzt wieder Carl Groth hinter der Hecke.

„Lass man, Carl, mit dem werd' ich noch alleine fertig."

In diesem Moment klingelte Damps Funktelefon wie die Rundenglocke bei einem Boxkampf. Während er es aus seiner linken Brusttasche fischte, verschwand Krassow in seinem Haus und schlug mit lautem Knall die Tür zu. Der Anrufer hatte schon aufgelegt, bevor Damp rangehen konnte. Er stand noch ein paar Augenblicke hilflos und ratlos vor Krassows Tür und trottete dann zurück zum Revier.

Dort angekommen ließ er sich völlig erschöpft in seinen Stuhl fallen. Für die Arbeit eines Kriminalisten war er einfach nicht geboren. Er wollte endlich wieder nur der Inselpolizist sein, am Strand, in der Heide oder auf dem Dornbusch nach dem Rechten sehen und die Fahrräder kontrollieren. Dabei fiel ihm ein, dass er durch die Ermittlungen im Mordfall Schneider schon seit Montag seine Patrouillen und Kontrollen völlig vernachlässigt hatte. Vor allem eine Sache lag ihm am Herzen. Immer wieder war es in den vergangenen Wochen vorgekommen, dass nachts am Strand in Vitte Lagerfeuer entzündet wurden. Das verstieß natürlich gegen die Kurverordnung und besonders gegen Damps Sinn für Ordnung und Sicherheit. Allerdings hatte er auch keine Lust, sich nachts auf die Lauer zu legen, um dann wahrscheinlich allein gegen eine Gruppe Jugendlicher den Kürzeren zu ziehen. So war ihm etwas anderes eingefallen, um den Strandbrandstiftern auf die Spur zu kommen.

Die Feuerstellen befanden sich alle in der Nähe des Strandcafés „Feuerstübchen" im Süden von Vitte. Dieses Restaurant betrieb

eine kleine Webkamera, mit der man rund um die Uhr ein Live-
bild vom Strand bekommen konnte. Und es gab die Möglichkeit,
die Aufnahmen rückwärts laufen zu lassen, um zu sehen, was in
den letzten Tagen am Strand passiert war.

Damp klickte die Webkamera an. Sofort lieferte sie ein Bild
vom Strand, der sich jetzt am frühen Abend langsam leerte. Die
Kamera bot einen Blick von der Steilküste am Dornbusch bis zum
Strand in Vitte, ungefähr auf der Höhe der alten Ferienheime der
Stralsunder Volkswerft, die nun schon seit Jahren leer standen.

Langsam bewegte Damp mit dem Cursor seiner Computermaus
den kleinen Pfeil auf der Zeitschiene der Kamera zurück. Es war ein
interessantes Spiel, wie sich die Menschen plötzlich ganz schnell
am Strand bewegten, wie sich die Lichtstimmungen durch Wolken
und Sonne veränderten und dann sah er auch, dass in der vergangenen Nacht wieder ein Feuer entzündet worden war. Wie er auf der
Zeitschiene erkennen konnte, hatte es gut vier Stunden gebrannt.
Und Damp konnte auch erkennen, wie Leute Holz für das Feuer
heranbrachten mit einem Handwagen. Sie waren aus der Richtung
der alten Mühle gekommen. Der Fall war für Damp klar. Die Feu-
erwerker kamen aus der Unterkunft für die Saisonkräfte, gleich hier
neben dem Rathaus. Die würde er sich gleich einmal greifen und
zur Ordnung rufen. Aber zunächst schaute er weiter, wie oft in den
letzten Tagen Lagerfeuer am Strand gebrannt hatten. Der Film im
Internet war nun schon am vergangenen Sonntag angekommen.
Da fiel Damp am Rand des Bildes, aber ziemlich nah am Strand
ein dunkles Segelschiff mit roten Segeln auf. Es hatte sich ganz
langsam, ziemlich nah an der Küste entlang bewegt, wie Damp mit
Blick auf die Zeitachse feststellte. Vom Dornbusch im Inselnorden
bis nach Vitte hatte es über anderthalb Stunden gebraucht. Der
Polizist ließ das Bild wieder vorwärtslaufen. 19.30 Uhr war es hin-
ter der Steilküste aufgetaucht und dann kurz nach 21 Uhr aus dem
Blick der Kamera im Süden von Vitte verschwunden. Rotes Segel?
Damp angelte sich die Ermittlungsakte von Rieders Schreibtisch.
Darin fand er ein Foto von Kellings und Neuners Segelboot. Das
Zeesboot „Alte Liebe" hatte auch rote Segel und glich dem Schiff

auf dem Bild der Webkamera. Gedankenblitze schossen Damp durch den Kopf. Wenn Kelling und Neuner wirklich um diese Zeit dort entlanggesegelt waren, konnten sie nicht zur gleichen Zeit am Enddorn gewesen sein. Er griff nach dem Hörer des Telefons und wählte Rieders Nummer. Mailbox! Dann rief er Behm an und teilte ihm seine Beobachtung mit. Der Spurensicherer sagte, er werde sich das einmal ansehen. Eine Viertelstunde später meldete er sich wieder bei Damp. Er habe das Bild vergrößern können, wenn auch die Auflösung nicht gerade berauschend wäre. Aber man könne klar erkennen, dass es sich bei dem Zeesboot um die „Alte Liebe" handelt. Er hatte aber eine Bitte an Damp. Er solle sich doch einmal bei der Wetterwarte auf Hiddensee nach den Windverhältnissen am vergangenen Sonntag erkundigen.

Meteorologe Günther Blomig bestätigte Damp dann, dass zum Todeszeitpunkt von Schneider fast Windstille vor Hiddensee geherrscht hätte. „Wer da nur auf Segel gesetzt hat, musste viel Zeit mitbringen." Die Windgeschwindigkeit sei unter neun Kilometer pro Stunde gewesen. So ein schweres Segelschiff wie ein Zeesboot sei da trotz der großen Segel sicher nicht über zwei, höchstens drei Knoten vorangekommen, also so um die drei bis fünf Kilometer. Damp holte sich eine Landkarte von Hiddensee vor und maß den Kurs der „Alten Liebe" mit einem Lineal nach. Kein Zweifel. Zum Zeitpunkt des Mordes an Schneider am Toten Kerl konnte sich das Schiff nicht am Enddorn befunden haben, wo es die einzige Möglichkeit gegeben hätte, über den Steiluferweg zum Tatort zu kommen.

Daraufhin rief Damp wieder Behm an und teilte ihm die Informationen des Wetterdienstes mit.

„Es gibt natürlich auch noch eine andere Möglichkeit", wandte der Spurensicherer ein. „Sie sind zuerst mit Motor gefahren, bis sie Schneider getroffen haben, und sind dann gesegelt?"

„Bei Flaute?", fragte Damp zweifelnd.

„Kann doch sein. Vielleicht war der Diesel alle?"

„Ein bisschen viel Zufälle." Dann schwiegen beide eine Weile, bis Behm sagte: „Ich frag einfach mal Neuner. Melde mich wieder."

Damp wartete ungeduldig auf Behms Rückruf. Immer wieder stand er auf und lief durch den engen Raum. Dann klingelte das Telefon. Es war Behm. „Ich habe mich dumm gestellt. Ich habe Neuner einfach gefragt, mit welchem Motor sie das Zeesboot antreiben."

„Und?"

„Ein 28-PS-Motor, Volvo Penta, aber …"

„Was aber?"

„Er ist nach Neuners Angaben am Samstag kaputtgegangen auf der Fahrt von Kloster nach Vitte."

„Na, das muss ja nicht stimmen."

„Stimmt aber, leider! Kelling hat einen Mechaniker aufgetrieben. Neuner erinnerte sich sogar noch an den Namen. Martin Luck."

„Martin Luck, stimmt, der hat seine Werkstatt im Gewerbegebiet hinter dem Hafen in Vitte."

„Genau. Ich habe auch schon mit Luck telefoniert und er bestätigte, dass er auf der ‚Alten Liebe' war, sich den Motor angeschaut hat, aber nicht helfen konnte, da das Teil Baujahr 1982 war und er dafür keine Ersatzteile hatte. Und die beiden hätten auch keinen blassen Schimmer von Technik gehabt, um den Motor wieder flottzukriegen."

„Das muss Hafenmeister Gau wohl nicht mitbekommen haben. Oder er hat es bei seinem Gespräch mit Rieder vergessen. Na, der ist auch nicht mehr der Jüngste", bemerkte Damp.

Darauf stellte Behm bitter fest: „Das war's dann wohl. Damit scheiden Kelling und Neuner als Täter für den Mord an Schneider aus. Und wenn wir ehrlich sind, wahrscheinlich auch für den Mord an Konrad Veit. Denn es wurde dieselbe Waffe benutzt. Die wird ja wohl nicht innerhalb weniger Tage von einem zum anderen Mörder weitergegeben worden sein."

„Vielleicht ist ja einer der beiden am Enddorn von Bord gegangen …", gab Damp zu bedenken.

„Das glaube ich nicht. So wie Kelling und Neuner hier als siamesische Zwillinge auftreten. Der Kelling hätte Neuner nicht aus den Augen gelassen. Und so ein alter Zeeskahn ist für einen allein

auch schwer zu steuern. Ich denke, auch das können wir ausschließen." Er machte eine Pause. „Wer sagt es Rieder? Er vernimmt
gerade Kelling."

Damp hoffte, Behm würde sich von selbst dazu bereit erklären. Aber auch der Spurensicherer scheute sich offenbar davor, die
schlechte Nachricht weiterzugeben.

„Sie haben es rausbekommen, Damp. Übrigens eine Superleis-
tung. Darauf wäre hier keiner gekommen. Also denke ich, sollten
Sie es auch Ihrem Partner sagen. Auch wenn er nicht erfreut sein
wird."

Damp fand das Lob etwas verlogen. Der wollte sich nur drücken. Behm stellte ihn zum Vernehmungsraum durch, aber erst
war der wachhabende Beamte am Telefon. Damp hörte, wie
Rieder versuchte, ihn abzuwimmeln. Da schrie der Inselpolizist
den Beamten an, dass sie sich das Ganze dort sparen könnten, da
es neue Informationen gäbe, und er solle gefälligst Rieder endlich
an den Hörer holen.

Dann war Rieder ans Telefon gekommen. „Was gibt's?", hatte
er wütend ins Telefon gebrüllt. Damp hatte ihm Punkt für Punkt
seine Ermittlungsergebnisse mitgeteilt. Am anderen Ende der Leitung war es immer stiller geworden. Selbst Rieders Atem war nicht
mehr zu hören gewesen.

„Das wär's", hatte Damp seinen Bericht geschlossen. Darauf
hatte Rieder ohne Gruß das Gespräch beendet, und Damp hatte
den Hörer ganz sanft auf die Gabel gelegt.

XXXV

Mit einem triumphierenden Lächeln auf den Lippen und mit Ralf Kelling und Andreas Neuner im Schlepptau stieg Anwalt Laurenz vor der Polizeidirektion in seinen Wagen. Bökemüller, der am Fenster stand, winkte er noch einmal huldvoll zu.

„In mein Büro, sofort", zischte der Polizeichef seine Beamten an. Die sahen sich kurz an und folgten dann ihrem Chef. Kaum war die Tür zu Bökemüllers Büro geschlossen, brüllte er: „Was für eine Blamage! Gerade vor Anwalt Laurenz! Sie machen mich zum Gespött. Nicht nur im Ministerium in Schwerin, auch in Berlin!"

Behm und Rieder schauten betreten auf die Tischplatte. Rieder wollte die Schuld für diese Ermittlungspanne auf sich nehmen. „Für den Fehler bin ich allein verantwortlich."

Behm fiel ihm ins Wort. „Lass mal, wir haben uns beide vergaloppiert. Ich finde, es ist gut, dass Damp das herausgefunden hat", wandte er sich an Bökemüller. Doch diese Bemerkung machte ihn noch wütender.

„Damp!", rief er aus. „Gerade dieser Dorfpolizist muss uns zeigen, wie man ordentliche Ermittlungsarbeit macht, meine Herren! Das ist doch wohl höchst peinlich. Der wird sich jetzt mit den Hiddenseern totlachen in irgendeiner Kneipe über Ihre Unfähigkeit, meine Herren."

Bökemüller marschierte hektisch in seinem Büro auf und ab. „Bis morgen, zehn Uhr, möchte ich neue Ermittlungsansätze, überzeugende Ermittlungsansätze." Er baute sich vor Rieder auf. „Und keine Verschwörungstheorien, Herr Rieder! Haben Sie mich verstanden!"

Behm und Rieder nickten.

Dann durften sie gehen. Rieder hätte am liebsten alles hingeschmissen und wäre zurück nach Hiddensee gefahren. Er sehnte sich nach Charlotte, wollte mit ihr am Strand sitzen, anstatt jetzt die ganze Nacht das Beweismaterial zu sichten. Der Gedanke, in ihrem Restaurant auch Damp zu treffen und seinen Triumph ertragen zu müssen, versetzte ihm einen Stich. Aber auch das würde vergehen. Nun musste er allerdings erst einmal in Stralsund ausharren. Wenigstens Charlottes Stimme wollte er hören. Er rief sie an. Seine Freundin war enttäuscht. „Ich dachte, du warst auf die Insel gekommen, um nicht mehr so viel Stress zu haben?"

„Aber wenn es mal einen Fall gibt ...", widersprach er wenig überzeugend.

„Wahrscheinlich passt du einfach nicht so richtig auf die Insel." Dieser Satz traf Rieder, weil er seine Beziehung zu Charlotte unausgesprochen erneut infrage stellte. Darüber wollte er jetzt besser nicht nachdenken. Er versuchte, das Thema zu wechseln.

„War Damp bei dir?"

„Wen interessiert das jetzt? Haben wir nicht andere Probleme?", brauste sie auf. „Aber wenn es dir so wichtig ist! Ja, Damp war hier. Ziemlich schlecht drauf."

„Schlecht drauf? Er hat mir doch schön eine reingewürgt."

„Reingewürgt? Er hat doch nur seinen Job gemacht!"

Rieder schwieg und gab ihr insgeheim recht.

„Vielleicht ist er nicht so kleingeistig wie du, Stefan", grollte sie durchs Telefon. „Er war geknickt, weil er mit einigen Fischern in Vitte aneinandergeraten ist, als er für dich irgendetwas überprüfen sollte. Vielleicht solltest du ihn mal anrufen! Gute Nacht!" Es klickte und die Leitung war tot. Rieder schaute verdattert auf sein Handy.

Er hatte bereits mit Damp gesprochen. Sein Partner hatte sich noch einmal gemeldet und mitgeteilt, dass er das Quartier von Konrad Veit noch nicht entdeckt hätte. Die Fischer wären mittlerweile rausgefahren. Er würde morgen weitermachen. Als er Rieder aus den Vernehmungen der Briefeschreiberinnen berichtete, hörte der nur mit halbem Ohr zu. Er glaubte weiter nicht daran, auf der

Insel den Mörder von Jens-Uwe Schneider und Konrad Veit zu finden.

Aber auch Behm meinte später, als er mit Rieder die Ermittlungsakten durchging, man müsse die Spuren auch auf der Insel weiterverfolgen. Immerhin könnte der Mord an Schneider auch aus Eifersucht begangen worden sein. Rieder widersprach. Der zweite Mord an Konrad Veit sei nicht typisch für Eifersucht oder enttäuschte Liebe. Die Verbindung zwischen beiden Opfern läge in Schneiders Vergangenheit und dem Tod von Veits Vater.

„Was dafür spricht, ist, dass die Projektile aus Schneiders Boot und aus Veits Körper aus derselben Waffe stammen und somit auch auf denselben Täter hinweisen. Eine Waffe, ein Mörder, ein Motiv – klingt logisch."

Behm blätterte weiter in der Akte. Rieder saß ihm gegenüber. Er hatte sich die Umzugskisten mit den Unterlagen aus Schneiders Pfarrhaus herangezogen und ging sie Stück für Stück durch.

„Vielleicht hat jemand gesehen, wie auf Schneider geschossen wurde, seine Flucht an Land beobachtet, ist ihm gefolgt und hat ihn dann von der Steilküste am Toten Kerl gestürzt", meinte Behm plötzlich. Rieder schaute wieder skeptisch. „Wäre doch möglich", verteidigte der Spurensicherer seine Theorie. „Nehmen wir mal den Fall, Kelling und Neuner folgen Schneider, schießen auf ihn, fahren dann aber weiter. Schneider springt ins Wasser, kommt an Land und dort trifft er seinen Mörder. Es könnte Konrad Veit gewesen sein. Er hat ein Motiv. Schneider erkennt ihn, weil er ihn vorher schon einmal getroffen und Konrad Veit ihm bereits gedroht hat. Schneider flieht und dann kommt es am Toten Kerl zum Showdown. Danach erpresst Veit Kelling und Neuner mit seinem Wissen über ihre Schüsse auf Schneider und peng!", Behm machte mit der Hand die Geste eines Pistolenschusses, „legen sie Konrad Veit um, den unliebsamen Zeugen und Mörder von Schneider."

„Ziemlich um die Ecke gedacht. Und die Beweise?"

Behm kratzte sich am Kopf.

„Wir haben weder die Waffe bei Kelling und Neuner gefunden, noch ein Indiz für die Erpressung", hielt Rieder seinem Kollegen entgegen. „Konrad Veits Anrufe bei den beiden waren alle vor dem Mord an Jens-Uwe Schneider. Das spricht für Kellings Aussage, dass sie ihn auch vor der Preisverleihung getroffen haben. Und selbst wenn die beiden was mit dem Tod von Schneider und Veit zu tun haben, dann haben sie die Waffe im Bodden oder in der Ostsee entsorgt. Dort ruht sie dann auch in Frieden und wir können die Akten zuklappen."

Das machte dann auch Behm. „Das hat hier heute keinen Zweck mehr. Der Morgen ist klüger als der Abend."

Sie verabredeten sich für sieben Uhr am nächsten Morgen in Behms Büro. Rieder lief durch die nächtliche Stralsunder Innenstadt. Die Straßen waren menschenleer. Seine Schritte auf dem Kopfsteinpflaster hallten laut von den Häuserwänden zurück. Das verstärkte noch sein Gefühl des Versagens und der Verlassenheit. Sein Hotel lag am Hafen, direkt gegenüber vom Fähranleger nach Hiddensee. Er setzte sich auf eine Bank an der Anlegestelle. Er starrte aufs Wasser, versuchte seine Gedanken zu ordnen. Es war fast still. Nur die sanften Wellen des Boddens schmatzten leise, wenn sie an den Bootskörpern der Schiffe im Hafen zerschellten. Rieder fielen die Augen zu.

Er wurde erst wieder wach, als an seinem Arm gerüttelt wurde. Rieder machte die Augen auf. Er konnte erst nichts sehen, weil ihm die Sonne ins Gesicht schien. Er blinzelte und erkannte dann neben sich einen Mann in Uniform. Es war ein Streifenpolizist. Die Angestellte des Fährunternehmens hatte ihn gerufen, nachdem sie den Schlafenden entdeckt und ihn für einen Obdachlosen gehalten hatte.

„Hören Sie mich?", rief der Polizist. „Das ist hier keine Herberge!"

Rieder kam langsam zu sich. Er zog seinen Dienstausweis aus der Brusttasche und hielt ihn dem Polizisten entgegen. „Oh, Herr Hauptkommissar", kam der Polizist ins Stottern, als er den Stempel der Polizeidirektion Stralsund entdeckt hatte. „Ich wusste nicht …" Rieder winkte ab, stand auf und ging dann grußlos zu seinem Hotel. Dort stellte er sich unter die Dusche. Das heiße

Wasser weckte seine Lebensgeister. Da fiel ihm etwas ein, was sie vielleicht übersehen hatten. Er ließ das Frühstück aus und sprintete zur Polizeidirektion.

Behm saß schon am Schreibtisch, umgeben von Papieren und Tatortfotos, als Rieder ins Büro stürmte. „Ich konnte nicht schlafen. Ich bin seit drei schon wieder hier."

„Mir ist da was eingefallen. Leider zu spät." Rieder suchte nach einer Landkarte von Hiddensee. Als er sie gefunden und auseinandergefaltet hatte, zeigte er mit dem Finger auf den Enddorn. „Hier ungefähr lag die ‚Antonie'. Nach den Schüssen ist sie wahrscheinlich dort auf Grund gelaufen. Auf alle Fälle war Schneider mit der ‚Antonie' schneller als Kelling und Neuner mit der ‚Alten Liebe' unter Segeln. Aber sie müssen an der ‚Antonie' vorbeigefahren sein. Vielleicht haben sie etwas gesehen oder beobachtet?"

„Und du meinst, das würden Sie uns sagen?"

„Versuchen müssen wir es?"

„Klar. Ich habe auch etwas gefunden." Behm kramte in den verstreuten Unterlagen und zog dann die Aussage von Konrad Veits Mutter hervor. Daran klemmte der Flyer von Kamradts Hotel. „Du hast hier erwähnt, dass Veit mit seiner Mutter in Kamradts Hotel Urlaub machen wollte."

„Und?"

Behm machte es spannend. „Konrad Veit hatte ein ganz besonderes Handy. Es wurde vom BKA vor ein paar Monaten getestet, weil es über ein besonderes Programm verfügt, mit dem du am Computer ein Bewegungsprofil des Besitzers erstellen kannst. Ich habe gegen fünf unserem Telefonspezialisten eingeredet, dass er eigentlich auch nicht schlafen kann. Ich wusste, dass er sich damit mal beschäftigt hat." Behm stand auf und ging zu einer Magnetwand, unter der ein großes zusammengerolltes Blatt Papier stand, das er an die Tafel heftete. Es war der Ausdruck einer Karte von Hiddensee und Rügen. Sie war übersät mit Strichen und Punkten, an denen Daten standen. Rieder war näher herangetreten, um alles genau zu erkennen. „Das ist das Schnittmuster der letzten vierzehn Tage im Leben von Konrad Veit." Behm nahm einen

Kugelschreiber, der sich als ausziehbarer Zeigestock entpuppte. „Die Punkte markieren den Zeitpunkt, an dem sich Veits Handy in einem neuen Funkfeld angemeldet hat." Er tippte mit der Stockspitze auf einen Punkt auf der Karte. „Konrad Veits vorletzte Reise ging am Freitagabend von Hiddensee, genauer gesagt von Vitte …", der Zeigestock wanderte über den Bodden, „zur Wittower Fähre." Auch dort war wieder ein Punkt. „Kleine Randbemerkung. Er hat definitiv keine Fähre benutzt von Hiddensee nach Schaprode. Dann hätte er vom Funkmast in Schaprode registriert werden müssen." Er drehte sich zu Rieder. „Damp muss also unbedingt den Fischer finden, der für Konrad Veit den Fährmann gemacht hat. Es gibt keinen Zweifel, alle Spuren an Veits Kleidung beweisen, dass er auf einem Fischkutter war." Dann wandte er sich wieder der Karte zu. „Das Interessante. Im Feld um die Wittower Fähre hat sich Veit achtundzwanzig Stunden aufgehalten und da kommt eigentlich nur ein Ort infrage." Er tippte auf ein kleines rotes Häuschen auf der Karte.

„Kamradts Hotel", konstatierte Rieder.

„Genau. Danach macht Veit seine letzte Reise." Wieder ließ Behm den Stock wandern. „Ab Areal Wittower Fähre, ich denke mal von Kamradts Hotel per Schiff oder Boot zum Bug. Dort kommt er kurz nach null Uhr an, tot oder lebendig."

„Also ist Kamradt vielleicht unser Mann."

Behm nickte. „Es gibt da aber noch ein paar interessante Dinge. Dieses Programm ist einfach genial. Du kannst darin lesen wie in einem Buch."

Behm zeigte auf einen Punkt auf dem Darß. Dort musste Konrad Veit am Montag in der Woche vor der Preisverleihung von Schneider gewesen sein. „Das Gespräch mit Kelling und Neuner", stellte Behm fest. Dann ging ein Strich von Zingst nach Vitte. An den Punkten stand das Datum vom darauffolgenden Tag. „Jetzt wissen wir, warum keiner von den Fähren aus Schaprode oder Stralsund Konrad Veit gesehen hat. Er ist mit dem Schiff von Zingst gekommen. Da fährt im Sommer jeden Morgen ein Schiff nach Hiddensee und abends wieder zurück", erklärte der Spurensicherer weiter.

„Dann ist Konrad Veit auf Hiddensee. Offenbar pendelte er immer zwischen Vitte und Kloster, nur einmal, am Mittwochabend, ist er in Neuendorf. Wahrscheinlich hat er Schneider beobachtet, vielleicht auch versucht, mit ihm zu sprechen."

„Könnte passen. Am Mittwochabend machte Schneider immer eine Veranstaltung im Gemeindehaus Neuendorf", bestätigte Rieder die Vermutung Behms.

„Und er muss sein Quartier in Vitte gehabt haben, denn warum sollte er sonst immer von Kloster nach Vitte gependelt sein. Für eine Observierung von Schneider hätte er die ganze Zeit in Kloster bleiben können. Aber er kehrt immer wieder nach Vitte zurück. Damp muss also in Vitte nach den Klamotten von Konrad Veit suchen, falls er sie nicht bei sich hatte und der Mörder sie nach der Tat in den Bodden geschmissen hat."

Auch das erschien Rieder logisch.

„Aber jetzt wird es noch interessanter." Behm folgte mit dem Finger einer Linie auf dem Papier in Richtung Grieben und Enddorn und tippte auf einen roten Punkt. „Der Sendemast an den Leuchtturmwärterhäuschen hinter Grieben, Sonntag vor einer Woche 19 Uhr. Konrad Veit war am Tatort oder wenigstens in der Nähe, als auf Schneider geschossen wurde, und auch als er später vom Toten Kerl gestoßen wurde."

„Spricht für deine Theorie von gestern Abend, dass er die Schüsse beobachtet hat und dann vielleicht selbst Schneider von der Steilküste gestoßen hat", gab Rieder zu bedenken, doch Behm machte eine abwiegelnde Handbewegung. „Danach scheint uns Konrad Veit bei unserer Arbeit zu beobachten. Er muss immer in der Nähe gewesen sein, wenn wir auf der Insel unterwegs waren. Ich habe das rekonstruiert. Hier. Der Funkmast in Vitte steht am Hafen. Dort muss er gewesen sein, als Du mit dem Hafenmeister geredet hast. Und hier. Als Schneider an der Steilküste gefunden wurde, registrierte ihn der Sendemast am Leuchtturmwärterhäuschen. Hätte er sich nicht aus dem Staub gemacht, wenn er wirklich was mit dem Tod von Schneider zu tun gehabt hätte? Irgendetwas trieb ihn um."

Rieder überlegte. „Kannst du dich an die Aussage von Kelling erinnern?" Er fing an, in der Akte zu suchen. Als er fündig wurde, zitierte er: „Konrad Veit ging es um Jens-Uwe Schneider und die Hintermänner, die damals seine Flucht in den Osten ermöglicht haben. Vielleicht beobachtete er uns, damit wir ihn zu den ‚Hintermännern' führen. Einer war Kamradt. Er war Schneiders Betreuer nach seiner Ankunft in der DDR. Vielleicht hat er irgendwie mitbekommen, dass ich bei Kamradt war, ist dann selbst hin", er wies auf die Karte, „um Kamradt zu bedrohen oder zu töten, hat dann aber den Kürzeren gezogen."

„Den ‚Kürzeren' gezogen? Schön umschrieben für einen, der dann tot im alten Posthaus auf dem Bug lag."

Rieder überging Behms Sarkasmus. „Oder er hat Kamradt erpresst, weil er gesehen hat, wie Kamradt erst auf Schneider geschossen und ihn dann von der Steilküste gestürzt hat. Kamradt hätte dafür ein Motiv. Er musste die Veröffentlichung von Schneiders Memoiren fürchten. Dort schreibt er sehr ausführlich über Kamradts Hilfe bei seiner Eingliederung in die DDR. Und das könnte die Kreise des heutigen Hotelmanagers gestört haben."

Behm nickte. „Es bleibt dabei, Kamradt ist unser Mann", auch wenn er gleich einschränkte: „Wenigstens für den Mord an Konrad Veit." Dann stellte er sich noch einmal vor den Kartenausdruck. „Aber das Programm ist genial, oder?"

Rieder schüttelte lachend den Kopf.

XXXVI

Damp schloss die Tür zum Inselrevier auf. Er war etwas spät dran. Der Polizist war vorher noch am Strand entlanggelaufen, um nachzusehen, ob wieder illegale Lagerfeuer abgebrannt worden waren. Und er hatte Erfolg gehabt. Sogar Spuren hatte er sichern können. „Diese Amateure", dachte Damp bei sich, als er ein angekokeltes Buch aus der Asche fischte. Es war ein altes Hausbuch aus der Unterkunft für die Saisonkräfte auf der Insel. Wahrscheinlich war es im Altpapier gelandet und hatte als Anzünder gedient. Doch irgendwie hatten die Flammen es weitgehend verschont. Damp freute sich schon auf die Ausreden der Verdächtigen und das Ausschreiben der Bußgeldbescheide. Die würden ihm nicht davonkommen, dachte er genüsslich. Er musste allerdings, bevor er zur Vollstreckung schritt, noch einmal genau nachsehen, was sein Strafkatalog für dieses Vergehen hergab. Das würde ihn für manche Demütigung in den letzten Tagen entschädigen. Da hörte er die Sekretärin des Bürgermeisters seinen Namen rufen.

„O Gott", sagte er zu sich selbst, „bitte jetzt keine Standpauke von Durk."

„Gut, dass Sie endlich da sind, Herr Damp!"

Er meinte, einen Vorwurf herausgehört zu haben, und begann sich zu verteidigen. „Ich war noch auf Streife. Rieder ist ja nicht da. Und deshalb …"

„Ich weiß, ich weiß", meinte mitfühlend die Sekretärin Durks. „Da hat jemand aus dem Ausland angerufen wegen des Pfarrers. Vielleicht ein Angehöriger! Hier ist die Nummer." Sie drückte Damp einen Zettel in die Hand und rückte dabei ziemlich nah an ihn heran. Leise fragte sie ihn: „Stimmt das, was man so hört, dass der Pfarrer ein ziemlicher Lustmolch war?"

Damp versuchte etwas Abstand zu gewinnen, zuckte mit den Schultern und brummelte etwas von Dienstgeheimnis. Die Frau schaute ihn enttäuscht an. Dann strich sie leicht über den Ärmel seines Uniformhemdes. „Bei der Anne Krassow kann ich es ja verstehen. Der Mann ist nicht zum Aushalten. Ständig hat er schlechte Laune. Und die Hand soll ihm auch recht locker sitzen." Doch Damp widerstand, wenn er sich auch fragte, wie schnell die Sekretärin von seinem Besuch bei den Krassows erfahren hatte. Er hielt den Zettel hoch. „Ich habe dann auch noch zu tun." Mit zwei schnellen Schritten stürmte er in sein Büro und schloss die Tür, bevor die Sekretärin einen neuen Anlauf unternehmen konnte. „Frauen!"

Damp schaute auf den Zettel. Es musste eine Nummer aus Dänemark sein. Das wäre eine Überraschung, wenn Schneider doch Verwandte hätte. Er setzte sich an seinen Schreibtisch, zog sich den Telefonapparat heran und wählte die Nummer.

„Hallo?", meldete sich eine weibliche Stimme.

Damp stellte sich vor.

„Do you speak English?", fragte die Frau.

„No!", antwortete Damp und wünschte sich, wahrscheinlich zum ersten Mal in seinem Leben, Rieder wäre da. Der konnte bestimmt „English".

„Ich kann nicht gut Deutsch! Aber vielleicht es geht? Helsing mein Name. Ich bin Maklerin auf Bornholm." Die Stimme mit dem skandinavischen Akzent erinnerte Damp an eine dänische Sängerin. „Wir suchen Herrn Schneider. Er sollte schon vor eine Woche hier auf Bornholm kommen und seine Wohnung übernehmen."

„Seine Wohnung?", fragte der Polizist nach. „Eine Ferienwohnung?"

„Nix Ferien. Er wollte ziehen hierher mit seine Frau."

„Frau?" Damp verstand nicht, was die Frau von ihm wollte. Die sprach aber ohne Pause weiter.

„Und wir wollten ihm übergeben den Schlüssel in Svaneke Havn. Aber er ist nicht kommen. Sein Handy geht nix. Und zu Hause auch nix Telefon. Jetzt ich habe die Nummer von der Frau besorgt. Birgit Thurow." Sie sprach den Namen ganz langsam aus. Wahrscheinlich las sie ihn irgendwo ab. Damp begann es zu dämmern, auch wenn er es nicht glauben wollte.

„Also schon am Freitag. Aber ich dachte, Herr Pfarrer hat die Wochen getauscht. Kann passieren. Hören Sie mich noch?"

Damp bejahte.

„Also ich habe gewartet und heute angerufen. Bei Birgit. Da war eine Mann, nicht Schneider. Hieß Thurow, wahrscheinlich Bruder. Birgit war nicht da. Er wusste nix von der Wohnung, hat aber gesagt, Pfarrer ist tot. Und nun ich denkte, vielleicht kann Polizei helfen. Stimmt das?"

„Ja", bestätigte Damp die Frage der Maklerin. „Schneider ist tot."

„Oh, ertrunken auf See? Wie traurig."

„Nein, er ist nicht ertrunken. Er ist von der Steilküste gestürzt."

In diesem Moment klopfte es an der Tür und ohne eine Antwort von Damp abzuwarten, kam Malte Fittkau herein. Damp wedelte mit seinem Arm, um ihm zu bedeuten, er solle das Büro verlassen. Fittkau nickte verständnisvoll, legte einen Finger auf den Mund, ging dann aber nicht wieder hinaus, sondern setzte sich auf Rieders Platz.

Damp hielt die Muschel des Telefons zu. „Verschwinde!"

Fittkau machte keine Anstalten. „Du, ich kann warten." Dann begann er in den Unterlagen zu blättern, die auf Rieders Schreibtisch lagen.

„Sie noch hören mich?", fragte die Frau.

„Ja, Entschuldigung … äh sorry." Damp war froh, dass ihm wenigstens dieses englische Wort eingefallen war. „Es ist jemand hereingekommen. Jetzt bin ich wieder ganz Ohr."

„Was mache ich jetzt? Herr Schneider hat die Wohnung voll bezahlt. Will seine Frau vielleicht trotzdem kommen?"

„Pfarrer Schneider hatte keine Frau."

„Keine Frau?", fragte die Maklerin erstaunt. „Und Birgit? Thurow?"

„Ist verheiratet. Mit Herrn Thurow."

„Ich nicht verstehen."

„Ich auch nicht", dachte Damp bei sich. „Frau Helsing. Ich werde mich darum kümmern und mich wieder bei Ihnen melden."

„Oh, das ist nett. Ich mich freuen auf Anruf."

Damp legte auf und schüttelte sich.

„Was 'n los?", meldete sich Fittkau von der anderen Seite des Schreibtischs.

„Wenn ich sage, draußen bleiben, dann heißt das draußen bleiben!"

„Blas dich mal nicht so auf", erwiderte Fittkau. „Nur weil du mal bei Krassow einen auf dicke Hose gemacht hast, musste nicht gleich abheben. Wenigstens ist Anne jetzt weg von dem Arsch."

„Was?" Damp schaute Rieders Nachbarn fragend an.

„Nach deinem Besuch gestern gab's großen Krach und Anne ist zurück zu ihren Eltern nach Neuendorf." Fittkau sah von der Akte auf. „Sag bloß, das weißt du noch nicht? Du bist 'n Polizist!" Er hatte jetzt die Fotos aus der Akte am Wickel und fing an zu lachen. „So 'n Ding hatte auch der olle Thurow, der Opa vom Manne. Klemmte oben zwischen den Dachsparren."

Damp blickte kurz herüber. Er wollte Fittkau eigentlich nicht weiter beachten. Vielleicht würde er dann gehen. Doch nun sah er, dass Fittkau das Foto vom Typ der Tatwaffe in Händen hielt."

Er stand auf und ging um den Tisch herum. Fittkau wollte schon das nächste Foto ansehen, aber Damp hielt ihn auf.

„So eine Waffe hatte der Opa von Manfred Thurow?"

„Klar. Hatte sie auf dem Boden versteckt. Der glaubte, da würden wir sie nicht finden?"

Damp nahm das Foto an sich und betrachtete es eingehend. Fittkau widmete sich den nächsten Aufnahmen, erzählte aber weiter. „Der war bei den U-Booten im Krieg. Und so 'ne Dinger hatten doch viele hier, wennse im Krieg waren."

„Und du bist dir ganz sicher, dass es so eine Pistole war?"

„Denkste, ich bin bekloppt. Klar war's so eine."

XXXVII

Behm trommelte seinen gesamten Stab zusammen. Innerhalb einer halben Stunde trafen alle seine Mitarbeiter in der Polizeidirektion ein. Sie versammelten sich in seinem Büro. Gemeinsam mit Rieder verteilte er an alle Arbeitsaufträge. Um 9.45 Uhr wollten sie sich wieder treffen. Sie hatten knapp anderthalb Stunden, um Antworten auf Behms und Rieders Fragen zu finden. Die beiden Beamten feilten unterdessen an einem Ermittlungsansatz, den sie ihrem Chef, Bökemüller, präsentieren könnten.

Einige Informationen trafen schneller ein als erwartet. Veits Telefonliste ergab, dass er am Freitagvormittag mit Kamradt telefoniert hatte, offenbar um sich mit ihm zu verabreden. Denn am Abend war er im oder in der Nähe von Kamradts Hotel an der Wittower Fähre gewesen. Das bewiesen die Daten aus Konrad Veits Handy. Außerdem wurde recherchiert, dass Kamradt eine Motorjacht besaß, auch eine Bavaria. Ihr Name war „Jetlag". Sie lag in der Nähe des Fähranlegers. Der Beamte hatte auch ein Foto des Bootstyps besorgt. Rieder glaubte sich zu erinnern, dass das Boot genauso aussah wie jenes, das am vergangenen Morgen vor der Halbinsel Bug gelegen und die Polizisten beim Bergen von Konrad Veits Leiche beobachtet hatte.

Kurz nach neun klingelte Rieders Telefon. Sein Berliner Ex-kollege Tom Schade war dran. „Du, ich kann jetzt nicht", flüsterte Rieder ins Telefon. „Wir haben hier ziemlichen Druck. Es sind ein paar Sachen schiefgegangen. Wenn ich nicht aufpasse, lande ich bald wieder in Berlin, aber als Streifenpolizist."

„Du übertreibst."

Rieder ging auf den Flur. „Ich habe mich hier total vergaloppiert. Jetzt versuchen wir zu retten, was zu retten ist. Ich melde mich später und erzähle dir alles."

Doch Tom Schade ließ sich nicht abwimmeln.

„Bleib dran. Es ist wichtig! Mich hat gerade Heidrun angerufen! Die kriegt in ihrer Behörde absoluten Stress wegen dieser drei Typen! Da gibt es ziemlich viele Ungereimtheiten."

Das interessierte Rieder dann doch. „Wieso?"

„Da hängt irgendwie das BKA mit drin, und unser lieber Freund Veit. Erinnerst du dich? Dieser Idiot vom Personenschutz. Der hat die Akten über Schneider, Neuner und Kelling vor ein paar Wochen ausgeliehen, im Auftrag des BKA, aber nicht wieder zurückgebracht. Und dazu noch die Personalakte von einem gewissen, wart' mal", Rieder hörte Schade in seinen Papieren kramen, „ah, hier hab ich es, einem gewissen Kamradt von der Antiterrortruppe der Stasi …"

Rieder blieb abrupt stehen. Dazu also hatte Konrad Veit die Ausweise gebraucht. Für seine persönlichen Recherchen bei der Stasiunterlagenbehörde. „Der wird jedenfalls die Akten nicht wieder zurückbringen. Der liegt in der Pathologie in Greifswald mit einem Loch im Herzen."

„Oh, oh", bemerkte Schade nur.

„Kamradt war so 'ne Art Betreuer von Schneider, dem toten Pfarrer", klärte Rieder seinen Berliner Kollegen auf. „Und Konrad Veit ist der Sohn des Polizeibeamten gewesen, der damals bei dem Banküberfall ums Leben gekommen ist, den Schneider verraten hat, und war jetzt wahrscheinlich auf einer Art Rachefeldzug. Möglicherweise ist er dabei Kamradt etwas zu nah gekommen, der jetzt hier als Hotelmanager auf Rügen sitzt. Jedenfalls glauben wir, dass Kamradt der Mörder von Konrad Veit sein könnte und vielleicht auch von Jens-Uwe Schneider."

„Und ich dachte immer, das sei eine nette ruhige Gegend da oben, aber offensichtlich etwas bleihaltig", bemerkte Schade sarkastisch. „Sind das nicht alles irgendwie olle Kamellen? Stasi, Terroristen … Na egal. Heidrun wird die Sache jedenfalls zu heiß."

„Okay. Macht nichts. Wenn das hier weitere Kreise zieht, müssen wir sowieso eine offizielle Anfrage stellen. Aber danke für deine Hilfe."

„Da nicht für, so sagt man doch bei euch. Außerdem bin ich mit ihr heute Abend noch zu einer Art Abschlussgespräch verabredet. Das entschädigt sicher für die Mühe und sie gewiss auch."

Rieder verabschiedete sich und ging wieder zurück zu Behm. Der sortierte auf seinem Schreibtisch die Papiere in der Reihenfolge, in der sie Bökemüller präsentiert werden sollten. Es war zwar auch nur eine Indizienkette, der an vielen Stellen noch die Beweise fehlten. Aber sie hofften, Bökemüller würde das erst einmal beruhigen und ihnen etwas Luft verschaffen. Hinter Rieder stürmte ein Beamter ins Zimmer. „Kamradt hat nicht nur einen Waffenschein, sondern verfügt auch über eine umfangreiche Sammlung an Schusswaffen", berichtete er. „Er hat sich spezialisiert auf die Dienstwaffen der Polizei und der deutschen Armeen. Die genauen Typen soll ich noch bekommen." Behm notierte die Information auf ein weiteres Blatt und heftete es ans Ende des Aktenstapels.

„Dann mal auf ins Gefecht."

Bökemüller ließ die beiden Beamten einige Zeit warten. Angeblich telefonierte er, doch Rieder konnte über die Schulter der Sekretärin erkennen, dass keine der Leitungen blinkte. Diese Spielchen der Vorgesetzten kannte er zur Genüge aus Berlin. Er fand sie überflüssig. Dabei fiel ihm ein, dass Bökemüller in den letzten Tagen immer weniger englische Vokabeln benutzt hatte. Nachdem die Leiche von Konrad Veit gefunden worden war und die Situation um Kelling und Neuner eskaliert, waren sie aus seinem Wortschatz völlig verschwunden.

Ohne dass Bökemüller sich aus seinem Zimmer gemeldet hatte, erklärte die Sekretärin plötzlich: „Sie können jetzt reingehen. Der Direktor erwartet Sie."

Gerade in diesem Moment klingelte Rieders Handy. Es war Damp. Er drückte ihn weg und schaltete sein Telefon stumm.

Bökemüller stand am Fenster, hatte Behm und Rieder den Rücken zugedreht. Ohne sich umzudrehen, sagte er: „Ich hoffe, es hat sich gelohnt, dass Sie heute Morgen die halbe Direktion verrückt gemacht haben. Ich höre."

Rieder und Behm sahen sich an und verdrehten die Augen.

Behm breitete die einzelnen Papiere auf dem Beratungstisch aus. Mit der Bemerkung „Wenn Sie schauen möchten" zwang er Bökemüller sich umzudrehen. Dann berichtete er, wie sie durch die Ermittlungsarbeit in der Nacht und in den letzten Stunden zu der Auffassung gekommen waren, dass Jochen Kamradt dringend tatverdächtig wäre, den Mord an Konrad Veit begangen zu haben und sie auch nicht ausschließen würden, dass er auf Jens-Uwe Schneider wenigstens geschossen haben könnte. „So bitter es ist, aber aufgrund der fehlenden Spuren vom Steilufer könnte es sein, dass wir Kamradt zwar die Schüsse auf Schneiders Boot und damit einen Mordversuch auf den Pfarrer nachweisen können, nicht aber den Mord selbst. Außerdem kommt natürlich auch der tote Konrad Veit als Mörder von Schneider infrage. Er hat sich zur Tatzeit auf alle Fälle in der Nähe des Tatorts am Toten Kerl auf Hiddensee aufgehalten."

„Und das Motiv von Kamradt?"

„Er hatte wahrscheinlich Angst, durch Schneider oder Veit als ehemaliger Stasimann enttarnt zu werden und damit sein Renommee als Hotelmanager, wenn nicht sogar seinen Job zu verlieren", begründete Rieder ihren Verdacht.

Da klopfte es. Der Beamte, der vorher schon die Informationen über Kamradts Waffensammlung recherchiert hatte, schlich herein und drückte Behm einen Zettel in die Hand. Dann hob er noch kurz den Daumen und verschwand wieder.

Bökemüller war verwundert über diesen Auftritt. „Was hat Ihr stummer Diener Ihnen denn so dringend mitzuteilen?"

Behm reichte den Zettel weiter an seinen Chef. „Das ist die Kopie von Kamradts Waffenbesitzkarte. Darauf verzeichnet ist auch eine Luger 08. Mit einer Waffe dieses Typs wurde Konrad Veit ermordet und auf die ‚Antonie' geschossen."

Der Polizeidirektor nickte anerkennend. „Klingt alles sehr schlüssig. Nur die Sache mit der Tatwaffe. Eine Luger 08? Das ist doch eine Pistole aus der Steinzeit."

„Hätte er eine Makarov, seine alte Dienstwaffe benutzt, wäre doch der Verdacht viel früher auf ihn gefallen", gab Behm zu bedenken. „Unsere Chance ist jetzt, Kamradt zu überrumpeln. Bei ihm aufzutauchen, wenn wir Glück haben, die Luger 08 zu finden und ihn anhand der Waffe zu überführen. Und hat er die Waffe verschwinden lassen, kommt er wenigstens in Erklärungsnöte. Außerdem könnten wir durch eine Hausdurchsuchung in Kamradts Räumen im Hotel und auf seinem Boot vielleicht Spuren von Konrad Veit finden."

Bökemüller ging gedankenverloren zu seinem Schreibtisch und setzte sich. „Klingt mir immer noch ein bisschen zu sehr nach Verschwörungstheorie. Was ist mit Schneiders Verflossenen?"

„Damp hat einige vernommen. Sie haben alle Alibis, jedenfalls die von Hiddensee kommen. Die von außerhalb streiten auch ab, zur Tatzeit auf der Insel gewesen zu sein. Das muss aber noch durch die örtlichen Polizeibehörden überprüft werden. Kann dauern", erklärte Rieder. „Und es gibt irgendwie keinen Zusammenhang zwischen den Liebesgeschichten von Pfarrer Schneider und den Absichten von Konrad Veit. Aber andererseits spielte bei beiden Morden dieselbe Waffe eine Rolle. Also muss es aus unserer Sicht einen anderen Zusammenhang zwischen beiden Morden geben. Ein gemeinsames Motiv. Und das kann eigentlich nur in der Vergangenheit von Veit, Schneider und Kamradt liegen. Veits Vater wurde durch die Kumpane von Schneider erschossen, Schneider blieb straffrei, ging in die DDR, wo ihn Kamradt versteckte. Veit wollte Rache oder wenigstens Gerechtigkeit, vielleicht Schneider Kamradt auffliegen lassen. Kamradt hat die beiden deshalb erledigt oder es wenigstens versucht."

Bökemüller rieb sich nachdenklich das Kinn.

„Na gut!" Er rief seine Sekretärin an. „Verbinden Sie mich mit der Staatsanwaltschaft. Wir brauchen einen Durchsuchungsbefehl."

XXXVIII

D amp saß auf der Bank auf dem Deich am Hafen in Vitte und schaute auf den Bodden. Irgendwie war es ihm gelungen, Malte Fittkau aus dem Revier zu vertreiben. Dann war er ins Auto gestiegen. Er wollte eigentlich zu den Thurows. Aber dann hatte er es sich anders überlegt. Er musste seine Gedanken ordnen. So hatte er in dem kleinen Weg neben dem „Strandhotel" an der Sprenge geparkt, gegenüber der alten Molkerei. Dann war er die Stufen zum Deich hochgestiegen. Dort stand die Bank, auf der gern die alten Hiddenseer saßen und dem Treiben im Hafen von Vitte zuschauten. Manchmal plauderten sie über die guten alten Zeiten. Manchmal saßen sie stundenlang schweigend nebeneinander. War die Bank besetzt, traute sich Damp nicht dahin. Er glaubte, dass er wahrscheinlich nicht willkommen war. Aber heute war die Bank leer gewesen.

Seine Gedanken rasten wild durcheinander. Wenn er alles richtig zusammenbekam, dann hatten Pfarrer Schneider und Birgit Thurow offenbar ein gemeinsames Leben auf Bornholm geplant. Sie waren also ein Paar gewesen. Wie blind musste Manfred Thurow gewesen sein, fragte sich der Polizist. Er schien nichts davon geahnt zu haben, dass seine Frau ihn verlassen wollte. Oder vielleicht doch? Sein Großvater besaß auf alle Fälle eine Waffe vom Typ Luger 08, mit der auf Schneiders Boot geschossen worden sein könnte. Und hatte Rieder gestern nicht erzählt, dass mit derselben Waffe dieser BKA-Beamte getötet worden war? Aber warum sollte Thurow den BKA-Mann töten?

Rieder war nicht an sein Telefon gegangen. Damp hatte gehofft, mit ihm über die neuen Informationen sprechen zu können und das weitere Vorgehen zu beraten. Damp hatte es mehrmals versucht, war aber immer wieder auf der Mailbox gelandet. Seine Bitte um einen Rückruf war von Rieder nicht erhört worden. Jetzt klingelte sein Mobiltelefon.

„Na endlich", meldete sich Damp, „ich warte schon auf Ihren Rückruf."

„Rückruf? Damp, was quatscht du da? Hier ist Gau, der Hafenmeister. Wo treibst du dich rum? Hier im Revier ist alles verrammelt."

Der Wichtigtuer hatte ihm noch gefehlt. „Was liegt an?", fragte Damp.

„Im Seglerhafen gibt's Ärger!"

„Na und. Wenn ihr Hiddenseer euch sonst in die Haare bekommt, ruft ihr mich doch auch nicht an", antwortete Damp pampig.

„Na ja, aber hier liegt die Sache anders", stammelte Gau. „Der Thurow ... ich weiß ja, dass es ihm nicht besonders geht und er sich schwertut ..."

Damp war hellhörig geworden. „Was ist mit Thurow?"

„Das will ich doch gerade erzählen. Also der Thurow ist mit seiner Frau ziemlich aneinandergeraten. Erst haben sie sich ja nur gestritten, aber jetzt hat er Birgit auch ein paar Ohrfeigen verpasst, brüllt rum, hat leere Fässer ins Wasser geschmissen ... ich bin gleich zu dir rübergelaufen, aber du ..."

„Ich komme sofort!" Sein Beschützerinstinkt regte sich wieder. Damp stürmte den Deich hinab zu seinem Auto, startete und raste mit Blaulicht und Sirene in Richtung Seglerhafen. Die Leute, die vom Hafen kamen, sprangen zur Seite, als er dort gleich auf den Deich fuhr und dann auf den Kiesweg neben dem Deich abbog. Kleine Steine flogen durch die Luft. Staub wurde aufgewühlt. Er bremste das Fahrzeug am alten Toilettenhäuschen vor dem Seglerhafen so scharf, dass es noch ein Stück mit stehenden Reifen rutschte und das Heck auszubrechen drohte. Der Polizist sprang aus seinem Wagen und rannte zum Anleger von Thurows Fischkutter. Doch der Kahn war weg. Damp bremste. Nun kam auch Gau angerannt. „Er ist rausgefahren", berichtete der Hafenmeister atemlos. „Da hinten fährt er!" Thurow hatte mit seinem Schiff schon das Ende der Fahrrinne der Hafeneinfahrt von Vitte erreicht.

„Hast du ein Boot?", fragte Damp hektisch den Hafenmeister.

„Nö!", antwortete Gau. „Ruf doch die Wasserschutzpolizei."

„Das dauert zu lange." Damp hatte eine Idee. Allerdings würde sie ihn einige Überwindung kosten. Er sprintete zurück zum Polizeiwagen, wendete und preschte wieder zurück in die Sprenge. An Fittkaus Haus hielt er.

Rieders Nachbar saß im Garten und schälte Äpfel. Überrascht sah er auf den heranstürzenden Polizisten. „Du?"

„Ich brauche deine Hilfe."

„Meine Hilfe?", fragte Fittkau erstaunt.

„Du hast doch hier gleich am Steg vom Anglerverein hinterm Deich einen Kahn liegen. Wir müssen Thurow hinterher." Mit wenigen Worten berichtete er Fittkau, was Gau im Seglerhafen beobachtet hatte.

Fittkau stand auf. „Bloß, dass das klar ist: Nicht für dich, ich tu's für Birgit."

Beide rannten zum Steg des Anglerverbandes. Fittkau schloss das Gittertor auf und grummelte dabei: „Wenn das einer mitbekommt, dass ich dir helfe, kann ich einpacken auf der Insel." Sein Boot lag gleich in der ersten Box. Während Fittkau hineinsprang, schaute Damp, ob er am Horizont noch Thurows Fischerkahn entdecken konnte. „Da hinten ist er. Er biegt nach links ab."

„Erstens ist das Backbord oder in diesem Fall nach Norden, zweitens, komm endlich und mach die Leinen los."

Durch Damps Gewicht sank das Boot ziemlich tief ein. Fittkau riss den Motor an, steuerte zügig aus der Box und gab Gas. Es ging zwar schon schnell vorwärts, für Damp jedoch zu langsam.

„So kriegen wir ihn doch nie!", brüllte er.

„Schneller geht's nicht", gab Fittkau zurück.

„Du willst mir doch nicht weismachen, dass dein Motor nicht getunt ist und du nicht doppelt so schnell fahren kannst?"

„Weiß nicht, wovon du sprichst?"

„Fittkau, verkauf mich nicht für dumm. Alle haben ihre Boote hier getunt. Also mach jetzt!"

„Und du verpasst mir dann einen Strafzettel. Vergiss es!"

„Los! Nimm die Sperre raus!", befahl Damp.

Fittkau hantierte kurz am Motor. Dann schoss der Kahn vorwärts.

XXXIX

Ein Konvoi aus zwei Streifenwagen und zwei Zivilfahrzeugen fuhr über die B 96 von Stralsund in Richtung Rügen. Obwohl alle Blaulicht gesetzt hatten, ging es im üblichen Touristenverkehr auf der zweispurigen Straße nicht so schnell voran, wie es sich Rieder wünschte. Hinter Rambin, bei Rothenkirchen, bogen die Fahrzeuge links ab und nahmen eine Abkürzung in Richtung Gingst. Rieder bezweifelte, dass sie über diese enge Straße auch wirklich schneller zu Kamradts Hotel an der Wittower Fähre kommen würden. Immer wieder musste die Kolonne in Ausweichstellen an die Seite fahren, um den entgegenkommenden Verkehr durchzulassen.

Sein Handy meldete sich. Es war die Mailbox. Damp bat um Rückruf. Er wählte die Nummer seines Kollegen. Damp ging ran, war aber ganz schwer zu verstehen. Windgeräusche störten den Empfang.

„Wo sind Sie?"

„Auf dem Bodden. Mit Fittkau Thurow hinterher."

„Warum?"

Damp versuchte die Situation zu erklären, aber Rieder erreichten immer nur abgerissene Sätze und Sprachfetzen. Er konnte sich keinen rechten Reim auf Damps Gerede machen. Er dachte sich, sein Kollege solle ruhig einmal seinem Herzen folgen und sich um Birgit Thurows Heil kümmern.

„Gut, dann passen Sie aber auf sich auf. Grüßen Sie Fittkau. Wir sind auf dem Weg " – es gab ein Knacken in der Leitung, aber Rieder sprach weiter – „zu Kamradt, dem Hotelbesitzer. Wahrscheinlich ist er der Mörder. Er besitzt eine entsprechende Waffe."

Aus dem Gerät kam keine Reaktion mehr. „Hallo? Hallo, Damp?"
Rieder wählte die Nummer von Damp, bekam aber keine Verbindung. Eine Stimme teilte mit, der Teilnehmer sei momentan nicht
zu erreichen.

Mittlerweile waren sie schon durch Gingst, fuhren dann nach
Trent und bogen dort in Richtung Wittower Fähre ab. Die ersten
Wegweiser zu Kamradts Hotel kamen in Sicht.

Jochen Kamradt kam gelassen in die Hotelhalle, obwohl sich
dort inzwischen ein gutes Dutzend Polizisten in Uniform und in
weißen Overalls der Spurensicherung um Rieder und Behm versammelt hatte.

„Guten Morgen, meine Herren, was hat dieser Auflauf hier
zu bedeuten? Sehr rücksichtslos übrigens, um nicht zu sagen geschäftsschädigend." Hotelgäste hatten sich um den Pulk von Polizeibeamten versammelt und beobachteten neugierig, was da passierte. Rieder entdeckte unter den Schaulustigen auch die üppige
ältere Blondine, mit der Kamradt bei seinem letzten Besuch so
vertraut an der Bar gesessen hatte.

Behm präsentierte Kamradt den Durchsuchungsbefehl. „Wenn
Sie uns zu ihren Privaträumen führen und den Schlüssel für ihre
Jacht aushändigen würden."

„Ich würde gern zunächst meinen Anwalt, Herrn Laurenz, anrufen. Ich glaube, Sie haben seine Bekanntschaft bereits gemacht."

„Das können Sie dann immer noch tun", beharrte Behm und
streckte die Hand aus, damit Kamradt ihm den Bootsschlüssel
aushändigte. Dieser holte ein Schlüsselbund aus seiner Hose,
klemmte zwei Schlüssel ab und reichte sie Behm, der sie an einen
seiner Mitarbeiter weitergab. „Die ‚Jetlag'. Sie liegt an der Wittower Fähre."

„Wir wissen Bescheid. Nun zu Ihren Privaträumen."

„Ich gehe mal vor."

Kamradts Wohnung befand sich in einem Nebengebäude. Es
war eine Maisonettewohnung. Das Untergeschoss bestand aus einer großen Halle mit einer offenen Küche. Die Hausfront zum
Bodden war verglast und bot einen weiten Blick über das Was-

ser und zur Halbinsel Bug. Eine Treppe ohne Geländer führte ins Obergeschoss. Auf einer Galerie stand ein riesiges Bett. Eine Tür führte in ein großes Bad mit einem Whirlpool. Nachdem sich Behm und Rieder einen Überblick verschafft hatten, gaben sie den Männern der Spurensicherung ein Zeichen, damit sie mit ihrer Arbeit beginnen konnten.

„Darf ich fragen, wonach Sie suchen? Vielleicht könnten wir dann das ganze Verfahren abkürzen." Kamradt hatte es sich auf einem breiten weißen Ledersofa bequem gemacht. Er versuchte gelassen zu wirken, indem er sich genüsslich eine Zigarre anzündete und den Rauch in die Luft blies.

„Wo befindet sich Ihr Waffenschrank?", fragte Behm.

„Es ist ein Tresor hinter dem großen Bild über dem Bett auf der Galerie." Wieder holte Kamradt den Schlüsselbund hervor, suchte einen bestimmten Schlüssel heraus und reichte es dann dem Spurensicherer. „Tun Sie sich keinen Zwang an." Behm nahm das Bund und verschwand nach oben.

Rieder setzte sich Kamradt gegenüber. „Kennen Sie Konrad Veit?"

„Ja."

„War er hier?"

„Ja."

Kamradts Antworten kamen ohne jedes Zögern. Das verunsicherte Rieder.

„Er war hier ... also nicht hier in der Wohnung, sondern drüben im Hotel. Er hat von Freitag auf Samstag übernachtet. Wir haben dann noch sehr lange gesprochen und Samstagabend ist er wieder verschwunden. Ein bisschen durchgeknallt der Junge."

„Was heißt durchgeknallt?"

„Er will Rache für seinen toten Vater. Aber da war er bei mir an der falschen Adresse. Ich kenne die Leute nicht, die damals Schneiders Verrat im Westen vertuscht und ihm den Weg in den Osten geöffnet haben. Irgendwer muss Schneider dort auf die Idee gebracht haben, in die DDR zu gehen, und ich denke, das war einer, der für beide Seiten gearbeitet hat. Und an den wollte Veit heran. Aber wer das im Westen war ... dafür war ich ein zu kleines Licht. Ich war hier nur Schneiders Aufpasser. Das habe ich versucht, Veit klarzumachen. Und ich denke, er hat es verstanden."

Rieder überlegte und setzte dann auf Provokation. „Was heißt ‚klargemacht'? So klar, dass er gestern tot drüben auf dem Bug lag?"

Kamradt stutzte, fing sich jedoch gleich wieder. „Ach daher weht der Wind. Deshalb gestern Morgen der Aufriss da drüben mit dem Hubschrauber und dem Polizeiboot." Er nahm einen Zug aus der Zigarre. „Ich habe mich schon gewundert."

„Und Sie haben alles genau beobachtet."

„Hören Sie, Konrad Veit hat dieses Hotel am Samstag verlassen. Lebend. Und ich bin danach wieder meinen Geschäften nachgegangen. Ich habe mit dem, was diesem Polizisten dann passiert ist, nichts zu tun, aber auch gar nichts." Kamradts Ton war unsicherer geworden. Er schaute nun auch immer wieder ins Obergeschoss, wo Behm das Bild von der Wand über dem Bett genommen und an das Geländer der Galerie gestellt hatte. Dann wurden Möbel geschoben.

Kamradt stand auf und ging ein paar Schritte in Richtung Treppe. „Was machen die da oben?"

„Nervös?", fragte Rieder.

„Quatsch. Aber würden Sie ruhig bleiben, wenn die Polizei alles durchwühlt?"

„Kommen wir noch mal auf gestern Morgen zurück. Ich habe Sie gesehen, wie Sie vom Wasser aus versucht haben auszuspähen, was wir da machen. Warum haben Sie das getan?"

„Neugierde."

„Neugierde? Oder fühlten Sie sich nicht vielmehr ertappt, weil Sie die Leiche von Konrad Veit doch nicht so gut versteckt hatten?"

„Hören Sie mir doch endlich auf mit diesem Konrad Veit. Er hat lebend das Hotel verlassen." Kamradt zeigte in Richtung des Haupthauses des Hotels. „Schauen Sie sich die Aufnahmen der Überwachungskameras an. Dann werden Sie es sehen."

„Das werden wir auch tun. Aber was beweist das?"

Kamradt winkte genervt ab.

„Sie könnten ihm gefolgt sein oder ihn auf ihr Boot gelockt haben. Und dann wäre da noch der Mord an Schneider? Mir fehlt noch immer Ihr Alibi für den letzten Sonntag, für die Zeit zwischen 19 und 21 Uhr, als erst auf Schneider geschossen wurde und man ihn dann vom Toten Kerl gestürzt hat?"

„Ich habe Ihnen schon gesagt, dass ich da …" Kamradt verstummte.

Behm kam die Treppe herunter. An seinem rechten Zeigefinger baumelte eine Pistole. Es war eine Luger 08. Er hielt sie Kamradt entgegen. „Vom Typ passt die schon mal, vom Baujahr auch."

Kamradt ließ sich auf sein Sofa fallen.

XL

Wir sind auf dem Weg!", sprach Damp Rieders letzte Worte, die er am Telefon verstanden hatte, noch einmal vor sich hin. Woher wusste Rieder nur von Thurows Waffe? Vielleicht aus dem Waffenverzeichnis? Wahrscheinlich hatte Thurow eine Waffenbesitzkarte. Der Rieder war ihm wohl doch überlegen, dachte Damp bei sich.

„Wir haben sie gleich", rief Fittkau vom Heck des Motorbootes.

„Kannste versuchen, auf gleiche Höhe zu kommen? Ich will mit ihm reden."

Fittkau nickte. Er steuerte das Boot leicht nach Backbord. Sie befanden sich auf dem Libben, der Meerenge kurz vor der Ostsee, zwischen dem Bug im Osten und dem Neuen Bessin von Hiddensee im Westen.

Thurow bemerkte die Verfolger erst, als Fittkaus Kahn auf der Backbordseite seines Kutters auftauchte. Damp versuchte aufzustehen, konnte aber nur schwer das Gleichgewicht halten.

„Mensch, halt still, sonst kippen wir noch um bei dem Tempo", brüllte Fittkau von hinten.

Damp konnte Birgit Thurow entdecken. Sie saß auf dem Deck, das Gesicht in die Hände gestützt. Der Polizist formte seine Hände zu einem Trichter. „Thurow, halt an! Ich will an Bord kommen!"

Der Fischer kam etwas aus dem Steuerhaus heraus. Mit der rechten Hand hielt er weiter das Steuerrad. Er schrie zurück: „Haut ab!"

„Kannst du noch näher ran?", fragte Damp Fittkau, der bei den Bewegungen des schweren Polizisten alle Mühe hatte, das Boot in der Balance zu halten. „Dann versuche ich, auf Thurows Kutter zu springen."

„Lebensmüde?"

„Aber irgendwie muss ich ihn doch stoppen." Es klang etwas hilflos. Damp setzte sich wieder auf die Bank und beobachtete den Kutter.

„Ich denke, Rieder ist auf dem Weg?"

„Aber wann ist der hier? Ich schätze, Thurow plant, Schluss zu machen."

„Mit Birgit an Bord?"

„Wahrscheinlich." Damp hatte eine neue Idee. Er stand wieder schwankend auf. „Birgit, hörst du mich? Spring über Bord. Wir retten dich!"

„Wenn du weiter so rumhampelst, müssen wir uns retten!", raunzte Fittkau von hinten.

Damp schaute, ob Birgit Thurow reagierte. Und wirklich. Sie stand auf und versuchte an die Bordwand zu kommen. Da stürzte ihr Mann aus dem Führerhaus, in der Hand eine Pistole, die er auf den Kopf seiner Frau richtete. „Du setzt dich wieder hin!"

„Ach du Scheiße!", stöhnte Malte Fittkau auf und drosselte die Geschwindigkeit. Das war zu viel für seine Nerven.

„Mach wieder Tempo!", donnerte Damp. „Ich will da rüber!" Gleichzeitig nestelte er an seiner Pistolentasche und zog seine Dienstwaffe heraus. Er entsicherte sie. Fittkau klappte die Kinnlade herunter. Wo war er hingeraten? Als er kurz zu Thurows Kutter blickte, sah er, dass der Fischer nun abwechselnd seine Frau und dann Fittkaus Kahn ins Visier nahm. Malte war sich ganz sicher, die Waffe von Thurows Großvater zu erkennen. Er rutschte von seiner Heckbank so tief wie möglich in den Bootskörper hinein. Nur noch seine Hand an der Pinne schaute über die Bootswand.

Damp zielte nun offenbar auf Thurow.

„Waffe runter, Thurow, oder ich schieße", brüllte Damp. Birgit Thurow kreischte etwas, was Fittkau nicht verstand. Noch einmal schrie Damp: „Waffe runter!" Da krachten Schüsse. Damps Körper kippte über Bord und klatschte ins Wasser.

XLI

Behm hatte sich neben Rieder gesetzt und nahm nun die Waffe auseinander. Kamradt schaute zu, drehte die kalte Zigarre zwischen seinen Fingern. Der Spurensicherer sah in den Lauf der Pistole, roch dran und reichte das Rohr an seinen Mitarbeiter weiter, damit er die Luger 08 auch noch einmal überprüfte. Dann lehnte er sich zurück. „Aus dieser Waffe wurde schon seit Jahren nicht mehr geschossen."

Kamradts Gesichtszüge entspannten sich, dafür erstarrte Rieder. Wieder ein Fehlschlag. Zugleich fügten sich in seinem Kopf Damps scheinbar zusammenhangslose Sätze zu einem Bild. „Scheiße! Damp!", sagte er mit tonloser Stimme.

„Was ist mit Damp?", fragte Behm.

„Vorhin der Anruf. Damp sagte, dass er mit Fittkau diesen Fischer verfolgen würde, diesen Thurow, der mit Schneider am Sonntag zur gleichen Zeit aus dem Hafen gefahren ist. Und dann erwähnte er noch irgendeine Waffe. Ich hab's nicht richtig verstanden." Hektisch holte er sein Telefon aus der Brusttasche und wählte Damps Nummer. „Teilnehmer nicht erreichbar."

„Ruf doch Fittkau an", schlug Behm vor.

Rieder schüttelte den Kopf. „Glaubst du wirklich, Malte hätte ein Handy?"

„Ich denke, der vermietet Zimmer und Ferienwohnungen?"

„Er vermietet auf Hiddensee, mitten in Vitte. Da brauchste kein Handy. Die Leute kommen auch so. Malte hat nicht mal einen Anrufbeantworter."

Rieder versuchte noch einmal, Damp zu erreichen. Ohne Erfolg.

Kamradt hatte das Gespräch zwischen den beiden Polizisten verwundert verfolgt.

„Was ist denn nun mit mir?"

„Wir waren wahrscheinlich auf dem Holzweg", gestand Behm ein und rief seinen Leuten zu, die Arbeit einzustellen. Sie sollten die Räume so ordentlich wie möglich verlassen.

Rieders Telefon klingelte. „Gebauer", teilte er Behm mit, nachdem er auf sein Display geschaut hatte.

„Wir haben einen Notruf aufgefangen."

Wenig später jagte die „Jetlag" durch den Rassower Strom in Richtung Hiddensee. Kamradt stand am Steuer, Rieder und Behm neben ihm. Rieder rang die Hände. Ihn plagte ein schlechtes Gewissen, Damp im Stich gelassen zu haben. Sein Herz raste, im Magen verspürte er ein flaues Gefühl und er drückte seinen rechten Fuß auf den Bootsboden, als könnte er so noch mehr Gas geben.

Behm sah mit Sorge, dass Kamradt den vorgeschriebenen Tonnenweg backbord liegen ließ und durch die Flachgewässer um die Spitze des Bug raste.

„Keine Angst. Ich kenne das hier wie meine Westentasche", erklärte der Hotelier. „Bevor ich zur Stasi ging, war ich in Dranske stationiert, bin auf einem Torpedoboot gefahren. Außerdem haben wir bei dieser Geschwindigkeit kaum Tiefgang."

„Da drüben", rief Rieder und zeigte zum Neuen Bessin. Vor der Landzunge Hiddensees lagen mehrere Boote. Erkennen konnte man den auf Hiddensee stationierten Seenotkreuzer. Daneben lag Thurows Kutter. Außerdem dümpelten ein paar Segler und Motorboote dort herum.

Rieder merkte, wie er beinah zusammensackte, nachdem er Fittkaus Kahn nicht entdecken konnte. Er atmete schwer und versuchte sich zusammenzureißen.

Kamradt drosselte das Tempo. Rieder winkte. Der Kapitän des Seenotkreuzers erkannte ihn. Er machte mit der Hand Zeichen, auf der Steuerbordseite des Kutters längsseits zu kommen.

Kamradt steuerte seine Jacht vorsichtig dorthin und bat Behm, die Fender auf der Backbordseite herunterzulassen, damit die

Bordwände des Kutters und der Jacht keinen Schaden nähmen. Da sah Rieder Fittkaus Boot. Es lag quer vor Thurows Bug. Leer. Nun hielt ihn nichts mehr. Er kletterte so schnell es ging auf das Vorderdeck der Jacht und sprang hinüber auf den Kutter. Dort sah er zwei Sanitäter des Seenotkreuzers, die sich über einen Mann beugten und ihn medizinisch versorgten. Es war Thurow.

„Schulterdurchschuss", erklärte einer der Männer. „Keine Lebensgefahr."

„Fittkau und Damp?", stammelte Rieder völlig aufgeregt.

Der Sanitäter zeigte zum Seenotkreuzer und zum Führerhaus des Kutters. Rieder wollte sofort losstürzen, doch Behm, der nun auch auf den Kutter gekommen war, hielt ihn auf. Auch der Kapitän des Seenotkreuzers war plötzlich bei ihm. „Beruhigen Sie sich, Herr Rieder. Wir haben alles unter Kontrolle."

Da winkte ein dicker Arm aus dem Steuerhaus des Kutters. Der konnte nur Damp gehören. Rieder machte sich los. Er rannte zu der Kabine. Drinnen saßen Damp und Birgit Thurow nebeneinander. Die Frau wurde von heftigen Weinkrämpfen geschüttelt. Damp hatte einige Mühe aufzustehen. Er war völlig durchnässt, aber unverletzt. Aus seinem Gürtel zog er eine Luger P08 und reichte sie Rieder. „Thurows Waffe." Auf seiner Schulter spürte der Polizist eine zitternde Hand. Als er sich umdrehte, grinste ihn Malte Fittkau an. „Der Damp. Echt stark!"

Damp hatte Thurow getroffen, der Schuss des Fischers aber hatte ihn verfehlt. Durch den Rückschlag der Waffe verlor er das Gleichgewicht und stürzte ins Wasser. Im Fallen noch sah er, dass Thurow seine Waffe aus der Hand fiel und er auf die Planken des Kutters stürzte. Er hatte Angst, dass Thurow trotz Verletzung versuchen würde, die Waffe wieder in die Hand zu bekommen, um seine Frau oder sich selbst zu töten. Um das zu verhindern, schwamm er los. Aber Birgit Thurow griff geistesgegenwärtig die Pistole und richtete diese nun selbst auf ihren Ehemann, der sich stöhnend vor Schmerzen auf dem Deck wälzte. Dann schaltete sie den Motor des Kutters ab. Auch Malte Fittkau war aus seiner Deckung aufgetaucht, nachdem es keine weiteren Schüsse gegeben hatte. Er folgte Damp mit seinem Kahn und half ihm dann, die Schiffswand zu erklimmen. Nur mit Mühe konnte der Inselpolizist Birgit Thurow bewegen, ihm die Pistole ihres Mannes zu übergeben. Danach brach sie zusammen. Hilfe holen war schwierig, denn Damps Telefon hatte bei seinem Sturz ins Wasser seinen Dienst aufgegeben. Malte Fittkau zündete eine rote Leuchtrakete, „Schiff in Seenot". Unterdessen hatte Damp versucht, Thurows Wunde zu versorgen und wenigstens die Blutung zu stillen, soweit es ging. Dabei hatte der Fischer Damp immer wieder zugeflüstert: „Ich habe das alles nicht gewollt. Lass mich sterben."

Ziemlich schnell hatten die ersten Boote beigedreht und die Polizei alarmiert. Von Hiddensee wurde der Seenotkreuzer losgeschickt.

XLII

Schon am Abend vermeldete Behm, dass es sich bei Thurows Luger P08 um die Tatwaffe handelte. Das Kratzspurenmuster auf den Projektilen von der „Antonie" und aus Veits Körper stimme mit den Zügen in der Waffe überein.

Thurow wurde in Stralsund operiert. Da seine Verletzung nicht allzu schwer war, sollte er danach so schnell wie möglich in ein Gefängniskrankenhaus verlegt werden.

Rieder hatte vor der Intensivstation des Krankenhauses gewartet. Die Aufregung hatte sich immer noch nicht gelegt. Der behandelnde Arzt kam zu ihm.

„Herr Thurow ist jetzt wach. Er hat die Operation gut überstanden, ich würde aber empfehlen, ihn erst morgen zu verlegen."

„Dann muss ich hier aber einen Polizisten stationieren."

„Kein Problem." Der Arzt wies auf die harten Stühle im Wartebereich. „Es ist natürlich nicht besonders bequem. Herr Thurow hat übrigens nach seiner Frau gefragt. Ich habe ihm gesagt, dass ich nicht auskunftsberechtigt sei, vielleicht würden Sie …"

„Kann ich zu ihm?"

Der Arzt nickte.

Thurow lag allein in einem Aufwachraum. Kanülen steckten in seinem Handrücken. Über seinen Oberkörper zog sich ein breiter Verband. Er starrte an die Zimmerdecke. Als Rieder eingetreten war, hatte er ein wenig den Kopf gedreht, war dann aber gleich wieder in seine apathische Haltung verfallen.

„Herr Thurow?"

Es gab keine Reaktion.

„Ihre Frau hatte einen Schock, aber es geht ihr schon wieder besser. Der Inselarzt, Dr. Müselbeck, kümmert sich um sie."

Thurow bewegte die Lippen. Rieder beugte sich über ihn. Der Fischer wiederholte immer wieder: „Es tut mir so leid."

Rieder legte ihm vorsichtig die Hand auf den gesunden Arm. „Beruhigen Sie sich!"

Thurow drehte den Kopf in Rieders Richtung.

„Ich wollte das nicht, aber ich war so wütend."

Am nächsten Morgen konnte er vernommen werden. Behm und Rieder hatten sich neben das Krankenbett gesetzt.

Vor zwei Monaten hatte Thurow durch einen Zufall entdeckt, dass seine Frau und Pfarrer Schneider ein Verhältnis hatten. „Mein Kutter streikte. Ich bin also wieder zurück nach Hause, da habe ich gesehen, wie Birgit mit 'nem Brief in der Hand im ‚Boddenblick' verschwand."

„In der Ruine?"

Thurow nickte. „Da hatten sie ein Versteck für ihre Briefe. Im Stromkasten. Habe 'ne Weile gebraucht, bis ich es gefunden habe. Dort lag der Brief. Er war nicht zugeklebt. Da habe ich ihn gelesen. Es ging um eine Verabredung. Kaum war ich weg, ist Schneider gekommen und hat den Brief abgeholt."

Abends hatte Thurow so getan, als würde er rausfahren zum Fischen, sich aber in der Nähe seines Hauses versteckt. Als seine Frau mit dem Rad weggefahren war, war er ihr gefolgt und dann Zeuge geworden, wie sie sich mit Pfarrer Schneider getroffen und sich am Strand geliebt hatten. Für Thurow war eine Welt zusammengebrochen. Er wusste nicht, was er tun sollte.

„Konnten Sie denn nicht mit jemandem reden?", fragte Rieder.

„Mit wem?"

„Verwandte, Freunde."

Thurow lachte auf. „Verwandte habe ich nicht mehr. Und Freunde?" Er beantwortete die selbst gestellte Frage nicht.

„Aber warum haben Sie Ihre Frau nicht darauf angesprochen?"

„Ich hatte Angst, dass sie mich verlässt."

Da auch Schneider seine Briefe nie zuklebte, war Thurow über Monate zum Mitleser geworden und hatte auf diesem Weg erfahren, dass Schneider und seine Frau am Abend der Preisverleihung die Insel verlassen wollten. „Sie wollten sich am Enddorn treffen. Dort wollte das Schwein Birgit an Bord nehmen. Nach Bornholm wollten sie." Das hatte der Fischer auf jeden Fall verhindern wollen. Er hatte die Pistole seines Großvaters eingesteckt und im Hafen von Vitte gewartet, bis Schneider aufgetaucht war. Thurow war der „Antonie" gefolgt. „Schneider wartete schon am Enddorn, als ich eintraf. Er war gerade dabei, ein Schlauchboot aufzublasen. Wahrscheinlich wollte er damit Birgit vom Strand abholen. Er war überrascht, als ich ihm da mit meinem Kutter quer kam." Nach der Darstellung Thurows hatte er Schneider gebeten, von seinem Vorhaben abzulassen. „Aber der hat nur gelacht. Ich sei ein Verlierer. Und Birgit hätte was Besseres verdient, als weiter auf der Insel zu versauern." Daraufhin hatte Thurow die Pistole herausgeholt und Schneider gedroht zu schießen, wenn er nicht verschwinden würde. Für immer. „Schneider ist ins Führerhaus gesprungen, hat den Motor angelassen. Als er rauskam, um den Anker zu lichten, habe ich geschossen, aber nur auf das Boot. Da ist der Pfaffe gestürzt. Ich dachte schon, ich hätte ihn getroffen, aber dann ist er wieder aufgestanden. Und da habe ich Birgit gesehen."

„Wie, da haben Sie Birgit gesehen?", fragte Rieder verwundert.

„Na Birgit stand am Strand. Sie war wohl inzwischen angekommen, ist dann aber weggerannt. Schneider ist ins Wasser gesprungen, um ihr nachzulaufen, und ich bin dann auch runter vom Kutter. Ich hatte die totale Panik, wollte ihr das alles erklären, mich entschuldigen. Aber sie war schon weg."

Thurows Stimme zitterte. Aber Rieder wollte jetzt nicht lockerlassen. „Und dann?", drängte er.

„Schneider stand am Strand, sah mich kommen. Ich hatte immer noch die Pistole in der Hand. Er ist dann den Berg rauf. Ich bin ihm hinterher, bis zum Toten Kerl. Dort hatte ich ihn eingeholt. Schneider drehte sich um. Ich bat ihn, das alles zu vergessen, ich flehte ihn an, habe die Waffe ins Gras geworfen, mich vor ihm niedergekniet, aber er schüttelte nur den Kopf ... und lachte wieder." Thurows Augen verloren sich im Krankenzimmer. Rieder berührte Thurow sacht am Arm. „Thurow?"

Der Fischer wandte ihm den Blick zu. Ganz leise, wie in Trance, sagte er: „Ich bin aufgestanden, habe Anlauf genommen und ihn vor die Brust gestoßen. Einfach so. Ich war so wütend."

„Und Konrad Veit? Warum haben Sie Konrad Veit getötet? Er hatte doch mit der ganzen Sache nichts zu tun?"

„Der war plötzlich da. Stand da auf dem Weg am Steilufer, als ich mich rumdrehte."

Aus Thurows, wenngleich etwas verwirrten Aussagen über Konrad Veit ging hervor, dass der ehemalige BKA-Beamte Schneider auf der Insel beobachtet und dabei auch den toten Briefkasten von Birgit Thurow und Jens-Uwe Schneider in der alten Hotelruine „Boddenblick" entdeckt und ebenfalls den regen Briefverkehr mitgelesen hatte. So erfuhr auch er von der geplanten Flucht und wurde Zeuge von Thurows Mord an Schneider. Danach erpresste er den Fischer und verlangte von ihm Handlangerdienste. „Er wollte irgendwie Rache. Ich hab nichts verstanden. Es ging irgendwie um seinen Vater und darum, dass Schneider an dessen Tod schuld sei. Und irgendwer hatte Schneider gedeckt oder versteckt, und auch den oder die wollte er ‚zur Verantwortung ziehen'. Das sagte er immer wieder. Da es andere nicht tun, müsse er die Schuldigen zur Verantwortung ziehen." Veit hielt sich auf Thurows Kutter versteckt, nachdem er in die „Antonie" und in die Kirche eingebrochen war. Thurow hatte ihn auch zur Wittower Fähre gefahren und am Samstagabend dort wieder abgeholt. „Und dann kam er sogar mir mit seiner Verantwortung. Er müsse auch mich zur Verantwortung ziehen, könne nicht weiter schweigen. Er sei doch immer noch eine Art Polizist, auch wenn er nicht mehr im Dienst sei. Ich hatte solche Angst, wusste nicht, was ich machen sollte. Da habe ich ihn einfach erschossen."

„Einfach so?", fragte Rieder geschockt.

„Ja, einfach so."

„Noch mal zurück zu Schneider", hakte Behm nach. „Wusste Ihre Frau, dass Sie Jens-Uwe Schneider und Konrad Veit getötet haben?"

Thurow schüttelte ein paar Mal langsam den Kopf.

„Aber sie wird Sie doch bestimmt gefragt haben, ob Sie Schneider umgebracht haben. Die Szene mit der Waffe war doch recht eindeutig?"

„Hat sie, aber ich habe ihr erzählt, dass ich zu meinem Kutter zurück bin und Schneider an Land geblieben ist."

„Und damit hat sie sich zufriedengegeben?"

Thurow zuckte mit den Schultern.

Das bestätigte später auch Birgit Thurow. Jedenfalls stand es so in der Aussage, die sie Damp gegenüber im Revier von Vitte gemacht hatte und die Rieder ohne weiteren Kommentar den Ermittlungsakten zufügte. Sie sei weggelaufen, als sie sah, wie ihr Mann auf Schneider schoss. Er habe ihr später versichert, dass er nach den Schüssen mit seinem Kutter weggefahren sei. Schneider hätte am Strand gestanden und noch gelebt. Und das habe sie auch geglaubt, vielleicht auch aus Angst vor der Wahrheit, wie sie sagte. Erst als ihr Mann sie mit der Pistole in der Hand am Montagvormittag zwang, auf den Kutter zu gehen und mit ihm zu fliehen, habe sie begriffen, dass er Schneiders Mörder war. Von Konrad Veit habe sie gar nichts gewusst. Den Namen hätte ihr Mann auch nie erwähnt. Sie hatte auch den Karton mit den Briefen in den Müllcontainer geworfen, dabei aber in der Hektik ihren eigenen Brief übersehen. Die Unterlagen über die Wohnung in Bornholm habe sie vernichtet, ebenso ein Schreiben, in dem er seine Pfarrstelle auf Hiddensee gekündigt hatte. „Weil Jens-Uwe keine Angehörigen mehr hatte, dachte ich, die Sache würde vielleicht in Vergessenheit geraten. Ich wusste nicht, dass er meine Daten dort hinterlassen hatte, falls ihm etwas passieren würde. Wir wollten doch einfach nur ein neues Leben anfangen."

XLIII

Rieder kam erst am Freitag mit der frühen Fähre aus Stralsund wieder nach Hiddensee. Am Anleger in Vitte stand Damp. Woher wusste sein Kollege, dass er mit dieser Fähre kommen würde?

„Mensch Damp, das ist aber eine Überraschung! Schön, dass Sie mich abholen!", begrüßte er ihn fast euphorisch.

Damp wirkte ganz verstört. „Überraschung? Abholen? Ich wusste, gar nicht, dass Sie schon wieder da sind." Eher unfreundlich fügte er noch hinzu: „Ich dachte, Sie hätten noch ein paar Tage in Stralsund zu tun." Damp nahm zwei Koffer, die neben ihm standen, und ging in Richtung Gangway.

„Fahren Sie weg?", fragte ihn Rieder.

„Ich? Wegfahren?" Damp schüttelte den Kopf.

Da sah Rieder Birgit Thurow vom Schalter der Reederei kommen. Statt kurzen Rocks und transparenter Bluse trug sie Jeans, Poloshirt und eine Wetterjacke.

„Hallo, Herr Rieder."

„Frau Thurow?"

„Wie geht es meinem Mann?"

„Es geht so. Er ist jetzt im Gefängniskrankenhaus in Bützow."

Sie holte ein Taschentuch hervor und schnäuzte sich. „Er tut mir leid. Bei allem, was er getan hat."

Rieder wusste nicht so recht, was er sagen sollte. Damp kam vom Schiff zurück. „Ich hole jetzt noch die letzten Kisten, dann ist alles an Bord, Birgit. Ich habe es gleich neben dem Eingang in die Kabine abgestellt."

„Danke, Ole."

Birgit? Ole? Kisten?

„Ich verlasse die Insel", klärte Birgit Thurow den Polizisten auf. „Hier habe ich alles verloren und ich möchte auch nicht unter ständiger Beobachtung der Hiddenseer stehen. Ich denke, das können Sie verstehen. Ole, äh, Herr Damp hat mir geholfen, meine Sachen zu packen."

„Und was machen Sie jetzt?"

„Dr. Laube vom Kirchenamt in Stralsund hat mir versprochen, für mich eine Anstellung zu finden. Vielleicht auf Rügen. Mal sehen. Dr. Laube wird übrigens auch der neue Pfarrer auf Hiddensee." Sie reichte ihm die Hand.

Rieder verabschiedete sich und sah dann, immer noch verwundert, zu, wie die schmale Birgit Thurow den dicken Inselpolizisten Damp etwas unbeholfen, aber doch sehr herzlich umarmte. Rieder glaubte, in Damps Augen ein paar Tränen zu entdecken. Dann ging Birgit Thurow an Bord, stürmte schnell in den unteren Fahrgastraum. Obwohl Damp noch einmal am Schiff auf und ab lief, konnte er offenbar durch die verspiegelten Scheiben nicht erkennen, wo Birgit Thurow einen Platz gefunden hatte, um ihr noch einmal zu winken.

Der Matrose zog die Gangway weg, schloss die Pforte am Schiff. Die Leinen wurden losgemacht. Sanft begannen die Schiffsschrauben das Wasser im Hafen von Vitte aufzuwühlen. Die Schiffssirene tutete dreimal. Das Schiff löste sich sanft vom Kai.

Rieder und Damp standen noch einige Zeit am Anleger. Das Schiff war schon am Ende der Fahrrinne von Vitte. Die anderen zurückgebliebenen Einheimischen und Urlauber waren schon verschwunden. Da zuckelte Malte Fittkau mit seinem Rad heran und bremste vor den beiden Polizisten.

„Hallo, Stefan, schön, dass du wieder da bist", begrüßte er seinen Nachbarn. Er stieg vom Rad, stellte sich neben Damp und schaute mit ihnen dem Schiff nach. Dann haute er Damp auf die Schulter. „Mensch Damp, nimm's nicht so schwer. Komm, wir gehen zur ‚Fischerklause' und heben einen."

Malte Fittkau schob Damp leicht vorwärts und beide liefen den Weg zum Deich hinauf. Rieder starrte den beiden sprachlos hinterher. Das war der Ritterschlag für Damp. Nach zehn Jahren Inselleben.

Rieder holte sein Rad und fuhr nach Neuendorf. Charlotte begrüßte ihn herzlicher, als er es erwartet hatte. Sie umarmte ihn und küsste ihn innig. Er setzte sich auf einen der Hocker vor dem Tresen. Sie stellte ihm ein Bier hin. „Du kannst dir nicht vorstellen, was ich eben erlebt habe", sagte er und die Erlebnisse im Vitter Hafen sprudelten nur so aus ihm heraus. Nachdem er seiner Freundin dann noch von Damps und Fittkaus gemeinsamen Ausflug zur „Fischerklause" erzählt hatte, meinte sie: „Du bist ganz schön geschäftsschädigend. Treibst mir die besten Gäste weg. Damp war früher jeden Tag da und dank dir ein guter Kunde, hat sich hier den Kollegenfrust weggetrunken." Dann machte sie eine kurze Pause. „Dafür verlange ich Schadenersatz."

„Und wie soll der aussehen?"

„Erstens täglich kommen, zweitens mehr trinken und drittens ..." Sie schaute ihn fast schon verlegen an. „Und drittens könnte man ein altes Kapitänshaus, wenn die Tage jetzt kälter werden, gut gegen eine warme Wohnung mit Doppelbett und Dusche tauschen."

Rieder lächelte kaum merklich. Seine sonst so selbstbewusste Freundin kam ihm gerade wie ein schüchterner Teenie vor. „Das sollte man sich wirklich mal durch den Kopf gehen lassen."

TIM HERDEN
Gellengold
Ein Hiddensee-Krimi

216 Seiten
Broschur
ISBN 978-3-89812-705-9
9,90 Euro
Lieferbar

Um ein wenig Ruhe zu finden, lässt sich Hauptkommissar Stefan Rieder von Berlin auf die Ostseeinsel Hiddensee versetzen. Hier soll er als Zivilbeamter ein Auge auf die Sicherheit der Touristen haben – sehr zum Missfallen des hiesigen Inselpolizisten Ole Damp. Als jedoch schon bald am Südstrand der Insel, nahe dem Leuchtfeuer Gellen, eine Leiche auftaucht, ist es schnell vorbei mit der erhofften Ruhe und das ungleiche Duo muss sich zusammenraufen, um gemeinsam einen Mörder zu finden. Ihre einzige Spur: eine kleine Goldmünze in der Hand des Toten …

www.mitteldeutscherverlag.de

3., durchgesehene Auflage 2020
© 2012 mdv Mitteldeutscher Verlag GmbH, Halle (Saale)
www.mitteldeutscherverlag.de

Umschlagabbildung: Tim Herden

Gesamtherstellung: Mitteldeutscher Verlag, Halle (Saale)

ISBN 978-3-89812-894-0

Printed in the EU